현대문학의 연구 13

한국문학과 민족주의

한국문학연구회

국학자료원

<발간사>

강요된 동일성으로부터의 해방

　큰 한해가 저문다. 이번 학회의 특집은 이번 여름 근대성과 탈근대성을 주제로 기획했던 심포지움의 내용을 구성해 보았다. 최근 국내외 인문학계는 묵은 백년을 보내고 새로운 천년을 준비하기 위해 그 동안 우리의 삶을 이끌어 왔던 생각과 그 문화적 현상들을 깊이 반성하고 꾸준히 정리하여 왔다. 탈근대 혹은 근대의 완성이라는 새로운 사고의 틀이 모색되면서 근대성이라는 텍스트가 1990년대 한국문학 연구의 화두 중심에 놓여졌다. 우후죽순처럼 돋아난 목소리들에 비해 그 연구 성과가 어떻게 나타날지는 두고 볼 일이지만, 어쨌든 근대성의 문제는 역시 삶의 자유를 추구하는 방법과 가치관에 달려 있다고 생각된다. 심포지움의 주제인 '한국문학과 민족주의'는 전근대적 사고와 제도의 억압에서 벗어나려는 근대 담론들이 지닌 다양한 성과와 문제점들을 객관적으로 분석하면서, 우리 근대문학이 안고 있는 근본적인 문제를 밝혀 앞으로 새롭게 나아가야 할 인문학의 길을 가늠해 보았다. 첫번째 발제자인 한수영은 민족주의 이념이 지니고 있는 문화적 현상을 분석하면서 민족주의에 대한 맹목적 추종에 대한 경각심과 더불어 진보적 대안을 제시하고자 했다. 한수영이 계급 해방론을 담보로 새로운 민족주의의 활로를 모색하고 있다면, 토론자인 김철은 제국주의와 파시즘을 생산한 민족주의의 근본적 모순을 지적하면서 민족주의 이데올로기를 신랄하게 비판하였다.

고미숙은 해체론과 여성주의 사고를 바탕으로 18세기 이질적인 욕망들의 분자적 흐름이 발흥하던 근대성과 20세기 계몽기 위계화된 전체주의적 근대성을 대비하면서 가부장적 제도를 환기하는 민족주의의 우상은 끊어버려야 한다는 보다 급진적인 태도를 보여주었다. 그는 특히 서구 문화를 수용한 20세기 애국계몽기 이후 사회진화론 위에 위계화된 부르주아 민족주의가 18세기 조선의 지식인들이 벌인, 중화·소중화·이적 등 이질적인 사고들이 자연스럽게 대두된 역동성을 배제함으로써 결국 제국주와 파시즘에 봉합되는 전체화 과정을 주목하였다. 이러한 견해는 양문규가 신소설에 나타난 근대성의 모순을 다루면서 개화파들의 맹목적인 근대화 추종이 결국 매판적인 방향으로 착종된 모순을 비판적으로 성찰한 흐름과도 맥을 같이 한다. 한수영과 양문규는 역사적 주체성과 계급 해방을 담보로 민족주의를 근대성의 한 고리로 삼고 있지만, 김철이나 고미숙은 소유와 지배적 코드에 길들여진 위계화된 민족주의가 내포하고 있는 지배담론을 철저히 비판하면서 민족주의에 대한 회의를 표명한다.

염상섭의 소설을 자아와 타자성을 고리로 분석하고 있는 나병철은 식민지 경험을 통해 주체중심주의의 모순을 겪을 수밖에 없었던 제3세계인들의 배타적·저항적 민족주의의 사회역사적 위험을 지적하고, 그럼에도 불구하고 피식민지인으로서 경험이 식민주의와 배타적 민족주의의 이항대립을 넘어서 잠재적으로 탈식민지주의의 타자성을 발견하는 과정을 인정하고 있다. 그는 염상섭의 글에서 자기중심적인 계몽주의 지식인의 한계를 살피면서 식민지 시대 민족주의와 사회주의 운동이 피압박 민족과 피억압 계급의 '자연성'을 살려내는 텍스트로 읽는다. 나병철은 한국이 처한 역사사회적 문맥을 통해 자본주의와 제국주의의 강요된 동일성에 반발해 이질성과 차이성을 허락하는 자연성으로서의 타자를 프롤레타리아와 피억압 민족으로 엮음으로써 타자성(민중의 잠재성)

을 획득하는 과정으로서 민족주의의 유효성을 타진한 것이다. 신형기도 북한문학에 반영되고 있는 대항민족주의를 분석하고 국가주의의 강요된 단합과 명령의 폐단성을 적시하면서, 북한의 인민주의조차도 계급연대에 기초하기보다는 역시 대항민족주의에 연결된 적대감의 동어반복을 문제 삼았다. 이 같은 문맥 속에서 북한의 민족주의는 전체주의를 지향하면서 윤리적 긍정인물을 경탄의 시선으로 그려낸다. 이는 도덕적 인간중심주의를 바탕에 둔 감응의 인간학과 민족적 품성론의 영웅주의적 숭배와 제의의식, 일자성 등을 내세워 지도자를 제외한 개인의 내면 공간을 황폐화시키는 결과를 초래했다.

이밖에 권명아는 모성신화와 가족주의를 주제로, 전후소설이 전후 무정부주의적 상태에서 공포와 전쟁으로 나타난 상실감과 타자에 대한 적개심으로 가부장 제도의 복원과 희생양을 요구하는 민족주의 파시즘적 서사의 동향을 예리하게 분석하고 있으며, 이현식은 50년대와 70년대와 80년대 주요 진보적 민족문학론이 보여준 민족의 위기 현실에 대한 인식과 타개 노력에 민족주의의 의미를 부여한다. 그는 70년대 민족문학론이 반봉건 반제국의 주제를 삼아 제 3세계 인민들이 처한 위상을 자각하고 민주주의 회복과 분단 극복을 과제로 삼았다면, 80년대는 민중·민족 해방을 동시적 질서로 인식함으로써 민족문학론이 계급론적 패러다임을 획득한 일정한 의의를 평가하면서도 역시 계몽담론에 치우진 민족문학론이 안고 있는 주체중심의 자기동일성을 비판한다. 그는 전지구적 자본주의 체제 아래서 희석된 계급 모순을 상기하고 근대극복론을 통한 민족문학론의 창조적 갱신을 촉구하였다. 차승기는 상대주의와 관계론을 바탕으로 민족담론의 미래와 가능성을 타진하면서 역사적 차이성을 무화시키는 민족주의(동일성)의 허상을 밝히고, 민족주의의 위기에 주목함으로써 교환원리의 근본 조건을 인식하는 가운데 타자공동체로서의 새로운 반성적 주체정립의 필요성을 강조하고 있다.

이번 호는 심포지움 특집의 기획 때문에 일반 논문을 많이 싣지 못했다. 조동구와 유성호의 혜산 연구 논문은 큰 테두리에서 민족담론의 대안이 될 수 있는 자연성 회복에 대한 방법과 가치관을 읽을 수 있으며, 이경훈의 이상론 또한 강요된 동일성 속에서 고통받았던 근대인의 병적 감수성을 새롭게 조명하는 의미를 지닌 글이다.

인간은 자연성으로 구성되어 있으며, 그 존재에 대한 인식이나 접근 방법이 인류의 문화사를 오늘의 삶처럼 방향 짓게 했다. 그리고 자발성보다 인식과 관찰 주체의 인위성에 힘의 중심이 옮겨지면서 자연의 숨길이 끊어진 무수한 가상들을 생산해 놓았다. 이제 우리 스스로 지은 언어의 감옥을 지우면서 오롯이 남을 타자는 과연 무엇일까? 이 저녁 미래인들이 누릴 자유의 향기를 가깝게 느끼고 싶다.

1999년 8월   한국문학연구회 회장   이 영 섭

차 례

6

II. 자유주제 논문

Ⅰ. 한국문학과 민족주의

민족주의와 문화

한 수 영*

1. 왜 다시 '민족주의'를 문제삼는가?

민족주의에 관해서는 이미 많은 논의들이 있어 왔고, '한국의 민족주의'에 관해서도 역사학계나 정치학계의 성과를 비롯하여 상당한 연구들이 진척되어 왔다. 그래서 '민족주의'와 관련된 문제는 언뜻 보면 이론적으로나 현상적으로 이미 정리되었고, 따라서 '이해'와 '설명'이 완료된 것으로 여겨질 수도 있다. 그러나 우리를 둘러싸고 있는 구체적인 현실과 삶 속에서 이 문제는 생각만큼 간단하지 않다. 오히려 들여다보면 볼수록 민족주의의 외피를 쓴 사회적·이데올로기적 현상 형식들은 역사적 조건의 다양성과 상황의 변화에 따라 여러 가지 모습으로 그 외연과 내포를 달리하며 출몰을 거듭하고 있다. 다만, 우리는 실제로 우리가 경험하는 그러한 사회현상이 민족주의와 관련된 것인지를 모르고 지나갈 뿐이다. 혹은 너무나 '민족주의'에 익숙해 있는 탓에, 다른 말로 하면 '민족주의'가 거의 집단무의식의 차원에서 형성되어 있는 탓에, 하나의 사회현상을 관류하는 이데올로기적 기원을 굳이 밝힐 필요를 느끼지 못하기 때문인지도 모른다.

* 선문대 교수

그런 경우가 아니더라도, 국수주의적 극우 민족주의만 제외한다면 제 3세계의 민족주의에 기반한 민족운동은 정당하고 필요한 것이란 생각도 그러한 생각을 일관되게 주장하는 사람에게는 명료한 구분이 가능할 지 모르지만, 이론적인 그 구분의 명료함이 막상 현실 가운데로 들어오면, 실제 바람직한 민족주의와 그렇지 않은 민족주의의 구분이 모호할 뿐 아니라, 그것은 종종 뒤섞인 채로 움직이는 경우가 허다하다. 특히나, 우리 민족처럼 민족주의의 형성과정과 그 운동과정이 특수한 경우에는 이 문제가 한결 복잡해질 수밖에 없다. 가령, 우리는 서구에서의 민족주의 형성이 지니는 고전적 과정과도 또 다른 길을 밟아왔고, 그런 점에서 식민지 경험을 지닌 많은 비서구권 국가와 비슷한 경로를 통해 민족주의가 형성되었다고 볼 수도 있겠지만, 분단과 전쟁, 그리고 그 이후에 전개된 현대사의 특수한 성격으로 말미암아 반드시 식민지 경험을 가진 비서구권의 민족주의와 동질적인 것이라고 보기도 어려운 측면이 있다.

무엇보다도, 민족주의의 개념이나 종류나 그 역사적 발현 형태를 말하기 이전에, 오늘날 우리 일반 국민이 실제로 현실 공간 안에서 경험하는 '민족주의'의 현상 형식(혹은 '대중의 민족의식'이라고 해도 좋다)은 경계를 나누고 성격을 규정하기가 모호한 대목이 많다. 얼마 전의 당혹스런 경험 한 가지를 통해 이 문제의 실제적인 측면을 짚어보기로 하자. 올 봄에 이른바 '스크린쿼터' 문제로 우리 사회가 떠들썩했던 일이 있다. 이 문제는 아직까지 명쾌한 결말이 나지 않은 상태로 미국과 우리 정부와 한국 영화인의 입장이 대립되어 있는 상황인 줄로 안다. 한국의 대표적인 영화감독이 삭발을 하고, 영화배우들이 검은 상복을 입고 거리 시위에 나섰다. '스크린쿼터 축소'를 반대하는 우리 영화인의 입장은 분명했다. 스크린쿼터제가 축소되면 '한국영화는 다 죽는다'는 것이다. 그래서 스크린쿼터제의 보존은 한국영화의 사활이 걸린 중차대한 문제라고 했다. 일부에서는 스크린쿼터에 목을 맬 것이 아니라 떳떳하게 영화의 질과 수준으로 경쟁해야지 그런 보호막에 의존하는 것은 한국영화의 자생력과 대외경쟁력을 강화하는 데 도움이 되지 않는다는 문제제기도 있었지만, 그것은 현실을 무시한 공염불이라고 일축되었다. 헐리우드 영화산업을 이끄는 자본과 맞대결을 벌인다는 것은 처음부터 승산없는 싸움이라는 것이고, 영화는 예술이자 문화이기 때문에 일반 상품에 적용되는 시장원리로 접근해 들어갈 사안이 아니라는 것이 주된 반론의 요지였다. 익히 알다시피, 사회 전체의 여론은 영화인들의 저항과 분노를 지지하는 쪽으로 기울었다.

　다소 엉뚱하고, 더욱이 한국 영화인들에게는 부당하게 여겨질 상상이지만, 이런 역설적인 상황을 가정해보자. 스크린쿼터가 축소되는 정도가 아니라 아예 폐지되고, 한국 영화인들의 우려대로 한국영화가 다 망하면 어떤 일이 일어나는가? 가장 확실한 사실 한 가지는, 영화를 통해 살아가는 많은 사람들이 일자리를 잃게 될 것이란 점이다. 그러나, 영화인들은 그보다 더 중요한 것을 잃는다고 경고하는데, 그것은 '한국인이 자신들의 삶과 정서를 표현할 중요한 수단 하나를 잃어버리게 되고 만다'는 것이다. 그런데, 거기서 또 엉뚱한 궁금증이 생겨났다. 첫째는 한국인들이 만들면 그 영화는 자동적으로 한국인들의 삶과 정서를 표현하는가 하는 것이고, 둘째는 미국영화나 프랑스영화나 다른 나라 영화를 통해서는 표현되지 못하는 고유한 한국인의 삶과 정서란 과연 무엇인가? 그것은 단지 한국인의 삶을 소재로 다루면 저절로 보장되는 것인지, 그렇지 않으면 한국 영화인만이 표현해 낼 수 있는 독특하고 고유한 미적 특질이 존재한다는 뜻인지?[1] 그렇다면, 그리스 출신이면서 프

---

1) 사실 이 질문은 매우 어렵고 복잡한 문제를 야기시키는 것이다. 요컨대, '민족주의'의 미학적 등가물이 실체로 존재하는가 하는 문제로 이어지기 때문이다. 신문이나 텔레비전 같은 대중매체에서는 이 논의가 이런 차원까지 나아가지는 않았지만, 영화인들이 내세운 논리는 '민족주의의 미학적 등가물'이 전제되지 않고서는 하나의 주장으로 성립되기 어려운 것이다. 이 문제가 복잡해지는 것은, 단지 민족주의의 미적 등가물이 존재하는가의 여부와 상관없이, 즉 미적 등가물이 존재한다고 가정하더라도, 그러한 미적 등가물이 과연 '민족' 전체를 표상할 수 있는 미적 등가물인지의 여부가 2차적으로 제기된다.

랑스에서 주로 활동하는 코스타 가브라스가 한국인 장기수 '김성만'을 다룬 인권영화 와 임권택의 「씨받이」 중에서 어느 영화가 한국인의 삶과 정서를 제대로 표현하고 있는 것인지? 「쉬리」 이전에 가장 많은 관객 동원 기록을 가졌던 「서편제」, 한국인의 전통음악인 판소리를 중심으로 하여 한국인의 한과 정서를 가장 잘 표현해냈다는 찬사를 받은 그 영화를 국문학자인 조동일이 "전형적인 서구의 미학원리에 입각하여 한국인의 고유한 미적 원리를 왜곡한 영화"[2]라고 혹평한 일은 어떻게 설명될까.

짐작하다시피, 이 사례를 끄집어 낸 것은 스크린쿼터제도 축소에 관한 찬반 논쟁이나 우리 영화인들의 주장의 타당성 여부를 따지려는 의도가 전혀 아니다. 다만, 나를 포함해서 우리 대다수가 '한국인들의 삶과 정서를 표현하는 중요한 수단 하나를 잃어버린다'는 것에 큰 의심없이 동의하고 헐리우드 영화자본의 이해관계를 대변하는 미국의 통상압력에 분노를 느끼는(사실 이 발생 순서는 앞뒤가 바뀐 것인지도 모른다) 심리적 반응의 기저에도 역시 숨김없이 '민족주의'가 작동하고 있다는 사실을 확인하고자 할 따름이었다.

민족주의를 다시 문제삼을 필요가 있다고 하면서 이처럼 구체적이고 지엽적이기까지 한 실례(實例)로 시작한 것은, 민족주의와 관련된 이론들이 구체적인 현상 형식들을 제각기 형성하고 있는 자기 이론 체계 안으로 모두 환원시켜 버리는 까닭에, 실제 '민족주의'와 관련된 구체적인 현상의 복잡성과 착잡함이 제대로 드러나지 않을 우려가 있기 때문이

처음부터, 그런 것은 실체로 존재하지도 않고, 존재할 수도 없다고 일축해 버리면 문제는 간단해지지만, 스크린쿼터제 축소논의의 과정에서도 우리가 확인했듯이, 그러한 미적 등가물의 실체가 존재할 수 있느냐의 여부와 상관없이 일상적인 의식 속에서 대부분의 사람들이 그것을 이미 인정하고 있다는 점이 복잡함의 근원이 된다.

2) 조동일, 『카타르시스, 라사, 신명풀이—연극영화미학의 기본원리에 대한 생극론의 풀이』, 지식산업사, 1997, 3-15쪽.

다. 물론 최종적으로 우리가 기대야 할 곳은 역시 '민족주의'와 관련된 이론들일 테지만, 그것이 오늘날 우리에게 왜 새삼스러운 문제로 다가오는 것인가를 이해하기 위해서는 역시 구체적인 현상을 통해 접근하는 것이 좋을 것 같았기 때문이다.

2. 세계는 바야흐로 경쟁적인 '민족주의'시대가 부활하는가?

우리가 '민족주의'를 둘러싼 논의를 진행하고자 할 때, 그것은 얼마나 복잡한 논리적 매개과정을 거쳐야 하며, 또 얼마나 착종된 현상 형식들과 맞닥뜨려야 하는가를 환기하는 일은 무엇보다 필요한 일이다. 물론 이런 착종된 현상들은 몇 개의 이론에 대입하면 쾌도난마의 명료한 분석 결과를 얻을 수 없는 것은 아니나, 그렇다고 해도 과연 달라지는 것이 무엇일지에 대해서는 여전히 난감함을 떨칠 수가 없다. 더욱이 눈을 들어, 나라 바깥을 살펴 보면 바야흐로 냉전 체제의 마감 이후에 세계사를 진행시키는 가장 강력한 추동력은 '민족주의'가 아닌가 싶을 정도로 지구 곳곳은 그야말로 '민족전쟁'의 소용돌이에 휘말리고 있다. 체첸과 러시아간에 벌어지고 있는 분쟁이 그렇고, 터어키와 이라크의 국경지대에서 양쪽 모두로부터 협공 당하면서 필사적으로 자기보존을 유지하려고 투쟁하는 쿠르드족과 주변 국가들의 분쟁이 또 그러하며, 스리랑카의 타밀 분리주의자들, 인도네시아 정부와 격렬한 투쟁을 벌이고 있는 동티모르 분리투쟁이 모두 그렇다. 그러나 가장 압권은 역시 최근 세계의 이목을 집중시켰던 발칸반도의 코소보 사태라고 할 수 있는바, 이 사태야말로 바로 냉전 구도의 종식 이후 새롭게 부활하는 '민족주의'가, '민족주의'의 기치를 내걸고 싸우는 민족들 당자뿐 아니라, 세계체제의 헤게모니를 여전히 유지한 채, 그러한 세계체제의 주변부에서 일어나는 분쟁들을 체제 내적 구조 안에서 해결하려고 애쓰는 쪽(즉 미국과 서유럽)도 얼마나 곤혹스럽게 만드는가를 단적으로 보여준 경우라고 할 것이다. 경우는 약간 다르지만, 이웃 일본에서 최근에 일어나고 있는 일련의 일들, 예컨대 내각이 집단으로 야스쿠니 신사에 참배를 했다든가, 일본의 학계와 정가에 산재해 있는 극우보수주의자들이 '타케시마는 일본땅이다'라고 했다든가, '정신대는 조선여성의 자발적인 직업활동이었다', '일본의 조선지배는 침략이 아니라 진출이다'라는 익히 보고 들어 오던 것을 제외하고라도, 국기 '히노마루'와 노래 '기미가요'에 법적 지위를 부여하는 문제를 둘러싸고 벌어졌던 논쟁과, 이 와중에 학교 행사에서 국가제창과 국기게양을 놓고 당국의 지시와 교사 및 학생들의 반발 사이에서 고민하던 일본의 한 고등학교 교장이 자살하는 사건을 계기로, 법제화 시비가 국회로까지 나아가 마침내 법안이 국회를 통과했다는 소식은 다시 일본의 '내셔널리즘'이 부활을 꿈꾸는 전조로 보지 않을 수 없다. 이 일련의 소동의 대미를 장식한 것은 '국기—국가법'이 중의원 분과위를 통과했다는 소식을 듣자마자 일본의 대표적인 극우 보수 논객인 에토준(江藤淳)이 자살한 사건일 것이다.[3] 이 일련의 소동을 관류하고 있는 것은 분명히 일본의 '내셔널리즘'이다.

최근에 논란이 되었던 새뮤얼 헌팅턴의 『문명의 충돌』은, 헌팅턴이 궁극적으로 말하고자 하는 결론만 건져 올린다면, 우리 입장에서는 다소 희극에 가까울 만큼의 엄살에 해당하지만(그의 결론을 요약하자면 이렇다. '서구세계여 일치단결 하여 이슬람 및 여타의 비크리스트교 문명의 도전으로부터 우리를 지켜야 한다. 자본주의의 발전에 매개된 서구적 가치의 세계화는 우리 서구인의 환상이었다. 각고면려하여 크리스트교권(圈)이 유지·발달시켜온 보편적 가치를 세계화하는 데 더 분발

---

3) 「대표적 보수논객 '에토 준'의 자살」, 『조선일보』, 1999, 7, 24.

하자!'이다), '민족분쟁'을 포함하여, 종교와 언어, 문화와 종족의 차이에 의해 만들어지는 문화지형과 분쟁 및 갈등과 대립의 현상 분석은 놀랄 만큼 핍진한 데가 있다고 생각한다.4) 그는 '문명'으로 수렴되는 이러한 종교·언어·종족·문화에 기반을 둔 차이들이 냉전 이후의 세계 질서를 어떻게 재편성하고 있는가를 다소 과장스러운 제스추어로 묘사하고 있기는 하지만, 그것들이 때로는 서구중심주의와 충돌하면서, 또 때로는 근대화와 길항하거나 근대화에 편승하면서 어떻게 다양한 변장술로 부활하는가 하는 점, 그리고 그 과정에서 나타나는 여러 형태의 문화적 착종들을 흥미롭게 기술하고 있다.

---

4) 오해를 피하기 위하여 내가 긍정적으로 보고자 한 것은 그의 '현상분석의 어떤 정치(精緻)함'이라는 점을 다시 확인해 두고자 한다. 그러나 그의 사유방식과 대안은 원인과 결과가 거꾸로 선 것이기에 동의하기 어려운 부분이 많다. 가장 전형적인 것은, 그에게는 '민족'을 포함한 '신분집단적 결합형태'가 오늘날 부활하는 것은 원초적 집단과 문명 또는 문화적 정체성이 근원적이고 절대적인 힘을 지닌 것으로 파악된다는 점이다. 이것은 그가 긍정적으로 평가하는 서구 문명(즉 크리스트교권 국가가 공유하고 있는)의 보편적 가치를 절대화하는 것으로 연결된다. 그의 논리 중에 흥미로운 대목은 비서구권에서(특히 이슬람세계 및 아시아세계) '반서구주의'를 형성하게 만드는 현대 서구의 부정적 측면, 예컨대 마약·섹스·환경오염·개인주의·무신론 따위는 고유한 서구적 가치의 결과가 아니라 근대화의 결과라고 본다는 점이다. 사실상 '서구화=근대화'라는 도식에 아주 익숙해 있는 우리에게 그의 이런 발상은 다소 곤혹스러운 신선함(?)으로 다가온다. 다시 말하면 근대화는 누구나 성취할 수 있고 공유할 수 있지만, 크리스트교에 기반한 유럽적 가치는 온전히 서구인의 것이라는 것이고, 이것이야말로 타문명에 의해 훼손될 수도, 그 가치를 이양할 수도 없는 것이라는 점이다. 이 대목에서 그의 서구중심적이고 독선적인 문명관의 일단을 목도하게 된다. "건국강령과 서구 문명의 유산을 거부한다는 것은 우리가 알아 온 미국의 종말을 의미한다. 그것은 또한 사실상 서구 문명의 종말을 뜻한다. 만일 미국이 탈서구화할 경우 서구는 유럽과 유럽인들이 정착하여 세운 인구 밀도가 희박한 비유럽 지역의 몇 나라로 축소된다. 미국을 잃을 경우 서구는 세계 인구에서 차지하는 비중이 점점 떨어지는, 유라시아 대륙의 한 귀퉁이에 조그맣게 붙어 있는 반도의 신세로 전락한다."(『문명의 충돌』, 이재희 옮김, 김영사, 1997, 421쪽). 이것이 엄살이 아니라면 달리 형용할 말을 찾기 어렵지 않겠는가. 그리고 이런 점에서 그것은 갈데없이 '미국 민족주의'라고 부를 만한 것이다.

　다시 우리의 경우로 눈을 돌리면 어떠한가. 1990년대 들어와 해체 담론의 영향력이 커지면서 '민족주의'뿐 아니라, '민족'담론 자체를 부정하는 움직임이 크게 대두되었다. 더구나 이러한 해체의 전략은, 정부 주도하에 제창되었던 '90년대 초반의 슬로건, '국제화' 내지는 '세계화'의 이데올로기적 공세와 맞물리면서, 더이상 '민족' 운운 하는 것은 바야흐로 세계화 시대를 맞이하여 시대착오적 행태로 폄하되기 시작했다. 더구나 박정희 시대를 가로 질렀던, 가부장적 권위에 올라 탄 '민족주의'의 후유증에 아직도 시달리고 있는 페미니즘측의 공세가 가세되면서, '민족주의'는 남성중심주의적 담론으로 비판의 호된 질책을 받게 되었다.5) 그러나, '민족'담론에 대한 무차별적인 공세의 결과는 어떻게 나타났는가. '민족주의'에 직간접으로 걸쳐 있는 우리 사회의 다양한 담론 중에 가장 약한 고리는 엉뚱하게도 민족주의의 스펙트럼 중에서 가장 진보적이라고 인정받아 오던 부분이었다.

　다른 한편으로, '90년대 들어와 우리에게 '민족'단위의 사유가 더이상 현실적 유효성이 없다는 절망론에 빠지게 만든 가장 커다란 계기는 초국적 자본, 특히 실물경제의 수십 배에 달한다는 금융자본의 위력이 민족국가의 경계를 무색하게 만든 것이라고 할 수 있다. 다른 어떤 분야보다도 대중문화는 이런 현실에 재빠르게 편성해 무국적의 대중문화상품들을 쏟아내기 시작했고, 이런 경향의 배후에는 포스트모더니즘으로 무장한 든든한 이데올로그들의 엄호와 사기진작이 작용하고 있었던 것이다.

---

5) 예컨대 다음의 발언이 그 한 예다. "지금 상황에서 민족주의는 중심에 있는 모든 다른 집단들을 지워버리고 있습니다. 민족주의 사회는 오로지 개인의 민족적 주체만을 중요한 것으로 인지해야 한다고 명하죠. 민족주의 아래에서 많은 지식인 남자들은 가족과 민족의 운명을 짊어진 존재로서 늘 힘겨워하죠. (……) 민족의 중심에 있는 이들은 여자들을 민족의 화신으로 미화하면서 희생을 강요해왔고, 조국을 떠난 이들에게 죄의식을 갖게 합니다.", 좌담「지구화시대의 한국학—민족주의와 탈민족주의의 긴장」(『창작과비평』, 1997 여름호, 43쪽)에서의 '조혜정의 발언' 중에서.

그리고 또 다른 한편에서는 '민족'담론은 지식인이 주도하는 '아시아적 가치의 재발견 기획'에 슬쩍 명함을 내민다. 헌팅턴은 비서구 지역의 여러 문명권에서 근대화가 높은 수준으로 이루어질수록 전통적 가치로의 복귀 열망도 그에 비례해서 높아지는 묘한 법칙적 연관을 발견할 수 있다고 한다.6) 헌팅턴은 특히 아시아 지역을 중심으로 확산되는 이러한 전통 복귀의 열망을 근대화의 진행 과정에서 얻은 자신감, 특히 급격한 경제발전으로 얻은 자신감의 발로라고 해석하고, '이제 우리는 더이상 서구적 가치가 아니라 아시아적 가치에 근거해서 이 경제발전에 박차를 가하자'는 주장으로 요약된다고 말한다. 최근에 불고 있는 '아시아적 가치의 재발견'(물론 이것은 단 한 가지로 뭉뚱그릴 수 없는 다양한 내포를 지니고 있다. 예컨대 리콴유의 '유교적 자본주의'론에서부터, 최근 우리 지식인들 사이에 제기되는 동아시아 연대의 회복은 꼭 같은 논의의 층위에 서 있는 것은 아니다)이 '민족'담론과 직접적인 연관이 없다고 하더라도, 아시아적 가치의 재발견은 결국 아시아적 동질성의 확보로 이어질 수밖에 없고, 그 과정에서 비아시아(특히 서구, 그러나 서구를 포함한 아시아 이외의 모든 지역)의 '타자화', 그리고 아시아적 동질성이 무엇인가를 추출하는 과정에서 어쩔 수 없이 하나의 '신화'가 만들어지는 일을 피할 길이 없음은 자명하다. 이런 상황에서 다시 최근의 곤혹스러웠던 경험은, 우리 사회에서 움직일 수 없는 하나의 '문화권력'인 김지하가 '단군성조숭배운동'을 활발하게 펼치기 시작했다는 점이다. 그는 신문을 비롯하여 기회가 닿는 모든 매체에 이 운동의 필요와 근거를 역설하고 있다. 박정희를 떠올리면 거의 반사적으로 박정희 시대 최대의 수난의 상징으로 함께 떠올릴 수밖에 없는 김지하가, '70년대를 줄기차게 가로질렀던 박정희식 내셔널리즘, 즉 국수주의적 민족주의의 '전술적 무기'(우리가 이미 폐기처분했다고 확실하게 믿고 있던)를 다시 부

---

6) 새뮤얼 헌팅턴, 앞의 책, 92-100쪽.

활시키는 이 아이러니를 어떻게 받아들여야 좋을지. 극과 극은 서로 통한다는 속설을 곱씹으며 위안을 삼아야 될까.[7)]

그런 반면에, '7,80년대를 거치면서 '민족주의'의 가장 건강한 현상 형식이라고 평가할 만한, '민족문학'을 둘러싼 일체의 논의와 운동은 거의 흔적을 찾아볼 수조차 없을 만큼 궤멸적인 타격을 입었다. 이 글을 쓰게 된 가장 직접적인 동기도 여기서 비롯되거니와, 왜 그리 되었는가를 따지자면 다시 분분한 논의가 있어야겠지만, 인정할 수밖에 없는 작금의 현실임은 분명하다.

이 모든 복잡다단하고 착종된 '민족주의적 현상'을 길게 제시하는 진정한 의도는 '민족주의'를 부정하거나, 우리를 거의 무의식의 차원에서 지배하고 있는 '민족주의'의 존재의의를 무시하려는 의도가 전혀 아니다. 민족주의는 역사의 전개 과정과 구체적인 상황 및 현실적 조건에 따라 다양한 변형태를 가지며, 그 과정에서 민족주의의 현상 형식에 따라 그것은 민족의 바람직하고 인간다운 삶에 보탬이 되기도 하고, 때로는 치명적인 해악을 끼치기도 한다는 점, 그래서 그 동안 우리가 해왔던 것처럼 단순히 민족주의의 보수성과 진보성을 이분법적으로 나누어 한 쪽이 다른 한 쪽을 애써 외면하거나 무시하는 것으로 해결되지 않는다는 점(사실, 우리는 국수주의적 민족주의는 괄호 안에 넣어 처리하는 것으로 쉽게 손을 털지만, 그 끈질긴 생명력과 현실적응력은 더 정치하

---

7) 김지하의 '단군성조숭배운동'이나 '상고사 복원운동'이 꼭 그런 것이라고 단정할 수는 없지만, 우리 상고사에 대한 극우민족주의적 해석이 북한의 상고사 해석과 유사하다는 지적은 음미할 만하다. 그리고 이 지적과 더불어, 민족주의가 본래의 건강성을 상실하고 체제이데올로기로 전락할 때, 그것이 미치는 부정적 폐해에 대해서도 남북한의 통치이데올로기가 민족주의에 의존하고 있는 현실에 비추어 깊이 생각해 볼 문제이다. 임지현은 "단군묘의 발굴과 더불어 남한의 대종교 단체와 북한 정권 관계자들이 북경에서 만나 개천절 행사를 같이 치렀다는 것은 체제 이데올로기에 포섭된 민족주의적 역사 해석의 현주소를 생생하게 드러내는 것"이라고 냉소적으로 비판했다. 임지현, 「한국 사학계의 '민족' 이해에 대한 비판적 검토—보편사적 관점과 민족사적 관점」, 『민족주의는 반역이다』, 소나무, 1999, 57쪽.

고 유연한 대응을 필요로 하는 것이다)을 생각해 보기 위한 것이다.

3. 민족주의의 명암(明暗)

우리에게 민족주의란, 일찍이 김수영이 그의 시 「하……그림자가 없다」(1960)에서 정치적 삶으로서의 '일상'을 다루었던 것처럼, 우리의 일상 구석구석에 포진하고 있다. 그러나, 집단무의식의 차원이라고 할 만큼 민족주의가 우리의 일상에 포진하고 있다는 사실 외에도, 민족주의를 둘러 싼 우리의 논의가 복잡해지는 역사적 요인들이 여러 측면에서 작용하고 있다. 우선, 우리의 경우는 이른바 '원형 민족주의'[8]에 해당하는 조건들, 예컨대 언어나 종족 문제에 있어서의 동질성에 관한 믿음은 확고부동한 것이어서, 실제로 역사적으로 그 기원을 거슬러 올라가 우리가 제도교육이나 지배 이데올로기의 재생산 과정을 통해서 익히 배우고 답습해 온 그 '단일민족의 순결성'이나 '민족의 단일성'은 역사적 사실과 아무리 다르다고 강조해도 완강한 저항에 부딪치게 된다. '민족주의'를 다룬 대부분의 학자들이 다같이 동의하듯이, '민족'이란 '민족주의' 이데올로기의 산물에 불과한 것이며, 이른바 '원형 민족'은 '근대적인 민족'과는 하등 관련이 없는 것이라고 아무리 강조해봐도, '민족주의'가 만들어 놓은 그 자기동일성 신화의 단단한 껍질은 좀체 깨어질 기미를 보이지 않는 것이다. 문제가 한결 복잡해지는 것은, 우리 민족의 경우는 홉스봄조차도 한발을 슬쩍 빼면서, "한국이나 일본과 같은 민족은 영토나 종족, 언어와 관습 같은 면에서 매우 예외적인 경우에 속한

---

8) E. J. 홉스봄, 강명세 옮김, 『1780년 이후의 민족과 민족주의』, 창작과 비평사, 1994. 제2장 '대중적 원형 민족주의'를 볼 것. 여기서 홉스봄은 원형 민족주의의 구성요건으로 '언어, 종족, 종교' 세 가지를 중요하게 꼽았다. 우리의 경우 '종교'는 논외로 하더라도 언어와 종족에 관한 자기동일성은 매우 확고한 것이라고 보인다.

다"9)고 말한다. 그러므로, 우리의 경우는 민족주의가 종족적 동일성을 밑천삼아 어떤 이데올로기적 공세를 펴더라도 일단은 '이빨이 먹히는' 조건이 예외적으로 잘 구비되어 있다고 할 수 있다.

또 하나, 그러한 종족적 동일성에 근거한 민족 인식은, 서구처럼 자본주의의 발전 과정에서 형성·발달한 것이 아니라, 서구 열강과 일본 등의 제국주의의 침략에 맞서, 즉 세계 자본주의체제로의 강제편입이라는 외적 계기에 맞서 '자기보존의 논리'로 개발되었다는 역사적 사실, 그리고 이것은 식민지로부터 해방되고 나서도 끊임없이 '민족주의'의 거듭되는 출현의 정당성을 부여해주는 역사적 배경으로 작용하고 있다는 점이 우리를 곤혹스럽게 만들고 있는 것이다.10) 최근 역사학계에서는 이른바 '민족주의 사학'이 기대고 있는 이러한 종족의 신화에 대해서 이의를 제기하는 움직임11)들이 있지만, 현실적으로 완강한 교두보를

---

9) E. J. 홉스봄, 앞의 책, 94쪽. "종족의 그러한 부정적인 면(종족적인 동질성에 의해 다른 집단을 배타적으로 구분하는 것—인용자)은 중국, 한국 및 일본에서처럼 국가 전통과 같은 어떤 것과 융합될 수 있거나 융합돼 있지 않은 이상 사실상 언제나 원형민족주의와 무관하다(거꾸로 말하면 중국, 한국, 일본은 원형민족주의와 유관하다는 것으로 읽힌다—인용자). 위의 나라들은 종족이라는 면에서 거의 또는 완전히 동질적인 인구로 구성된 역사적 국가의 극히 희귀한 사례이다."

10) 그러나 우리의 이러한 종족적 동일성에 대한 견고한 신화가 실상은 얼마나 허약하고 허구적인가는 '북한'문제와 연관될 때 확연하게 드러난다. 통일의 당위성을 정서적으로 환기시킬 때는 어김없이 '같은 민족이므로 통일되어야 한다'면서 종족적 동일성을 들먹이지만, 정치적·군사적으로 첨예하게 대립되는 상황에 봉착하면, '종족적 동일성', 즉 '민족'보다 훨씬 우선하는 다른 가치들이 대두된다는 점이다. 그러나 문제는 여전히, 그러한 '종족적 동일성'의 신화의 허약함 여부가 아니라, 그런 이중적이고 모순적인 '종족적 동일성'의 신화가 현실의 한 가운데에서 완강하게 힘을 발휘하고 있다는 사실 자체이다.

11) 임지현의 앞의 글(「한국사학계의 '민족' 이해에 대한 비판적 검토—보편사적 관점과 민족사적 관점」)이 그러한 예에 속한다. "역사 인식론의 영역에서 민족주의 사학이 지닌 가장 큰 문제점은 민족적 형식을 강조한 나머지 민족을 초역사적인 자연적 실재로서 부당 전제하고 있다는 점이다."(55쪽)

확보하고 있는 '민족주의'사관의 힘을 당장 무너뜨리기에는 역부족인 것으로 보인다.[12]

---

12) 역사학에서 민족주의사관의 폐해에 대한 문제제기와 거의 같은 맥락으로 '국문학'에서의 민족주의적 경직성과 폐쇄성을 비판한 최근의 글로, 김철의 「'국문학'을 넘어서—국문학 연구 방법론에 대한 하나의 제안」(『현역중진작가연구 Ⅲ』, 국학자료원, 1998)을 들 수 있다. 부연하자면, 이 글은 1998년 5월 23일의 한국문학연구회 정기심포지움의 발표문이었고, 심포지움 현장에서 나는 '국문학이란 범주와 그것의 제도화는 한국어를 사용하는 인구가 존재한다는 사실을 먼저 전제하지 않으면 안되는 것이므로 그 제도의 외연을 허물거나 해체하는 일은 쉽지 않다'는 요지의 반론을 제기했었다. 그러나 내 질문은 민족주의의 근간을 이루는 '언어'의 기원과 동질성에 지나치게 긴박되어 있었고, 발표문이 제기하는 논지의 합리적 핵심과도 다소 벗어나 있는 질문이었다. 오히려 이 발표문은 이 글의 각주 1)에서 언급한 것처럼, 과연 민족의 동질성에 대응하는 '미적 등가물'이 있는가 하는 질문과 같은 맥락에서 이해할 때 비로소 문제 제기의 본뜻이 헤아려질 수 있다고 생각한다. 김철은 바로 그 '미적 등가물'이 존재한다는 '관념'에 안주해 있는 '국문학'의 제도적 안정성과 자기동일성을 문제삼고 싶었던 것이라고 생각한다. '원형민족'을 구성하는 중요한 요인 중의 하나인 '언어'적 동질성의 문제, 그리고 그 동질적 언어를 사용하는 언어공동체의 확고부동한 현존은 한국문학을 전공하는 나에게는 여전히 명쾌하게 풀리지 않은 의문점으로 남아 있다. 그러나, 우리의 '언어'적 동질성 문제, 특히 '문학언어'의 문제는 궁극적으로 '근대적 산물'일 수밖에 없지 않겠는가 하는 생각이 든다. 이 문제의 어려움에 대해 하나의 시사점을 제공해 준 것은 가라타니 고진(柄谷行人)이 일본 근대문학에서의 '언문일치'를 설명하는 방식이었다. 우리의 말과 글은 일본과는 또다른 체계(특히 한자와의 관련에서)를 가지므로 일본의 경우와 반드시 일치하는 것은 아니고, 여기는 고진의 논리를 설명할 자리도 아니므로 생략한다. 다만 우리의 경우도 근대문학의 형성과 더불어 자리잡게 된, '문(文)'은 그 때까지 우리 민족이 쓰던 입말을 그대로 '문'으로 옮긴 것이 아니라, 입말과는 전혀 다른 새로운 글말이 만들어진 것이란 사실을 확인하는 것은 필요하다고 생각한다. 이것은 단순히 입말과 글말의 차이는 어느 나라, 어느 민족에서나 존재할 수 있다는 정도의 '일반성'으로 환원시킬 문제는 아니다. 당시에 근대문학자들에 의해 형성·정착되던 글말은 우리의 입말은 물론이고 전통적인 글말과도 분명히 다른 것이었다. (여기서 한문체로부터 한주국종체, 국주한종체에서 다시 한글체로 정착하는 일련의 변화과정을 문체의 근대적인 진화과정으로 설명하는 것은 별 설득력이 없어 보인다. 그것이 짧은 시간 안에 거의 동시적으로 실험되고 적용되기 시작했다는 것 자체가 '글말'의 근대적 형태를 고민했다는 증거이기 때문이다.) 이 새롭게 형성·

그러나, 이러한 '종족적 동질성'의 신화에 기반한 '민족주의'논리가 언제나 부정적인 역할만을 담당했던 것을 결코 아니다. 우리는 식민지 시대를 거치는 동안, 민족주의는 다른 어떤 이데올로기보다도 민족해방 운동을 추동시키는 가장 강력한 이데올로기적 근거로 작동했었다. 그러나 그 과정에서 그것이 지나친 '자기보존'의 논리적 근거로만 움직였던 탓에, 민족주의가 지니는 또다른 긍정적 계기로서의 '인민 주권'이나 '부르주아 민주주의의 발전' 등이 민족주의를 통해 발양되기가 어려웠고, 종족적 동질성의 신화에 종종 묻혀버리곤 했다. 바로 이런 이유 때문에, 민족주의의 다양한 스펙트럼 중에서, 민주화운동이나 민중운동과 같이, 민족주의의 긍정적 계기를 확보하고자 했던 우리 현대사의 민족 운동들을 주목할 필요가 있는 것이다.

일본의 경우를 잠깐 살펴 보자. 잘 알려져 있다시피 후쿠자와 유키치는 메이지시대 서양에 대한 일본의 '자기의식'을 정초하는 데 가장 큰 영향력을 끼친 일본의 근대 계몽주의자다. 후쿠자와가 서구의 아이덴티티를 인식하는 통로는 '문명'이었는데, '문명=서구'라는 등식이 성립되자마자 곧 '비문명(야만)=비서구'라는 타자의 아이덴티티를 형성시키게 되었다. 그리고, 일본이 '야만'으로부터 '문명'으로 나아가기 위해서는 현재로서 최고의 문명수준에 도달해 있는 서양을 배우지 않으면 안된다

정착된 글말에 의해 다시 이번에는 우리의 '입말'이 변화하는 과정이 형성되었다고 생각한다. 우리의 '근대어'가 정착되는 과정은 물론, 유럽처럼 완전히 이질적인 언어를 쓰는 수 개의 종족이나 민족이 '근대 국가'에 의해 일방적이고 강제적으로 하나의 '공식어'를 선택당함으로써 공통의 민족언어를 만들어 가는 과정과는 분명히 다르지만, 그렇다고 해서 오늘날 우리가 쓰고 있는 이 언어가 '근대'와는 상관없이 항상적인 동질성의 기반 위에 자리잡고 있다고 생각하는 것은 문제가 있다는 것이다. 이것은 딱히 어떤 논리나 견해를 공박하는 것이 아니라, 언어의 기원과 동질성에 지나치게 묶여 있던 나 스스로에 대한 반성이자 스스로에게 제기하는 질문이다. 고진의 '일본의 언문일치'와 관련된 내용은 그의 『일본 근대문학의 기원』(박유하 옮김, 민음사, 1996)의 1, 2장과 『마르크스, 그 가능성의 중심』(김경원 옮김, 이산, 1999)의 3장과 4장의 '나쓰메 소세키론'에 정리되어 있다.

는 논리에 도달하게 된다. 후쿠자와의 유명한 저서 『문명론의 개략』은 대체로 이러한 관점에서 일본이 서구로부터 무엇을 어떻게 배울 것인가, 그리고 서구 문명의 발전 동인(動因)이 무엇인가를 자기 나름으로 분석해 놓은 책이다. 이 과정에서 일본의 자기동일성의 확보는 다시 아시아의 여러 민족(대표적으로 중국과 조선)을 타자화시키는 과정을 필연적으로 수반하는 데(동일성의 확보 과정이란 항상 타자를 배제하고 제외시키는 과정을 동시에 거칠 수밖에 없다), 서구를 타자로 상정했을 때의 '자기보존적 동일성의 확보'가 일본을 제외한 아시아 민족을 타자로 상정했을 때는 '자기확장적 동일성'으로 손쉽게 전환되었다.[13)]

한 가지 흥미로운 것은, 후쿠자와가 서양의 문명 발전의 중요한 요인으로 민족성(내셔널리티)의 확립을 내세우면서, 일본에게는 서양의 이런 확고부동안 내셔널리티가 없음을 개탄한다는 점인데, 그는 프랑스를 예로 들면서 프러시아와의 전쟁에서 끈질긴 저항을 통해 승리할 수 있었던 것이 바로 프랑스 국민이 '민족성'을 중심으로 일치단결할 수 있었기 때문이라고 설명한다.[14)] 그런데 바로 이 대목에서, 우리는 그가 서구의 '내셔널리티'와 그 형성 과정을 얼마나 주관적으로 오해 내지는 왜

---

13) 일본의 내셔널리즘이나 내셔널리티의 형성 과정을 '배제된 소수(즉 재일조선인)'의 관점에서 예리하게 분석해 들어 간 최근의 성과로는 강상중의 『오리엔탈리즘을 넘어서』(이경덕·임성모 옮김, 이산, 1997)와, 윤건차의 『일본, 그 국가·민족·국민』(하종문·이애숙 옮김, 일월서각, 1997)을 꼽을 수 있다. 윤건차는 내가 여기서 지적한 '자기보존'과 '자기확장'의 이중성 내지 경계의 모호함을, 일본이 전통적으로 내세운 '아시아 중심주의'의 허구성을 지적하는 대목에서 이렇게 말한다. "근대 일본의 자기상의 정립은 가상된, 혹은 현실에서 압도적으로 뛰어난 힘을 지닌 서구와의 격차에 의해 설정될 수 있는 것이었으며, 아시아는 서구에 대한 모방과 반발의 역학에서 가끔 이용된 것에 지나지 않는다는 특질을 가졌다. 역사적으로도 근대 일본은 서구 중심주의와 일본 중심주의 사이에서 시계추처럼 왔다갔다 움직이게 되지만, 최후까지 아시아 중심주의는 존재하지 않았으며, '아시아주의'와 '동아신질서' '대동아공영권' 등의 논리와 슬로건은 모두가 자신을 정당화하고 살아남기 위한 수단으로서 위치지워졌다." 윤건차, 앞의 책, 141쪽.
14) 후쿠자와 유키치, 정명환 옮김, 『문명론의 개략』, 광일문화사, 1989, 21-47쪽.

곡하고 있는지를 짐작할 수 있다. 잘 알다시피 보불전쟁 기간 동안 프러시아의 공세로부터 빠리를 지켜낸 것은 실제로 '꼬뮌적 연대'로 단결했던 빠리 민중들이었다. 이 '꼬뮌적 연대'를 프랑스적 '내셔널리티'로 뭉뚱그리는 것까지는 가능한 일이지만, 바로 그 '내셔널리티'는 종족적 동일성이나 천황을 구심점으로 여전히 '신민(臣民)'적 복속을 통한 일체감의 확보라는 일본적 '내셔널리티'와는 하등 관련이 없다는 사실이 중요하다.

원래부터 근대적 개념으로서의 민족의 성립은 외부로부터의 압박에 저항하는 내부의 결속이라는 의식의 형성, 즉 '우리 의식' '에스닉 아이덴티티(ethnic identity)'15)의 형성을 토대로 한다. 영국과 프랑스의 경우

---

15) '에스니시티(ethnicity)' 개념의 이해를 돕기 위해 한 친절한 설명을 인용해 보기로 하겠다. "에스니시티란 일반적으로, 어떤 집단에 대한 개인의 귀속이 공통의 출신·관습·언어·지역·종교·신체적 특징 등에 의해 객관적으로 규정되거나, 이들 요소가 주관적인 귀속의식에 결정적 역할을 할 경우, 집단과 개인이 관계하는 다양한 차원을 포괄하는 개념을 말한다. 본래 미국의 도시사회학에서 비(非)영어계 유럽 이민이 미국 사회에 동화되면서도 전통 문화 및 언어와 자기귀속의식, 그리고 동향인과의 강한 유대를 유지하며 정치적 영향력까지도 행사하는 현상을 가리켜 사용된 용어이다. 이들은 그 민족의식이 고국의 전통적 민족문화와 언어로부터 벗어나 있는 한편 미국이라는 주류사회 문화의 영향을 받아 변질되기 때문에, 민족이라고 칭하지 않고 본래 '이교도'라는 뜻을 가진 '에스닉 그룹(ethnic group)'이라 불렸고 이들의 민족의식을 '에스티시티'라고 했다. 즉 민족적 특질이 이질적인 문화/언어의 영향을 받아 변질되어 그들 자신이 준(準)민족화하면서도 주류 국민과의 이질성을 의식하고 있는 집단이 에스닉 그룹, 그런 의식을 유지할 만한 객관적인 문화·언어적 지표와 집단으로서의 문화적 승인, 정치·경제적 이익의 달성을 추구하는 주관적인 공동귀속의식이 에스니시티이다. 종종 에스닉 그룹과 에스니시티를 같은 의미로 사용하는 경우도 있다. 현재 에스니시티 개념의 적용범위는 더 확장되어, 국민국가 내의 종속적 하위집단(subalternity) 전반, 곧 국민문화(주류 민족의 문화)에 완전히 동화되지 않는 문화집단들(예컨대 이민·난민·소수집단)의 정체성을 의미하면서, 국민문화를 기반으로 삼는 내셔널리즘 개념과는 대립적인 함의를 갖게 되었다. 그것은 에스닉 그룹이 자신의 문화적 정체성과 정치적 자립을 요구하는 운동(에스노내셔널리즘)에서 잘 드러난다." 강상중, 앞의 책, 246쪽.

에는 자본주의적 발전과 함께 대두한 부르주아층이 군주(제국)와 교회
와 싸우면서 시민의 자치 영역을 확대해 나가는 과정에서 민족의 의식
을 성장시켜 갔던 것이다. 그런 반면에 일본의 경우에는 '서구의 충격'
을 직접적 계기로 하여 '일군만민'론으로 대표되는 천황 심벌을 핵으로
초번적 의식이 싹트게 되어, 그것이 나중에 메이지 국가의 지향에 의해
강하게 규제된 형태로서의 민족의 의식으로 전화되어 형성되었다. 당연
히 일본의 '우리 의식' 또는 '에스닉 아이덴티티'는 번으로 분립되어 생
활해 온 인민의 '자기의식'과는 동떨어지게 되고, 국가의 제도나 지향에
크게 규정되는 '내셔널 아이덴티티'라는 색채를 강하게 띠게 되었던 것
이다. 이런 점에서 마루야마 마사오는 일본의 '내셔널리즘'에 아무런 기
대를 할 수 없다는 절망론을, 동시에 '내셔널리즘'이 언제 다시 부활할
지도 모른다는 항상적인 우려를 내비쳤던 것이다.

> 만일 이제부터 국민의 애국심이 또다시 이 따위의 밖으로부터의
> 정치적 목적을 위해서 동원되는 날이 온다면, 그것은 **국민적 독립**이
> 라는, 어떠한 성격의 내셔널리즘에 있어서건 지상명령이라 할 수 있
> 는 성격을 포기하고 **반혁명과의 유착**이라는 과거의 가장 추악한 유
> 산만을 이어받는 결과가 된다. 그런 것도 내셔널리즘이라고 일컬을
> 것인지의 여부는 사람마다의 자유라고 해두자. 어느 쪽이든 간에 그
> 경우에 틀림없는 사실이 한 가지 있다. 그런 방향으로 나가면 일본은
> 결정적으로 **다른 아시아 내셔널리즘의 동향과 등지게 될 운명**을 면
> 치 못한다는 사실이 바로 그것이다.16) (고딕강조는 원저자, 밑줄강조
> 는 인용자)

마루야마가 일본의 내셔널리즘에서 가장 아쉬워하는 대목은 그것이
근대적인 시민의식의 발양을 통한 민주주의의 진정한 확립과 사회변혁

---

16) 마루야마 마사오, 이영희 옮김, 「일본의 내셔널리즘」, 백낙청 엮음, 『민족주
　　의란 무엇인가』, 창작과비평사, 1981, 292쪽.

의 이념적 기제로 연결지어지지 않고, 거꾸로 반동적인 정치적 음모에
만 항상 동원된다는 사실이었다. 앞에서 잠깐 언급했듯이, 우리의 경우
는 일본의 '내셔널리즘'이 시종일관 민주주의나 사회변혁과 전혀 연결
지점을 찾지 못했던 것과는 달리, 해방전부터 민족주의는 민족해방운동
의 가장 강력한 이념적 근간을 이루고 있었고, 해방 이후에도 분단과
전쟁이라는 혹독한 시련을 거치면서도, 민주주의 이념의 확산과 민중을
중심으로 한 사회운동의 중요한 이데올로기적 지반을 형성할 수 있었다
는 점에서는 일본의 '내셔널리즘'과 구분해야 할 것이다. 그러나, 마루
야마가 거듭 강조하듯이, "아시아지역 나라들 가운데 일본은 내셔널리
즘에 관해서는 이미 처녀성을 잃은 유일한 나라이다. 극동지역의 다른
나라들에서는 내셔널리즘이 싱싱한 에네르기가 용솟음치는 청년기의 위
대한 혼돈을 잉태하고 있는 것과는 반대로……"17)와 같은 서술을 대할
때면, 그가 계속 비교해 마지 않는 극동의 민족주의가, 다른 곳은 다 관
두고라도 한국의 민족주의가 그러한 비교에 적절했던 것인지에 대해서
는 다소 의문이다. 물론 이 글은 1951년도에 쓴 것이지만, 그의 예견과
는 달리 우리는 마루야마가 그토록 혐오해 마지 않았던 민족주의의 가
장 반동적인 유형을 긴 시간 동안 경험하게 되었기 때문이다.

　박정희 시대를 가로질렀던 통치 이데올로기로서의 민족주의의 경험이
야말로, 오늘날 대중의 민족의식을 가장 혼란스러운 양태로 빚어낸 직
접적인 원인을 제공해 주었다. 왜냐하면, 반동적 민족주의의 쓰디쓴 경
험에도 불구하고, 성장제일주의정책과 맞물려 통치이데올로기의 수단으
로 전락했던, 그리고 국민들이 기꺼이 그 기치 아래 복속되기를 주저하
지 않았던, 박정희식 민족주의의 부정적 측면은, 최근의 경제난과 같은
상황 아래에서는 언제든지 부활할 가능성을 지니고 있을 뿐 아니라, 경
제적 풍요만 다시 보장된다면 어떤 조건에서라도 민족주의의 깃발 아래

---

17) 마루야마 마사오, 앞의 글, 276쪽.

로 모여들 준비가 되어 있는 대중적 에네르기로 충만해 있는 것이다.
예컨대, '단군성조숭배운동'은 이미 여러 차례 형식을 달리하며 되풀이
되어 왔던 운동의 하나지만, 최근에 그것이 다시 등장하게 된 것은, 아
무래도 아이엠에프 사태 이후 공황상태에 빠진 국민들의 정신을 결집시
키고 진작시킨다는 취지가 강하게 들어있는 것이 아닌가 한다. 물론 경
제적 풍요에 모든 것을 걸고 살아온 그간의 우리 삶과 의식에 분명히
큰 문제가 있음은 사실이지만, 그러한 정신적 황폐함을 종족적 기원의
상징으로 대체할 수 있을지, 또는 그런 방법이 과연 필요한 것인지를
되물어야 할 것이다. 그러나 문제의 본질은 경제적 풍요 이외에 어떤
가치도 존중하지 않게 만들었던, 박정희의 성장제일주의 정책의 후유증
이 너무도 심하고, 여전히 경제회복이 된다면 어떤 대가도, 심지어는 무
덤 안에서 박정희를 다시 불러내어 그의 '민족주의'를 되살려 내는 한
이 있더라도 좋다는 식의 또다른 경제제일주의의 그림자가 우리 사회를
짙게 드리우고 있다는 점이다. 그런 요인이 잠복해 있는 한 국수주의적
민족주의가 부활하는 것은 시간 문제가 아니겠는가.

　문제를 좀더 복잡하게 만드는 것은, 외적 계기에 의해 비로소 근대적
인 '민족'의식을 형성할 수 있었던 우리의 경우, 그것의 출발선상에서의
논리적 근거였던 '자기보존의 열망'이 실상 '자기확장의 열망'으로서의
제국주의 내지 식민주의의 논리와 명확한 경계가 그어지지 않는다는 점
이다. '자기보존'은 언제 '자기확장'의 논리로 변화할 지 모르는 잠재적
가능성을 띠고 있는 것이다.[18] 실제로 '자기보존'은 순수한 '자기보존'
으로 일관할 수가 없다. 우리의 경우 근대적 '민족의식'의 형성은 불가
피하게 서구열강(내지 일본)을 '타자'로 설정하는 일종의 '자기의식'이었
고, 그 점에서 '타자'로부터 '보존'을 '인정'받고자 하는 '욕망'에 근거하

---

18) 차승기의 「근대 계몽기 민족주의의 성격에 관한 고찰―저항과 지배의 변증
　　법」(『현역중진작가연구 Ⅳ』, 국학자료원, 1999)은 이런 관점에서 신채호를
　　중심으로 한 근대 계몽기 민족주의의 성격을 분석한 논문이다.

고 있기 때문에, 라캉투로 표현하자면 '자기보존'의 '민족의식'이란 결국 '타자의 욕망'을 욕망하는 것이 되는 셈이다(우리의 경우보다도 이러한 '타자의 욕망'을 '욕망'하는 가장 적실한 사례, 그래서 곧 '자기보존'이 '자기확장'으로 손쉽게 넘어가는 역사적 사례로 바로 '일본'의 '내셔널리즘'일 것이다).

우리는 역사적으로 이민족을 침략하거나 지배한 일이 거의 없기 때문에, 특히 근대에 들어 와서는 거의 피압박과 피지배의 위치에 머물렀던 까닭에, '자기보존의 논리'로서의 '민족주의'가 '자기확장'이라는 공세적이고 가학적인 양태로 탈바꿈할 가능성에 대해서 얼른 짐작하기가 어려워지는 것이 사실이다. 그러나, 최근에 우리가 연변에 거주하는 한민족이나 동남아시아를 중심으로 한 외국인 노동자들(이들은 일종의 노동이민들이며, 우리 사회에서는 '배제된 소수집단'에 해당한다)에 대해, 특히 그들이 남한 사회에서 감당해야 하는 문화적 소외와 인권유린, 임금착취와 산업재해 등에 대해 대응하는 양상을 볼 때는, 이른바 '종족적 동일성'의 신화에 근거한 '민족주의'가 얼마나 허술한 것임을 금세 확인할 수 있으며(왜냐하면 우리는 이미 무의식적으로 연변동포를 '민족'아이덴티티의 안쪽에 포섭하고 있지 않기 때문이다. 그들은 바깥쪽에 위치하고 있다.) 다른 한편으로는 외국인 노동자들이 국내 노동시장에서 상대적으로 유지시켜주고 있는 '노동시장의 탄력성'의 이윤 부분을, '자기확장'의 달콤한 열매로 즐기고 있기 때문이다. 그러나 만약 동남아시아의 노동 이민이 지금보다 훨씬 집중적으로 이루어지면, 언제 우리는 터어키 출신 노동이민자들에게 테러를 가하는 저 독일의 네오나찌주의자들처럼 변할는지 알 수 없다. 개인적인 기억의 조각 하나를 되살려보자면, 저 '70년대 박정희 시대의 '박스컵' 대회나 프로레슬링, 프로권투의 활성화는 신흥공업국의 선두주자로 눈부신 경제개발을 이루어나가는 자신감의 표현이자, 동남아시아의 우리보다 못살고 못난 고만고만한 나라들을 불러들여 자기 집 안마당에서 민족주의의 자기확장논리가 대리충족되는 장면을 만끽하는 가학심리의 발로가 아니었던가 싶다. 이것을 박정희는 교묘하게 통치수단으로 이용했다. 그렇게 해서라도 자신감을 회복하는 것이 안하는 것보다는 좋지 않았겠느냐고 반문할 수도 있겠지만, 그것이 바로 지배권력이 노리는 바의 대중 수준의 착종된 민족의식이 제대로 방향을 가늠하지 못하도록 만드는 지름길이었던 것이다.

4. 민족주의는 우리에게 무엇인가

지금까지, 다소 혼란스런 느낌마저 들게 만드는 이상의 논의에서 말하고자 했던 바를 몇 가지로 정리해 보도록 하자. 우선, 민족주의의 일상화를 통해 대중적 차원에서 경험하는 민족주의의 현상 형식은 착종되어 있고 경우에 따라서 모순적이기까지 하다는 점이다. 그리고 그러한 착종되고 모순적인 현상 형식의 근원에는 우리의 민족주의가 형성·발전되는 과정에서 나타났던 다양한 이종(異種)과 습합 작용들, 그리고 고전적인 민족주의와 다를 수밖에 없었던 특수성들이 개입하고 있었다는 점, 또 하나는, 그러한 착종 중에서도 가장 강력하고 끈질긴 규정 요인은 종족적 동일성(및 언어와 문화적 동일성)이라는 '원형 민족'을 구성하는 요건이었다는 점이다. 그리고 가장 최근에 우리가 경험한 민족주의의 발현 형식은 두 가지로 나눌 수 있는데, 그것은 박정희 시대로 표상되는바, 종족적 동일성의 신화를 극대화시켜 통치 이데올로기의 수단으로 변형되었던 극우 민족주의와, 그 대척점에서 민족주의의 이데올로기적 에너지를 민주화 운동이나 인권운동, 그리고 민중운동과 같은 사회변혁 운동과 연결지어 진척시켜 온 또다른 민족주의의 역사적 경험이 놓여 있다는 점이다. 그리고 가장 가까운 현실의 풍경은 세계적으로 다시 민족주의의 부활을 목도하는 가운데, 우리는 그 동안 진행시켜왔던 민족주의의 긍정적 계기가 가장 약한 고리로 드러나는 것이라고 할 수 있다.

민족주의를 모태로 해서 나타나는 이러한 다양하고 착종된 현상들을 통해 우리는 다음과 같은 근본적인 질문을 한번쯤 던져보지 않으면 안 된다. 이 다양한 스펙트럼과 긍·부정적 계기의 동시성에도 불구하고 민족주의는 여전히 유효한가?

> 민족**국가**는 자신의 정당성을 주장함에 있어 그 국민들이 특정 민족의 공통된 성원이라는 것을 중심으로 하는 국가인데, 거기에서 민족의 정체성은 일반적으로 (보통은 대체로 신화적인) 공통의 역사와 문화에 의해서 규정된다. 이와는 대조적으로 민족**주의**는 자신의 국가를 요구하는 특정 민족의 운동 이데올로기이거나, 기존의 민족국가를 옹호하는 운동의 이데올로기다.19)(고딕강조는 원저자)

캘리니코스의 이 요령있는 정리를 토대로 우리가 민족주의와 민족국가의 관계를 설정할 수 있다면, 민족주의의 유효성을 묻는 질문은 금세 '민족국가는 여전히 유효한가?'라는 질문으로 옮겨간다는 것을 알 수 있다. 인용문에도 나오듯이, 지금 우리의 '민족주의'는 '민족국가'를 옹호하는 이데올로기 바로 그것이기 때문이다. '민족국가'가 최종 목표라는 점에서, 다시 말하면 '민족국가'를 단위로 해서 '발전'하는 것을 염두에 둔다는 점에서는, 국수주의적 민족주의든, 남한 진보진영이 추구해 온 민족주의든 결국은 같은 궤도 위에 있음을 부인하기 어렵다. 근대의 초입에 강제로 경험할 수밖에 없었던 긴 식민지 체험과 연이은 분단과 전쟁의 역사적 경험은 그것 자체로 제대로 된 '민족국가'를 한번 구성해 보는 간절한 우리의 '소망'의 원천이 되었다. 그러나 민족주의와 민족국가를 다루는 몇몇의 서구 담론은, 민족국가 단위의 그러한 '발전'은 사실상 자본주의 체제를 구축해 왔던 '자유주의' 이데올로기가 오랜 세월

---

19) 알렉스 캘리니코스, 「민족주의 종언?」, 배효룡 편역, 『현대자본주의와 민족문제』, 갈무리, 1994, 162쪽.

진행시켜온 기만과 허구였다는 것을 계몽시키기 위해 애쓴다.

　세계체제론자인 월러스틴에 따르면, 민족국가는 광범위한 분업체계를 포함하는 세계체제 안에서 특정 집단이 세계시장의 기능에 영향을 미치거나 그것을 왜곡하는 수단으로 이용되는 정치기구이자, 그 영역 내의 사회적 생산관계를 지배하는 규칙을 고유한 법적 권리로서 독점하는 기구다. 세계체제의 정치구조는 단일하지 않고 복수의 주권국가로 이루어지는 국가간 체제(inter-state system)를 형성하고 있으므로 민족국가는 이러한 국가간 체제의 불가결한 일부로서 발전하고 형성되었고, 그런 까닭에 완전히 자율적인 정치체 따위는 없었으며 또 단일한 정치체제가 세계경제를 지배한 적은 한번도 없었다고 본다. 국가간 체제는 국가간의 대등한 관계로서가 아니라 국가들의 위계(hierachy)로 형성되는데, 이들 국가로의 자본의 지리적 집중과 그 원인이 되는 부등가 교환은 국가간 체제가 존속함으로써 비로소 가능해졌다는 것이다. 세계체제의 분업시스템과 국가간체제의 위계에 의해 형성되는 이러한 발전의 불균등성에 의해, 특정한 지역 혹은 특정한 민족국가의 발전을 그는 '발전의 지리문화'라고 불렀다. 그리고 그는 모든 민족주의를 포함해, 사회주의까지도 이 '발전의 지리문화'의 주술로부터 자유롭지 못했다고 비판했다. 그는 이 '발전의 지리문화'가 세 가지 거짓 신념에 의해 구성되어 있다고 했다. 첫째는 현재 또는 미래에 국제연합의 구성원인 국가들은 정치적으로 주권을 가지며, 적어도 잠재적으로는 경제적 자율성을 가진다. 둘째, 이 국가들은 각각 민족'문화'를 가지고 있고, 이 문화는 실제로 유일한 문화이거나 또는 기본적이고 원형적으로 유일한 문화이다. 셋째, 이들 국가들은 각각의 시간에 따라 독립적으로 '발전'할 것이다(발전이란 실제로 현재 경제협력개발기구 회원국들의 생활수준에 접근하는 것을 의미하는 것으로 보인다). 이 세 가지 거짓신념 중, 특히 세번째 것은 '새빨간 거짓말'이라는 것이 월러스틴의 주장이다. 그의 주장에 따르면, 70년대 아시아의 신흥공업국의 신화는 '민족국가'의 발전을 보여

주는 신화가 아니라, 세계자본주의 체제의 분업시스템의 재편 과정(즉 낮은 이윤율 때문에 중심부에서 주변부로 넘어가는 산업들을 매점해냄으로써 가능해진)에서 나타난 예외적 사례일 뿐이라는 것이다.

> 문제는 다음과 같다. 한국 또는 중국, 혹은 영국 문화란 무엇인가? 그것은 1993년에 한국 또는 중국, 혹은 영국에 사는 사람들의 다수가 권고하고, 어느 정도 준수하는 가치와 관습의 집합인가? 아니면 한국 또는 중국, 혹은 영국 사람들 중 다수가 권고하고, 어느 정도 준수하는 가치와 관습 중 1993년의 것과 1793년의 것, 또는 1993년의 것과 993년의 것의 부분집합인가? 우리가 관용적으로 '한국적' 또는 '중국적' 혹은 '영국적' 문화라고 지정한 문화는 조금도 자명하지 않다. 더구나 이러한 형용사에 의해 지시되는 단일한 문화가 있다는 것조차 전혀 자명하지 않다. 문화는 그 명칭에 의해, 그리고 물론 계급에 의해 규정되는 경계들 내에서도 시대에 따라, 지역적 공간에 따라 다르다. 그래서 우리가 마거릿 미드처럼 문화적 가치들을 존중해야만 한다고 말할 때, 우리가 누구의 문화적 가치 또는 어떤 문화적 가치를 말하고 있는지를 알아야 한다. 그렇지 않다면, 준거가 너무 모호해진다. 마찬가지로 우리가 '지속 가능한 발전'이라고 말할 때에도, 준거 대상이 명확하지 않다. 만약 한국 또는 중국, 혹은 영국이 '발전한다'고 말한다면, 우리가 실제로 의미하는 것이 남한, 중국 남부, 영국의 남부 카운티들인가 아니면 나라 전체인가?[20]

인용이 다소 길었지만, 월러스틴의 이러한 관점은 민족주의 문제에 관해 중요한 시사점을 던져 준다. 적어도, 민족국가 단위의 발전 전망을 장미빛 미래로 제시하는 어떤 이데올로기도 허구라는 점, 그와 동시에 우리의 의식을 강하게 지배하고 있는 그러한 전망의 무의식적 신념화도 진지한 반성이 필요하다는 점. 더욱이 지금과 같이 미국을 위시한 초국적 투기자본이 세계경제를 쥐락펴락하고, 우리로서는 가장 커다란 불똥

---

20) 이매뉴얼 월러스틴, 강문구 옮김, 『자유주의 이후』, 당대, 1996, 233쪽.

이 튀어 뜨거운 맛을 보고 있는 상황에서 이것을 적극적으로 타개해 나가야 할 건강한 목소리는 자취를 찾기 힘들고, 오로지 들리는 것이라고는 똘똘 뭉쳐 다시 한번 잘 살아 보자는 지극히 소박한 '민족주의'적 구호밖에는 없는 실정에서는 그러한 자각이 더욱 절실해진다. 예전 좋았던 시절처럼(월러스틴의 표현을 빌리자면 세계체제의 분업시스템의 재편에 따른 반사적 이익을 누리던 시절처럼), 이 문제는 '한번 잘 살아보자'고 허리띠를 졸라 매거나, 우리가 그 동안 너무 흥청망청했다고 반성한다고 해결될 일이 아닌, 세계경제의 전체 구조와 맞물려 돌아 가는 문제라는 점이 사태의 본질이다.

월러스틴을 포함하여 앞에서 인용한 홉스봄이나 베네딕트 엔더슨 같은 논자들의 '민족 이론' 내지 '민족주의 이론'은 비서구권에 속한 사람들의 관점에서는 상당히 서구중심주의적인 편향이 작용하고 있음을 부인하기 어렵다. 이러한 문제틀에 전적으로 종속되어버릴 경우 부르주아 민족주의의 부정적 측면을 극복하려던 시도가 오히려 민족문제 전체를 유기하는 방향으로 나아가기 십상이다. 추상적인 차원에서나마 이 글이 계속 유지하고자 하는 균형추는, 민족주의의 부정적 측면을 극복하고 민족 담론의 전면적인 해체의 위기에 맞서 민족문제에 대한 환기와 민족 담론의 새로운 형성의 필요성을 이야기하려는 데에 놓여 있다. 그런 점에서 월러스틴의 논리는 비판적으로 읽는 일이 전제가 되어야 할 터이지만, 그럼에도 부르주아 민족주의의 여러 측면이 착종되어 드러나는 작금의 현상들을 명료하게 이해하는 데에는 일정한 나침반이 되어 주기도 한다.

이 대목에서 노동자를 포함한 다양한 계층의 국제적 연대의 필요성을 다시 한번 생각해 볼 필요가 있다. 이것은 맑스주의의 고전적 강령을 교조적으로 답습하자거나, 이미 역사적으로 시효가 확인된 구소련을 비롯한 옛사회주의를 부활시키자는 것이 아니라, 최소한 자본의 초국적 운동에 맞서기 위해서라도, 그러한 운동의 반대편에 서 있는 쪽은 여전히 민족국가 단위 안에서 폐쇄적으로 대응한다면 이것은 애초에 균형이 맞지 않는 일이 아닐까. 또하나, '민족'이라고 뭉뚱그려지는 추상적 '주체'를 이제는 생산적으로 해체할 필요가 있다는 사실이다. '민족 전체'라고 말하는 순간, 사실은 그 안에 다양하게 산포되어 있는 수많은 에스닉 그룹의 문제점들은 거대한 용광로에 순식간에 녹아버린다. 월러스틴의 문제의식도 여기에 가닿아 있다. 민족의 누구를 말하는가, 민족의 누구의 발전인가, 민족의 누가 혜택을 입고 누가 피해의 담지자인가? 민족'문화'로 표상되는 문화는 민족의 누구의 문화인가? 이러한 물음은 민족허무주의와는 관련이 없다. '민족'문제의 당면한 과제를 유기(遺棄)하려는 것과도 관련이 없다. 우리 민족이 가장 시급하게 해결해야 한다고 믿는 '통일'조차도, 그것이 추상적인 '민족'에 묶여 있는 한 통일은 요원하다. 누가 무엇 때문에 어떤 통일을 원하는가를 진지하게 묻지 않는 한, 그것은 계속 남북한 사람들의 실질적인 요구와 변혁의 에너지를 유예시키고 진정한 '통일'과 만나지 못한 채 영원히 미끌어져만 갈 것이다.

역사적으로 존재했던 민족주의는 다양한 얼굴을 지니고 있다. 우리의 민족주의 경험만 하더라도 한두 가지만으로 묶어내기 어려운 다양한 층위를 지닌 것이었다. 그러므로, '민족주의는 유효한가?'라는 질문은 '당면하고 있는 구체적인 민족문제가 무엇인가?'라는 질문으로 바뀌어야 옳을 것이다. 그리고 그 구체적인 민족의 문제를 따지고 물어 나가는 일은 다시 우리 앞에 던져진 숙제가 아닌가.

토론요지 ———————————————————————————

「민족주의와 문화」에 대한 토론

김 철*

7-80년대 민족—민중문학론의 그 숱한 '논쟁'들을 지금 되돌아보면서 참으로 의아스러운 것은, 정작 '민족'과 '민중'에 대한 원론적인 논의가 거의 전무하다는 사실입니다. "[민족문학]은 민족의 주체적 생존과 그 대다수 구성원의 복지가 심각한 위협에 직면해 있다는 위기의식의 소산 이며 이러한 민족적 위기에 임하는 올바른 자세가 바로 국민문학 자체 의 건강한 발전을 결정적으로 좌우하는 요인이 되었다는 판단에 입각한 것(⋯⋯)민족문학의 개념은 철저히 역사적 성격을 띤다. 즉 어디까지나 그 개념에 내실을 부여하는 역사적 상황이 존재하는 한에서 의의있는 개념이고, 상황이 변하는 경우 그것은 부정되거나 보다 높은 개념 속에 흡수될 운명에 놓여 있는 것"(백낙청, 「민족문학 개념의 정립을 위해 (1974)」, 『민족문학과 세계문학』, 창작과비평사, 1978)이라는 정도가 그 대로 통용되어 왔다고 할 것입니다. 도대체 무엇이 '민족'이고 '민중'인 가, 그것으로 지칭되는 대상의 외연과 내포는 무엇인가, 더 나아가, '민 족'은 실체인가, 그것을 중심으로 사유하고 실천한다는 것은 무엇인가, 하는 따위의 질문은 80년대의 그 뜨거운 논쟁들 속에서 논의의 중심으 로 떠오르지 않았습니다(정과리의 「민중문학론의 인식구조」라는 논문이

———————————————————————————
* 연세대 교수

유일하게 이 문제를 거론한 것으로 꼽힐 만합니다). 한편 '민중' 개념을 학술적으로 규명해보려는 노력이 대단히 미흡한 형태로나마 한 권의 소책자 정도(『민중』, 문학과지성사)로 묶여져 나온 것도 1984년이나 되어서였습니다. 물론 그 뒤를 잇는 작업도 없었죠.

그렇게 된 이유는 무엇일까요? '민족' '민중'은 말하지 않아도 누구나 이미 '체험'을 통해서 알고 있다고 생각했던 것이 아닐까요? (결국 각자의 '체험'에 따른 저마다의 주관적인 '이해'와 '오해'들이 넘쳐나곤 했습니다. 80년대를 뒤덮었던 그 많은 '일방통행식 논쟁'들을 상기해봅시다.) 급한 것은 개념 규정이나 '반성'이 아니라 우선 '싸우고 보는 것'이었습니다. 아니면, 그것은 분석의 대상이 될 수 없을 만큼 당연한 것이고 심지어는 '신성'한 것이었을까요? 어찌 되었든 이것은 명백한 지적 태만이며 직무유기일 뿐입니다.

그런 점에서 발표문의 논지는 지금까지의 공백을 뚫고 들어가는 대단히 중대한 의의를 지녔다고 생각됩니다. 민족국가 단위의 독자성과 자율성을 서구적 근대가 심어놓은 하나의 환상으로 공박하면서 세계체제론적 관점에서의 국제적 연대를 부르짖는 월러스틴의 견해에는, 그 결론이 더러 허망하고 추상적으로 들리지 않는 바는 아니지만, 저 자신도 항상 '어쩔 수 없이' 동의하고 있습니다. 그런데, 발표문의 4절과 그 이전 1, 2, 3절 사이에는 무언가 기묘한 혼란 혹은 비약이 있습니다. 몇 가지만 지적을 해 보겠습니다.

1) 세계화 이데올로기나 페미니즘 등의 무차별적 공세가 민족주의의 가장 진보적인 부분을 무력화시켰다는 분석에 대해서는 의문이 있습니다. 앞서 말했듯, 민족문학론의 현재의 무력화는 그 내부의 '민족주의'로부터 형성되고, 그것이 반성되지 않은 역사로부터 가중된 측면이 있습니다. 예컨대, 민족문학론의 한 지도적 이론가는 이렇게 쓰고 있습니다. "[유교 및 불교 사상가들의 작업이] 그들 개인만의 사유나 탐구로

그치지 않고 7세기의 삼국 통일이래, 그러니까 세계의 거의 어느 민족보다도 더 오래, 통일 국토 상의 단일 민족으로 이어온 우리의 역사에 의해 다수인의 공동 체험으로 소화되어 왔다는 사실"(백낙청, 『민족문학과 세계문학』, 1978). 언어, 혈통, 역사 등 이른바 원형민족을 구성하는 일체의 신화적 상징적 장치를 아무 반성없이 수용하고서야, 아무리 진보적 민족주의가 지배블록의 민족주의와 다르다고 강변해 봤자 소용이 없지 않겠습니까.

2) 민족 담론이 유효성을 상실한 계기가 민족국가의 경계를 지우는 초국적 자본의 운동이라는 것, 여기에 포스트모더니즘 이데올로기가 한 몫 하고 있다는 널리 유포된 견해에 저는 의문을 갖고 있습니다. 우선 세계자본과 민족주의가 적대적일까? 오히려 반대는 아닐까요? 자본의 필요에 따라, 다시 말해 세계적 분업체제의 원활한 작동을 위해서라면 민족국가의 경계나 민족주의 이데올로기는 얼마든지 강화되고 조장될 필요도 있을 것입니다. 초국적 자본의 운동이 민족 담론을 무력하게 한다는 견해는, 자칫하면, 그렇기 때문에 더욱 '민족적으로 뭉쳐서' 세계 제국주의에 대항해야 한다는 식의 논리로 이어질 수 있습니다. 그런데 발표자께서는 결론에서 "자본의 초국적 운동에 맞서기 위해서라도" "민족국가 단위 안에서 폐쇄적으로 대응"해서는 안 된다고 말하고 있습니다.

3) 김지하류의 '단군성조운동', 또는 이 글에서는 직접적으로 언급되지 않았지만, 유교자본주의론을 내세우는 '전통과 현대'류의 네오파시즘을, "민족주의가 본래의 건강성을 상실하고 체제이데올로기로 전락"한 것으로 보는 것은 문제가 있습니다. 한국의 민족문학론은 파시즘의 가혹한 탄압에 맞서 자신의 정당성과 순결성을 언제나 민족(의 영원성, 단일성 등등)과 민중(의 순결성, 위대함)에 일치 시켜왔습니다. 그러나 그

러는 한, 그것은 파시즘에 대한 효과적인 저항이기는커녕 어느 결에 스스로 파시즘의 얼굴을 하기 십상인 것이었습니다. 물론 민중—민족주의가 곧 파시즘이라고 말할 수는 없습니다. 그러나 파시즘이 민중—민족주의 내부에서 자신의 거처를 마련하는 전략과 방법, 그 구조와 계기에 대한 반성이 전무했던 데에서 한국의 민중—민족문학론은 그 자신의 고단한 역사에도 불구하고 헤어날 길 없는 모순에 빠지고 말았습니다. 그 모순과 배리의 한 극점에 김지하가 있습니다. 한국 민중—민족문학의 깊이와 높이를 보장하던 시인이 스스로 파시즘의 총화로서 그 모습을 드러내고 있는 여기에 오늘날 한국 민족문학론이 걸어 온 모순과 배리의 한 귀결점이 있습니다. 아무리 고통스러워도 이것은 분석되고 해명되어야 할 것입니다.

4) 위의 3)과 관련해서 발표자께서 줄곧 곤혹스러워 하는 것은 민족주의의 긍정적 계기, 진보적 부분, '자기보존의 열망' 등입니다. 그러나 발표자께서도 말하고 있듯이, 이 자기보존의 열망이 자기확장의 열망으로 바뀌고 제국주의로 바뀌는 것은 한순간입니다. 그렇게 말하면서도 발표자는, 민족주의의 부정적 현상 형식을 군이 박정희 시대나 최근의 외국인 노동자 문제 등으로 축소시키고 있습니다. 그렇게 말하면, '민족'이라는 추상적 주체를 해체하자는 과감한 결론이 근거가 약해지고 맙니다. 식민지 시대의 민족해방운동을 추동한 기본적 에너지는 물론 민족주의였을 것입니다. 그러나 그래서 그것은 긍정적인가? 달리 생각할 구석이 얼마든지 있습니다. 가령 이런 질문이 가능합니다: '민족주의적 열정'으로 뭉친 '친일파'는 민족주의자인가? 반민족주의자인가? 우리는 '친일파'를 '민족정기'와 '민족의 이름'으로 단죄하는데 만일에 그 친일파가 진심으로부터의 민족주의자임이 확실하다면 대체 민족주의를 어떻게 평가해야 하는가? 민족주의의 여러 얼굴이라든가 착종된 모습이라고 말하는 것으로는 해결이 안 됩니다. 반대의 경우도 있습니다. 머리끝부

터 발끝까지 '제국주의자', '파시스트'이면서 '항일민족해방운동'을 한 자들도 있습니다. 이 경우도 민족주의로는 답이 안 나옵니다.

5) 마루야마가 말하는 '처녀성을 잃은 일본 민족주의'와는 정반대의 입장에 서 있는 한국 민족주의의 특성, 즉 언제나 피해자였다는 의식, 따라서 우리는 언제나 순결하고 무구하며 죄없다는 의식, '제대로 된 민족국가를 구성해 보는 것이 간절한 소망'이 될 정도로 '한번 활짝 피어나야겠다'는 식의 열망, '옛날에는 이렇지 않았다'는 식의 과거미화 등은, 한국 민족주의를 어마어마한 폭력으로 전화시켜왔던 동력이면서 민족주의에 대한 어떠한 비판적 반성도 차단하는 두터운 벽입니다. 이것을 그대로 두고 '근대 이후'의 전망을 말하는 것만큼 큰 넌센스도 달리 없을 것입니다.

〈토론자의 질의에 대한 답변〉

부족하고 성긴 글을 꼼꼼하게 읽고 여러 문제점들을 지적해 주신 김철 선생님께 감사의 말씀을 드립니다. 질문해 주신 다섯 개의 꼭지에 하나씩 답변하지 않고 큰 문제를 중심으로 일괄해서 대답을 하도록 하겠습니다. 우선 토론자께서 지적한 대로 이 글에는 논리적으로 하나의 단층이 존재한다는 사실을 인정합니다.(그것을 토론자께서는 '기묘한 혼란 내지는 비약'이라고 했지만, 저는 그것이 제 문제틀에서 말미암은 일종의 단층이라고 생각되어 그렇게 표현했습니다.) 발표자가 느끼기에 이 글이 안고 있는 가장 큰 문제점은 제기하고 있는 사안의 성격에 견주어 구체적이고 뚜렷한 전망을 전혀 제시하지 못하고 있다는 점입니다. 물론 이 글은 민족 담론이나 민족주의와 관련된 미래의 전망을 제시하려는 것이 애초의 목적이 아니었고, 오히려 논지의 중심은 '민족주의'를 둘러싸고 형성되는 여러 가지 현상의 착종된 모습과 그 역사적 연원을 짚어보는 것이었습니다. 그럼에도 불구하고 글을 통해 일관되어 유지하고자 했던 점은, 만약 '민족'을 하나의 중심으로 놓고 이루어지는 모든 담론과 실천을 '민족주의'라는 커다란 범주로 포괄할 수 있다면, 그 '민족주의'의 범주 안에는 다양한 스펙트럼이 존재하는바, 부르주아 민족주의의 왜곡된 측면이 모두 '민족주의' 자체의 고유한 부정성으로 덮어씌워지는 것은 옳지 않다는 점을 이해시키고자 했던 것입니다. 전해 오는 말대로 '목욕물을 버리되 아이까지 버리는 어리석음을 저지르지 않아야 한다'는 점을 환기시키고 싶었던 것입니다. 우선 그러기 위해서 민족주의에 대한 오해와 편견 내지는 그러한 것을 초래할 수밖에 없도록 만든 '민족주의' 자체의 고유한 중층성들을 검토하고 싶었습니다. 그러나 궁극적으로 그러한 이중성 내지는 중층성들을 검토한 끝에 민족 담론의 향배가 어디로 어떻게 나아가야 할 것인가에 대한 구체적인 전망이 제시되지 못한 것은 이 글의 가장 커다란 한계라고 스스로 인정합니다. 그러나 토론자께서 지적하는 이 글의 문제점은 발표자가 인정하는 것과는 조금 다른 지점에 놓여 있습니다.

토론자와 발표자 사이에 존재하는 가장 핵심적인 이론적 결절점은 아마도 이런 것이 아닌가 싶습니다. 토론자께서는 부르주아 민족주의든 반제국주의적·민중적 민족주의든 그것들이 '민족'을 신성시하고 신화의 차원으로 격상시키는 한 모두 똑같은 오류를 저지르는 것으로 본다는 점입니다. 그래서 발표자가 민족주의의 중층적인 구조 안에서 군이 진보적이고 해방을 지향하는 민족주의의 갈래를 계속 유지·보존할 필요성을 역설하는 것에 대해 동의하지 못하는 것입니다.

토론자의 질의 내용과 그가 최근에 보여 주고 있는 일련의 이론적인 작업들을 생각할 때, 아마도 토론자의 문제 제기의 진정성은 그 동안 남한 진보세력이 보여 주었던 민족관 내지는 민중관의 심각한 보수성 내지는 지배이데올로기에 감염된 정도를 비판함으로써 더 발전적인 대안담론들을 모색하려는 것이 아닌가 생각합니다. 그 점에서는 발표자 역시 토론자의 문제 의식과 작업에 전적으로 동의하는 바입니다. 최근 남한의 진보 세력의 침체를 계속 바깥에서 형성된 외부 요인의 평계만 대고 스스로 안고 있던 문제점을 외면해서는 진정한 거듭남이 가능하지 않다는 문제의식의 발로라고 생각합니다.

그러나 민족을 신화화하거나 민족의 원형적 특성을 초역사적 실재로 강조하는 것의 오류를 지적하는 일이 지나치게 확대되어 엄연히 존재하는 '민족문제'의 다양한 내포와 외연마저, 그것이 단지 '민족'을 단위로 이루어지는 담론이자 실천이라는 이유로 폐기되거나 부정되어서는 곤란하지 않겠는가 하는 생각입니다. 중요한 것은 '민족주의'라는 용어가 너무 커다란 범주라는 사실에서도 기인하고 있습니다. 바로 그런 이유 때문에 프란쯔 파농은 민족주의를 부르주아 민족주의를 뜻하는 '내셔널리즘(nationalism)'과 반제국주의적 · 해방적 민족주의를 뜻하는 '내셔널리테리어니즘(nationalitarianism)'으로 구분하려고 했었는지도 모릅니다. 그러나 그 모든 것이 '내이션(nation)'을 단위로 삼는 한, 민족주의에서 한 치도 벗어날 수 없는 것이라고 부정한다면 아마도 발표자와 토론자 사이에 놓인 결절은 쉽게 수습되기가 어려울 것입니다. 발표자가 짐작하기에 그 결절점은 지향이 비슷하되 강조하는 부분이 다른 데서 오는 것이 아닌가 싶습니다. 부족한 내용은 앞으로 더 공부하고 다듬어 나가겠다는 약속으로 대신할 도리밖에 없습니다.

18세기에서 20세기초 민족담론의 변이양상

고 미 숙*

1. '문제 구성'을 위한 몇 가지 전제

'상상의 공동체'(베네딕트 앤더슨), 근대적 구성물, 계몽주의자들에 의해 만들어진 강력한 개념적 도구[1] 등등. 최근 민족주의 논쟁에서 가장 자주 출현하는 민족에 대한 이같은 정의들은 민족을 '객관적 실체'로서가 아니라, 근대 이후 탄생된 역사적 산물로 간주함으로써 민족주의 담론의 해체를 기도한다. 이 글 역시 그러한 기도에 동의하면서 출발한다.

근대 100년간 한국 인문학의 인식론적 원천으로 작용해온 민족주의 담론은 이제 명백히 지적 억압과 쇠퇴의 징후로서만 기능한다. 그럼에도 여전히 연구자들이 이에 대한 미련(?)을 떨치지 못하는 것은 '오래된 집을 떠날 때'의 불안감, 말하자면 그 담론적 자장이 넓고도 깊어 감히 다른 길을 찾을 엄두를 못내는 지적 소심증에 기인한다. 그래서 민족주의의 폐해를 심각하게 느끼는 이들조차 논쟁의 초점을 민족주의의 내용성을 바꾸는 문제로 한정하려 한다. 예컨대, '민족주의는 반역이다.'는

---

* 고려대 강사
1) 이런 사고에 대해서는 Henry H. Em, 「탈민족주의 역사학과 국학의 세계화」, 안동대학 주최 제 3회 한국학 국제학술대회 <21세기 우리 국학의 방향과 과제>(1998)를 참조할 것.

매우 선정적인(?) 제목의 책을 낸 저자 역시 "한반도 전체 대중의 정서가 민족주의에 깊이 뿌리박고 있는 한, 작금의 조야한 민족주의를 극복하는 진정한 길은 민족적 형식을 살리면서 그 안에 진보적 내용을 채우는 즉 건강한 민족주의를 추구하는데 있다"[2]는 진부한(정말 진부한!) 결론에 도달하는 해프닝을 연출하고 있다. 그런데 역설적이게도 바로 이러한 상황 자체가 민족주의 담론이 해체되어야 하는 필연성을 반증한다. 하나의 담론이 오로지 '전통의 중력'에 의해서만 자신의 '힘'을 증거할 때, 그것은 이미 미래를 위한 해석적 상상력을 상실했음을 뜻하는 것이기 때문이다.

물론 이 글은 이러한 예각적인 쟁점을 직접적으로 겨냥하고 있지 않다. 단지 그러한 거시적 전제에 입각하여 문제 구성의 디딤돌로 삼고자 할 따름이다.

이 글은 18세기에서 20세기초 이른바 민족담론의 '시초적' 국면을 대상으로 한다. 잘 알고 있듯이, 기존의 연구들은 이런 소재를 다룰 때 언제나 민족주의 담론의 견실한 구축을 목표로 하였다. 즉, 우리의 민족의식이 얼마나 유구한 연원을 가지고 있는가 또 얼마나 강렬한 저항과 투쟁 속에서 생성되었는가를 확인하고자 했던 것이다. 이 글은 일단 그러한 '애국주의'적 열망과 결별할 작정이다. 조선 후기와 근대 계몽기를 병치시킨 것도 그 때문이다. 지금까지의 연구의 관성으로 보면 이 두 시기는 하나의 지면 위에 공존되기가 어려웠다. 한편으론 두 시기 사이에 만리장성을 쌓는 습속의 벽때문이기도 하고, 다른 한편으론 두 시기 사이의 연속성을 아무런 의심없이 자명한 명제로 받아들여왔던 방법론적 한계 때문이기도 하다. 그러므로 이 글이 이 두 시기를 두루 포괄한 것은 그러한 습속과 한계를 동시적으로 돌파하기 위한 전략의 일환이다.

---

2) 임지현, 『민족주의는 반역이다』, 소나무, 1999, 57쪽 각주 6번.

무엇보다 두 시기의 병렬적 배치를 통해 두 연대 사이의 담론적 차이와 간극을 부각하고자 한다. 사실 민족을 근대에 구성된 상상의 산물로 볼 때, 그것은 그 이전 시대와의 단절을 전제해야 가능하다. 더구나 제국주의 침탈에 의해 근대화가 진행된 한국의 경우, 두 연대 사이의 내재적 발전이란 상정하기 어렵다. 그럼에도 지금까지의 방법론은 으레 근대 민족주의의 개념적 규준에 입각하여 그것들의 맹아적 형태들을 역추적하는 방식으로 조선후기의 텍스트를 읽어내려 했고, 그럼으로써 텍스트의 무수한 분절점들이 침묵, 봉쇄당했던 것이다. 아울러 근대 계몽기의 텍스트 역시 민족주의의 이상적 코스를 설정해놓고 그에 입각하여 언표들을 위계적으로 배열하는 방식으로 다루어졌다. 그러므로 우리의 전략은 일단, 조선후기와 20세기의 내적 연관성을 의도적으로 간과할 것, "통일적이고 위계화된 이론의 심급에 대항하여 국부적이고 불연속적인 앎들에 활기를 불어넣을 것"(푸코), 등으로 압축된다. 만약 이 두 가지가 '무기'의 기능을 제대로 수행하게 된다면, 조선 후기에서 20세기초 민족담론이 시대적 배치에 따라 어떻게 구성되었는지, 그 '차이와 반복'을 포착할 수 있을 것이다.

2. 18,9세기 민족담론의 배치 : 문명, 언어, 욕망을 중심으로

〈1〉

"아, 참 좋은 울음터로다. 한 번 울 만 하구나."[3]

---

3) 민족문화추진회 편, 『열하일기』, 솔, 1997, 105쪽.

요동의 드넓은 광야를 보고 터트린 연암 박지원의 이 탄사는 '세계 최대의 문화제국', 건륭제의 청나라 문명을 접한, 한 변방의 지식인이 느낀 충격의 표현이기도 했다. 그것은 뒤에 덧붙인 그의 주석처럼 좁고 캄캄한 태중에 있던 아기가 갑자기 넓고 환한 곳에 나온 순간에 느낀 생에의 환희를 반어적으로 표현한 것이었다.

민족담론은 일단 외부와의 관계를 어떻게 설정할 것인가로부터 비롯한다. 조선후기의 경우에는 그 외부가 청나라 문명이었다. 주지하듯이, '중화와 사이(四夷)'라는 세계인식이 지배했던 중세에 중화로부터의 문명의 유입이라는 원칙은 보편적 진리였고, 따라서 그 지반으로부터 민족의 내부와 외부의 경계에 관한 담론이 활발하게 형성되기는 어려운 실정이었다. 보편적 위계를 자명한 것으로 받아들인 한, 그것은 늘 중화라는 동일성에의 욕구로 환원될 수밖에 없기 때문이다. 그런데 문제는 당시 중국을 지배하고 있는 종족이 중화문명의 주체인 한족이 아니라, 오랑캐인 만주족이라는 점이다.

조선후기에 이른바 민족담론이 생성될 수 있는 요건은 바로 이러한 간극, 중화의 지배자와 중화문명이 분리된 시대적 조건에 있었다. 이때 가능한 선택지는 이런 정도일 터이다. 먼저, 중화를 지배하는 오랑캐는 문명의 담지자가 아닌 까닭에 그것은 정벌의 대상이다. 그리고 이제 중화문명은 국가적 실체를 지닌 것이 아니므로, 다시 말해 중화에 대한 '비종족적' 해석이 가능하게 되었으므로 문명의 빛을 담지한 조선이 중화의 작은 대변자, 곧 '소중화'가 된다. 북벌론의 이데올로기는 이런 방식으로 도출되었다. 더욱이 병자호란의 치욕적 수치를 겪은 바 있는 조선의 지배자들은 약자들의 '원한에 찬 복수심'을 이런 식으로 자위하면서 소중화론을 내부적 통치의 기제로 적극 활용하였다. 최근 소중화론을 민족적 자존의식의 고양으로 해석하는 경우가 심심치 않게 등장하는바, 그거야말로 민족주의 담론이 얼마나 열등감의 산물인가 하는 것을 말해주는 생생한 증거이다. 또한 이것은 민족적 자주성이라는 정치적 언표만을 절대시하는 논리의 소산으로 하나의 담론이 어떤 현실적 배치 하에서 기능하는지, 어떤 효과를 유도하는지에 대한 고려가 애초부터 거세된 사고이다. 중화주의의 지평을 넘어서기는커녕, 그 내부에 더욱 깊이 잠수하려는 욕구의 산물! 소중화론은 이런 욕구와 지식이 결합되는 메카니즘의 차원에서 접근되어야 할 것이다.

그와 대비되는 또 다른 선택지가 북학파의 것으로, 청나라를 북벌의 대상이 아니라 세계적 문물의 생산자로 그와의 적극적 교통을 모색하는 입장이다. 연암의 호쾌한 감탄사가 잘 보여주듯, 새로운 삶을 추구하는 지식인이라면 청문명의 역동적 활력에 촉발되지 않기란 쉽지 않았을 것 이다. 북학파의 민족의식은 이런 외부적 힘과 마주하여 그 충격을 내화 하는 과정에서 생성되었다.

> "우리 동국 선비들은 세상 한모퉁이 땅에 났으므로 한쪽을 치우 친 기질을 타고났다. 밭은 화하(華夏, 중국)땅을 밟아보지 못하고 눈 으로는 중국사람을 보지 못했다." (……)
>
> "예는 차라리 촌스러워야 한다."라고 이르면서 더러운 것이 검소 한 것인 줄로 여긴다. 이른바 사・농・공・상 사민(四民)이란 것도 겨우 명목만 남았을 뿐, 이용하고 후생하는 물자는 날마다 궁핍해지 기만 한다. 이렇게 되는 것은 딴 이유가 아니고 학문할 줄 모르는 탓이다. 만약 학문을 할 참이면, 중국을 버려두고 어떻게 할 것인가. 그러나 그들은, "지금 중국을 주장하는 자는 오랑캐이니 배우기가 부끄럽다."하면서 중국의 옛 제도마저 아울러 더럽게 여기며 업신 여긴다. 저 중국사람이 진실로 머리털을 깎았고 옷깃을 왼쪽으로 여 미고 있지마는, 그들이 차지한 땅은 하・은・주 삼대(三代) 이래・ 당・송・명을 거친 화하땅이 어찌 아니겠는가. 그 땅 안에 살고 있 는 자는 삼대 이래, 한・당・송・명의 백성들의 후손이 어찌 아니겠 는가. 진실로 법이 좋고 제도가 아름다우면 오랑캐의 것이라도 높여 서 스승으로 해야 할 참인데, 하물며 그 규모의 광대함과 심법(心法) 의 정미함과 제작의 굉원(宏遠)함과 문장의 환혁(煥爀)함에 아직도

삼대 이래 한·당·송·명의 고유했던 옛제도가 남았음이랴."

(박지원, 「북학의 서(序)」)[4]

"주(周)나라는 스스로 주나라이며, 이적(夷狄)은 스스로 이적이다. 대저 주나라와 이적은 반드시 분간이 있었다. 이적이 **화하(華夏)**를 어지럽게 하였다 하여 오래된 주나라마저 배척했다는 말을 듣지 못했다. (……)

청나라가 이미 천하를 차지한 지가 백여 년이 되었으나 그 지역은 옛날 화하 사람들의 자녀와 예의가 난 곳이며, 궁실(宮室)·주거(舟車)·경종(耕種)하는 방법과, 최(崔)·노(盧)·왕(王)·사(謝)와 같은 사대부의 씨족이 그대로 있다. 그 사람들마저 덮어놓고 이적이라 하며, 그 법마저 함께 버리는 것은 옳지 못한 일이다. 진실로 백성에게 이로우면 그 법이 비록 이적한테서 나왔다 하더라도 성인이 장차 취할 것이다. 하물며 본래부터의 중국의 법이야 말해 무엇하랴."

(박제가, 「존주론(尊周論)」)[5]

북학파의 입론을 대표하는 이 텍스트들은 기본적으로 북벌론과 동질적인 지반위에 있다. 즉, 여기서도 '중화 문명/청나라 오랑캐'라는 이원적 구획, 중화문명에 대한 그지 없는 동경 등이 언술의 기저를 이루고 있다. 요컨대, 북학파 역시 근본적으로는 중화주의의 평면 위에 서 있었던 것이다. 그렇다면 북벌론과 갈라지는 지점은 어디인가? 낙후된 조선 및 그에 대비되는 청문물의 놀라운 역동성에의 자각이 거기이다. 북벌론자들이 조선을 소중화라 본 것과 달리 북학파에게 있어 조선은 문명권에서 소외된 편협한 변방에 불과하다. 그렇다면 어떻게 이 무기력한 곳에 문명의 활기를 불어넣을 것인가? 유일한 통로는 중화문화의 점유자, 혹은 상속인인 이적, 청나라이다. 명분과 현실 사이의 불가피한 동요. "진실로 백성에게 이로우면 그 법이 비록 이적한테서 나왔다 하더

---

4) 이익성 편역, 『박지원』, 한길사, 1992, 145-146쪽.
5) 이익성 역, 『박제가 북학의』, 한길사, 1992, 209-210쪽.

라도 성인이 장차 취할 것이다. 하물며 본래부터의 중국의 법이야 말해 무엇하랴."는 교묘한 절충론은 사실 그러한 동요와 간극의 산물이다.

이렇게 북학파의 텍스트들에는 중화주의의 평면에 의존하면서도 틈새들을 이리저리 가로지르는 논리의 줄타기가 이루어지는데, 우리가 주목해야 하는 것은 그들이 민족적 주체성을 얼마나 자각했는가 혹은 중국에 대한 대타적 인식이 얼마나 강렬했는가 하는 최종적 결론이 아니라, 이러한 엇갈리는 지층들 자체에 있는 것이 아닐지. 그러니까 서로 모순되는 언표들의 뒤엉킴이 중화주의의 지반을 계속적으로 동요시키는 힘으로 작용했을 것이고, 그 과정에서 내부의 주체생산에 대한 사유가 심화되었으리라는 것이다. 다음은 그러한 동요가 어떻게 경계를 넘어서도록 추동하는가를 입증하는 좋은 예이다.

> "하늘에 가득한 별들치고 저마다 세계 아닌 것이 없다. 뭇별에서 본다면 지구 또한 하나의 별일 뿐이다. 한량없는 세계가 우주에 흩어져 있거늘 오직 지구가 그 중심에 있다는 말은 이치에 닿지 않는 주장이다. 그러므로 별들은 저마다 다 세계이며, 모두 회전한다. 뭇별에서 보면 지구에서 보는 것과 똑같이 다 그 별이 중심이라고 여기게 된다. 별들은 모두 하나의 세계이기 때문이다."
>
> (홍대용, 『담헌서』)[6]

> "중국과 서양은 경도 차이가 180도이다. 중국인은 중국을 정계(正界)로 삼고 서양을 도계(倒界)로 삼지만, 서양인은 서양을 정계로 삼고 중국을 도계로 삼는다. 그러나 실상 하늘을 이고 땅을 밟고 사는 건 지구상의 어느 지역이든 똑같으니, 횡계니 도계니 할 것 없이 다 정계다."
>
> (홍대용, 『담헌서』)[7]

---

6) 박희병, 「홍대용 사상에 있어서 物我의 상대성과 동일성」, 『한국의 생태사상』, 돌베개, 1999, 284쪽에서 재인용.
7) 같은 책, 285쪽에서 재인용.

시선이 이렇게 확장되면, 이제 안과 밖, 중국과 오랑캐, 물과 아의 구분 역시 절대적 구획에서 해방된다. 중화인가 이적인가, 혹은 청나라가 중화문명의 계승자인가 아닌가 혹은 조선이 소중화인가 오랑캐인가는 중요하지 않다. 각자는 모두 자기 고유의 가치를 지니고 존재하는 것일 뿐 어떤 중심을 향할 필요가 없다.[8] 이런 사유는 분명 중화주의의 지평을 '사뿐히 날아오른' 것에 틀림없는바, 그 추동력은 중화의 외부, 곧 서구라는 또 다른 세계의 발견을 통해 가능한 것이었다.

그런데 이러한 시각은 다양한 방식으로 '절단, 채취'될 수 있다. 예컨대, 중화주의의 구도를 탈피하여 민족적 주체성을 인식한 지적 변혁으로 해석될 수도 있고, 그와는 달리, 중심을 해체하고 모든 공간과 지역을 상대화함으로써 민족주의조차 넘어선 것으로도 해석될 수 있다. 앞에 제시된 박지원과 박제가의 논리가 언표들의 충돌을 통해 틈새들을 만들어낸다면, 홍대용의 텍스트는 조선후기 민족담론의 편폭을 넓힐 수 있다는 점에서 특이성을 발휘한다.

중화문명이라는 외부에 대한 관계를 중심으로 형성된 다양한 담론의 선들은 이후 서로 모순적으로 교차하면서 19세기를 통과한다. 예컨대, 19세기 집권층의 경우, 대명의리론에 입각한 북벌론을 대청사대론으로 변이시키면서 중화주의적 국제질서를 더욱 고착화하는[9] 노선을 취하는가 하면, 많은 보수적 유림들은 민간적 차원에서 소중화론을 신앙의 차원으로까지 심화시키기도 한다. 그런가 하면 19세기의 가장 특출난 사상가 최한기의 경우는 서구문물과의 조우를 통해 세계적 시야를 확보하는 방향으로 나아간다. 그의 기학은 "만물생성의 본원으로 사고하여 이론적 심화 발전을 거듭해 왔던 중국 및 한국의 기사상에 뿌리를 두고 서구 근대 과학의 지식을 섭취해서 이론 체계를 완성한 것"으로, 그는

---

8) 유봉학, 『연암일파 북학사상 연구』, 일지사, 1995, 133쪽.
9) 같은 책, 76쪽.

"말을 하지 않으면 그만이려니와 말을 하면 천하인이 취해 쓸 수 있고 발표하지 않으면 그만이려니와 발표하면 우내인(宇內人)이 감복할 수 있어야 한다."고 설파했다.10) 홍대용의 사유와 유사한 궤적을 밟았던 것이다.

〈2〉

중화문명과의 관계 설정이 민족담론의 외형을 구성한다면, 그 내부에는 언어와 문체를 둘러싼 지층이 자리하고 있다. 그리고 그 흐름들이 반드시 문명론의 자장에 귀속되는 것은 아니다. 대청의식과 관련한 문명론이 일종의 거대담론의 차원이라면, 그 이면에 작동하는 앎의 기제들은 상층의 논리들과 교섭, 충돌하면서 매우 다양한 차원으로 분사될 수 있는 까닭이다.

주지하듯이, 중화주의는 한문이라는 보편문어와 고문(古文)이라는 전범의 수용을 통해 지식인들을 체제 안으로 포획해왔다. 그런 까닭에, 글쓰기는 단순한 테크닉의 영역을 넘어 주체의 호명체계였던 것이다. 조선후기 민족담론의 내부에 문체론이 중심을 차지하는 이유도 여기에 있다. 그런데 여기서 한문을 선택할 것인가 국어를 선택할 것인가 하는 물음은 차라리 부수적이다. 흔히 실학파 지식인들이 왜 한글로 된 텍스트를 남기지 않았는가를 애석해하며 그것을 인식의 한계로 평가하곤 하는데, 그거야말로 언어의 문제를 오직 근대적 언문일치의 척도에 의거해 분석하는 속류 민중주의의 산물이다. 중요한 것은 '소수 언어'를 선택하는 것이 아니라, 지배집단의 언어권에서 그 내부를 비틀어 '문턱을 넘는 강렬도'(들뢰즈)를 만들어내는 것이다.

---

10) 임형택, 「개항전 유교지식인의 '근대' 대응논리 — 최한기를 중심으로」, 『유교문화와 한국사회』, 성대 대동문화연구원 중점과제 학술발표회 요지, 1999.

"대체 어찌해서 같기를 구하는 것인가. 같기를 구하는 것, 그 자체가 참이 아니다."

(박지원, 「녹천관집 서」)[11]

이 문장은 고문으로 회귀하게 만드는 동일성의 논리에 대한 강도높은 거부, 다시 말해 지배언어와 문법으로부터 탈주하고자 하는 욕망을 간결하게 압축하고 있다.

"지금 무관은 조선사람이다. 산천과 풍기(風氣)는 지역이 중화와 다르고 언어와 풍속은 세대가 한(漢)·당(唐)이 아니다. 그런데 중국의 문법을 본받고 한.당의 문체를 답습한다면 우리는 한갓, 문법에 고상할수록 의취(意趣)는 실상 비루해지고 문체가 같아질수록 표현은 더욱 거짓됨을 보게 될 것이다.

우리나라가 비록 구석지기는 하나 또한 천승(千乘)의 나라이고 신라, 고려로 내려오면서 비록 소박했으나 민간에 아름다운 풍속이 많았다. 그런즉 그 방언을 문자로 표현하고 그 민요를 운률에 조화시키면 문장이 저절로 이룩되어 진기(眞機)가 발현될 것이다.(……)

이 무관의 시를 비록 조선 국풍(國風)이라 일컬어도 좋을 것이다."

(박지원, 「영처고 서」)[12]

"내가 일찍이 논한 바, 만물이란 만 가지 물건이니 하나로 묶을 수 없다. 하나의 하늘이라 해도 서로 같은 하늘이 하루도 없으며, 하나의 땅이라 해도 한 곳도 서로 닮은 땅이 없으니, 이는 마치 천만 사람이 각기 저마다 천만 가지 이름을 가졌고 300날에 또 각기 300가지 다른 일이 있음과 같다. 그러므로 역대로 하(夏)·은(殷)·주(周)·한(漢)·진(晉)·송(宋)·제(齊)·양(梁)·진(陳)·수(隨)·당(唐)·송(宋)·원(元)을 내려 왔지만, 한 시대는 또 다른 한 시대와 같지 않아서 각기 저마다 한 시대의 시가 있었다. 열국(列國)을 보아도 주

---

11) 이익성 편역, 『박지원』, 한길사, 1992, 152쪽.
12) 같은 책, 150쪽.

(周)·소(召)·패(邶)·용(鄘)·위(衛)·정(鄭)·제(齊)·위(魏)·당(唐)·진(秦)·진(陳)이 있었으되, 한 나라는 또 다른 한 나라와 같지 않아서 각기 저마다 한 나라의 시가 있었다. 30년이면 세상이 변하고 백리를 가면 풍속이 같지 않다. 어찌하여 대청(大淸) 건륭 년간에 태어나 조선 한양성에 살면서 짧은 목을 길게 늘이고 가는 눈을 크게 부릅떠서 망령되이 국풍·악부·사곡 짓는 것을 말하고자 하는가?"

(이옥, 「이언인(俚諺引)」)[13]

이 텍스트들은 시·공간적 차이에의 긍정을 통해 조선풍, 혹은 고문에서 자유로운 문체의 실험을 적극 표방한다. 이때 각각의 시간들과 나라들은 저마다의 이질성 위에서 존재할 뿐, 어떤 전범적 표상을 중심으로 운행하지 않는다. 이른바, '저기(중국), 그때(고대)'로부터 '지금, 여기(조선)'로의 시선의 전환이 일어난 것이다. 그리고 이러한 전환은 앞에서 중화문명을 둘러싸고 구성된 내용들보다 훨씬 더 강렬한 탈주의 선을 긋는다. 『열하일기』에서는 중화주의의 경계 위에서 머뭇거리던 연암도 여기에서는 단호하게 조선적 차이를 주창하고 있는 것이다. 그것은 그만큼 당시 지식인들에게 있어 문체와 양식의 문제는 반드시 대면해야 하는 문턱같은 것이었기 때문이다.

연암이나 문무자는 모두 문체반정의 주타격 대상이었을 만큼 언어와 표상의 문제를 가지고 치열하고 고심하였으며, 그에 부응하는 새로운 형식들을 창출하였다.

　　　동네 아이에게 『천자문』을 가르쳤더니 읽는데 싫증을 내더이다. 그래서 꾸짖었더니 이렇게 말하더군요.
　　　"하늘을 보면 새파란데 하늘 '천'자는 푸르지 않잖아요? 그래서 글을 읽기 싫어요."

---

13) 김홍규, 『조선후기의 시경론과 시의식』, 고대 민족문화연구소, 1982, 183쪽에서 재인용.

　　이 아이의 총명함은 문자를 만든 창힐(蒼頡)을 기죽일 만 하외
　다.14)

　언어가 어떻게 사물의 생동하는 기운을 포착할 수 있을까? 이것이 연
암과 문무자로 하여금 고문으로 표상되는 지배적인 언어를 내파하기 위
한 전투를 수행하게 한 화두였다. 그리고 그 과정에서 '지금, 여기'를
움직이는 조선적 특수성, 조선적 정체성이 무엇인가라는 문제설정이 형
체를 갖추어 갔던 것이다.

〈3〉

　방언, 즉 우리말로 된 노래형식들에 대한 적극적 관심 역시 그러한
문제설정으로부터 나온 것이다.

　　"이항(里巷)에서 지은 가요는 자연의 소리 그대로 나온 것이므로
　곡조와 박자는 비록 화·이의 간격이 있을지라도 (……) 장으로 나
　누어 운에 맞게 하고 사물에 감동되어 말로 형용한 것은 진실로 곡
　조는 다르나 이른바 '오늘날의 음악이 옛날의 음악과 같다'는 것이
　다. (……) 『시경』에 이른 풍이란 것도 본디 풍속을 노래한 보통 말
　이었다. 그렇다면 그 당시에 듣던 자도 지금 사람이 지금 사람의 노
　래를 듣는 것처럼 아니하였으리라는 것을 어찌 알겠는가?"

　　　　　　　　　　　　　　　　　　　　　　　　(홍대용, 「대동풍요서」)

　그런데 여기서 우리말로 된 노래를 긍정하는 맥락이 표현체계에 관
한 것이라기보다 그 내용적 질과 관련된 것임을 주목할 필요가 있다.
즉, '초동급부(樵童汲婦)'의 노래를 적극 긍정한 김만중의 저 파격적 선

---

14) 박희병, 「박지원의 산문시학」, 『한국의 생태사상』, 돌베개, 1999, 361쪽에서
　　재인용.

언에서부터 비롯된 이른바 '민족어문학론'은 언어체계 자체의 특이성이 아니라, 그 언어에 담긴 민중적 자질을 흡인하고자 하는 노력의 일환이었다. 다시 말해, 이것은 언문일치라는 근대적 제도의 지향과는 상당한 거리에 있었음을 환기할 필요가 있다. 그와 관련해서는 거꾸로 중국어와의 일치를 시도하는 방안이 제출된 바 있다.

> "한어(漢語)는 문자의 근본이다. (……) 중국은 말로 인해서 글자가 나왔고 글자를 찾아서 말을 풀이하지 아니한다. 그러므로 외국에서 비록 문학을 숭상하고 글읽기를 좋아하는 것이 중국과 비슷하다 할지라도 마침내 간격이 없지 아니함은, 이 언어라는 커다란 꺼풀을 벗어날 수 없음이다. 우리나라는 지역적으로 중국과 가깝고 성음이 대략 같으니, 온 나라 사람이 본국 말을 버린다 해도 불가할 것이 없다. 그러한 뒤에라야 오랑캐라는 말을 면할 것이며, 동쪽 수천 리 땅이 스스로 하나의 주·한·당·송의 풍속으로 될 것이니 어찌 크게 쾌한 일이 아닌가?"
>
> (박제가, 『북학의』, 앞의 책, 93쪽)

박제가의 이 논리는 중세적 문/언 불일치를 국어의 사용이 아니라 중국어의 사용으로 해결하려 한다. 그에 따르면 오랑캐 상태를 면하고 중화문명을 흡수하기 위해서는 언어의 장벽을 넘어서는 것이 무엇보다 절실하다. "온 나라 사람이 본국 말을 버린다 해도 불가할 것이 없다"고 할 만큼 문명에 대한 욕구가 압도하고 있다. 이것은 매우 과격한 논법이라 치더라도, 아무튼 당시 지식인들에게 있어 기본적으로 국어는 문명과 지식의 매개어로서 사유되지는 않았다.

그렇다면 민요나 시조 등 우리말로 된 노래양식에 대한 열광은 어떤 배치의 소산인가? 그것은 역시 문체론의 지평 위에서 구성된 것으로, 그들은 이 노랫말들의 질적 특이성을 채취함으로써 고문의 매너리즘을 타파하는 동력을 확보하려 했던 것이다. 조선적 특수성의 구체적 내용성을 우리말 노래를 통해 발견하고자 한 셈인데, 바로 이 지점에서 우리는 당시 민족담론이 내부 구성원들을 바라보는 시각을 파악할 수 있다.

> "오직 가요의 한 가닥만이 우뚝히 풍인(風人)의 남긴 뜻에 거의 가까워서, 정으로부터 솟아나는 것을 우리말로써 표현하여 읊조리는 사이에 유연히 사람을 감동시킨다. 길거리의 노래에 이르러는 강조(腔調)가 비록 바르게 다듬어지지 못하였으나 무릇 그 유일(愉佚)·원탄(怨歎)·창광(猖狂)·조망(粗莽)하는 모습과 태깔은 각각 자연의 진기로부터 나온 것이다. 가령 옛적의 민풍을 살피던 자로 하여금 채시하게 한다면, 나는 그가 시에서 채집하지 않고 노래에서 채집할 것임을 아노라. 노래를 어찌 소홀히 여길 수 있겠는가?"
>
> (이정섭, 「청구영언 후발」)

여기서 보듯, '자연의 진기'라는 명제로 압축되어 있는 민중적 생동감의 동력은 '기뻐하고, 원망하며, 미쳐 날뛰는', 한마디로 이질적 욕망들의 분자적 흐름에 있다. 성정, 천기, 성령 등 다양한 개념어들로 의장된 조선후기 비평사는 바로 이런 류의, 지배적 코드에 길들여지지 않은 욕망의 분출을 포착하려는 노력의 산물이다.

> "무릇 천지만물을 살피는 데는 사람을 보는 것보다 중대한 것이 없고, 사람을 보는 데에는 정보다 묘한 것이 없으며, 정을 살피는 데는 남녀간의 정을 살핌보다 진실한 것이 없는 것이다."
>
> (이옥, 이난(二難), 「이언(俚諺)」)

이 파격적 천명은 물론 문무자 개인의 천재성의 산물만은 아니다. 당시 활발하게 유입된 명·청시대 문인들, 그 가운데서도 원매(1716-1797)의 "무릇 시라는 것은 정에서 말미암아 생겨나는 것이니 반드시 해소할 수 없는 감정이 있은 연후에야 반드시 불후의 시가 있는 것이다. 정이

가장 우선하는 바는 '남녀만한 것이 없다'"는 선언의 변주이다15). 여기
서도 하나의 담론이 그 지평을 전이시키는 것은 내적 발전이 아니라 외
부적 힘의 촉발에 의거한다는 사실을 새삼 확인하게 되는데, 어떻든 이
런 텍스트들에서 그려지는 민중적 특이성이란 "고철(古鐵)이 활기차게
못에서 뛰놀고, 봄날 죽순이 성낸 듯이 흙을 뚫고 나오는 것 같"(이덕
무, 「청장관전서」)은 야생적 힘이다.

　역설적이게도 이러한 이질성이 민족 내부의 차별을 무화시키는 동등
성의 기초가 되기도 한다. 왜냐하면, 모든 인간은 신분과 지위, 성적 차
별에 관계없이 자신만의 독특한 욕망의 담지자이기 때문이다. 하지만
이런 욕망들은 어떤 동일한 코드로 환원되지도 않고, 그럴 필요도 없다.
무수한 이질성 속에서, 다양한 흐름으로만 존재할 뿐이다. 체제 안에 포
획되지 않는 이질적인 타자들의 웅웅거리는 목소리들, 이것을 한문과
접속시킬 때, 비로소 조선적 특수성이 구현될 수 있다고 보았던 것이다.
연암이 시정의 일탈자들을 소설적 인물로 형상화한 것이나 이옥이 시정
여인들의 애환과 감성을 곡진하게 그려낸 것 등 역시 모두 그러한 담론
적 배치의 소산이다.

　19세기 후반에 이르러 주자학의 지반과 주저없이 결별하고 "욕(欲)이
란 천명(天命)의 성이다", "사람으로 되어 욕이 없으면 목석과 다름없
다."는 인욕의 과감한 수용을 주장한 심대윤의 경학16) 또한 이러한 지
적 계보에 포함시킬 수 있을 것이다.

---

15) 이지양, 「18세기의 '진(眞)' 추구론과 성령설」, 한국한문학회 99 춘계학술대
　　회 발표요지 참조.
16) 임형택, 「19세기 서학에 대한 경학의 대응」, 『창작과비평』, 1996년 봄호 참
　　조.

3. 20세기 초 '민족담론'의 변이, 그 몇 가지 지점

"지금 천하는 과연 20세기의 신천지가 아닌가. 정치, 법률, 학문, 기예는 더할 나위 없거니와 조수, 초목, 산천, 강하를 막론하고 역시 신광채를 발하지 않는 것이 없다."

(최재학, 「자서(自序)」, 『문장지남』, 1908)

조선에 있어 근대는 이렇게 20세기 신천지에 신광채를 발하면서, 어느 날 문득, '번개처럼' 느닷없이 시작되었다. 청나라 문명에 압도되어 중세의 황혼을 통과하는가 했는데, 문득 한순간에 서구문명이라는 도도한 아침햇살에 노출되어 버린 형국이라고나 할까.

그리하여 이제 모든 앎의 체계는 전면적인 변역을 겪지 않을 수 없게 되었다. 먼저, 중화·소중화·이적이라는 삼각형 구도의 문명화론이 서구문명과 일본·조선이라는 새로운 삼각형 구도로 바뀌게 되었다. 물론 담론의 형식체계는 유사하지만 내부의 작동원리는 전적으로 다르다. 중화주의가 저 아득한 태고적의 광채로 '지금, 여기'를 압도하는 기능을 했다면, 서구는 '모든 고정된 것을 연기처럼 날려' 버리는 현재의 특권화 속에서 과거를 재구성한다. 말하자면, 18-9세기 지식인들에게는 중화문명의 틈새를 가로지르며 어떻게 변이의 선들을 그을 것인가가 관건이었다면, 20세기 신천지의 계몽주의자들에게는 어떻게 낡은 과거와 결별하고 서구문명의 장막 속으로 편입할 것인가가 지상 최대의 과제가 되었다. 차이와 이질성의 담론이 전자의 특징이었다면, 후자는 서구근대라는 '대타자'와의 동일성 확보가 관건이 된 것이다. 그것만이 '문명의 얼굴'을 한 야만적 제국 일본의 침탈을 제압하여 민족국가를 보위할 수 있는 유일한 코스라고 여겼기 때문이다. 일본이라는 적에 대한 증오는

근대성에 대한 회구를 한층 강화시켰고, 그 과정에서 바야흐로 '민족'이
라는 새로운 집합적 주체가 탄생했다. 따라서 이 시기에 형성된 민족주
의가 자신의 적인 지배자의 언어를 가지고 사고하는 것은 불가피한 일
이다.17) 민족의 탄생은 제국의 영토 안에서 일어난 것이기 때문이다.

이렇게 담론이 뛰어노는 공간이 달라지면서 20세기초 민족담론은 조
선후기의 그것과는 단절한다. 물론 이 시기에 이르러 다산을 비롯한 실
학파의 저작이 붐을 이루며 재조명되었지만18), 계몽주의자들은 실학의
대가들에게서 경세, 인문지리, 민권 등 계몽의 담론과 접속되는 점들만
을 절단, 채취했을 뿐이다. 말하자면, 계몽기에 복권된(?) 실학은 근대적
코드에 의해 재정리된 실학이었던 셈이다.

차이와 단절은 국민의 정체성을 규정하는 작업에서 더 두드러진다.
이 시기 민족담론은 전구성원, 특히 중세사회에서 타자화된 여성·어린
이 등을 '역사로 초대하여' 민족적 주체로 재탄생시키려는 '불굴의 투
혼'을 보인다. 특히 1907년 국채보상운동을 계기로 전민중의 국가적 총
체화가 가속화되면서 모든 민중은 하나의 동질적인 집단으로 묶이게 되
었다. 이것은 물론 한국의 근대 시민사회를 확장하는데 결정적인 기여
를 했고, 이후 근대 100년간 이런 식의 총체화는 민족사의 수난 속에서
더욱 강화되었다.

그런데 이런 담론적 배치는 조선후기와 달리 극도의 균질화를 지향
하고 있음을 주목해야 한다. 모든 국민들은 '이천만분의 일분자'로 규정
되고, 동등한 교육과 지식, 위생과 의료의 체계를 통해 동질적인 집단으
로 재탄생되어야 했다. 지위, 계급, 성적 정체성, 신체적 조건에 관계없
이. 물론 이 이면에는 계몽이성으로 단련되어 있고, 애국심에 넘치는 건
강한 남성이라는 규준이 자리하고 있다. 이것을 넘어선 차이와 다양성
들은 가능한한 극복되어야 할 대상이다. 계몽담론의 전진기지였던 『대

---

17) Henry H. Em, 앞의 글 참조.
18) 임형택, 「20세기 초 신·구학의 교체와 실학」, 『민족문학사연구』 9호, 1996.

한매일신보』를 보면, 매음녀나 기생들조차 교육과 지식으로 무장하여 애국적 반열에 동참하기를 촉구하는 글이 수도 없이 실리고 있다.

그런데 그런 식으로 전구성원을 국가적으로 총체화하려면 예측할 수 없는 이질적인 욕망의 흐름들을 엄격하게 배제해야만 가능하다.

> "개화한 자는 천만 가지 사물을 연구하고 경영하여, 날마다 새롭고 또 날마다 새로워지기를 기약한다. 이와 같이 하기 때문에 그 진취적인 기상이 웅장하여 사소한 게으름도 없고, 또 사람을 접대할 때에도 말을 공손히 하고 몸가짐을 단정히 하여, 능한 자를 본받고 능치 못한 자를 불쌍하게 여긴다. 그러면서도 깔보는 기색을 보이지 않으며, 야비한 모습을 나타내지 않음으로써, 지위의 귀천이라든가 형세의 강약에 의해 인품을 구별하지는 않는다. 국민이 그 마음을 하나로 합하여 여러 가지의 개화를 함께 힘쓰는 자들이다."
>
> (유길준, 『서유견문』)[19]

이런 종류의 인간형에 대한 추구는 유길준같이 문명과 개화를 지고지선의 상태로 여긴 개화파만의 전유물이 아니다. 전투적 민족주의자들 역시 민중의 도덕적 단련을 끊임없이 촉구했고, 더 나아가 기독교와의 접속을 통해 욕망의 거세작업을 한층 강화시켰다. 그러므로 이런 배치하에서 이른바 근대적 이념의 주축인 자유는 오직 애국할 수 있는 자유일 뿐, 개체의 능동적 욕구의 실현이라는 층위는 상실하고 만다. "양반도 국민이오 평민도 국민이라 국민의 책임이 어찌 양반에게만 있으리오", "무수한 영웅이란 곧 의무를 아는 국민의 전체"라는, 이른바 근대적 평등의식에는 평민이 누릴 수 있는 자유의 측면보다 대국가적 책임과 의무의 부여가 더 규정적이다. 요컨대, 근대 계몽담론의 배치에서 조선후기 민족담론의 주축을 이루었던 욕망의 흐름들은 철저히 타자화되고, 그럼으로써 그것이 불러 일으키는 온갖 이질적인 웅성거림들 역시

---

19) 유길준, 허경진 역, 『서유견문』, 한양출판, 1995, 326쪽.

이성의 두께 아래 잠복할 수밖에 없었다. 중세후기보다 근대 문학사가 더욱 성적으로 규범화되어 있고, 특히 민족문학의 계보에서 여성이나 타자들의 목소리가 늘 주변으로 밀려났던 것도 이런 점과 무관하지 않다.

언문일치의 문제도 조선후기의 지평과는 배치가 전혀 다르다. 조선후기에는 대상의 생동감을 어떻게 표현할 것인가 그리고 고문의 매너리즘을 타파할 수 있는 민중적 에네르기의 분출로서 방언이 부각되었지만, 지금은 오로지 민중의 지혜와 국력을 위한 수단일 뿐이다.

> "대저 세계열국이 각기 제 나라 국문과 국어(나라방언)로 제 나라 정신을 완전케 하는 기초를 삼는 것이어늘 오직 한국은 제 나라 국문을 버리고 타국의 한문을 숭상함으로 제나라말까지 잃어 버린 자가 많으니 어찌 능히 제 나라 정신을 보존하리오. (……) 제 나라 국문은 천히 여기며 경히 여기고 한문은 귀히 여기며 중히 여기는 고로 제 나라를 제가 업수히 보고 남의 나라를 쳐다보는 노예의 성품을 양성하고 독립의 명의는 도무지 알지도 못하니 어찌 독립사상이 있으리오."
>
> (1907. 5. 23. 『대한매일신보』 「사설」)

한문에 대한 극단적 적대감을 표현하는 이런 논리는 조선후기 민족어문학론과는 전혀 궤를 달리한다. 오히려 이것은 우리말을 버리고 중국어를 써서 문명을 흡수하자는 박제가의 주장에 맞닿아 있다. 선진문명을 흡수하고 모든 구성원들에게 지식을 주입할 수 있는 무기로서의 언어! 그리고 이러한 관점은 '순일한 민족적 정체성', '고유한 자아 혹은 주체'를 전제하는 근대적 인식론과 긴밀하게 결합되어 있다. 말하자면, 자아·민족·언어, 이 세 개항이 계몽담론을 구성하는 원소였던 것이다.

이렇듯, 20세기 초 민족담론 역시 조선후기에서처럼 문명·언어·민중 등 비슷한 개념고리를 둘러싸고 형성되었지만, 그것들은 서로 연속적인 발전과 극복의 양상을 보인다기보다, 어떤 면에서는 서로 대립적이기조차 했다. 각 개념들과의 배치와 관계망이 전혀 달랐기 때문이다. 18,9세기의 경우, 중화주의라는 거대표상과 대결하기 위해 미시적 욕망의 흐름들을 주목해야 했다면, 20세기초의 경우는 중화주의의 장막이 사라진 자리에 근대성이라는 표상이 들어서면서 분자적 욕망의 흐름들을 재영토화하는 일이 관건이 되었던 것이다. 따라서 중요한 것은 언표 자체가 아니라, 언표들간의 관계이고 배치라는 점을 새삼 환기할 필요가 있다. 이 점을 주목해야, 민족이라는 표상이 역사적으로 어떻게 형성되고 각 시기마다 어떤 담론적 효과를 발휘했는가를 탐색할 수 있을 것이다.

물론 이러한 병치를 시도할 때 주의할 것은 조선후기와 근대초기 전반을 전진과 후퇴라는 식의 결론에 도달하지 않는 것이다. 여기서 분절된 담론들은 민족을 둘러싼 내용들이 배치되는 양상의 차이들인 것이지, 조선후기와 근대초기 담론의 전반적 양태에 대한 역사적 평가가 아니다. 중요한 것은 어느 쪽이 더 진보적이냐 하는 최종결론이 아니라, 그간 항상 연속적으로 사고했던 두 시기를 단절시켜 각각의 담론들, 그 내부로 진입해들어가는 것이다. 물론 이것은 다소 전략적인 의도가 개입되어 있다. 즉, 내재적 발전론의 관성 — 시간적 선형성 속에서 사유하는 것, 그리고 민족적 주체성이라는 대전제하에서 개념들을 배치하는 것 — 들로부터 벗어나기 위해서는 근대를 중심으로 나머지를 위계화하는 방식을 전복할 필요가 있는 것이다.

3. 에필로그

"지금 장차 백성의 참화를 구하기 위해 태평의 즐거움과 이로움
을 이루게 하고 대동의 공익을 구하려 한다면, 반드시 먼저 국가로

인한 경계를 부수고 국가를 없애는 것부터 시작해야 한다. (……) 그
렇다면 군대를 없애고 국가를 없애어 천하가 하나가 되고 전세계가
대동이 되는 것이 어찌 인인(仁人)이 생각한 헛된 바람이 아니겠는
가. (……) 공자의 태평세와 부처의 연화세계(蓮花世界), 열자(列子)의
담병산(甑甁山), 토마스 모어의 유토피아는 실재하는 것으로, 공상이
아니다."

(『대동서』, 197쪽)

"제 나라의 권익을 신장시키고 제 나라의 국민을 부자로 만들고
제 나라의 지덕을 기르고 제 나라의 명예를 빛내려고 애쓰는 사람
을 애국적 국민이라 부르고 그 마음을 애국심이라고 부른다. 그 안
목은 다른 나라에 대해서 자타(自他)의 구별을 짓고, 비록 다른 나라
를 해칠 의향은 없을망정 제 나라를 소중히 여기고, 다른 나라를 가
볍게 여겨, 제 나라를 독자적으로 세워가려는 데에 있다. 따라서 애
국심은 일신을 위하려는 것이 아니라 한 나라를 제 것으로 알고 위
하려는 마음이다. 다시 말해서 그것은 지구를 여러 개로 구분하고
그 구역 내에서 집단을 형성하고 그 집단의 이익을 도모하여 그것을
제 것으로 삼으려는 편파심이다. 따라서 애국심과 편파심은 명칭은
다르나 같은 내용의 것이라고 말할 수밖에 없다."

(『문명론의 개략』, 224쪽)

앞의 것은 거난세, 승평세를 거쳐 대동세의 천년왕국을 꿈꾸던 강유
위의 말이고, 뒤의 것은 메이지 유신의 이데올로그 후쿠자와 유키치의
것이다. 무릇 어떤 대상의 가치는 주변 사물들과의 비교 속에서 한층
명료해진다. 한국의 민족담론 역시 동아시아적 지평에서 사유될 때, 그
위상이 좀더 명료해질 수 있다. 사실, 지금까지 민족주의 담론을 끌고갔
던 견인차는 식민지에 의한 자본주의의 비정상적 발전이라는 전제라 할
것이다. 하지만 여기에는 미완의 근대에 대한 동경과 식민지라는 수난
에 대한 과잉감정이 동시에 작동하고 있다. 이 동경과 콤플렉스의 고리
를 벗어나지 않는 한, 민족주의의 해체는 요원할 것이다.

　그런 점에서 중국과 일본이 체험한 근대와의 비교는 많은 것을 시사해준다. 예컨대, 19세기말 외세의 침탈 앞에서 중국과 일본의 계몽주의자들은 우리와는 전혀 다른 방식으로 근대를 체화했던 것이다. 강유위의 저 광활한 사유의 편폭, 그리고 후쿠자와의 놀라운 조숙함. 그에 비하면 우리의 민족담론은 얼마나 강팍하고 메마른 것인지. 조선후기에 발현된 무수한 앎의 기제들이 돌연 사라진 것도 어쩌면 그러한 성격과 무관하지 않을 것이다.

　물론 우리 근대사에 있어 근대 계몽기만큼 역동적 생의 의지를 발휘한 시기는 없다. 숱한 분절점들이 접속, 교차하면서 변이와 생성의 능력을 발휘했다.20) 그러나 민족주의라는 거대담론의 척도로 다가갈 경우, 이러한 특이성은 침묵, 봉쇄된다는 것이다. 아이러니컬하게도, 근대 계몽기의 생성적 활력을 되살려내기 위해서도 민족주의의 장막을 박차고 나아갈 필요가 있다. 다시 푸코를 인용하면, '위계질서를 갖춘 포괄적 담론의 압제를 제거하고 국부적이고도 예속적인 앎들의 봉기'를 유도하기 위해서!

---

20) 이에 대한 상세한 내용은 고미숙, 「근대 계몽기, 그 생성과 변이의 공간에 대한 몇 가지 단상」, 『민족문학사연구』 14호, 1999를 참조할 것.

토론요지 ━━━━━━━━━━

「18세기에서 20세기초 민족담론의
변이양상」에 대한 토론

고 운 기*

고미숙 선생이 이 논문에서 전제한 '굳은 결의'를 요약하면 다음과 같이 정리될 것입니다.

　① '애국주의'적 열망과 결별할 작정
　② 조선후기와 20세기의 내적 연관성을 의도적으로 간과

이 전제 아래 무엇을 논할 것인가? 민족주의를 근대 이후에 탄생된 역사적 산물로 보고 그 담론을 해체한다는 기도에 동의하면서, 18세기에서 20세기 초 이른바 민족담론의 '시초적' 국면을 다루지만 두 연대 사이의 담론적 차이와 간극을 부각하고자 했습니다. 이같은 전제와 논의에서 우리는 필자가 지니는 객관적이며 과학적 연구 방법의 일단을 짐작할 수 있습니다.

여기서 일일이 논의의 구체적인 내용을 거론할 필요는 없을 듯합니다. 다만 18·9세기 민족 담론을 문명의 문제—외부와의 관계를 어떻게 설정할 것인가, 언어의 문제—내부에 자리잡은 지층, 욕망의 문제—민중

───────────────

* 게이오대 연구원

적 생동감의 동력(이 대목은 보다 분명히 요약되지 않는데)으로 나누어 일목요연하게 보여주고 있습니다. 이같은 논의는 이 시기를 연구한 학계의 성과가 바탕이 되어있으면서 필자 자신의 엄정한 관점을 확인하게 합니다. 뭉뚱그리건대 명나라에서 청나라로 힘의 자장이 옮겨지면서 이에 대처하는 조선의 태도는 크게 두 가지로 나뉘었던 것이고, 필자는 각각의 태도가 갖는 문화사적 의미를 해석했습니다. 필자의 표현을 빌리자면 '중세의 황혼을 통과'하는 현장입니다.

거기에 보다 현실적인 정치적 의미는 어떻게 해석될까요? 13세기 무인정권의 대몽항쟁이 기실 최씨집안의 정권 유지책이기도 했음을 상기한다면, 청나라에 대한 북벌론자의 '소중화' 운운은 같은 선상에서 볼 여지가 넓습니다.

20세기 초 근대를 "문득 한 순간에 서구문명이라는 도도한 아침 햇살에 노출되어 버린 형국"이라는 필자의 관점을 부정하기 어렵습니다. 그러므로 "중화·소중화·이적이라는 삼각형 구도의 문명화론이 서구문명과 일본·조선이라는 새로운 삼각형 구도로 바뀌었다"는 논의에도, 필자가 제시한 충분히 방증되는 전거를 뒤집을 다른 방도를 저는 아직 가지고 있지 못합니다. 사실 이것으로 '두 연대 사이의 담론적 차이와 간극'은 밝혀진 셈입니다.

그러나 은근히 '내적 연관성'에 흥미를 느끼고 거기에 매달려 본 사람으로서 저는 기왕 필자가 엄밀히 논의해 본, 또는 여기서 논하지 않은 18·9세기 제현상의 연장선상을 놓치고 싶지는 않습니다. 그 가운데 하나가 이른바 강화학파(江華學派) 류의 활약입니다. 저는 언젠가 이 학파의 마지막 주자 정인보가 어떻게 기독교 선교사들이 키운 연희전문의 교수로 채용되었는지 의아해 한 바 있습니다. 요즈음 와서 떠오른 인물이 유억겸입니다. 동경제대를 졸업하고 귀국한 20년대 이후 실질적인 연희전문의 운영자였던 그가 백남운 같은 '인재를 등용'하는 과정에 정인보도 들어 있었습니다. 유억겸은 유길준의 아들입니다.

필자가 내적 연관성을 '의도적으로 간과'하겠다고 선언한 데는 필연적으로는 그럴 필요가 없다는 것인지요? 이미 밝혔듯이, 필자의 논증에 아쉬움을 느껴서가 아니라, 근대의 다양한 스펙트럼 속을 헤매는 입장에서 우리가 내적 연관성을 가지고 접근하는 20세기초의 민족담론은 불가능한 것인지? 근대와 민족이 만나는 접점에서 해보는 고민입니다.

사족(蛇足)으로 붙일 한가지. 예문들이 대체로 서발(序跋)에서 따왔다는 점 아쉬움으로 남습니다. 이미 서발비평의 단점이 학계 내에 제기된 바, 일반론적인 글에서 논의의 명확성을 위해 이만큼 좋은 자료가 없음을 인정하면서도, 그 일정한 한계가 전제된 비판·수용을 희망해 보는 것입니다.

〈토론자의 질의에 대한 답변〉

우선 먼저 밝힐 것은 질의자의 말씀대로 이 글은 자료의 새로움을 전혀 지니고 있지 않다는 것입니다. 뿐만 아니라 대부분의 내용이 기존연구의 성과에 의존하고 있습니다. 제가 여기서 시도한 것은 기존연구의 성과와 널리 알려진 자료들을 단지 각도를 달리하여 접근하고자 한 것일 뿐입니다. 사실 저에게 주어진 주제는 시기적으로도 광범할 뿐 아니라, 포괄하는 자료의 폭 역시 광대하여 저의 지적 수준으로는 감당하기 어려운 것이었습니다. 그래서 다분히 전략적으로 몇 가지 지점만을 공략할 수밖에 없었습니다.

'내적 연관성'을 지나치게 간과한 것이 아니냐는 물음에 대해서는 이렇게 답변할 수 있겠습니다. 조선 후기와 계몽기는 담론의 영역에서는 질적으로 다릅니다. 그런데 지금까지는 근대를 척도로 해서 보았기 때문에 항상 조선후기는 미달의 상태거나 맹아의 수준일 뿐이었습니다. 그리고 이런 평가의 저변에는 역사가 내적으로 연속된다는 것과 시원적으로 고유한 민족성이 있어 그것이 시간적 흐름에 따라 차츰 상승했다는 식의 전제들이 자리하고 있는 것입니다. 제가 이 글에서 단절과 간극을 부각한 것은 이런 전제들을 근원적으로 회의하고자 하는 의도에서입니다. 그래야만 조선 후기 담론의 특이성이 포착되면서 아울러 계몽기를 민족주의로 환원하는 도식이 극복될 수 있기 때문입니다. 근대 계몽기는 우리 역사에서 가장 능동적으로 담론이 형성된 시기인데, 이것을 민족주의라는 잣대로만 접근하게 되면 그 능동성은 결코 드러날 수가 없습니다. 조선후기나 근대초의 담론들이 지닌 다양한 분사들을 절단, 채취하기 위해서는 무엇보다 내재적 발전론과 민족주의의 주술에서 벗어날 필요가 있는 것입니다.

신소설을 통해 본 근대 전환기 문학의 민족의식

양 문 규*

1. 머리말

19세기 말과 20세기 초 우리 민족의 절실한 과제는 근대 민족국가의 건설이었다. 이 당시 근대국가 혹은 민족국가의 건설을 위한 운동은 대체로 세 가지로 구체화되어 나타난다. 곧 무전(無田)농민의 입장에 서있던 동학 및 의병, 활빈당 운동, 봉건적 경제를 기반으로 하는 위정척사운동, 상업자본을 대변하는 개화파의 운동으로 대별해볼 수 있다. 사상적 측면에서 보자면, 농민층을 중심으로 한 민중적 민족형성 경로에 기여한 농민전쟁사상, 양반적 민족형성의 경로에 기여한 척사위정사상, 부르주아적 민족형성의 경로에 기여한 개화사상[1]이 이에 조응한다. 이 글은 당시 그 초기적 형태를 드러내고 있는 부르주아 계층의 이데올로기적 대변자로서 개화파들이 민족문제를 어떻게 인식하고 있는가를 살피는 데 초점을 맞추고자 한다.

우리의 경우 비록 위로부터의 길이었지만, 부르주아 권력의 확립이

---

* 강릉대 교수

1) 정창렬, 「백성의식·평민의식·민중의식」,『현상과 인식』, 1981년 겨울호, 118
   쪽·

시급히 요구되는 개혁운동은 1884년 갑신정변에서 시작된다고 본다. 이 운동은 1890년대 후반기 독립협회와 만민공동회가 중심이 된 대중적 정치운동으로 전환되고, 1905년 이후 이른바 애국계몽운동의 형태로 변화하게 된다. 1906~1910년에 등장한 일련의 신소설들은 이러한 부르주아 개혁운동의 토대가 된 개화파들의 생각을 반영하고 있다. 따라서 이 글은 신소설을 중심으로 근대 전환기 우리 문학에 나타난 개화파의 민족의식의 성격을 통해, 그것이 우리 근대사의 발전 방향에서 어떠한 역할을 드러내고 있는가를 살펴보고자 한다.

2. 불철저한 반(反)봉건과 관련된 민족의식

민족 혹은 민족주의는 인간의 가장 오래되고 원시적인 요소, 곧 문화적, 언어적, 종교적 공통성을 기반으로 성장하는 것이지만, 본격적이고 능동적 성격을 담은 민족의 형성은 근대 국가의 형성과 밀접한 관련을 갖는다. 다시 말해 민족은 근대라는 역사 발전의 산물이다. 가령 서유럽의 근대 민족운동은 자본주의 및 부르주아 민주주의의 발전과 궤를 같이하고 있으며 따라서 민족주의는 무엇보다도 봉건사회의 신분적 차별을 철폐하고 인민주권사상을 축으로 민중들을 민족의 틀 속에 끌어들이고자 한[2] 근대적 움직임과 밀접한 관련을 갖고 있다. 즉 근대적 민족 관념에는 민족 구성원의 민주적 동질성을 전제하는 민주주의의 목표[3]가 담겨져 있다고 할 수 있다.

개화기 시기에 근대 국가 형성과 관련된 근대적 민족에 대한 생각은

---

2) 임지현, 「한국사학계의 '민족' 이해에 대한 비판적 검토」, 『역사비평』, 1994년 겨울호, 135쪽.
3) 박호성, 「유럽 근대민족 형성에 관한 시론」, 『역사비평』, 1992년 겨울호, 39쪽.

이른바 정치소설의 성격을 지닌 이해조의 「자유종」(1910년)에서 일단의 모습을 드러낸다. 「자유종」에서는 이전 '백성'으로 지칭되는 우연적인 요소로서의 민족의 개념을 '국민'으로 지칭되는 의식의 각성을 거친 민족 개념으로 전환시키고자 하는 주장들이 개진된다. 예컨대 「자유종」은 양반가 부인들의 발언을 통해 외부적으로 국민의식의 창출을 가로막는 중세적 보편주의 특히 화이론적(華夷論的) 세계관에 반대하고, 내부적으로는 이를 가로막는 봉건적 질곡을 겨냥하여, 여성에 대한 차별, 신분적 차별, 적서차별, 지역적 차별에 반대한다. 그리하여 이러한 차별로 분열된 중세적 사회구조를 민족적 동질성을 통해서 회복코자 하는 부르주아 민주주의적 지향을 드러낸다.4)

그러나 「자유종」에 나타난 부르주아 개혁의 내용이라는 것이 사실 부국강병이지 부르주아 개혁의 내면적 진리인 인민주권 내지는 부르주아 민주주의의 여러 원칙들에 대한 관심은 본격적이지 못했다. 단적인 예로 토론에 참가한 양반부인들의 입을 통하여 나온 자녀공물론(子女公物論)을 들 수 있다.

> 세상 사람들이 자식을 사랑한다 하나 실상은 자기 일신을 사랑함이니 자식이 나매 좋아하고 기꺼하는 마음을 궁구하면 필경은 저 자식이 있으니 내 몸이 의탁할 곳이 있으며 내 자식이 자라니 내 몸 봉양할 자가 있도다 하고 … 그 마음이 하나도 자식을 위한다는 자도 없고 국가를 위한다는 자도 없으니 … 자식의 효도를 받는 것이 어찌 내 몸만 잘 봉양하면 효도라 하리요? … 자식이라는 것이 내 몸만 위하여 난 것이 아니오, 실로 나라를 위하여 생긴 것이니 자식을 공물이라 하여도 합당하오5)

이 주장은 자녀를 부모로부터 분리시키자는 점에서는 진보적이다. 그

---

4) 최원식, 「이해조문학연구」, 『한국근대소설사론』, 창작사, 1986, 54쪽.
5) 『개화기소설』, 태극출판사, 1978, 248쪽.

러나 자녀를 공물이라 하여 국가사회에 귀속시키고 효로써 그것을 논한
점에서 그것은 재래의 전통적 윤리와의 타협[6]이라고 할 수 있다. 그리
고 국란부인은 당시 국권상실의 위기를 극복할 수 있는 정치 형태로 결
국 삼강오륜을 기반으로 한 이상적인 양반국가의 질서를 동경하고 있
다. 매경부인이 비판하는, 유교의 문제점도 외형에 치우친 제사 등 유교
를 잘못 신봉한 것에 관련된 것이지 서원·향교 등과 관련된 선비들의
교육과 종교적 기능은 적극적으로 긍정하고 있다. 더 나아가 결정적인
것은 그녀가 갑오개혁의 급진적 성격을 비난하여 오히려 과도한 평등정
책이 반상의 질서를 어지럽혀 놓았다고 양반으로서의 불만을 드러내기
도 한다.

> 국가 질서를 유지하려면 불가불 등급이 있어야 문란한 일이 없거
> 늘, 우리나라 경장대신(更張大臣)들이 양반의 폐만 생각하고 양반의
> 공효는 생각지 못하여 졸지에 반상 등급을 벽파(劈破)하라 하니 누
> 가 상쾌치 아니하겠소마는, 국가질서의 문란은 양반보다 더 심한 자
> 많으니 어찌 정치가의 수단이라고 인정하겠소?
> 지금 형편으로 보면 양반들은 명분 없는 세상에 무슨 일을 조심
> 하리요? 그 행세가 전일 양반만도 못하고 상인들은 요사이 양반이
> 어디 있어 비록 문장이 된들 무엇하며, 도학이 있은들 무엇하나 하
> 여 …[7]

결국 그녀는 상인(常人)에게는 적당한 자유를, 양반으로서는 필요한
권리를 부여하여 양반을 지배자로 한 근대사회를 만들어 가자는 것이
다.[8] 따라서 「자유종」에서 나타난 부르주아 개혁은 국가 내지 민족을
인민과 동일시하기보다는 결국 군주를 정점으로 하여 위계적 질서를 갖

---

6) 임화, 『신문학사』, 한길사, 1993, 255쪽.
7) 『개화기소설』, 251쪽.
8) 임화, 앞의 책, 261쪽.

춘 양반국가의 자강주의적 성격을 드러낸 것과 크게 동떨어져 있지 않다. 민족주의란 국민주권 사상의 발전, 즉 통치자와 피치자의 지위 및 계급과 신분제도의 철저한 수정이 없이는 상상도 할 수 없다.9) 따라서 봉건제가 엄연히 사회적 총관계의 기본 질서로서 존재하고 있는 당대 시점에서 민족의식의 정상적인 발전을 기대하기는 어려웠다고 할 수 있다.

물론 이해조는 한말의 명문 귀족 태생임에도 불구하고, 당시 봉건 조선의 체제적 위기를 심중하게 인식하고 문학뿐만 아니라 언론, 학회 및 교육활동, 국채보상운동 등을 통해 부각된 새로운 근대적 지식인이다. 즉 그는 새로운 문명개화의 힘을 얻은 개화양반 계층들이 점진적이고 개량적인 방식으로 국가와 사회질서를 개선시켜 나감으로써 시대적 위기를 극복할 수 있다고 생각한다는 점에서 당시의 시대적 과제를 나름대로 충실히 수행해나간 계몽적 지식인이라고 할 수 있다. 그러나 그는 근본적으로 온건한 양반계층의 관점에 자리잡고 있어 봉건사회에 대한 비판이 전면적이지 못하며 상대적으로 소극적인 한계를 가지고 있다. 이해조의 봉건사회에 대한 비판이 제한적이라는 점은, 그의 작품들에 나타난 반봉건의 문제가 정치적인 문제보다는 여권신장, 혼인제도 등의 풍속개량에 초점을 맞추고 있다는 점 등에서 입증된다.

그의 대표작 중의 하나인 「구마검」(1908년)은 풍속개량의 일환으로 미신타파라는 문명개화의 당대의 시대적 과제를 일상적인 인간 삶의 관계 안에서 구체적으로 드러낸다. 더욱이 이를 시정세태의 풍요로운 묘사를 통해 보여주고 있어 우리 소설사가 사실주의로 나아가는 데 일정한 기여를 하기도 한다. 그런데 이 작품의 경우 얼핏보면 미신타파가 주제인 듯하지만, 실제 의도는 반(反)미신 운동을 통해 도학적 질서 혹은 양반체제의 안정된 질서에 대한 복귀를 은연중 드러내고 있다. 곧

9) 한스 존, 「민족주의의 개념」, 백낙청 편, 『민족주의란 무엇인가』, 창작과비평사, 1981, 17쪽.

유학적 합리주의와 근대적 합리주의가 반미신이라는 점에서 교묘하게 상통하고 있다. 작가는 미신으로 파산한 주인공에 대해 이르기를,

> 함진해의 위인이 **이단(異端)을 물리치고 오도(吾道: 유교의 도) 를 존숭하는 도학군자(道學君子)라든지 원소(原素) 궁구하여 물질 (物質)을 분석하는 물리박사** 같으면 … 산같은 지조가 흔들어도 빠 지지 아니할 터이지마는 … 회사를 발기하든지, 학교를 설립하든지, 고금이나 보조를 청구하면 당장 굶고 벗는 듯이 엄살을 더럭더럭하 여 가며 한푼 돈내기를 떨던 규모가 … 돈은 아까운 줄 모르고 … 무당하는 대로 시행을 하는데 … (강조는 인용자)[10]

라고 하여 물리박사와 도학군자를 등가의 이상적인 인물로 보는 것이 다.

작품 후반부에는 미신에 현혹되었던 주인공의 죄를 묻기 위해 문중 의 대종회가 열리는 장면이 장황하게 제시된다. 문장(門長)이 종가의 보 존을 내세워 종통을 새로이 잇게 하고 수신제가의 이치로써 설유하는 장면은 단순히 사사로운 가정사에 국한된 것을 넘어 당대의 혼란스러운 현실을 결국은 유교적 개혁 내에서 실현코자 한, 즉 왕조국가의 통치의 안정성을 회구하는 작가의 생각의 일단을 드러낸 것이라고 할 수 있다. 그리고 그의 소설 거개에서 노비, 기생첩 등 하층 계급이 한결같이 부 정적으로 그려지는데, 이들 하층계급은 반상의 질서 및 양반의 윤리, 도 덕적 가치를 훼손하는 부정적 계층이며 이들이 간혹 긍정적으로 나타나 는 경우는 윤리적으로 올바른 양반에게 절대적으로 '충견(忠犬)의 도덕' 을 드러낼 때 한해서다. 그의 소설에서 도덕군자와도 같은 작가의 교화 적 설명이 도처에서 출몰하는 것은 모두 이러한 사정에 연유한다.

이해조의 봉건에 대한 불철저한 비판은 우리의 경우 근대 전환기 시

---

10) 『개화기소설』, 198쪽.

민계급이 취약했기 때문에 소수의 선진적인 시민계급조차 봉건세력과 타협할 수밖에 없었고 구체적 이해관계에서도 당대의 지주계층과 밀접하게 얽혀 있었기 때문이다. 실제로 갑오경장을 전후로 전개된 한국의 근대화는 구래(舊來)의 지배계층과 지주를 위주로 하는 위로부터의 개혁의 성격을 강하게 지니고 있었다. 지주층은 개항 후의 대일무역을 통해서 급속하게 성장하여 그들 자신의 부의 증대에 자신을 가지게 되었고, 그들 스스로가 근대화 작업에서 주체가 될 수 있음을 공언한다.11) 그리하여 20세기 초 전개된 지방별 학회의 문화운동 역시 봉건적 잔영이 짙게 드리워져 있는데,12) 그 단적인 예로 호남학회의 경우 반(半)봉건적 생산관계를 청산하지 않은 채, 일본의 자본주의 경제체제로 재편성 되어간 구래의 호남 지역의 지주계층과 밀접한 관련이 있다.13) 따라서 개화파는 봉건적인 지주제를 그대로 유지하는 것은 말할 것도 없고 이를 중심한 농업체제를 적극 옹호하고 그것을 토대로 함으로써 그들이 목표하는 근대국가를 수립하고자 했다.14)

요컨대 이해조 문학은 기존의 봉건 기득권 계층들을 옹호하고 결국 유교적 질서를 전제로 한 위에서 서구문명을 수용함으로써, 자강과 근대화를 기하고 반식민지 상태로부터 국권을 만회하려는 입장을 드러내고 있는 셈이다. 이러한 입장은 당시 밖에서 몰려드는 외세의 압력에 대한 봉건 국가 지배층의 반응을 반영하는 것이다. 따라서 이들의 민족의식은 서구의 자유민주주의나 개인주의와 같은 정치적·사상적 여러 원리의 침식은 최소한도로 막고 억압하면서 대신 '부국강병'의 구호를 치켜드는 것으로 귀착할 수밖에 없다. 그리고 이러한 부국강병주의 민족주의는 국민적 해방원리와는 거리를 둔 채, 오히려 이를 억제하며 때

---

11) 김용섭, 「갑신·갑오개혁기 개화파의 농업론」, 『한국근대농업사연구』, 일조각, 1975, 318쪽.
12) 조동걸, 「1910년대 민족교육과 그 평가상의 문제」, 『한국학보』제6집, 1977.
13) 김용섭, 「한말·일제하의 지주제」, 『한국사연구』19, 76~81쪽.
14) 김용섭, 「갑신·갑오 개혁기 개화파의 농업론」, 앞의 책, 306쪽.

로는 외국 제국주의와 결탁하는 매판화의 길을 걸을 수도 있으니 이는
다음에서 살펴보도록 하겠다.

3. 민족의식에 우선한 근대주의

당대 지배층이나 부르주아층의 경우, 민족주의와 분리하여 근대화를
우선으로 하는 태도를 쉽게 발견할 수 있다. 예컨대 개화파들의 식산흥
업, 교육운동 등의 자강운동 혹은 계몽운동 그 자체는 당시 절실히 요
구되는 것이었고, 국가와 사회, 개인을 새롭게 하려는 신사상, 신교육,
신윤리의 보급은 크게 진보적 성격을 띠고 있는 일면도 있다.15) 그러나
개화파의 근대화는 정치적인 것과 유리된 상태에서 주로 산업화와 그
산업화가 요구하는 신지식 또는 신문화의 수입을 가리키는 경우가 많
다. 이러한 근대화 우선주의적 지향은 제국주의에 의한 근대를 안이하
게 합리화시킬 수 있으니, 이인직의 문학이 이로부터 빚어질 수 있는
파행성을 대표적으로 보여 준다. 이인직 문학의 매판적 성격은 이 글에
서 새삼 재론할 필요가 없을 듯하다. 그것은 비난받아 마땅한 것임에
틀림없으나, 그의 문학의 매판성은 초보적 형태의 식민지 근대화 논리
가 반영된 결과다.

계몽운동을 이끌어 간 개화파들의 중요한 과제는 이해조에서 살펴
본 바와 같이, 근본적으로 부국강병을 목표로 한 국가주의 내지 국권주
의의 성취다. 즉 그들은 당대를 '우승열패'와 '약육강식'의 원리가 지배
하는 생존경쟁의 시대로 인식하여, 국가권력을 확립하는 것을 시급한
시대적 과제로 삼았다. 특히 독일, 영국, 미국 등의 구미 자본주의 국가
및 명치유신 이후의 일본에 대한 선망과 그에 대한 추종, 그리고 이를

---

15) 서중석, 「한국에서의 민족문제와 국가」, 한국사연구회 편, 『근대국민국가와
    민족문제』, 지식산업사, 1995, 121쪽.

통해 국권의 확립, 부강한 국가 건설을 기대했다. 즉 한말의 개화파들은 근대의 제국주의적 세계질서를 인정하고 그 속에서 어떻게 한국이 강국이 될 수 있느냐 하는 것을 추구하고자 했던 셈이다.

그러나 국권 확립을 위해 개화파들이 생각하는 열강을 추종하는 식의 문명개화, 부국강병의 방법은 내면적으로 침략자본주의를 긍정하여 그에 결탁할 수 있는 약점을 마련해놓고 있다. 가령 갑신정변, 독립협회 운동들은 제국주의적 지배를 수용하는 것은 아니지만, 필요한 부분에서는 선발 자본주의 국가인 제국주의의 협조를 받을 수 있다는 생각을 갖게 되는데, 갑신정변의 경우 부르주아 혁명을 위해 부르주아 제국주의와 결합될 수도 있다는 가능성을 보여 준다.16) 더욱이 부국강병의 부르주아 개혁이 그 내면적 진리인 민족주의나 민주주의에 대한 관심을 기울이지 못할 때, 그 개혁은 제국주의 세력에 의해 쉽게 조종, 통제될 수밖에 없다.

이인직은 바로 이러한 식민지 근대화의 논리를 위해 여러 가지 소설적 상황을 설정하고 있다. 우선 근대를 위해서는 식민지로 갈 수밖에 없음을 강조하기 위해 그의 작품에서는 봉건조선의 현실에 대해 거의 절망적인 언사를 드러내고 있다. 가령 「혈의누」(1906년)에서, 양반을 위시한 지배계층에 대해 거듭 반복되는 증오의 발언들은 망국의 불가항력성을 은연중 시사하게 된다. 「혈의누」에서 이인직은, 미국 유학을 마치고 귀국을 기다리며 국가 개혁을 위한 꿈에 부풀어 있는 작중인물들과는 달리, 조선의 현실에 대해 비관적인 결론을 내린다.

---

16) 우리와 비슷한 처지에 있었던 중국의 경우도 무술정변(1895년) 시, 변법파의 캉유웨이(康有爲)는 이토 히로부미(伊藤搏文)의 정치공작에 기대를 거는 등, 제국주의 세력을 자신들의 정치운동에 끌어들이고자 하였다. 김옥균과도 관련이 있었던 일본 정계 막후 우익의 거두인 미츠루(頭山萬)는 쑨원(孫文)의 혁명운동을 일시적으로 돕기도 했다.(野村浩一 외, 오상훈 역, 『중국현대사』, 한길사, 1980. 238쪽.) 이러한 점에서 「혈의누」의 구완서와 옥련이가 미국에 도착했을 때, 캉유웨이의 도움을 받는 설정 등이 흥미롭다.

조선 사람이 이렇게 야만되고 이렇게 용렬한 줄을 모르고, 구씨든지 옥련이든지 조선에 돌아오는 날은 조선도 유지한 사람이 많이 있어서 학문있고 지식있는 사람의 말을 듣고 이를 찬성하여 구씨도 목적대로 되고 옥련이도 제대로 조선부인이 일제히 내 교육을 받아서 낱낱이 나와 같은 학문 있는 사람들이 많이 생기려니 생각하고, 일면으로 기쁜 마음을 이기지 못하는 것은 제나라 형편 모르고 외국에 유학한 소년 학생 의기에서 나오는 마음이라. (강조는 인용자)[17]

이러한 조선현실에 대한 비관적 생각은 「은세계」(1908년)에서 좀더 심화되니, 이 작품에 나타난 부패한 봉건조선에 대한 격렬한 비판은 '필연적인 망국론'으로 이끌어진다. 이 작품에는 나라가 망한다는 이야기 혹은 망하기를 기대하는 이야기가 무려 여섯 군데 이상 나오는데, 이러한 필연적 망국론은 곧 일본 등 외국 세력의 개입에 대한 합리화를 위한 전제가 되고 있다.[18] 가령 원주 감영에 무고하게 붙들려 간 최병도는 탐관오리인 정감사에게 항변하면서 망국의 상황에 이르지 않기 위해서라도 봉건 지배층이 각성해야 됨을 촉구하고 있다.

　　백성이 도탄에 들을 지경이면 천하의 백성 잘 다스리는 문명한 나라에서 인종을 구한다는 옳은 소리를 창시하여 그 나라를 뺏는 법이니 지금 세계에 백성 잘못 다스리던 나라는 망하지 아니한 나라가 없습니다. 애급이라는 나라도 망하였고 파란이라는 나라도 망하였고 인도라는 나라도 망하였으니 우리나라도 백성에게 포학한 정사를 행할 지경이면 나라가 망하는 것은 순사도는 못보시더라도 순사도 자제는 볼 터이올시다.[19]

그러나 이미 조선의 형편은 "한 사람의 집안으로 비유할진대, 세간은

---

17) 『한국신소설전집』 1권, 을유문화사, 1968, 50쪽.
18) 김영민, 「신소설 <은세계>연구」, 『매지논총7』, 1990. 2. 참고.
19) 『한국신소설전집』 1권, 434쪽.

다 판이 나고 자식들은 다 난봉이라, 누가 보든지 그 집은 꼭 망하게만
된 집"의 모습으로 얘기하여 조선은 문명한 나라의 지배를 받을 수밖에
없음을 시사하고 있다.

따라서 이인직은 민족적 위기를 당하여 일본에 맞서 일어난 의병전쟁에
대하여서도 회의적인 조소를 보낼 수밖에 없게 된다. 「은세계」에서 미국으
로부터 귀국한 옥남이 강원도 의병에게 붙들리자 그는 마치 의병의 투항을
권유하는 '선유사(宣諭使)'와도 같이 그들을 일장연설로 질타한다.

> 여러분 동포께서 의병을 일으켜서 죽기를 헤아리지 아니하고 하시
> 는 일이 나라에 이롭고자 하여 하시는 일이요, 나라에 해를 끼치려는
> 일이요, 말씀을 하여주시오 … 요순같은 황제폐하 칙령을 거스리고 흉
> 기를 가지고 산야로 출몰하며 인민의 재산을 강탈하다가 수비대 일병
> 사오십명만 만나면 수십명 의병이 저당치 못하고 패하여 달아나거나
> 그렇지 아니하면 사망 무수하니 동포의 하는 일은 국민의 생명만 없애
> 고 국가 행정상에 해만 끼치는 일이라 … 또 동포의 마음에 국권을 잃
> 은 것을 분하게 여긴다 하니 진실로 분한 마음이 있을진대 먼저 국권
> 잃은 근본을 살펴보고 장차 국권이 회복될 일을 하는 것이 옳은 일이
> 라 … 황제 폐하 통치 하에서 부지런히 벌어먹고 자식이나 잘 가르쳐
> 서 국민의 지식이 진보될 도리만 하시오. 지금 우리나라에 국리민복될
> 일은 그만한 일이 다시 없소. 나는 오늘 개혁하신 황제 폐하의 만세나
> 부르고 국민동포의 만세나 부르고 죽겠소.[20]

이인직은 이와 같이 이미 식민지로 전락할 수밖에 없는 조선의 현실을
불가항력적인 것으로 수용하며, 의병전쟁이 지니고 있던 반외세의 애국적
역량을 왜곡시키고 있는 것이다. 이러한 점들이 바로 강한 배외사상을 가
지고 있었던 유생 의병장들과 충돌하는 부분이라고 할 수 있다.

요컨대 개화파는 실제로 민족을 바라볼 때, 민족국가로서의 독립보다

---

20) 같은 책, 467쪽.

는 그 생존에 더 높은 가치를 부여하여, 독립에 대한 집착 또는 열정보다는 실용적으로 민족의 경제적 문화적 진보 등의 근대화에 힘쓰는 것을 좀더 중요하게 생각한다. 이러한 생각은 대외적 독립보다는 근대화를 통한 내부적 자립을 중요시 여기게 한다. 이는 개화파의 계급적 이해관계를 대변해줄 수 있는 국가의 존재에 대한 기대감이, 지배계급 내부의 모순관계에서 주어지는 힘의 균형에서의 열세로 인해, 상실되면서 국가·민족에의 소속의식이 무의미해졌기 때문이 아닌가 생각한다. 그런데 이인직 문학에 나타나는 식민지 통치에 대한 암묵적인 바람 또는 이에 대한 긍정적인 태도는 단순히 '민족정기'의 차원에서 비판되어야 할 문제가 아니다. 더 중요한 것은 이인직 뿐만 아니라 이후 이광수 등의 문학에서 나타난 민족의식에 우선한 근대화 우선주의는 궁극적으로 올바른 근대를 성취해나가는 데 장애로 작용하게 되었다는 점이다.21)

4. 관념적 개량주의에 기초한 민족 운동

민족운동은 초계급적인 민족 공동의 보편적 목표를 지향하면서도 동시에 특수한 물적 이해를 지닌 특정한 사회계급이 주도한다는 데 그 변증법적 특징이 있다.22) 즉 민족주의는 민족적인 것의 계급적 반영이다. 따라서 특정 국가의 민족운동의 구조와 논리는 사회적 총관계의 질적 규정력을 벗어날 수 없다.23) 이러한 관점에서 볼 때 전환기 한국 개화파의 민족운동은 계급의식의 미분화 상태에서 민족모순이 계급모순에 의해 매개화되지 않은 추상적 민족주의의 성격을 지니고 있다.24) 특히

21) 이에 대한 자세한 논구는 졸고, 「이인직과 이광수 문학에 나타난 식민지 근대와 민족문제」, 민족문학사연구소, 『민족문학사연구』 13호, 1998 참고.
22) 임지현, 「동유럽 민족운동의 구조와 논리」, 한국사연구회 편, 앞의 책, 38쪽.
23) 같은 책, 53쪽.

개화파가 개진하고 있는 민족운동은 아직 구체적 물적 토대를 갖추지 못한 부르주아 계급의 관념성을 그대로 반영하고 있다. 그러한 관념성 은 시민적 인성을 계발하기 위한 도덕개량 또는 교육만능론 등의 추상 적 운동을 낳게 한다.

이러한 개량운동은 기독교를 매개로 이뤄지기도 하니, 이것이 곧 기 독교 민족주의다. 「성산명경」(1909)의 저자 최병헌은 개신교의 전파 사 업에 주력하면서 (1902년 이후에는 정동교회의 담임 목사로 활동) 초기 에는 독립협회 운동의 주요 주도 회원으로 참가하기도 하는 등, 기독교 민족주의자로서의 일면을 보여 주고 있다.25) 그는 「성산명경」에서 영국, 미국, 이탈리아, 독일 등 서구 부르주아 국가가 일등 문명국가가 된 것 은 바로 기독교 국가였기 때문이라는 주장을 하며 따라서 기독교를 통 해서 조선을 문명강국으로 만들어야 함을 강변하고 있다. 이는 당시 개 화파 내지 신흥 인텔리들의 민족운동을 전개하는 대표적인 방식 중의 하나로서 「성산명경」 외에도 다수의 신소설 작품들에서 이러한 점들이 나타난다.

안국선의 「금수회의록」(1908년)은 부분적으로 국권의 회복, 제국주의 침략에 대한 고발들을 내용으로 담고 있다. 그러나 이 작품은 궁극적으 로 국가적 위기를 극복하기 위해서는 국가의 비운에 통회(痛悔)하는 기 독교적 내성(內省)을 주장하며, 국난의 타개를 위해 하나님의 도움 외에 그 어떤 것에도 기댈 수 없다는 태도를 드러낸다. 김필수의 「경세종」 (1908년) 역시 대한제국이 위기에서 벗어날 수 있는 길은 서양문명의 근본인 기독교를 받아 들여 종교의 교육력에 주목하여 새로운 종교운동 을 제창한다. 물론 이들 작품들은 인간 사회에 대한 비판의 방향을 근 본적으로 인간의 도덕의 타락으로 귀결 짓고 있어 인간 존재의 사회성

---

24) 졸고, 「1910년대 한국소설연구」, 연세대 대학원, 143쪽.

25) 최원식, 「신소설과 기독교」, 『논문집 13』, 인하대학교 인문과학연구소, 1987. 11, 95쪽.

에 대한 몰이해를 낳고 있다.

반아(槃阿)의 「몽조」(1907년)에 등장하는 한대홍이라는 인물은 일본으로 유학가 정치학을 공부하고 본국으로 돌아온다. 그는 조선이 "청국에 속방이 되야 기반을 벗지 못하고 세계에 병신 구실함을 분이 여겨 동양에 먼저 열린 이웃나라와 서로 손을 이끌고 세계 여러 나라 틈에 들어가 한가지 반열에 참예하기 위하여 정치를 개혁하여 국가의 기초를 든든히 하고 태서 신세계의 문명을 들이여 인민동포형제의 지식 정도를 넓히고자 하였"26)다. 그런데 그는 오히려 수구파로부터 역적의 대죄명을 쓰고 사형을 당한다. 그리하여 남편을 잃은 한대홍의 부인은 남은 자식을 데리고 시름 속에 살아가던 중, 전도 부인의 교화로 새로운 삶의 길을 모색하게 된다.

백악춘사(白岳春史)의 「다정다한」(1907년)에 등장하는 삼성(三醒)선생은 독립협회 및 만민공동회 운동이 전개되던 시절 대한제국의 경무국장 일을 맡아 보던 중, 민회(民會)를 해산시키라는 정부 당국의 조처에 항명하여 좌천된다. 이후 그는 관직을 물러나 정치 대신 교육사업 등의 계몽운동에 힘쓰던 중 '일본협회 사건'이라는 정치적 혐의로 체포되어 옥살이를 치르게 된다. 그런데 그는 감옥 안에서 기독교를 접하게 되고 개종하여 출옥한 이후에는 포교와 사회사업 및 공공자선사업에 전념하게 된다. 이 작품의 주인공의 행적은 독립협회 이후 수구파에 몰려, 투옥되었다가 옥중에서 선교사(Bunker)의 권유로 기독교 신자로 개종한 이승만, 안국선, 이상재 등의 행적들27)과 부합된다.

즉 이들 작품에 등장하는 인물들은 대부분이 갑오 이후 수구파에 대항하여 정치 개혁에 가담했던 개화파들로서 모두 정치에 좌절되고, 그에 회의를 느낀 나머지 귀착하게 되는 것이 기독교적 신앙의 세계이며, 이를 통해 대중의 도덕적 개조에 중점을 두어 근대화의 길을 모색하고

---

26) 「몽조」, 『황성신문』, 1907. 8. 13.
27) 윤명구, 「안국선론」, 『한국문학론』, 일월서각, 1981 참고.

자 하는 기독교 민족주의자로서의 모습을 보여 준다. 다시 말해 이 시기 개화파들은 서양을 선미(善美)한 나라로 인식하고 그것을 기독교와 일치시켜, 서구의 종교 등을 이상화하여 기독교의 도덕으로 시민적 인도주의를 고취시키며, 민족 구성원의 도덕적 수준을 향상시킴으로써 국가 부강의 길을 모색하는 것이다. 그리고 개화파들은 기독교를 봉건적인 계급대립을 극복할 수 있는 일종의 국민적 통합의 원리로서 기대하고 있기도 하니28), 이해조의 『고목화』(1908년)에는 미국유학을 갔다온 '조박사'라는 인물이 등장하여, 기독교의 박애정신으로 당대의 반체제적 폭도였던 명화적을 감화시키고, 이상춘의 『박연폭포』(1913년)에서는 주인공이 화적을 '성경말씀'으로 효유하는 사건 설정이 나타나기도 한다.

이는 물적 기반을 갖추지 못한 상태에서 제대로 된 근대적 전망을 갖추지 못한 전환기 부르주아 계급의 추상성을 반영하는 것이다. 이러한 추상성 예컨대 '사회, 국가를 이루는 구성원 개개인의 도덕적 개조가 점진적으로 진행되어 완전히 실현되는 경우, 이상적인 사회와 국가가 이뤄질 수 있다'는 유토피안 리플렉스적 발상은 민족이 처한 역사 현실의 구체성을 망각하기에 이른다. 그 단적인 예가 나라가 망해가는 판에 기독교의 죄의식과 용서와 사랑를 내세워 일제의 침략을 호도하는 경우도 있으니, 앞서 「성산명경」의 최병헌 같은 이는 한일합방 직전 의병을 회유하기 위한 선유위원으로 활동하여 당대에도 많은 비난을 당하고 있다.

> 근일 기독교도에 최병헌·송기용 등이 신위목사로 이등·장곡천의 사용물이 되어 의병을 해산코자 선유위원을 도득하여 나간다 하니 그대들의 의향을 알 수 없도다 … 금일 한국 성도여 다년 신교자로 전도하는 목사가 되어 자기 나라를 위하여 진심진력함은 고사하고 최병헌·송기용 같은 성도는 왜적의 선봉이 되어 …29)

---

28) 최원식, 앞의 책, 70쪽.
29) 『공립신문』, 1908. 2. 19.

　따라서 개화파의 도덕개량 중심의 민족운동은 온건한 시민적 휴머니스트로서의 입장을 대변하는 것이기는 하지만 전투적 부르주아 사상으로까지 발전할 수는 없어 근본적으로 정치운동 및 민중운동에 대해서는 부정적 시각을 가질 수밖에 없게 된다. 예컨대 도덕개량 중심의 민족운동은 개화파들로 하여금 의병전쟁과 같은 대중적 투쟁에 대해서 부정적 시각을 가질 수밖에 없게끔 하는 것이다.

　이러한 도덕개량 운동과 유사한 성격을 가진 민족운동의 방책이 개화파의 이른바 '교육만능론'이다. 1905년 이후 국권회복을 위한 교육구국운동의 열풍은 대단했다. "교육이 불명(不明)이면 생존을 부득(不得)"[30]한다는 것은 개화파의 절박한 외침이었다. 당시의 모든 신소설이 대부분 구국·개화의 방책으로서 교육과 문명 보급의 필요성을 강조하고 있는데, 이는 당시 개화파들이 사회변혁의 목적을 달성하기 위한 가장 평화적이고 개량적인 수단으로 교육만능론을 내세우고 있는 사실을 반영한다.

　거개의 신소설 작품들이 외국 유학을 능사로 삼으며, 「은세계」에서 농민들의 민요(民搖)를 만류하며 저지한 최병도는 "아들(유복자 옥남)이나 낳거든 공부나 잘 시켜야 할 터인데"라고 다짐하며, 정치운동 내지 투쟁 자체를 피하고 교육을 통한 실력양성을 기대하고 있다. 그리하여 「은세계」는 최종적으로 옥남이 의병을 선유하는 연설을 통해, 식민지 시대 개량주의 운동의 핵심적 논리인 '준비론'을 드러낸다. 이인직은 옥남의 입을 빌려 우선 의병전쟁과 같은 무장투쟁론의 무위성을 지적하며, 오히려 우리가 나라를 잃게 된 것은 바로 다름아닌 봉건조선의 "수십년래 학정(虐政)"에 기인함을 밝힌다. 그러나 순종의 즉위와 함께 이뤄진 개혁으로 (1907년) 이러한 학정이 점차 개선되고 있다는 현실인식을 드러낸다. 따라서 이제는 각자 생업에 종사하며 국민의 지식이 진보될 수 있게끔 자식들을 교육하는 데 힘을 쓰는 것이 국권을 회복할 도리라고 주장한다.

---

30) 박상용, 『태극학보』10호, 1907. 5, 31쪽.

그런데 20세기 초 개화파의 '교육'과 '생취(生聚)'에 의한 자강주의는 바로 '우승열패', '약육강식'을 내용으로 하는 사회진화론의 원리를 근간으로 하고 있다.[31] 개화파의 이상은 진화론적으로 앞서 나간 강자인 독일인의 패권, 미국의 부강 등을 모델로 하여 선발 자본주의 국가를 추수하기 위한 노력으로 결정화된다. 그러나 이는 제국주의의 정치적 상부구조에 두드러지게 나타난 군국주의에 대한 추종으로서, 제국주의 침략의 구조를 파악하는 데 장애가 된다. 더욱이 사회진화론은 사회의 진화는 지속적이고 자동적이기[32] 때문에 사회관계의 혁명적 변혁은 근본적으로 저지하고 있어, 강자에 의한 약자 지배의 타당성을 보장해주기도 한다.

그리고 이러한 진화론에 바탕을 둔 교육만능론은 일단의 소수 정예자들이 대중들의 진화 방향을 잡아주는 모델이 되며 이들을 통해 점진적으로 진화의 범위가 확대되어 나갈 수 있는 방책을 제시한다. 이러한 방식은 한 사회집단의 구성원들을 우월한 지도자격의 엘리트 계층과 교육·계몽의 대상이 되어야 하는 무지몽매한 다수의 계층으로 이원화시킨다. 그리고 지도자 계층은 무지한 다수를 일깨우는 시혜자적 입장에만 처하게 되는데, 그들 자신들 스스로가 교육받아야 함을 전혀 이해하지 못한다. 다시 말해 지도자적 엘리트 계층들은, 역사는 민중에 의해 창조되는 것이라기 보다는, 스스로를 교육가 내지 천재라고 생각하는 그들의 계도에 의해 우연적으로 결정되는 것이라고 생각하는 역사적 관념론의 오류를 암암리에 갖고 있다.[33] 민족주의의 성장이 일반 민중을 공통의 정치적 형식으로 통합하는 과정에 있다고 볼 때, 이러한 진화론

---

31) 윤홍로, 「개화기의 진화론과 문학사상」, 『동양학』16, 1986.10, 35쪽.
32) 박찬승, 「한말·일제시기 사회진화론의 성격과 영향」, 『역사비평』, 1996, 봄, 343쪽.
33) 당시 애국계몽운동의 특징인 '우민관(愚民觀)'(김도형, 「한말 계몽운동의 정치론 연구」, 한국사연구회, 『한국사연구』54, 1986. 9, 90쪽)은 위와 같은 사정에 기인한다.

에 입각한 우민관은 온전한 민족의식의 성장을 가로막는 셈이다.

한편 개화파들의 이러한 시민적 인성론 및 교육만능론 등의 관념적 개량운동은 풍속적 개량으로의 관심을 자연스럽게 수반한다. 1910년대 동경 유학생을 비롯해 지식인, 학생 계층의 가장 주요한 주장은 '개성의 해방'이다. 이러한 주장은 결국 이광수에서 볼 수 있는 바, 자아의 각성을 통하여 새로운 이성 관계를 수립하기 위한 '자유연애'와 같은 소시민적 취미에 영합하는 풍속의 문제로 연결된다. 그런데 정치적 형태의 민족국가 형성에 대한 모색은 결여된 채, 도덕·풍속 개량의 민족운동을 전개하는 것은 자민족의 도덕적 결함 및 그의 각성을 지나치게 강조하는 나머지 민족 허무주의로 떨어질 위험성을 항시 내포한다. 아울러 최남선, 이광수 등의 경우 이후 민족주의가 정치적, 경제적 변동의 과정을 통한 실현 속에서 이뤄질 수 있는 것이 불가능해지자, 민족국가보다는 주로 민족 과거에 대한 낭만적 이상화 등 문화적인 분야에서 민족주의를 표현하고자 한다.

5. 미약한 상업자본에 근거한 민족주의

민족주의는 산업혁명 이후 자본주의 경제가 정착되고 확산되면서, 국가 간의 자본주의의 불균등한 발전에 따른 결과로 더욱 강력하게 발생한다.[34] 우리의 경우 19세기 말과 20세기 초에 걸쳐 진행된 외국 자본주의의 침투는 우리 자본주의의 발전을 저지시킬 뿐만 아니라 분쇄시켜 버리는 상황에 이르게 한다. 따라서 조선은 이 시기 개항을 전후한 세계자본주의와의 접촉 과정에서 민족적 자각과 더불어 '민족계급'의 역할을 할 수 있는 토착 부르주아 계급의 형성과 발전을 모색하게 된다. 예컨대 식산흥업을 통한 부국강병을 이룩함으로써 적자생존의 생존경쟁에서 우리 민족이 살아 남기를 갈망하며, 이러한 갈망들은 당시의 학회

---

34) 톰 네언, 「민족주의의 양면성」, 백낙청 편, 앞의 책, 225쪽.

지·신문 등을 통해 집중적으로 발표되고 있어 제국주의의 침략과 착취
에 직면한 주변부의 자국 경제에 대한 민족주의적 각성을 보여 준다.

육정수의 「송뢰금」(1908년)은 당시의 이러한 토착자본의 시대적 모색
과 그 몰락을 그리고 있다. 이 작품의 '우초' '권창봉'과 '근암' '이충국'
은 우리 민족의 정치적 독립의 기초가 자립경제에 있음을 간파하고 상
업에 힘쓰는 자들이다.

> 우리는 우리 일을 잘 하면 비록 실업 일분을 도울 뿐이나 이것이
> 곧 일국 자립에 기초이니 다른 일은 저 정당 사회에 맡기는 것이 합
> 당하지[35]

그들은 전포(전복)어업권, 운산 금광, 압록강 삼림 등 조선의 자원이
일본, 미국, 러시아 등에 의해 수탈 당했던 사실을 상기하며, 현재는 정
치에 앞서 나라의 전정(재정)에 힘쓸 것을 주장한다. 그리하여 그들은
국민경제의 부흥이라는 큰 뜻을 품고 "한성에 중앙 본점을 두고 각지에
지점을 설치하여 내국물화를 수출시켜 지방 각지에 개발을 시작하고,
… 운수 편리처에 제조공장을 설치"[36]코자 하는 포부를 갖는다. 예컨대
그들 스스로는 목포에서는 쌀을, 갑산에서는 구리와 콩을 운송해와 외
국에 수출함으로써 자본 축적을 하여 이를 통해 산업자본으로 전화해나
가고자 하는 것이다. 실제로 쌀, 콩 및 금(金) 등은 우피(牛皮), 인삼 등
과 함께 당시 조선의 몇 개 안 되는 대종 수출 상품이었다.

따라서 이 작품은 당시가 이미 조선이 반식민지로 전락한 상황이었
음을 감안하여, 정치 운동을 포기하고 경제를 통한 내부적 자립을 모색
하는 데로 나아가고 있음을 보여 주는 작품이다. 이는 「송뢰금」 이야기

---

35) 「송뢰금」, 『신소설·번안(역) 소설 2권』, 아세아문화사, 1978, 27쪽. (맞춤법
   은 현행 표기로)
36) 같은 책, 48쪽.

의 한편에 일본유학을 한 이후 갑오경장에 참여했다가 정치적 개혁의 뜻을 이루지 못하고 청일·노일 전쟁의 풍상을 겪은 이후, 하와이로 노동이민을 간 김주사 가족의 불행한 상황을 그리는 내용, 그리고 자기 군(郡)내의 실업 사정을 전혀 파악하지 못하고 있는 봉건 관료의 어리석은 모습들을 보여주는 내용들에 비춰볼 때 좀더 명확해진다.

그러나 근초로 대변되는 토착자본의 국민경제 부흥을 위한 노력과 바람은 수포로 돌아간다. 그 이유는 동업자의 횡령 및 기생의 농간에 넘어가 신의를 저버린 동업자의 배신 때문이다. 토착상업자본의 몰락의 조건을 제국주의 경제의 침탈에서 찾기보다는 부르주아 개개인의 도덕과 성실에 찾고 있다는 점에서 개화파들의 식산흥업이라는 것 역시 추상성을 띠고 있음을 파악할 수 있다. 사실 1894년 이후 일본은 상인과 자본가들을 조선시장에 깊숙이 침투시켜, 쌀과 콩 등을 빼내가고 면제품과 설탕, 담배, 석유 따위를 들여와 조선을 일제의 소비시장으로 만들어 가고 있었다. 「송뢰금」의 토착자본은, 제국주의가 부등가 교환을 통해 주변부를 중심부의 원료 공급지 및 자본재와 대중소비재의 판매시장으로서 기능케 하는 이해관계에 부응하고 있는 셈이다.

따라서 「송뢰금」은 식민지로 전락해가고 있는 상황에서 부르주아의 개량적 노력들이 오히려 외세(일본)에의 경제적 예속의 심화를 가져온다는 측면을 전적으로 파악하지 못하고 있다. 이는 실제적으로도 개화파들이 식산흥업에서 부르주아 개개인의 도덕적 성실 및 노력 등만을 강조하고 있을 뿐, 외세와의 긴장적 대결 관계에서 심도있는 민족적 자각을 끌어내지 못하고 있음을 보여 주는 것이라고 할 수 있다. 한편 「송뢰금」 외의 다른 신소설 작품들에서 등장하는 상업자본가들의 모습은 이에도 못 미쳐, 식산흥업의 구호와는 달리, 그들이 일반적으로 속물근성을 지닌 계층으로 묘사되거나, 기존의 양반 계층의 도덕적 위엄을 훼손시키는 부정적 대상으로 묘사되기 일쑤여서 당대 상업자본이 객관적으로 사회를 변혁시키며 민족주의를 전개할 만한 물적 토대를 갖추고

있지 못함을 보여 준다.37)

6. 맺음말

개화기의 신소설을 통해 본 근대 전환기 개화파들의 민족의식을 요약해보면 다음과 같다.

첫째, 근대 국가 형성과 관련된 근대적 민족에 대한 개화파의 생각은 「자유종」에서 일단의 모습을 드러낸다. 가령 「자유종」에서는 이전 '백성'으로 지칭되는 우연적인 요소로서의 민족의 개념을 '국민'으로 지칭되는 의식의 각성을 거친 민족 개념으로 전환시키고자 하는 주장들이 개진되고 있다. 그리하여 신분적 차별 등으로 분열된 봉건 조선의 중세적 사회구조를 극복하여 민족의 동질성을 회복할 수 있는 근대적 국민국가로 나아가고자 하는 부르주아 민주주의적 지향을 드러낸다. 그러나 「자유종」에 나타난 부르주아 개혁은 궁극적으로 국가 내지 민족을 인민과 동일시하는 관점보다는, 군주를 정점으로 하여 위계적 질서를 갖춘 양반국가의 자강주의적 성격을 좀더 강조하고 있다. 이는 아직도 그 시기의 사회적 총관계가 봉건제를 기본 질서로 하고 있기 때문에 근대적 민족의식의 정상적 발전을 기대하기 어려운데서 빚어진 결과다.

둘째, 개화파는 민족주의와 분리하여 근대화를 우선으로 하는 경향을 드러낸다. 이인직의 문학의 매판성은 이러한 근대화 우선주의가 보여줄 수 있는 파행성을 대표적으로 보여 준 셈이다. 당시 개화파는 실제로 민족을 바라볼 때, 민족국가로서의 독립보다는 민족이라는 사회적 유기체의 생존에 더 높은 가치를 부여하여, 독립에 대한 집착보다는 실용적으로 민족유기체의 경제적 문화적 진보에 힘쓰는 것을 좀더 중요하게 생각한다. 이러한 생각은 대외적 독립보다는 내부적 자립을 중요시 여

---

37) 이에 대한 상세한 예는 졸고, 「신소설을 통해 본 개화파의 변혁주체로서의 한계」, 『변혁주체와 한국문학』, 역사비평사, 1990 참고.

기게 한다. 민족의식이 계급의식을 토대로 표현된다고 볼 때, 이러한 민족주의와 분리된 근대화 우선주의는 개화파가 자신들의 계급적 이해관계를 대변해줄 수 있는 국가의 존재에 대한 기대감이 상실되면서 국가·민족에의 소속의식을 상실한 데서 빚어진 결과라고 얘기할 수 있다. 이는 외세가 가져올 수 있는 전통적 생활의 파괴에 따른 본능적 위기감을 갖고 배외사상을 드러낸 수구파들과 대조적이다.

셋째, 개화파의 민족운동은, 구체적 물적 토대를 갖추지 못한 부르주아 계급의 추상성을 그대로 반영한다. 예컨대 그들의 민족운동은 시민적 인성을 계발하기 위한 도덕개량 또는 교육만능론 등의 추상적 운동으로 전개되며 이러한 개량운동은 문명과 동일시했던 기독교를 매개로 이뤄지기도 한다. 이는 기독교 민족주의로 표현되는데, 개화파들은 기독교에 근거한 시민적 인성 교육 내지 도덕교육을 통해 민족 구성원의 도덕적 수준을 향상시킴으로써 근대적 국민국가의 길을 모색하고자 한다. 그러나 이러한 성격의 민족운동은 온건한 시민적 휴머니스트로서의 입장을 대변하는 것이기는 하지만 전투적 부르주아 사상으로까지 발전할 수는 없어 근본적으로 정치운동 및 대중투쟁에 대해서는 부정적 시각을 가질 수밖에 없게 한다. 이후 이러한 도덕개량 운동은 자민족의 도덕적 결함을 과장하는 민족허무주의, 또는 이의 변종 형태로 풍속 개량, 그리고 문화적 민족주의로 나아갈 길을 마련해준다.

넷째, 개화파들은 식산흥업을 통한 민족 발전의 길을 기대하기도 하는데, 이는 자본주의 불균등 발전에 따른 제국주의의 억압과 착취에 직면한 주변부의 자국 경제에 대한 민족주의적 각성을 보여 주는 셈이다. 그러나 자본주의 경제 역량의 취약성에서 빚어진 물적 토대의 빈곤은 「송뢰금」에서 확인할 수 있는 것과 같이, 당대의 식산흥업 등의 부르주아적 개량운동이 일본에의 경제적 예속을 가져온다는 사실을 깨닫지 못하는 등, 외세와의 긴장적 대결 관계에서 어떠한 민족적 자각도 보여 주지 못한다.

「신소설을 통해 본 근대전환기 문학의 민족의식」에 대한 토론

김 승 종*

발표자(양문규 교수)께서는 근대 전환기 신소설에는 근대적 국가로 나아가고자 하는 부르주아 민주주의적 지향과 근대화를 우선시하는 경향이 나타나 있고, 개화파의 민족운동은 구체적 물적 토대를 갖추지 못한 부르주아 계급의 추상성을 그대로 반영하고 있으며, 외세와의 긴장적 대결 관계에서 어떠한 민족적 자각도 보여 주지 못하였음을 지적하고 있습니다.

이러한 발표 내용은 대다수 연구자들과 마찬가지로 우리 근대 전환기의 소설이 '근대 전환기'라는 역사적 특수성을 제대로 반영하지 못했음을 기본적으로 전제하고 있는 듯합니다. 곧 봉건적 제도와 인습에서 벗어나 근대적 민족국가와 경제체제를 구축하려 하였으나 외세의 개입에 의하여 그 근대화 과정 자체가 왜곡될 수밖에 없었던 우리 근대화 과정의 특수성을 신소설이 정당하게 반영하지 못하고 추상적 근대화에만 집착함으로써 우리가 일제의 식민지로 전락할 수밖에 없었던 저간의 사정도 제대로 간파해 내지 못하였다는 전제가 이 발표문에도 전제되어

* 전주대 교수

있는 것입니다.

이해조는 「자유종」에서 양반가 부인들의 입을 빌어 화이론적 세계관에 반대하고 여성에 대한 차별, 신분적 차별, 적서차별, 지역간 차별 등에도 반대하는 등 근대적 지향을 보이면서도 근본적으로 온건한 양반계급의 관점으로부터 자유롭지 못함으로써 그의 봉건사회에 대한 비판은 제한적일 수밖에 없었으며, 그의 대부분의 작품에서 천민들이 부정적으로 그려지는 것도 그 한 예에 해당하는 것이라고 발표자는 지적하고 있습니다. 이는 또한 이해조 개인의 한계일 뿐만 아니라, 시민 계급이 취약했던 당시의 사정에도 그 이유가 없지 않음을 아울러 지적하셨습니다.

이와 같은 발표 내용은 사실 이의를 달기 어려울 정도로 공정하고 정확한 기술로 일관되어 있습니다. 곧 발표자께서는 신소설에 대한 기존의 연구성과를 존중하는 가운데 신소설 작가들이 지녔던 의식의 수준과 문학적 공과를 잘 정리하신 것으로 보입니다.

그럼에도 불구하고 근대 전환기 한국소설에 나타난 민족의식에 대해 함께 고민하고 정리하는 의미에서 두 가지 질문을 드리도록 하겠습니다.

첫째, 신소설이 민족의식의 측면에서 결함을 지니게 된 것이 작가의 세계관이나 사회적 환경 때문만이 아니라 임화가 지적한 바와 같이 신소설이 새로운 사상을 담아낼 새로운 형식을 개발하지 못하였기 때문이 아니었겠느냐는 것입니다. 예컨대 「자유종」의 경우 토론체라는 형식을 빌다 보니 한글 전용이나 양반 무용론에 대한 반박을 담을 수밖에 없었을 것이고, 「은세계」의 경우에도 판소리적 요소와 소설적 요소가 서로 조화되지 않는 바람에 후반부가 지리멸렬해지지 않았겠냐는 것이지요.

사실 「자유종」이 지닌 가장 심각한 결함은 이해조의 어중간한 근대의식이라기보다는 서사성이 빈약한 토론체 소설이라는 것 자체일 수 있으며, 「은세계」의 보다 중대한 결함도 작가의 친일 의식이기보다는 전반부의 사실성과 후반부의 이상성이 서로 어긋나고 있는 데에 있다고 보여집니다. 따라서 신소설에 나타난 민족의식의 문제는 형식의 차원에서도 함께 논의되어야 한다고 생각합니다. 발표자께서 「자유종」, 「은세계」, 「송뢰금」 등이 지닌 형식적 문제와 앞에서 설명한 민족의식이 지니고 있는 상관성을 부연 설명해 주시면 감사하겠습니다.

둘째, 발표자께서는 당시 이인직과 같은 개화파의 사상이 민족국가로서의 독립보다는 민족이라는 사회 유기체의 생존에 더 높은 가치를 부여하는 바람에 민족주의와 분리된 근대화 우선주의로 전락하게 되었음을 지적하셨습니다. 이로써 이인직을 비롯한 신소설 작가들에게서 보편적으로 드러나는 친일적 성향이 갖는 의미가 보다 구체적으로 해명된 것으로 보입니다.

그러나 상대적으로 민족국가로서의 독립과 주권 수호에 더 높은 가치를 부여하였던 역사전기소설이나 신채호 소설에 비해 신소설이나 춘원 소설이 우리 문학사에 끼친 공로가 더 컸음을 인정해야 하지 않을까 합니다. 이는 결국 한국 근대소설사의 중심을 어디에 설정하느냐 하는 문제로 귀결될 것입니다. 이에 대한 발표자의 견해를 듣고 싶고, 만일 그럼에도 불구하고 우리 소설사의 중심에 이인직, 이해조, 이광수 등의 소설이 자리잡을 수밖에 없다면 과연 민족국가의 독립에 더 높은 가치를 부여한 문학 형태는 과연 어떤 형태의 소설일 수밖에 없으며, 염상섭의 「만세전」은 신소설, 혹은 이광수 소설의 어떤 점을 극복한 결과였는지를 묻고 싶습니다.

〈토론자의 질의에 대한 답변〉

첫째, 신소설에 나타난 근대적 민족의식의 취약성이, 양식적인 측면에서 신소설 작품의 서사성이 빈약한 탓에 기인하지 않느냐 하는 지적은, 오히려 정반대라고 답변할 수 있습니다. 질의자께서도 지적했듯이, 신소설은 작품 내에서 교술적인 부분들이 자주 나타나고, 특히 발표에서 거론한 「자유종」은 교술에 가까운 작품입니다. 그런데 관념적이고 추상적이나마 작가 나름대로의 근대적 민족의식이 표방되는 것은 교술적인 부분에서입니다. 작가의 사상이 구체적으로 용해되는 서사의 부분에서는 그나마 작가의 근대적 민족의식이 사라지고, 오히려 전근대적인 봉건의식이 그 기조를 이룹니다. 구체적 형상화로서의 서사는 작가의식의 본질이 보다 더 명확하게 드러날 수 있게끔 합니다. 발표에서도 이미 설명되었지만 「자유종」과 상대적으로 서사적 성격을 갖춘 이해조의 여타의 작품들을 대조해보면 이를 명확히 알 수 있습니다.

둘째, 이 발표는 우리 초기 근대소설사의 중심을 역사전기소설 또는 신채호의 소설에 놓느냐, 아니면 이인직, 이광수의 소설에 놓느냐 하는 문제에 초점을 맞춘 것은 아닙니다. 이 발표는 이들 중 후자가, 봉건조선을 근대사회로 전환시키고자 한 변화 주체 중의 하나인 개화파의 민족의식을 어떻게 반영하고 있는가를 살피고자 하는데 그 목적이 있었음을 새삼 밝힙니다. 덧붙여 당시 신채호의 역사전기 소설 등은 근대적 민족의식을 드러내면서 개화파와는 또 다른 성격의 한계를 보여 주는데, 이는 이 발표의 논의 범주를 벗어나는 것이기에 생략하도록 하겠습니다.

식민지 시대 문학의 민족인식과 탈식민주의

— 염상섭의 민족인식과 타자성의 경험 —

나 병 철*

1. 자아주의에서 타자성의 발견으로

애국 계몽기에서 식민지 시대에 이르는 전환기의 지식인들은 근대적 의미의 민족을 발견하는 과정에서 유사한 딜레마에 부딪혀 왔다. 그들은 저마다 사상적 지향은 달랐지만, 하나같이 제국주의에 맞서기 위해 그에 의해 확립된 근대의 장을 철저하게 경험할 수밖에 없었다. 역설적이게도 그들은 적과의 싸움을 위해 적과 공유하는 제도와 담론의 장에서 움직여야 했던 것이다.[1] 동일한 규약 내부에서의 그같은 적과의 조우는 특히 식민지 우파 지식인의 경우 피할 수 없는 역사적 운명이었다.

어찌보면 그 운명적 모순은 식민지를 통해 근대화를 경험한 제3세계 민족의 몫이었을 것이다. 식민지에서는 제국주의에 저항하는 과정에서

* 교원대 교수

1) 이는 신채호 같은 개신 유학파에서부터 1910년대의 현상윤, 양건식 그리고 1920년대의 염상섭, 현진건 같은 우파 민족주의자들에게까지 해당되는 공통된 딜레마였다. 신채호에 대해서는 차승기, 「근대 계몽기 민족주의의 성격에 관한 고찰」, 한국문학연구회 편, 『현역중진작가연구 Ⅳ』, 국학자료원, 1999 참조.

그 주체중심주의를 반복하는 배타적 민족주의가 만들어진다. 더욱이 식민지의 상황은 민족의 독립 그 자체만을 목적으로 내세워 근대적인 정치사회적 개혁안이 결여된 지나친 무구함을 지닌 저항 민족주의를 낳게 했다.2) 그와 같은 특수한 민족'중심'주의적 이데올로기에서 파생된 사회역사적 위험이 간과되어서는 안될 것이다. 그러나 그 역사적 불행과 함께, 식민지에서는 '탈중심화'된 타자성의 위치에서 민족을 인식할 수 있는 기회도 주어져 있었다. 민족국가에서와는 달리 식민지의 민족은 잠재적으로 탈식민주의3)의 타자성을 발견할 수 있는 상황에 놓여 있었다. 민족국가는 상상적 공동체의 서사적 '주인공'으로서 자주적 민족의 발견을 전제로 형성된다. 타민족에 대한 대립항으로서 자민족의 주체성을 상정하는 이런 경우에, 대립관계를 넘어선 타자성을 발견하는 것은 지난한 일이었다. 반면에 식민지에서는 국가를 상실한 상황에서, 제국주의의 강제적 동일화로부터 벗어나는 탈식민주의적 '타자성'의 위치에서 민족을 생각할 수 있었던 것이다. 식민주의와 배타적 민족주의의 이항대립을 넘어서는 그같은 탈식민주의의 위치는 흔히 문학작품에서 발견된다.4) 가령 20년대 중반 이후의 리얼리즘 문학에서 나타나는 민족인식

2) 김동춘, 「사상의 전개를 통해 본 한국의 '근대' 모습」, 역사문제연구소, 『한국의 '근대'와 '근대성' 비판』, 역사비평사, 1996, 302~305쪽; 김철, 「김동리와 파시즘」, 한국문학연구회, 『현역중진작가연구 Ⅳ』, 1999, 263쪽. 김철은 이 글에서 그같은 무구함을 지닌 관념적 민족주의가 한국적 파시즘이 자리잡는 기반이 된다고 논의하고 있다. 본고는 우리의 근대화 과정의 경우에, 전근대적인것과 인식론적 단절을 이루지 못한 그런 류의 민족주의의 위험과 함께, 서구적 근대에 동화될 수 없는 전통에 근거한 근대지향적 민중운동의 잠재력에 의해, 타자성의 위치에서 (서구 민족국가의 민족주의와는 다른) 탈중심화된 민족이념을 얻을 수 있는 기회가 주어졌다고 본다.

3) 탈식민주의란 제국주의와 (그에 대항하는) 배타적 민족주의의 이항대립을 넘어서는 타자성의 위치에서 제국주의와 식민주의로부터 벗어나려는 기획을 말한다.

4) 문학작품에서 주로 발견되는 이유는 문학의 경우 근대서사의 이중성 중에서 제도로부터 이탈하는 탈중심화된 힘(탈근대적인 탈영토화의 힘)이 나타날 수 있었기 때문이다. 그러나 그 탈식민주의의 위치를 실제 현실에서 실현하기는

은 그런 또다른 잠재력을 지니고 있었다.

하지만 타자성의 위치에서 식민주의적 제도로부터 이탈하는 탈중심화된 민족인식 역시 손쉽게 얻어질 수 있었던 것은 아니었다. 아이러니컬한 것은 제도로부터 이탈하기 위해서는 보다 더 많은 제도의 경험이 필요했다는 점이다.[5] 동일화의 힘으로서의 제도란 권력관계에 있는 두 개의 대립항 중에서 힘이 우세한 어느 한 쪽이 대립을 평정해 만든 동일성의 체계를 말한다. 제국주의와 식민주의의 제도는 권력의 산물이며 그런 만큼 어느 한 쪽이 다른 한 쪽을 억압한 흔적을 지니고 있다. 이탈의 운동으로서의 민족의 발견에 있어 식민지 제도에 대한 냉철한 경험이 필요했던 것은 그 때문이다. 권력의 억압에서 벗어나기 위해서는 억압당하고 있는 권력관계의 상황을 인식할 수 있는 경험과 힘이 요구되었던 것이다.[6]

쉽지 않았으며 식민지에서 해방된 이후에도 제도권 내부로 수용하는 것은 지난한 일이었다. 그것이 발현된 것은 아마도 지배정권에 저항하는 민중적 변혁운동에서였을 것이다. 그밖에 제도권 내부의 역사는 오히려 신식민주의나 배타적 민족주의에서 파시즘에 이르는 과정에 가까웠다. 우리는 양자의 관계에서 우리의 근대성의 특수성을 표상하는 이질적인 힘들의 길항관계를 볼 수 있다. 권력지향적 이념을 중심으로 한 이질적인 힘들의 길항관계에 대해서는 김철, 「김동리와 파시즘」, 앞의 책 참조.

5) 가령 1920년대의 염상섭과 현진건이 1910년대의 현상윤이나 양건식보다 한결 진전된 근대적 민족인식에 이르렀다면, 그것은 그들이 그만큼 제국주의의 제도를 한결 더 냉철하게 경험할 수 있었던 점과 연관된다.

6) 여기서 제도는 제국주의의 식민지 제도뿐만 아니라 서구적인 신문학의 제도도 포함된다. 신문학의 제도 역시 권력 관계 속에서 확립되며 따라서 그에 반발하는 힘(전통지향성)을 자체 내에 내포하고 있었다. 한편 우리 근대문학 전개의 한 축은 제도로서의 문학의 수용과 그것을 주체적으로 내면화하는 과정으로 설명할 수 있는데, 이를 김윤식은 '제도적 장치로서의 내면에서 자생적 내면에로'라고 설명한다. (김윤식·정호웅, 『한국소설사』, 예하, 1993, 93~107쪽 참조.) 본고는 이런 측면을 제도를 반복하는 과정에서 타자성의 획득에 의해 반복성에서 벗어나는 것으로 설명하려고 한다. 이는 우리 근대문학의 탈식민주의의 이해를 위해서는 단순히 주체적 자생성을 강조하기보다는 주체중심성과 구분되는 타자성의 위치(타자성의 타자 혹은 주체)를 이해하는 것이 중요하다고 생각되기 때문이다.

그러나 제도의 경험은 또한 그 제도에 동화될 수 있는 위험을 지니고 있다. 제도는 냉혹한 억압과 배제를 수반하지만 그 규율에 예속되는 대가로 '생활'의 힘을 증진시키는 권력장치 역시 포함하고 있기 때문이다.[7] 제도의 규율에 동화되는 순간 생활의 능력은 확장되지만 그 동일성의 체계로부터 벗어날 수 있는 길은 완전히 폐쇄된다. 반면에 규율(그리고 제도)에 동화되지 않는 '타자'로 남아 있는 한 혹독한 억압과 감시를 겪는 대가로 그 내부의 모순된 권력관계를 발견하게 된다. 이처럼 식민지의 규율화된 제도에 동화되느냐 타자의 위치에 서느냐에 따라, 식민주의와 탈식민주의로 나뉘는 갈림길로 들어서게 된다.

염상섭의 경우에도 매번 그 둘 사이의 갈림길에 직면하는 상황에 있어 왔다. 염상섭은 1920년대 초반에서 중반 이후로 나아가면서 '근대적 이상'에 대한 집착에서 '생활'과 현실로 옮겨가는 과정을 거치게 된다.[8] 염상섭의 근대적 이상이란 자아각성된 개성의 발현, 즉 올바른 '자아주의'[9]의 실천에 있었다. 염상섭이 그같은 이상(이념)에 몰입해 있는 동안 그가 그 이상과 괴리된 속악한 현실(속악한 근대)에 동화될 가능성은 생겨날 수 없었다. 즉, 그는 식민지 제도에 동화될 수 없는 타자로 머물러 있어야 했다. 「표본실의 청개구리」, 「암야」, 「제야」 등의 초기 3부작의 세계가 그것을 보여준다.

그러나 다른 한편 염상섭의 이상이란 데카르트의 사유의 주체 같은 자기중심적 자아(자아주의)의 실현으로서, 그것은 서구의 계몽이성과 크게 다를 바 없는 것이었다. 초기 3부작에서 나타나는 고독한 개인들은 그들이 현실에서 자아주의(계몽이성)를 실현하지 못한 패자임을 알려준다. 하지만 자아주의(그 실천)를 좌절당한 고독한 개인이란 계몽이성(자

---

7) M. 푸코, 오생근 역, 『감시와 처벌』, 나남, 1994, 207쪽.
8) 김우창, 「리얼리즘에의 길」, 『염상섭전집』 9, 민음사, 1987, 423~53쪽. 김우창은 이를 이념에서 현실로의 이행이라고 말한다.
9) 염상섭, 「지상선을 위하여」, 『염상섭전집』 12, 민음사, 1987, 57쪽.

아주의)이 실현된 근대의 장의 승자인 강한 주체의 또다른 이면에 불과
했다. 근대의 장의 패권을 쥐고 있는 강한 주체란 총체성을 상실한 세
계(서구적 근대의 장)에서 강제적 총체화를 시도하는 자로서, 고독한 개
인은 그 억압적 총체화로부터 환멸을 느끼고 떨어져 나온 파편이었던
셈이다. 즉 고독한 개인은 강한 주체를 꿈꾸면서도 강한 주체의 세계에
환멸을 느끼는 사람들이었다.

따라서 염상섭의 고독한 개인들이 꿈꾸는 이상은 근대의 장에서 어
느 곳에서도 생활을 가질 수 없었다. 그것은 그들이 식민지 제도의 외
부를 꿈꾸면서도 실상은 그 제도를 낳은 서구적 계몽이성의 내부에 있
었기 때문이었다. 이처럼 계몽이성과 근대의 장으로부터 탈출할 수 없
었던 그들은 식민지 제도에 예속된 생활을 비판하기 위해서 역설적으로
그들이 환멸을 느끼는 생활을 다시 받아들여만 했다.

염상섭이 '개성'에서 '생활'로 관심을 옮기게 된 것은 그런 연유에서
였다. 물론 염상섭이 말하는 생활이 제도에 예속된 현실의 삶만을 뜻한
것은 아니었다. 생활이란 인간과 현실의 상호작용으로서 부정적 현실에
대한 인간의 반작용을 포함한 것이었다. 그러나 염상섭은 제도에 예속
된 현실에 반발하는 인간주체의 물질적, 역사적 근거를 명시하지 않았
다. 그것은 그가 근본적으로 유물론보다는 유심론적 입장에 있었기 때
문이었다.10)

염상섭이 자아주의에서 생활론으로, 그리고 이념에서 현실로 옮겨가
면서, 제도를 비판할 수 있는 가능성과 함께 그에 동화될 위험 역시 커
졌던 것은 그 점에서였다. 소설의 경우 초기 3부작에서 「E선생」, 「해바
라기」와 「만세전」을 전환점으로, 「윤전기」, 「남충서」, 그리고 『사랑과
죄』와 『삼대』에 이르는 과정은, 그같은 가능성과 위험이 병존했음을 알
려준다. 20년대 중반부터 30년대 전반까지, 염상섭은 리얼리즘의 객관성

---

10) 염상섭, 「민족·사회운동의 유심적 일고찰」, 앞의 책, 86~106쪽.

을 얻는 동시에 그와 함께 자연주의적 세태묘사에 떨어질 위기에 부딪히기도 한다. 비평의 경우에 염상섭이 개성론에서 생활 문학론으로 나아가면서, 이론적 심화와 함께 이념적으로 초기보다 진보성을 상실했다는 평가11)도 같은 맥락에서 나오게 된다.

그러면 그같은 위기와 기회의 교차점에서, 즉 제도의 수용과 현실비판, 자연주의와 리얼리즘, 식민주의와 탈식민주의의 갈림길에서, 염상섭이 선택한 방법은 무엇이었을까. 염상섭은 생활에 눈을 돌리면서 근대적 계몽이성과 과학 문명이 낳은 폐해들을 주목하기 시작한다. 그는 자신이 생활 속에서 확인한 기계문명에 대한 인간의 예속이나 계급적 갈등의 문제가 과학의 힘을 과신한 근대문명의 소산임을 주장한다. 이는 과학을 발명한 계몽이성과 자아주의를 예찬하던 초기 개성론으로부터 가장 결정적으로 변화된 핵심적 논점이다.

果然 이갓치 하야, 自己로서 살 줄을 깨닷고 배웟스며, 모든 地理的 發見과 科學的 發見은 사람의 힘(力)에 對한 信任을 엇게 하고, 이것이 原因이 되고 結果가 되야 「自我」에 對한 信念은 엇더한 思想的 動搖가 잇드라도 깁고 굿은 根底를 세우게 되엿다.12)

科學의 立場이 明然 쏘 確固하게 됨을 짜라서 自然을 征服하얏다는 自矜을 갓게 되자 사람은 自然을 눈 알애로 보게 되엇다. 그 結果는 自然과의 交涉을 間接的으로 行하고 사람과 間隔을 식혓스며 或時는 그 存在까지를 그리 대수롭게 알지 안케 되엇다. <오늘날의 文明人>은 自然을 驅逐하고 機械를 主人삼은 데에 그 全生活의 『알파』와 『오메가』가 잇는 것임은 물론(勿論)이다.13)

염상섭은 개성론에서 과학을 인간의 힘에 신념을 갖게 한 자기실현

11) 김재용 외, 『한국근대민족문학사』, 한길사, 1993, 435쪽.
12) 염상섭, 「지상선을 위하여」, 앞의 책, 52쪽.
13) 염상섭, 「민족 사회운동의 유심적 일고찰」, 같은 책, 102쪽.

의 방편으로 예찬하고 있다. 그러나 이후의 논의에서는 과학과 인간의 힘에 대한 과신이 자연을 내쫓고 기계를 주인으로 삼게 한 근원임을 주목한다. 인간에게 자기실현의 힘을 주었던 과학이 이제는 인간을 기계의 노예로 전락시켰다는 것이다. 이같은 논의는 염상섭이 초기에 그토록 매혹되었던 계몽이성에서 한걸음 물러나 그 자기모순을 발견하고 있음을 암시한다. 염상섭이 자기주의의 주장에서 자연에의 복귀로 논조를 바꾼 것은 그에서 기인한 것이다.

물론 염상섭의 자연에의 복귀는 구체적인 역사적 실천의 방안을 마련하고 있지는 않다. 그것은 그가 물질적, 역사적 관점(즉 유물론)보다는 유심론적 입장에 머물러 있기 때문이다. 그러나 중요한 것은 그가 자연에의 복귀를 말함으로써 근대문명에 대한 타자성의 위치를 얻고 있다는 점이다. 염상섭의 초기 논의에서 보듯이 근대문명이 '자아'의 실현에서 얻어진 것이라면, 이후의 논의에서 부각되는 '자연'이란 자아주의와 근대문명이 강제적으로 억압하고 있는 '타자'일 것이다. 따라서 근대 자본주의 사회에서 나타난 갖가지 폐해들은 자연, 즉 타자의 억압에서 생긴 것으로 볼 수 있다.

> 機械로부터서의 解放—現代文明에서의 解放—그것은 自然에 돌아가는 길이다. 自然의 理法에의 復歸—그것은 資本主義의 生活法則의 破壞요『뿌르조아』의 滅落이다.
> 『푸로레타리아』의 反動은 唯心的으로 보면 自然에의 復歸—自然理法에의 歸依에 理想이 잇는 것이라고 하겟다.
> (중략)
> 民族觀念이라는 것은 自然性 心然性을 가진 것으로 容易히 變異하기 어렵거나 혹은 全然히 不可變性의 地理的 約束을 가젓슬 뿐 아니라 反動運動의 最後의 理想인 자연과 밋 그 理法에 復歸하는 데에 有利한 幇助者는 될지언정 決코 反撥不相容의 것이 아님으로 社會運動에 잇서서 民族觀念을 觀念破棄의 一種目으로 編入하야서는 아니된다는 것이다.[14]

염상섭의 논지에 따르면, 프롤레타리아란 자본주의 사회에서 억압된 자연성, 즉 억눌린 타자성의 한 예이다. 그 점에서 프롤레타리아의 반발은 다시 자연성으로 복귀하려는 데 이상을 두고 있다. 마찬가지로 민족관념 역시 자연성(그리고 타자성)과 연관을 갖고 있다. 염상섭의 논지를 확대하면, 피억압민족의 민족관념이란 제국주의에 억압된 자연성에 다름이 아니다. 자연성을 회복하려는 이상을 위해 민족관념이 도움이 되는 것은 그 때문이다. 따라서 프롤레타리아의 억눌린 자연성을 복구하려는 사회운동(사회주의 운동)은 민족관념을 파기의 대상으로 삼아서는 안될 것이다. 오히려 민족관념을 회복하려는 민족운동은 사회운동과 '유심적'으로 일치될 수밖에 없다.15) 왜냐하면 민족운동이란 피압박 민족의 자연성을 되살리려는 것이며 사회운동 역시 피억압 계급의 자연성을 되찾으려는 이상을 지니기 때문이다.

염상섭의 경우 자연(자연이법)이란 과학이나 근대문명, 자기주의에 의해 파괴된 타자일 것이다. 타자란 자기중심적 동일성에 순응하지 않고 그 강제적 동일화에 반발하는 존재를 말한다. 염상섭이 주장했듯이 과학문명의 타자는 자연이다. 마찬가지로 자본주의에 반발하는 자연성, 즉 타자는 프롤레타리아이며, 제국주의의 타자는 피압박 민족이다.

따라서 염상섭의 자연성에 대한 주목은 실상은 타자성의 발견이라고 할 수 있다. 물론 염상섭이 찾아낸 타자성은 '유심적'이라는 한계를 지니고 있다. 유심적이라는 것은 정신적으로는 자각하면서도 물질적·역사적 실천방안은 갖지 못한 것을 말한다. 염상섭은 유심적으로는 계몽이성에 대한 타자를 옹호하면서도 유물론적으로는 여전히 계몽이성의 내부에 위치해 있었던 것이다. 그가 민족운동과 사회운동의 '유심적 일치'를 주장한 것은 그런 자신의 위치에 근거하고 있기 때문이다. 같은

---

14) 같은 책, 104쪽.
15) 같은 책, 105쪽.

이유에서 그는 유심적으로는 계몽이성과 자본주의를 비판하면서도 유물론적으로 제국주의의 착취를 자민족의 자본주의의 발달로 방어할 수밖에 없다고 말한다.[16] 그처럼 자본주의의 발달을 용인하는 민족운동이 제국주의에 편승한 것이 아님을 인식할 때 비로소 사회운동(사회주의 운동)은 민족운동과 (유심적으로) 협동할 수 있다고 그는 말한다.[17]

염상섭의 우파 민족운동이 진보성을 지닐 수 있었던 요인은 이와 같이 주체성의 자각(개성론)보다는 타자성(자연이법)의 발견에 있었다. 염상섭이 갖고 있던 민족 개념은 유심적인 민족혼이나 민족의식 같은 것이었다. 그러나 초기에 개성으로서의 민족혼을 말하던 그는 이후에 타자성으로서의 민족관념을 주목하게 된다. 즉, 처음에는 전통, 풍모, 혈통에 근거한 특유의 민족성을 주장하다가, 나중에는 민족간의 착취의 관계에 놓인 피압박 민족의 자연성 회복으로서 민족관념을 내세운다. 물론 자연성으로서의 민족관념 자체는 개성으로서의 유심적 민족혼의 성격에서 크게 벗어난 것은 아니었다. 그러나 근대문명에 대한 자연성으로서, 제국주의에 대한 민족성으로서, 다시 말해 억압적 동일화에 대한 타자성으로서 민족혼을 주장함으로써, 모순된 권력관계를 드러내는 역사적 공간을 발견하게 된다. 염상섭의 민족운동이 사회운동과 만날 수 있었던 것은 바로 그 타자성의 공간에서였다.

2. 지식인의 타자성의 경험과 민족인식

이제까지 우리는 염상섭의 민족이념이 20년대 후반에 이르러 보다 더 구체적인 역사적 현실성을 얻게 됨을 논의했다. 그러나 염상섭이 그 시기에 이전보다 더 진보적인 민족의식을 갖게 되었다고 말하는 것은

---

16) 같은 책, 106쪽.
17) 같은 책, 106쪽.

문제의 한 측면만을 보는 것이다. 앞서 살폈듯이 그가 20년대 중반 이후 생활에 눈을 돌리면서 식민지 제도에 동화될 위험성도 함께 증대되고 있었다. 다만 분명히 말할 수 있는 것은 그같은 위험에서 벗어날 수 있는 가능성은 그 시기에 타자성의 위치를 발견한 데서 생겨났다는 점이다.

그런데 실상 타자성의 경험은 그가 계몽이성과 개성론에 심취해 있었던 초기에부터 나타난다. 물론 20년대 전반의 타자성의 경험은 비평(혹은 논설)이 아닌 문학작품(소설)을 통해서만 가능할 수 있었다. 자아주의에 빠져 있던 그가 그처럼 소설 공간에서는 타자성을 경험할 수 있었던 이유는 무엇일까.

그것은 인식적 담론(비평, 논설)과 서사적 담론(소설)의 차이, 혹은 반성철학과 문학작품의 차이라고 할 수 있다. 그렇지 않으면 이른바 근대적 서사의 이중성, 즉 각본과 공연의 차이로 설명할 수 있다.[18] 이제 「만세전」을 예로 들어 그 양자의 차이를 살펴보자.

데카르트와 칸트로 대표되는 근대적 주체철학은 개인의 내성적 반성의 방법을 사용한다. 그 점에서 개인적 자아각성에 초점을 두는 주체철학은 근대적인 내면적 인간의 탄생과 더불어 나타난 셈이다. 그런데 주체철학과 반성철학의 근거인 내면적 인간은 또한 고독한 개인이기도 하다. 그는 아무것과도 연관되지 않은 자기자신의 내면을 반성하는 존재이기 때문이다.

내면적 인간 혹은 고독한 개인은 반성철학이라는 언어게임의 규칙의 일부를 이룬다. 즉, 사적 주체로서의 고독한 개인은 내성적 반성을 통해 일반자를 추출해내는 언어게임의 전제조건인 것이다. 데카르트와 칸트는 모두 철저히 고독해짐으로써 진리를 발견해내려 했던 사람들이다.

마찬가지로 데카르트주의식[19]의 자아주의에 몰입해 있던 초기의 염

---

18) 이에 대해서는 나병철, 「애국계몽기의 민족인식과 탈식민주의」 참조.
19) 데카르트의 철학과 데카르트주의는 엄밀히 말해 똑같은 것이 아니다. 비록

상섭은 고독한 개인의 입장에서 글을 쓰게 된다. 그 점에서는 실상 비평이나 소설에서 큰 차이가 없었다. 가령 「지상선을 위하여」에서 염상섭의 자아주의의 실현은 고독한 개인이 강한 주체가 되려는 욕망을 표현한 것으로 볼 수 있다. 그와 유사하게 「만세전」의 이인화는 고독한 개인의 위치에서 "신생의 서광"20)을 꿈꾸게 된다. 신생의 서광이란 자아주의의 실현21)을 뜻하는 것으로, 이인화는 "전체의 알파와 오메가가 개체에 있"으며, 신생은 "개인에게서 출발하야 개인에 종결하는 것"이라고 말한다. 물론 이같은 자아주의의 모색은 결말부에 가서야 비로소 나타난다. 그러나 결말부의 서술자아(화자로서의 '나') 뿐만 아니라 경험자아(인물로서의 '나')로서의 이인화 역시 고독한 개인의 입장에서 움직이고 있었다. 고독한 개인이란 제국주의 제도의 규칙에 의해 강요되는 조건이었으며, 그것은 또한 반성철학과 신문학 제도의 규약이 요구하는 조건이기도 했던 것이다.

혼히 말하는 '내면 고백체'22) 혹은 '고백이라는 제도'23)가 뜻하는 바는 그처럼 (내면적 인간으로서의) 고독한 개인을 요구하는 근대적 장의 규약에 다름이 아니다. 그 규약이 적용되는 조건은 현실적 삶이나 글쓰기에서, 혹은 철학적 비평이나 문학작품에서 별반 차이가 없었다. 그럼에도 염상섭의 비평 속에서의 '나'와 소설 속에서의 '나' 사이에는 한

데카르트는 신이라는 절대적 타자에 의해 자아의 명증성을 보장받으려 했지만 그의 방법적 회의에는 타자성의 계기가 얼마간 포함되어 있었다. 반면에 데카르트주의는 데카르트 철학이 지니고 있던 타자성의 계기를 배제하고 자기중심적 자아의 명증성만을 강조했다.

20) 염상섭, 「만세전」, 『염상섭전집』 1, 1987, 106쪽.
21) 여기서 신생의 서광으로서의 자아주의를 일차세계대전 이후 제창된 민족자결주의로 확대해서 해석할 수도 있다. 그러나 그런 주장은 이미 반성철학적인 일반론의 성격을 띤 것으로서 추상적 논의에 머물고 있다.
22) 김윤식·정호웅, 앞의 책, 93~104쪽.
23) 가라타니 고진, 박유하 역, 『일본근대문학의 기원』, 민음사, 1997, 103~129쪽.

가지 중요한 차이가 나타난다. 그것은 소설에서의 '나'는 고독한 개인이라는 근대의 장의 규약을 '사후적으로'[24] 비로소 발견한다는 사실이다.

비평가로서의 염상섭은 처음부터 고립된 개인의 입장에서 반성적으로 글을 쓴다. 반면에 「만세전」에서 이인화는 현실을 경험하면서 내적으로 각성되어 갈수록 점점 더 고독해진다. 이인화의 각성이 정점에 달한 시점은 또한 그가 가장 고독해진 시점이기도 하다. 그가 성숙과 고독에 이르는 과정은 다음의 세 가지 측면을 통해 나타난다.

> 나는 한번 휙돌려다 본뒤에,
> 「공동묘지(共同墓地)다! 구덱이가 욱을욱을하는 공동묘지(共同墓地)다!」라고 속으로 생각하얏다.[25]

> 「대관절 내가 무얼하랴구 나왓드람?」
> 이러케생각을하야보니까 나올때는 돌이어 잘되엇다고 쮜어나왓지만,
> 암만해도 주착업는짓을하얏다는後悔가 안이날수업다. 「엣! 가버린다.
> 亦是 **혼자**가서 가만히 누엇는게 얼마나便할지모른다!」[26]

> 死라는것이 滅亡을 意味하든 永生을 意味하든 어쩌한指數를가르치든 그것은 우리로서조금도干涉할權利가업겟지요. 우리는다만 呼吸을하고 意識이남아잇다는 明瞭하고 嚴肅한事實을對할째에 現實을正確히洞祭하며 스스로의길을 힘잇게밟고 굿세게살아나가야할 自覺만을 스스로 自己에게 强要함을 깨다라야할것이외다.[27]

---

24) Homi Bhabha, *The Location of Culture*, Routledge, 1994, 185쪽. 여기서 바바는 역사적 행동주체란 (구체적으로 개별화되는 과정에서) 주어진 체계의 '외부'를 가로질러 되돌아오면서 '사후성'의 형태로 나타난다고 말한다. 가라타니 고진은 비트겐슈타인의 언어게임에서 '규칙'이란 '사후적으로' 발견되는 것이라고 논의한다. (가라타니 고진, 송태욱 역,『탐구』1, 새물결, 1998, 54쪽)
25) 염상섭, 「만세전」, 앞의 책, 83쪽.
26) 같은 책, 100쪽. 고딕체 인용자.

위에서처럼 이인화의 각성과정은, 현실에 대한 환멸에서 자신이 결국 '혼자'라는 생각을 통해, 자아주의 실현에 대한 자각으로 이어진다. 물론 이인화의 자아주의는 개인의 차원을 넘어선 민족자결주의를 포함한다고 볼 수도 있다. 그러나 그같은 논리적 귀결은 이미 일반론적이고 추상적인 진리의 자각에 불과하다. 그 이유는 이인화가 타자와의 대면 속에서가 아니라 '혼자' 남겨진 채 내적 반성을 매개로 주체의 자각에 이르기 때문이다. 편지체로 된 이인화의 말은 실상 독백적이며, 그 담론의 방식은 사적 주체의 내면적 반성을 통해 보편적 진리(일반자)에 이르는 반성철학의 방식과 조금도 다르지 않다. 이인화의 자각의 내용 역시 '약한 나'(고독한 개인)에서 벗어나 '굳센' 자기(강한 주체)가 되려는 서구적 계몽이성의 반복에 불과하다. 실제로 「만세전」의 결말부는 (앞부분과는 달리) 「개성과 예술」이나 「지상선을 위하여」 같은 평문에서의 주체철학적인 논조와 유사해진다.

물론 이인화는 결말부에서 자각에 이르기 이전에 이미 계몽이성을 지닌 근대적 지식인의 면모를 보인다. 아직 미숙하나마 서구적 계몽이성을 갖춘 그는 조선인의 봉건적 생활에 대해 신랄하게 비판한다. 그의 조선인에 대한 조소와 폄하는 실상 이광수의 「민족개조론」에 나타난 내용과 별반 다를 바 없을 정도이다.[28]

그러나 다른 한편 이인화는 스스로 조선인의 입장에서 다른 조선인들과 의사소통하려는 욕망을 드러낸다. 즉, 그는 회의를 느끼면서도 형, 아버지, 갓장수 등에게 끊임없이 대화를 시도한다. 이 은밀한 의사소통의 충동은, 이미 정해진 규약에 따르는 계몽이성의 독백적 충동과 모순된 채로 그의 내면에 병존한다.

이인화의 자각은 그같은 이중성에서 벗어나 **'혼자'**임을 깨닫는 과정

27) 같은 책, 105쪽.
28) 장수익, 「식민주의를 벗어나는 고뇌의 여로」, 『현대시사상』, 1996. 봄, 179쪽.

으로 나타난다. 예문에서 '역시 **혼자**'라는 말은 그가 의사소통의 실패와 함께 다시 고독한 개인으로 되돌아감을 뜻한다. 고독한 개인 ('혼자')이라는 그의 이 '사후적' 결론에는 두 가지 의미가 포함되어 있다. 하나는 계몽이성이라는 그의 기준에서 미자각한 조선인들에 대한 참을 수 없는 환멸이다. 다른 하나는 같은 조선인으로서 대화를 나누려는 시도의 실패에 따른 숨겨진 고통이다. 이 후자에는 이인화 자신도 미처 의식하고 있지 못하지만 간과할 수 없는 중요한 의미가 포함되어 있다. 그것은 이인화를 고독한 개인으로 만든 요인이 서구적 '내면 고백'의 제도일 뿐만 아니라 조선이라는 공동체를 와해시킨 어떤 거대한 힘의 작용이라는 것이다. 마찬가지로 '구더기가 끓는 무덤'이라는 환멸 속에도 그같은 이중적인 의미가 내포되어 있다. 이인화는 '속이고 속고 뺏고 빼앗기며' 술에 젖어 사는 몽매한 조선인들이 무덤 속에 들끓는 구더기 같다고 생각한다. 그러나 그같은 조선인들의 집단의 무덤, 즉 '공동묘지'는 조선의 생활 공동체가 와해된 '결과'이기도 한 것이다. 이인화는 답답한 조선인에 대한 회의를 드러내면서, 또한 식민지 권력에 억눌린 그들의 무력한 모습을 묘사하고 있는데, 그 비참한 식민지의 생활 풍경은 공동체의 해체를 강력히 암시한다.

이인화의 근대의 장에서의 자각이 '사후적'이라는 것은 그같은 이중성의 공간을 포착한다는 의미를 지닌다. 이인화는 회의하는 지식인의 약한 자아(고독한 개인)에서 벗어나 자아주의의 실현(강한 주체)을 주장함으로써 서구적 계몽이성을 반복한다. 그러나 그는 철학적 비평의 논자와는 달리 '사후적으로' 그렇게 할 뿐이며29), 그 반복의 과정에서 계몽이성의 관점뿐만 아니라 공동체를 해체시킨 권력관계를 드러내게 된

---

29) 철학적 비평은 사적 주체의 내면적 반성에 의해 논리적으로 보편적 진리에 이르지만 「만세전」의 서사적 과정은 '사후적'으로 보편적 진리를 발견한다. 양자의 차이는 논리적 차원과 수사학적 차원, 랑그와 빠롤의 차이라고 할 수 있다.

다. 어찌보면 이인화의 '나'의 발견은 '우리'(공동체)의 해체라는 권력관계의 뼈아픈 패배의 '결과'이기도 한 것이다.

이인화는 제국주의의 비판에 앞서 굳건한 자아의식을 갖지 못한 조선인들을 비난한다(계몽이성의 관점). 그러나 우리는 근대적 자아에 이르지 못한 무력한 개체들을 볼 뿐만 아니라 공동체가 와해되었다는 사실과 그를 둘러싼 모순된 권력관계를 주목하게 된다. 이처럼 계몽이성(자각된 '나')의 관점과 해체된 공동체(잃어버린 '우리')의 관점이라는 이중성을 포착할 수 있는 것은 강한 자아의 실현이라는 (서구적) 근대의 장의 게임의 법칙이 (이인화에 의해) '사후적으로' 발견되기 때문이다.

이인화가 계몽이성에 근거한 반성적 주체로 회귀하는 것은 서구적 근대의 장 내부에 갇혀 있던 식민지 우파 지식인의 운명을 보여주는 셈이다. 그러나 그는 서구적 지식인인 동시에 서구적 근대에 의해 억압당한 식민지 조선인이기도 한 것이다. 그 때문에 그는 제국주의의 제도와 근대의 장을 그에 대한 '타자'인 조선인의 입장에서 경험하게 된다. 물론 그는 조선의 전통보다는 서구적 계몽이성으로 복귀하지만, 제국주의를 낳은 서구적 근대와 계몽이성에 결코 동화될 수 없는 조선인의 입장에서 그렇게 할 뿐이다. 조선을 떠날 결심을 한 이후에 (즉 사후적으로) 비로소 계몽이성적 반성이 나타나는 것은, 그가 이제까지 조선인이라는 타자성의 입장에서 근대의 장을 경험할 수밖에 없었음을 뜻한다.[30] 이처럼 근대의 장의 규약을 '사후적으로' 반복한다는 것은 이인화가 '타자성'의 위치에서 서구적 근대와 제국주의의 제도를 경험함을 의미한다.

타자성의 입장이란 어떤 제도와 규약의 내부에 있으면서도 그에 동화될 수 없는 위치를 말한다. 따라서 제도 내부에 놓여 있는 타자는 항상 제도에 동화시키려는 권력의 감시와 억압을 받게 된다. 이인화의 타

---

30) 이인화의 미자각한 조선인들에 대한 의사소통의 충동은 이 서구적 근대에 대한 타자성의 위치를 그들과 공유하는 데서 나타난 것이다.

자성의 위치 역시 그런 권력의 감시에 의해 역설적으로 입증된다. 더나아가 이인화는 그를 감시하는 권력과 동질적인 힘이 조선의 생활 공동체를 와해시켰다는 사실을 자기자신도 모르는 중에 스스로 목격하게된다.

이인화의 타자성의 위치는 그가 경험하는 여행의 형식 속에서 나타난다. 여행자로서의 이인화는 식민지 제도에 동화되길 강요받아온 조선인들보다 조국의 비참한 생활을 한층 더 충격적으로 경험하게 된다. 물론 그보다 더 중요한 사실은 그가 단순한 여행자가 아니라 근대적 지식인이라는 점이다. 근대적 지식인인 그는 자아주의를 꿈꾸게 되며 그것을 갖지 못한 식민지 조국에 대해 분노하게 될 것이다.

그러나 이인화의 민족의 발견이 자신의 자아주의를 통해 이루어지는것은 아니다. 그의 자아주의는 오히려 무지하고 비합리적인 조선인을비판하는 근거로 작용한다. 그는 그보다도 식민지 제도에 동화시키려는권력 앞에서 공포에 질려 무덤같은 삶을 살아가는 민족을 발견한다. 즉,식민지 국가에 '통합시키려는 힘' 앞에서 침묵하고 '이탈'할 수밖에 없는 이질적인 조선인의 모습을 보게 된다. 말하자면 이인화는 자기주의의 관점보다는 이질성과 타자성의 위치에서 민족을 발견하게 되는 것이다. 이는 근대국가의 서사적 이중성 중에서 국가적 통합의 힘에 반발하는 이질성의 힘이며, 그 점에서 리오타르가 말한 탈근대적 지향에 다름이 아니다. 바로 그 점에서 드러나듯이, 근대국가의 '끌어모으는 힘'에동화되지 않는 '이질성'을 통해 민족을 인식하게 되는 점이, 식민지 국가 혹은 식민지적 근대성의 특수성일 것이다. 이 탈근대적이고 탈식민주의적인 민족인식은, 염상섭의 개성론(자아주의) 보다는 20년대 중반이후의 타자성의 논의에 더 가깝다.[31]

식민지 조선인으로서 타자성의 위치를 노정하는 이인화의 귀국 여행

---

31) 이점에서 염상섭의 타자성의 경험은 논설적 평문에서보다 문학작품을 통해
    먼저 나타난다고 할 수 있다.

은 그가 식민지 국가의 권력에서 이탈하지 못하도록 감시할 필요를 생
기게 한다. 일본에서 출발할 때부터 시종 그에게 따라붙는 '임바네쓰'와
'양복장이'는 식민지 국가의 동일성을 유지하려는 제국주의 권력의 감
시자인 셈이다. 부산에서 기차를 탈 때 이인화에게 내뱉은 '임바네쓰'
(임바네쓰를 입은 형사)의 다음과 같은 말은 그 점에서 매우 시사적이
다.

> 刑事도 車窓밧그로 갓가히와서, 고개를 긋덕하며 무어라고 중얼중
> 얼하기에 나는 窓을열어주엇다.
> 「……바루 서울로 가시죠?」하며 웨 그리는지 커닷케 소리를질른
> 다. 나는 웃으면서, 내妻가 죽게되어서 試驗안이보고 가니까 勿論 바
> 로간다고, (나종에생각하고 혼자 웃엇지만) 하지안어도 조흘말까지
> 길다라케느러노앗다.[32]

임바네쓰의 임무는 이인화가 중간에서 이탈하지 않고 목적지(서울)에
도착하게 하는 것이다. 여기서 흥미로운 것은 탈선없이 목적지까지 가
야하는 이인화의 기차여행이 근대국가의 목적론적 시공간에 상응한다는
점이다. 기차에 탄 사람들은 승객의 입장, 즉 객체의 입장에서 기차의
공간에 몸을 맡긴다. 서로 별다른 연관을 갖지 않은 타자(객체)로서의
승객인 그들은 동일한 목적지를 공유함으로써 비로소 목적론적인 동일
성의 시간감각을 갖게 된다. 타자 혹은 객체로서의 그들은 그 목적론적
인 동일성의 시간에 자신들을 일치시킴으로써 하나로 통합된 주체가 된
다.[33] 이광수가 근대성의 경험으로서 기차의 속도에 그토록 열광했던
것은 바로 그같은 목적론적인 동일성의 시간감각을 느꼈기 때문이었다.
『무정』에서 갈등하던 인물들이 하나로 통합된 주체성을 자각하게 되는
계기 역시, '자연'재해로 파괴된 기차의 목적론적 선로를 그들 자신의

---

32) 염상섭, 「만세전」, 앞의 책, 60쪽.
33) 이 두 가지 특징은 상상적 공동체로서 근대국가의 특성에 부합한다.

힘으로 복구해야 한다는 사명감에 의해서였다.

이광수의 주인공들과는 달리 이인화는 마지못해 기차에 오르게 된다. 그는 현상윤이나 양건식 소설의 인물들처럼 목적론적 시간감각을 잃어버린 것은 아니지만, 또한『무정』의 인물들 같이 목표를 향해 달려가는 기차의 속도에 능동적으로 부합될 수도 없게 된다. 말하자면 이인화는 근대성 (혹은 근대국가)의 표상인 기차의 시공간에서 어디까지나 승객의 입장, 즉 객체 혹은 타자의 입장을 떠날 수 없었던 것이다. 여행 중에 임바네쓰와 양복장이가 그를 쫓아다니는 것은 그같은 타자로서의 그의 탈선을 감시하기 위한 것이었다.

임바네쓰의 존재는 역설적으로 이인화의 타자성의 위치를 암시한다. 그러나 그의 타자성은 여행 중의 경험을 통해 한층 더 분명하게 드러난다. 이인화가『무정』의 인물들과 달리 목적론적 시간에 부합하지 못하는 것은 그의 목적지에 아내의 죽음이 놓여 있다는 개인적인 사정에서만은 아니다. 그보다는 그가 기차여행에서 목격하게 된 타자화된 조선인들의 모습에서 결코 통합된 주체나 동일화된 목적론적 감각을 발견할 수 없었기 때문이었다. 타자화된 조선인들의 기차여행은 목적감각을 상실한 무덤 속의 생활같은 것이었다. 그렇기 때문에 목적론적 속도감과 유리된 채 근대성(혹은 근대국가)의 공간(기차의 시공간)에 내맡겨진 그들의 주위에는 탈선을 방지하기 위한 권력이 상존할 수밖에 없었다. 그것은 임바네쓰의 감시의 권력보다 더 혹독하고 비정한 얼굴을 하고 있었다.

「당신, 일음이 뭐요?」
憲兵補助員은 갓장사더러무럿다.
「나요? 金─애요」하며, 헝둥헝둥니러낫다.
「당신이 永同서 갓을부첫소?」
「네─」
「그럼 暫間나립시다」

> 車間속은 쥐죽은듯한沈默에서 겨오벗어낫다. 여긔저긔서 숙은하는
> 소리가 난다. 나의말同悴는 憲兵補助員의압흘서서 허둥지둥 車에 서
> 나렷다.[34]

헌병보조원 앞에서 겁에 질린 갓장수나 침묵하는 승객들의 모습은
식민지 민중들의 상태를 잘 드러내고 있다. 침묵의 순간이야말로 권력
이 작용하는 순간이며 식민지 민중들은 권력 앞에서 침묵을 지킬 수밖
에 없는 것이다. 즉, 그들은 담론의 규약을 상실한 채 침묵할 수밖에 없
는 객체, 곧 근대국가라는 기차의 공간에서 타자화된 승객일 수밖에 없
는 것이다. 민중들이 주체가 되려면 일본사람 행세를 하거나 식민지 제
도에 동화되려(즉, 식민주의의 규약을 내면화하려) 애써야만 한다. 반면
에 위의 상황에서는 단지 이인화만이, 그리고 염상섭만이, 민중들의 침
묵을 언어화함으로써 '잠재적으로' 비판적 담론의 주체[35]가 된다. 그러
나 경험자아로서의 이인화의 언어는 내면에서만 서성거릴 뿐 누구에게
도 말해질 수 없는 것이었다. 밖으로 꺼낼 수 없는 그 목소리는 다만
소설 텍스트의 공간에서 서술자아의 손을 빌려 담론화된다. 그와 달리
현실공간에서는 이인화 역시 자신의 목소리를 내면에 감춘 채 침묵을
지킬 수밖에 없다. 그 때문에 다시 고독한 개인으로 되돌아간 그는 타
자성을 지닌 조선인에서 자아주의의 보편적 지식인으로 회귀할 위험을
늘상 지니는 것이다.

> 「발자곡한아 말한마듸 뎍격소리도업시 어러부튼 듯이 안젓는 乘
> 客들은, 웅숭그릿드리고드러오는, 나의얼굴을 치어다보며 如前히옥
> 으랏드리고안젓다. 結縛을지은계집은 쏘다시 나를치어다보앗다. 겻
> 헤안젓는巡使까지 불상히보이엇다. 木柵안으로드러오며 건너다보니
> 까 車掌室속에섯든 두 靑年과 憲兵은 如前히 이약이를하고섯는것이

---

34) 염상섭, 「만세전」, 앞의 책, 81쪽.
35) 이 주체는 자아주의의 주체라기보다는 타자성의 주체일 것이다.

보인다. 나는 까닭업시 처량한 생각이 가슴에복바쳐올으면서 몸이
한층더 부르를썰리엇다.
　모든 記憶이 꿈갓고 눈에씌이는것마다 가엽서보이엇다. 눈물이 슴
여나올것가타앗다. 나는, 昇降臺로올러스며, 속에서 憤怒가치미러올
라와서이러케부르지젓다.……
「이것이 生活이라는것인가? 모다 되어젓버려라!」
車間안으로 드러오며,
「무덤이다. 구덱이가끌는무덤이다!」라고 나는, 지긋지긋한듯이
입살을 악물어보앗다.[36]

　이인화가 주체성을 상실한 무덤같은 생활을 깨닫게 되는 것 역시 위
와 같은 침묵의 순간이었다. '얼어붙은 승객들'이란 식민지의 현실에서
객체화되고 타자화된 민중들의 모습에 다름이 아니다. 위의 정거장 구
내의 장면은, 달려가는 제국주의 열차에 탑승한 객체화된 식민지 민중
들의 모습을 정지된 화면으로 보여주는 한 순간과도 같은 것이다. 이인
화는 그 무덤같은 생활 속에서도 '주체의 자각'이 없는 민중들을 비판
한다. 그러나 문제는 그보다도 그들이 '타자성을 자각하지' 못한 타자라
는 점에 있을 것이다. 타자성을 깨닫지 못한 타자는 주체가 될 가능성
도 지니지 못하게 된다. 반면에 이인화는 민중들의 타자화된 모습을 발
견함으로써 식민지 국가의 동일성을 와해시키고 민중들을 타자화시킨
모순된 권력을 드러낸다.
　타자성의 위치에서 민중들을 발견하는 과정은 양건식의 「슬픈모순」에
서도 비슷하게 나타난다. 그러나 「만세전」은 타자화된 경험자아가 담론
의 주체인 서술자아로 전이되는 각성과정을 여행의 형식을 통해 역동적
으로 구성함으로써 식민지의 생활모습을 보다 객관적으로 반영한다. 반
면에 「만세전」의 문제점은 경험자아가 각성된 담론의 주체로 전이되는
순간 타자성의 위치를 잃어버린다는 점이다. 결말부의 편지체가 보편적

---

36) 같은 책, 83쪽.

차원에서 진리(자아주의)를 말하는 독백적인 담론으로 회귀하는 것은 그와 연관이 있다.

「만세전」의 그런 한계는 이인화가 민중들과 대화할 수 있는 공간을 얻지 못한 점과도 관련된다. 식민지 공간에서 누구와도 의사소통할 수 없었던 그는 와해된 생활 공동체를 확인함으로써 독백적 주체로서 자아를 발견하게 된다. 그러나 독백적 주인공에 의한 주체의 발견은 민중의 존재와 관련해서 간과할 수 없는 의문을 낳는다. 만일 그것이 주체성을 되찾는 유일한 방법이라면, 민중들의 기억 속에 남아 있는 잃어버린 공동체는 이제 다시는 되찾을 수 없게 된 것일까. 새로운 생활(신생)이란 과연 계몽이성을 지닌 지식인의 독백적 주체(고독한 개인)를 통해서만 얻어질 수 있는 것일까.

서구적 지식인 이인화와 아직 전통에 얽매인 민중들은, 어떤 면에서 이질적인 언어게임에 속해 있으며 의사소통이 불가능한 상황에 놓여 있다. 더욱이 전통과 근대의 대립에 기초한 식민지 근대성의 제도 내부에는 그들이 만날 수 있는 공간이 남아 있지 않았다. 전통과 근대가 만나는 경우는 식민지 상황에서 양자를 왜곡시킨 산물로서, 잔존하는 봉건성과 뒤틀린 근대성의 접합뿐이었다. 그와 달리 민중적 잠재력과 근대적 지식인이 만날 수 있는 공간은 식민지적 근대의 제도 자체에 의해 억압당하고 있었다. 따라서 그 제도 내에서 전통과 근대(서구적 근대)라는 평행선을 대표하는 그들(민중과 지식인)이 교차될 수 있는 곳은, 근대의 제도로는 상징화할 수 없는 타자성의 공간, 즉 제도 자체를 흔들리게 하는 역사의 공간일 것이었다.[37] 그 공간은 또다른 제도와 또다른 상징체계를 요구한다는 점에서 식민지적 근대의 제도를 와해시키는 잠재력을 지니고 있다. 민중과의 관계에서 봉건과 근대라는 평행선만을 보았던 염상섭은 민중의 잠재력이 발휘될 수 있는 그 공간을 발견할 수

---

37) 이는 이른바 실재계(라캉의 개념)와 상호작용하는 역사의 공간이다.

없었다. 그가 민중과 교차되는 민족개념을 발견했던 것은, 여행 중에 홀
낏 지나치며 경험했던 타자성의 순간, 그 짧은 역사의 순간에서였다. 그
러나 타자성의 위치에서 다시 자아주의로 회귀함으로써, 「만세전」은 민
중과 지식인의 만남, 그리고 전통과 근대(서구적 근대)의 갈등이라는 복
합적으로 얽힌 문제들을 역사의 공간에 남겨 놓았다.

3. 지식인과 민중의 만남

염상섭은 개성론에서 생활론으로 나아가면서 「만세전」에서 미처 다루
지 못했던 문제들을 주목하게 된다. 민중과 지식인, 전통과 근대(서구적
근대), 그리고 민족운동과 사회운동 등, 이전에는 대립적으로 파악할 수
밖에 없었던 항목들을 이제는 어떻게든 화해시키려 시도하게 된 것이
다. 여기서 중요한 것은 염상섭의 그런 시도가 자아주의에서 벗어나 타
자성의 위치에 관심을 갖게 된 점과 연관된다는 점이다.

자아주의(개성론)의 부정적 측면인 주체중심주의는[38] 예를 든 대립적
항목들을 결코 연계시키지 못한다. 주체중심주의란 이질적인 타자를 억
압하고 배제하면서 동일성을 만드는 원리를 말한다. 주체중심주의의 동
일성 논리는 두 대립항 중에서 어느 한쪽이 다른 쪽을 억압해 동일성을
만드는 점에서 대립적 사고의 이면에 다름이 아니다. 따라서 주체중심
주의의 극단적 발로인 제국주의(그리고 식민지)의 제도 내에서 위의 대
립항들이 제대로 극복될 수 없었던 것은 당연한 일이었다.

반면에 제국주의와 식민지 제도의 동일성을 와해시키는 타자성의 위
치는 대립적 사고를 극복할 수 있는 근거를 제공한다. 앞서 살폈듯이
염상섭의 경우 그런 타자성의 위치는 자연이법으로의 복귀로 설명된다.

---

38) 데카르트와 칸트로 대표되는 주체철학의 자기중심적 주체관를 말한다.

기계문명과 자본주의의 타자인 프롤레타리아, 그리고 제국주의의 타자인 피압박민족은, 자연으로의 귀의를 지향함으로써 제도에 반항하게 된다. 민족운동과 사회운동이 만날 수 있는 근거는 바로 그같은 자연이법, 즉 타자성의 원리에 의해 마련된다.

염상섭이 자연이법으로 설명한 타자성 원리의 핵심은 동일성 논리와는 달리 이질성과 차이를 허용한다는 점이다. 타자성의 원리가 동일성 논리를 와해시키는 위치에서 이질적 요소들과 연계될 수 있는 것은 그 때문이다. 즉 타자성의 원리는 민족운동과 사회운동뿐만 아니라 민중과 지식인, 그리고 전통과 근대의 만남을 가능하게 한다. 예컨대 민중과 지식인은 식민지 제도의 동일성을 위협하는 서로 이질적인 타자들이다. 그런데 그들은, 자아주의가 아니라 자신들의 타자성과 이질성을 자각함으로써 제도에 반발할 수 있으며, 그 타자성의 위치에서 서로의 이질성을 용인함으로써 접점을 만들 수 있다. 타자성의 위치는 식민지 제도의 동일성을 위태롭게 하는 점에서 새로운 역사의 공간을 발견하는 자리이다. 또한 그같은 타자성의 발견은 식민지성에서 벗어나려는 타자로서의 민족의 발견이기도 하다. 반대로 말하면, 민중과 지식인이 만날 수 있는 것은 자아주의의 각성이 아니라 이질성을 용인하는 타자성으로서의 민족의 발견을 통해서인 것이다.

한 예로 「윤전기」(1925)는 타자성의 발견을 통해 지식인과 민중의 만남을 그리려한 작품으로 볼 수 있다. 신문사 내의 노사분규를 다룬 이 소설은 김기진으로부터 직공측이 아닌 준간부측의 입장에 서 있다고 비판을 받았다.39) 그러나 염상섭은 이 소설의 인물들의 갈등을 노사문제라는 계급적 관점에서 파악한 것이 아니었다. 신문사 내의 분규를 노사

---

39) 김기진, 「변증적 사실주의」, 『동아일보』 1929. 2. 25~3. 7. 이에 대해 염상섭은 「도구・비판・삼제」(『동아일보』 29. 5. 4~15)에서 편집국 책임자인 A는 작가의 입장이 아니며 결말부의 눈물을 흘리는 장면은 감상적인 것이 아니라 감격의 화해라고 반박했다.

갈등의 계급적 문제로만 보게 되면 대립적 관계에 있는 A와 덕삼은 끝내 만날 수 없는 평행선을 그리게 된다.[40] 반면에 식민지 권력에 맞서 있는 민족지의 문제로 구도를 설정하면, 평행선을 긋고 있는 양측(A와 덕삼)은 민족이라는 식민지성에 대한 타자성의 위치에서 만나게 된다. 이 경우 화해된 것은 노동자와 자본가가 아니라 제국주의 권력에 의해 타자화된 식민지 민중과 지식인이다. 그들은 자신들이 식민지 제도를 위협할 수 있는 타자임을 자각함으로써 서로의 이질성을 용인하고 하나로 힘을 합치게 된다. 염상섭은 이처럼 타자성의 위치를 발견함으로써 민중과 지식인이 교차할 수 있는 (타자로서의) 민족 개념을 발견하려 했던 것이다.

그러나 염상섭의 의도와는 달리 민중과 지식인의 만남은 지식인의 관점에 의해 주도되고 있다. 식민지 체제 내에서 지식인은 제도(총독부의 허가)를 통해 제도에 대항하려는 전망을 지니고 있다.[41] 반면에 보다 직접적인 제도의 희생자인 민중은 한층 능동적으로 제도 자체에 저항해야 할 위치에 있다. 그런데 「윤전기」에서는 그같은 서로 다른 위치가 간과된 채 민중이 지식인에게 설득되는 식으로 손을 잡는 과정이 나타난다. 이처럼 민중의 입장을 왜곡시키며 접점이 만들어짐으로써, 지식인과 민중의 만남을 통해 식민지성(그리고 식민지제도)에 대한 타자로서 민족을 발견하려던 기획은, 다시 제도 내부의 지식인의 위치로 돌아오고 만다.

---

40) 그렇지 않으면 노동운동에 의한 제도의 와해라는 구도로 서사가 진행된다. 이 경우 A와 덕삼은 끝내 손을 잡을 수 없게 된다.
41) 물론 이 지식인은 사회주의 지식인이 아니라 우파 민족주의 지식인이다.

4. 문화적 주체중심주의 비판과 상호규율성의 위치

타자성의 위치에서 민족을 발견하려는 염상섭의 전략은 전통과 근대, 그리고 민족운동과 사회운동[42]의 만남을 통해서도 시도된다.[43] 1920년 대 중반 이후 염상섭의 소설과 평론의 관심사는 다음의 세 가지로 요약 될 수 있다. 하나는 자아주의(개성론)라는 이념(근대적 이상)에서 생활과 현실로 옮겨오면서 식민지 자본주의하에서 물화된 욕망에 집착하는 인 물들을 드러내는 일이다. 물화된 욕망이란 실상 자아주의의 부정적 측 면으로서 그것에서 (그리고 그것을 그린 자연주의에서) 벗어나는 길은 자아주의가 아니라 타자성의 발견에 있었다. 자본주의의 타자인 사회주 의자를 등장시키거나(「남충서」의 남충서) 타자성을 발견한 부르주아(『삼 대』의 조덕기)[44]를 설정하는 것은 염상섭이 흔히 사용한 방법이었다.

그밖에 전통과 근대, 그리고 민족운동과 사회운동[45] 접합 역시 염상 섭이 타자성을 발견하기 위해 즐겨 쓴 전략이었다. 그 두 대립항들은

---

42) 여기서 민족운동은 우파 민족운동을 말하며 사회운동은 좌파 민족운동으로 불릴 수 있을 것이다.

43) 전통/근대, 민족운동/사회운동 역시 식민지적 근대성이나 주체중심적 자아주 의 내에서는 만날 수 없는 평행선을 그릴 뿐이다. 식민지적 근대성이나 자 아주의에서 탈출한 타자성의 위치에 설 때에만 그 두 평행선은 타자로서의 민족의 발견 속에서 교차하게 된다. 평행선을 교차시키는 일은 대립적인 평 행선을 만들고 있는 제도를 이탈함으로써만 가능해지는 것이다. 그리고 그 처럼 식민지적 근대성의 제도를 이탈하는 것은 타자성의 위치에서 민족을 발견하는 일에 다름이 아니다. 이는 유클리트 기하학(상징계)에서는 만날 수 없는 평행선을 교차시키려면 그 형식체계(제도)의 외부(비유클리트 기하학 혹은 실재계)를 설정해야 하는 것과 같다.

44) 『삼대』의 조덕기는 물화된 욕망을 지닌 다른 부르주아(혹은 그에 그 기생하 는 인물들)와 다를 뿐 아니라, 은연 중에 사회주의자나 다른 인물들과의 대 화적 관계 속에서 자기해체를 요구받는 점에서 타자성의 위치에 있다.

45) 민족운동과 사회운동을 접합시키려 한 소설로는 「남충서」, 『사랑과 죄』, 『삼 대』, 『무화과』 등을 들 수 있다.

자아주의를 고집하는 한 결코 만날 수 없는 평행선을 그릴 뿐이다. 자아주의에서 벗어날 때만, 그리고 자아주의의 부정적 극단인 식민지 제도에서 탈출할 때에만, 타자성의 위치에서 그 대립항들을 접합시킬 수 있게 된다. 그리고 그처럼 자아주의와 식민지성에서 이탈하는 순간 이질적 대립항들이 접합된 타자성으로서의 민족개념을 발견하게 된다.

물론 염상섭의 그같은 전략이 매번 성공한 것은 아니었다. 예컨대 「남충서」는 위의 세 요소들이 모두 혼합된 소설이지만 그만큼 큰 성과를 거두고 있지는 않다. 「남충서」는 자본주의의 타자인 사회주의자이며 배타적 (자기중심적) 민족주의의 타자인 혼혈아로 설정되어 있다. 그는 남상철(조선인 아버지)이나 미좌서(일본인 어머니)같은 물화된 욕망의 화신들로부터 거리를 두고 있는 동시에 혈통과 풍습을 중시하는 배타적 민족관념과도 무관한 위치에 있다. 다른 한편 그는 전통파괴를 주장하는 PP단(사회주의 지하단체) 동지들과도 의견을 달리한다. 즉, 그는 자본주의 및 배타적 민족주의의 타자(사회주의자, 혼혈아)이면서 민족전통을 무시하는 사회주의[46]에 대한 타자이기도 한 것이다.

남충서 같은 '혼혈'의 위치는, 제국주의와 배타적 민족주의의 대립을 해소할 수 있는 대안으로서, '이질성'을 존중하는 비적대적이고 탈중심화된 공동체의 장의 가능성을 지니고 있다.[47] 그는 제국주의(그리고 자본주의)로부터 아버지의 조국 (그리고 프롤레타리아)을 해방시키는 투쟁(PP단)에 가담하지만 결코 어머니의 조국을 적대시하지 않는다. 또한 그는 식민지 자본주의와 결탁한 봉건적 유습(전통)을 타파하려 하면서도 절대로 민족전통을 무시하지 않는다. 특히 그가 민족전통에 남다른 애착을 갖는 것은 역설적으로 자신이 혼혈이기 때문이었다. 즉 그가 가장

---

46) 염상섭이 민족운동과 연계될 수 있다고 생각한 사회운동은 민족주의를 존중하는 사회주의였다.
47) 강상중, 이경덕 · 임성모 역, 「오리엔탈리즘을 넘어서」, 이산, 1997, 195쪽 ; Homi Bhabha, 앞의 책, 167~9쪽.

소망하는 것은, 남들이 당연하게 갖고 있는, 어느 한쪽에 속해 있다는 소속감(민족적 정체성)이었다. 남충서의 이런 혼혈의 위치는, (긍정적인 측면에서 본다면) 비적대적이면서도 오히려 누구보다 민족애를 갈망하는 새로운 민족주의를 낳을 잠재성을 갖고 있다. 그러나 남충서는 자신의 그같은 처지를 정체성을 상실한 비극적 운명으로 받아들이고 있다.

> 「……어머니는 그래도 행복하다. 그 행복은 아무리 모자의 사이라도 난호아 주려야 줄쑤도 업고 바드려야 바들쑤도 업는 것이다. 아버지도 하여턴 행복이다. 돈에 입이 달린 이 세상에서는 어써턴지 행복이다. 동지들도 쪽 가티 비참한 운명과 예긔할쑤 업는 공포에 헤매이면서도 <야노다다오>라고 불럿다가 <미나미다다오>라고 했다가 남충서가 되엇다가 하지 안흐니만큼은 하여간 행복이다. 그들에게는 고향과 혈육에 대한 애착이 잇다. 가정의 평화가 잇다. 민족에 대한 감격이 잇다. 그러나 내게는 그게 업다. <야노>면 <야노> 남가면 남가―어대로던지 치우첫드면 조고만 비극을 일평생 질머지고 다니지는 안햇슬 것이다.……」

민족과 혈육에 대한 애착은 염상섭이 말한 '자연이법'처럼 자연스러운 것이다. 그러나 염상섭은 '야노'와 '미나미'와 '남가' 사이에 걸쳐있는 남충서의 혼혈성 역시 그와 똑같은 자연이법임을 깨닫지 못한다. 그가 남충서로 하여금 혼혈을 정체성 상실의 비극으로 수용하게 하는 것은 그 때문이다. 염상섭은 민족적 자기중심주의를 와해시키는 혼혈의 위치를 설정하면서도 내적으로는 다시 자아주의로 회귀하고 있는 것이다.

> 「……하지만 사실은 사실이다. 전통(傳統)이란 것처럼 무서운 것은 업다. 관념으로나 의식으로 민족이란 자각은 업는 경우라도 그 민족의 전통이란 무거운 짐을 누구나 지고 다니니까 허는수 업는 일이지. ……무거운 짐이 아니라 피스 속에 요약(要約)되어서 흐르는 것

이다. 모든 진리가 뒤집혀도 그것만은 영원한 비밀이요 쏘 아무도
속일쑤 업는 사실이다. ……대관절 사람이 민족을 쩌나서 살 날이
잇슬까? ……」[48]

위에서는 민족전통이 민족적 자아주의보다는 어쩔 수 없는 자연성으
로 이해되고 있는 듯이 보인다. 그러나 실상은 그와 정반대이다. 염상섭
의 '자연이법' 속에는 근대적 자아주의의 모방으로서 또다른 자아주의
가 숨겨져 있는 것이다.

서구적 지식인이었던 염상섭이 위에서처럼 전통을 숙명적인 무거운
짐으로 통감한다는 사실은 매우 이채로운 것이다. 물론 예문의 경우는
남충서의 혼혈의 위치라는 특별한 사정이 전제되어 있다. 그러나 다른
한편 염상섭의 전통에 대한 관심은 당시에 대두된 국민문학파와 연관을
갖고 있다. 20년대 후반 국민문학파는 초창기 문학의 서구편향에서 벗
어나 격세유전적으로 전통에 집착하게 된다. 하지만 서구편향적 지식인
이었던 그들은 근대 이후의 문화적 혼혈[49]의 의미를 이해하지 못한 탓
에 또다른 쪽의 편향으로 흐르게 된다. 즉, 국민문학파의 전통에 대한
관심은 서구편향적 자아주의에서 전통편향적 자아주의로 선회한 것에
불과했다. 그둘의 공통점은 역사적 현실로부터 유리된 보편적 이념으로
서 근대와 전통에 매달린다는 것이다. 서구적 근대와 전통이 구체적 현
실의 태반에서 혼혈되지 못함으로써 국민문학파의 격세유전적인 전통의
잉태는 사실상 유산되고 만다.

국민문학파 중에서는 타자성에 관심을 가졌던 염상섭만이 역사적 현

---

48) 염상섭, 「남충서」, 『염상섭전집』 9, 민음사, 1987, 289쪽.
49) 여기서 문화적 혼혈이란 민족적 정체성을 상실한 이식문화를 말하는 것은
아니다. 그보다는, 서구문화를 통해 서구적 근대를 넘어서며 전통과 접합되
거나, 전통문화에 서구적 근대의 자극이 가해지면서 전근대성을 넘어서는
혼혈성을 말한다. 여기에 대해서는 나병철, 「한국문학근대성 논의의 성과와
전망」, 『모더니즘과 포스트모더니즘을 넘어서』, 소명, 1999, 432쪽 참조.

실을 매개로 전통을 이해할 수 있었다. 자아주의가 보편적 이념에 함몰되다면 타자성의 원리는 구체적 현실에 관심을 돌리게 하기 때문이었다. 그러나 염상섭의 타자성의 원리인 자연이법은 (예문에서처럼) 민족전통을 어쩔 수 없는 숙명적 힘으로 이해하고 있다. 그같은 민족관념은 결코 '자연'스러운 것이 아닌데, 그 이유는 생생하게 살아 있는 역사적 현실을 매개로 하지 않기 때문이다. 따라서 그런 관점은 실제 현실에서 나타나는 서구적 근대와 전통의 접합을 이해하지 못하며, 그 문화적 혼혈에 근거한 격세유전적인 전통의 잉태도 꿈꾸지 못한다. 이는 염상섭의 타자성의 원리인 '자연이법' 속에 아직 자아주의가 숨겨져 있었음을 뜻한다.

이처럼 염상섭은 20년대 후반 이후 자아주의50)와 타자성의 원리 사이에서 동요하고 있었다. 그것은 그가 자연주의와 리얼리즘, 그리고 식민주의와 탈식민주의 사이에서 흔들리고 있었음을 암시한다. 「남충서」에서 혼혈의 입장을 설정하면서도 그것을 통해 타자성의 위치에서 역사적 현실을 조망하지 못한 것 역시 그와 연관된다.

타자성의 위치에서 제국주의와 식민지 사이의 권력관계를 잘 드러낸 작품으로는 「숙박기」를 들 수 있다. 「숙박기」는 일본 유학생 변창길이 단지 조선인이라는 이유로 하숙집을 얻지 못하고 쫓겨다니는 이야기이다. 창길에 대한 민족적 차별은 조선의 문화적 이질성을 조롱하고 폄하하는 하숙집 주인의 말을 통해 상징적으로 드러난다. 일본인인 줄 알고 창길에게 친절하게 대하던 여주인은 숙박기에 적힌 변(卞)이라는 조선인 성을 보고 큰소리로 비웃는다.

---

50) 20년대 후반 이후의 자아주의는 초기의 근대적 이념으로 나타날 때와 달리 식민지의 생활 속에서 드러나게 되며 그만큼 부정적 측면을 보여 주게 된다. 「남충서」의 경우 남충서가 물화된 욕망을 지닌 미좌서(어머니)의 자기중심적 민족애를 긍정하게 되는 것은 그 예 중의 하나이다.

> 「……무어라고 읽는지 자세듯구와요. 상투달린조선사람갓기도하구 기둥에 파리가 날라부튼것갓기두한 그런글ㅅ 자가 대관절어대잇달말 이냐? 헐일업는 논도랑의 허수아비(案山子─가까시) 갓지안흐냐! 호 호……」하며 주인녀편네가 일부러 우칭의 창길이가 들어보라는것처 럼 들쓴소리로 커다케 조잘대이는것이 사실 누엇는 창길이에게도들 리엇다.51)

이처럼 문화적 이질성을 폄하하고 조소하는 것은 일본인 여주인이 자국문화의 동일성에 사로잡혀 타국의 문화를 배척함을 의미한다. 여기 서 창길의 문화적 주체성은 타자화되고 억압된다. 창길은 억눌린 주체 성을 다시 일으켜 세우려 심부름하는 아이에게 '변(卞)'이라는 조선어 성자를 읽어 준다. 그는 일본인에게 문화적 상호규율성을 말함으로써 그들과 조선인 상호간의 주체성을 존중하는 입장에 서려 했던 것이다. 그러나 일본인 아이마저 그에 대해 경멸하는 웃음을 지어 보일 뿐이다. 조선인의 (민족적인) 문화적 차이에 대한 일본인의 이같은 조소는 실상 식민지와 제국 사이의 권력관계를 암시한다. 즉, 주체중심적인 제국주의 의 식민지 문화에 대한 경멸에는 그들의 정치경제적 억압만큼이나 권력 이 작용하고 있다. 그같은 권력관계 속에서 수모를 당하면서도, 창길은 변(卞)이라는 성자를 버리지 않음으로써, 이질적인 문화적 타자를 인정 하지 않는 제국주의(그리고 그 문화)의 주체중심적 폭력을 고발한다. 즉, 그는 제국주의의 문화적 동일화의 폭력에 맞서 있는 타자성의 위치에 서, 식민지와 제국주의 사이의 권력관계를 폭로하고 있다(그리고 이때 그 권력관계에 억압된 타자로서의 민족을 발견하게 된다).

창길의 타자성의 위치는 일본인의 주체중심주의와 대비됨으로써 보다 뚜렷히 부각된다. 제국주의의 '타자'인 창길은 자신의 그 타자의 위치를 자각함으로써, 양자간의 모순된 권력관계를 비판하는 담론의 '주체'가

---

51) 염상섭, 「숙박기」, 앞의 책, 310~1쪽.

된다. 이 소설의 화자는 그런 담론의 주체로서의 창길의 내면을 추적하는 입장을 취하고 있다. 그런데 서술과 시점(그리고 담론)의 주체인 창길과 화자의 언어는 일본인들의 주체중심주의와는 다른 방식의 담론으로 나타난다.

> 창길이가 뒤따라서 나려서니 거기에는 벌서 주인녀편네가 나와서서 기다리고잇섯다. 엇던손님인구? 하며 망을보고잇섯든모양이엇다. 주인이라는 녀자는 홀삭한몸집에 멋물싸른듯하기는하나 나히보아서는 야한문의가잇는 「긴샤지리멘」(왜비단)의하오리(웃옷)을 걸치고 머리는목욕단여온게집가티 찬즈를하게 비서서 아모러케나 트레트레 감아언지엇다.[52]

위에서 일본인을 보는 창길과 화자의 시선(시점과 언어)은 문화적 이질성(일본문화의 이질성)의 약분불가능성(같은 기준으로 비교할 수 없음)을 드러내고 있다. 즉 '「긴샤지리멘」(왜비단)'이나 '하오리(웃옷)' 등과 같이, 「」 ( )나 일본어 발음표기를 사용한 것은, 외국문화와 언어의 번역불가능성을 상호규율성의 입장에서 보여주는 것이다.[53] 긴샤지리멘과 하오리라는 이질적 문화는 타국의 언어 및 문화의 차이를 존중하는 상호규율성의 위치에서는 그처럼 복잡한 표기방식을 필요로 하게 된다. 이같은 창길(그리고 화자)의 시선과 담론은, 그가 제국주의의 타자로서 타자성을 지닐 뿐 아니라, 일본문화를 타자로 보는 민족적 주체로서도 타자성을 갖고 있음을 보여준다. 일본어 기표와 조선어 기의의 병치가 빚어내는 의미의 '혼혈성'은, 화자와 창길이 조선어를 사용하는 담론의 주체인 동시에, 타국어인 일본어의 이질성을 존중하는 타자성을 지님을

---

52) 같은 책, 304쪽.
53) 일본어 표기는 물론 식민지 시대 다른 작가들에게서도 널리 발견된다. 그러나 이 소설에서는 보다 세심하게 기표—기의의 복합적 혼혈성을 드러내고 있으며, 더욱이 변(卞)이라는 조선어 성자에 대한 일본인의 태도와 대비됨으로써 그 상호규율성의 의미가 부각되고 있다.

암시한다. 여기서 나타나는 타자성의 주체는 변(卞)이라는 타국의 성자를 우롱하는 일본인의 주체중심주의(그리고 문화적 제국주의)와 극명하게 대비된다.

「숙박기」는 일본의 문화적 제국주의에 대한 타자성의 위치를 드러내는 동시에 제국주의 권력을 비판하는 과정에서도 결코 주체중심주의로 회귀하지 않는다. 즉, (문화적) 제국주의를 비판하는 민족주의로서 주체중심주의를 반복하는 것이 아니라, 타국 문화의 이질성과 약분불가능성을 인정하는 타자성의 비판적 주체를 보여줄 뿐이다. 이 소설에서 민족을 발견하는 자리는 자아중심주의에서 벗어난 그같은 타자성의 위치인 것이다.

「숙박기」의 한계는 이 소설의 타자성의 위치가 '유심론적' 차원에 머물고 있다는 점이다. 즉, 제국주의와 주체중심주의를 타자성의 위치에서 무너뜨리는 전략을 사용하면서도, 그 '유심적' 시선으로 인해 막상 제국주의의 권력에서 탈출하는 '역사적·물질적' 공간이 나타나지 않고 있다. 이 소설의 문화적 비판이 정치적 전망으로 이어지지 못하는 것 역시 그처럼 문화를 유심적으로만 이해하기 때문이다. 이는 염상섭이 민족개념과 문화적 전통을 역사적·물질적 맥락에서 인식하지 못한 점에 상응한다.

5. 민족운동과 사회운동의 유심적 접점

「숙박기」와는 달리 타자성의 위치를 구체적인 역사적 현실 속에서 모색한 작품으로는 『삼대』(1931)를 들 수 있다. 『삼대』는 「만세전」이나 「숙박기」와는 달리 특정한 한 인물이 부정적 현실을 타자성의 위치에서 조망하는 단일한 구성을 취하고 있지 않다. 그보다도 『삼대』는 역사적 현실을 살아가는 인물들간의 복합적인 '대화적 관계'[54]를 통해 타자성을 드러내고 있다. 그에 따라 역사적 현실의 역동적인 운동이 나타나는 반면 염상섭이 유심적 차원으로 파악한 민족문제가 직접 다뤄지지는 않는다. 대신에 사회현실을 매개로 한 보다 포괄적 측면에서의 민족적 현실이 그려진다.

『삼대』는 양심적인 부르주아 조덕기와 사회주의자 김병화를 축으로 한 두 가지 주요사건의 전개와 함께, 다른 여러 인물들을 매개로 한 두 인물간의 대화적 관계를 그린 소설이다.55) 두 가지 주요 사건이란 조덕기 집안의 유산 상속을 둘러싸고 벌어지는 일들과 김병화 등 사회주의자들의 거사에 관계된 사건이다. 그러나 조덕기와 김병화의 대화적 관계가 그 두 사건에 의해 직접 만들어지는 것은 아니다. 두 주인공이 타자성의 위치(즉 대화적 관계)에서 담론적으로 대면하게 되는 것은 오히려 수많은 부차적 인물들이 그들 사이에 끼어 들어오면서부터이다.

조덕기와 김병화는 처음에는 해소될 수 없는 팽팽한 대립관계를 보인다. 그것은 그들이 각기 내면에서 반성적으로 성찰한 보편적 진리를 상대방에게 강요하기 때문이다. 즉, 조덕기의 점진주의나 김병화의 사회주의는 그 이념 내용의 상이성과는 별도로 주체중심적 사상이라는 공통점을 지니고 있었다.

그들이 주체중심주의에서 타자성의 위치로 전이되는 과정에는 두 개의 연애사건이 개입된다. 즉, 김병화는 홍경애와 연애에 빠지며 조덕기는 은연중에 필순을 마음에 두게 된다. 두 사람이 경험하는 연애사건은 그들을 주체중심주의에서 타자성의 위치로 전이시킨다.

주체중심주의란 '처음부터' 자기 나름의 진리와 논리를 내세워 타자를 설득하고 포섭하려는 이념을 말한다. 그러나 연애관계는 그런 논리

---

54) 바흐친이 사용한 의미의 대화적 관계를 말함.
55) 두 주요 인물의 대화적 관계에 초점을 맞춘 논의로는 나병철, 「리얼리즘과 대화적 소설—염상섭의 소설들」, 『한국문학의 근대성과 탈근대성』, 문예출판사, 1996, 321~47쪽 참조.

적 설득으로는 절대로 타자를 포섭할 수 없는 경우이다.56) 연애관계의 설득은 언제나 '사후적'이며 하나로 합체되는 동일성은 늘상 '연기'된다. 이는 연애관계가 유지되려면 항상 타자의 차이성을 받아들여 자신(주체)의 생각을 끊임없이 수정해 나가야 함을 의미한다. 말하자면 연애는 주체중심주의에서 벗어나 타자성 위치에 설 때만 관계를 지속시킬 수 있다.

김병화가 홍경애에게 연애감정을 느끼며 일으킨 변화는 그런 측면에서 이해할 수 있다. 그는 홍경애와 키스를 나눈 후 조덕기에게 다음과 같은 편지를 보낸다.

> 그렇다고 내 인생관이나 신념에 지진이야 왔겠나마는. 하여간 그 후반부터는 그 집에는. 가고 싶지가 않은 내 심경을 혼자 생각해 보아도 얼굴이 붉어지네그려. 왜 안 가고 싶을까마는 차마 발길이 나서지를 않네그려. 머리도 좀 깎을 생각이 나고 옷의 먼지도 털고 싶고 될 수 있으면 크림도 발라 보고 싶으니. 이 사람! 자네 웃으려나? 웃지 말게! 정말일세.57)

김병화의 가장 큰 변화는 타자(타인)와의 관계에서 상대편의 시선을 의식하게 되었다는 점이다. 홍경애와의 연애적 관계에서 시작된 이런 변화는 조덕기와의 관계에도 영향을 미치고 있다. 편지 속에서 조덕기에게 말하는 어조는 예전과는 달리 독백적(주체중심주의의 어조)이 아니라 대화적(타자성의 어조)이다. 대화적(바흐친적 의미)이라는 것은 공통의 매개항이 없는 (이질적인 언어게임에 속해 있는) 타

---

56) 엠마누엘 레비나스, 강영안 역, 『시간과 타자』, 문예출판사, 103~11쪽; 가라타니 고진, 『탐구』 1, 194~95쪽. 연애의 형태는 이런 타자성의 관계 이외에도 다양한 관계로 나타난다. 그러나 『삼대』의 경우에는 주인공들의 위치가 자아주의에서 타자성의 공간으로 전이되는 계기로 작용하고 있다.
57) 염상섭, 『삼대』, 동아출판사, 1995, 184쪽.

자를 자기자신의 사고를 해체하면서까지 받아들이는 관계를 말한다.58) 여기서 타자를 받아들인다는 것은 자신의 신념을 무너뜨리고 그대신 타자의 생각을 수용한다는 뜻이 아니다. 그보다는 타자의 이질성을 존중함으로써 '무심결에' 자신의 신념이 와해되는 한계지점까지 나아가는 모험적 상태를 말한다. 그런 대화적 관계에 놓인 주체는 그의 신념이 와해되는 한계지점에 서는 순간 타자의 말(생각)을 자신의 자아의 일부로 수용하게 된다. 즉, 그는 (타자를 배제하는) 안정된 주체중심주의에서 벗어나 타자와 끊임없이 대화하는 미결정적59)인 타자성의 주체가 되는 것이다. 이 타자성의 주체는 또한 완결된 의식적 명령의 지배에서 벗어나 타자와 끊임없이 대화하는 '무의식적 주체'60)이기도 하다. 위에서 김병화는 신념의 지진을 겪지는 않았지만 '저도 모르게' 크림을 발라보고 싶을 정도로 타자를 의식하며 그의 신념을 미결정적 상태로 만들고 있다.

김병화와 유사하게 조덕기 역시 필순과의 관계를 통해 타자성의 위치를 경험한다. 그러나 조덕기의 경우에는 보다 더 근본적으로 신념의 동요를 경험한다. 그것은 (김병화의 경우와는 달리) 필순과의 관계가 조덕기 자신의 신념(인류과 사랑)을 철저히 배반하는 불륜이 될 수밖에 없기 때문이다. 그대신 조덕기는 자기자신도 모르는 또다른 숨겨진 자아의 모습, 즉 부정하고 싶지만 보다 더 자신에 가까운 부르주아의 자화상을 발견한다.

---

58) 하버마스적 의사소통과 바흐친적 대화의 차이는 전자가 의사소통적 합리성이라는 공통의 매개항을 지니는 반면 후자는 그런 매개항이 없이 대화자들 자신의 신념의 동일성을 해체하면서 대화가 진행된다는 점이다.

59) 미결정성이란 어떤 형식적 체계가 완결된 동일성을 지닐 수 없는 상태를 말한다. 이 경우에는 자기중심적 신념체계의 동일성이 해체된 상태를 뜻한다. 마이클 라이언, 나병철·이경훈 역,『해체론과 변증법』, 평민사, 1994, 58∼63쪽 참조.

60) 무의식적 주체란 타자성에 의해 의식(혹은 신념)의 완결성이 해체된 타자성의 주체를 말한다.

　　　　장사는 비용 관계도 있고 시체는 집으로 안 들여간다고 하여 거
　　기서 우물쭈물 내가려는 것을 그래도 그렇지 않다고 덕기가 우겨서
　　집으로 옮겨가게 하였다. 이삼백 원 장비는 자기가 내놓을 작정이다.
　　그러면서도 덕기는 자기 부친이 경애 부친의 장사를 지내 주던 생각
　　을 하며 자기네들도 그와 같은 운명에 지배되는가 하는 이상한 생각
　　이 들지 않을 수 없었다.61)

　　조덕기는 필순 모녀에게 돈을 내놓는 자신의 행동에서 아버지(조상
훈)에게서 보았던 부르주아의 생리를 보게 된다. 물론 조덕기는 조상훈
과는 달리 필순을 능욕하지는 않을 것이다. 그러나 그가 생생히 보고
있는 부르주아의 자화상은 분명히 그의 신념에 상처를 내는 자기자신의
일부인 것이다. 위에서 조덕기는 또다른 홍경애라는 필순의 생각과 '첩'
이라는 아내의 말, 그리고 결정적으로는 부르주아의 위선('실없는' 수작)
이라는 김병화의 말을 들으며, 자신의 신념이 미결정적으로 해체되는
한계지점을 경험한다.

　　조덕기와 김병화는 처음에 서로 받아들일 수 없는 대립적인 신념에
사로잡혀 있었다. 그러나 위에서처럼 연애관계와 그 밖의 다른 인물들
과의 관계를 통해 타자성의 경험을 함으로써 자신들의 신념을 버리지
않은 채 타자의 생각을 수용하는 대화적 주체로 전환된다. 이와 같은
변모는 주체중심주의에서 타자성의 위치로의 변화라고 할 수 있다. 조
덕기와 김병화는 타자성의 공간을 발견함으로써 서로 다른 두 가지 사
상을 접합시킬 수 있는 가능성을 만들고 있는 것이다. 염상섭이 민족운
동과 사회운동을 연계시키려 했던 것도 바로 그 타자성의 공간에서였
다. 『삼대』에서 두 주인공이 각기 다른 길을 걸으면서 타자성이라는 역
사적 공간에서 교차점을 만들듯이, 염상섭은 민족운동과 사회운동의 독

---

61) 염상섭, 앞의 책, 539쪽.

자성을 인정하는 동시에 또한 타자성('자연이법')을 매개로 접합점을 찾
으려 했던 것이다. 식민지 제도와 주체중심주의에서 벗어나 역사적 현
실의 운동 속에서만 찾을 수 있는 그 접합점은 염상섭의 탈식민주의적
인 민족개념이 나타나는 곳이기도 했다. 앞서 살폈듯이 염상섭은 민중
과 지식인, 전통과 근대의 만남을 통해서도 민족의 발견을 시도했었다.
우파 민족운동에 기울어 있던 염상섭이 탈식민주의적 전망을 얻을 수
있었던 것은 그같은 타자성의 공간에서 발견한 접점으로서의 민족개념
덕택이었다.

그러나 염상섭이 발견한 민족은 식민지의 '지식인'으로서 경험할 수
있는 탈식민주의의 최대치일 따름이었다. 즉, 그가 찾아낸 타자성으로서
의 근대적—탈근대[62] 민족개념에는, 잃어버린 공동체를 되찾으려는
서사적 주인공으로서 민중의 자리가 항상 비어 있었다. 결국 그는 타자
성을 지닌 지식인 주체의 위치에서 민족을 인식한 셈이었다.

「만세전」과 「숙박기」에서는 제국주의적 제도의 동일성 논리[63]를 와
해시키는 타자의 타자성이 나타난다. 이 소설들에서는 그 타자의 타자
성을 기록하는 담론의 주체를 통해 민족인식을 드러내고 있다. 그러나
여기서 민족을 인식하는 담론의 주체는 결국 지식인일 수밖에 없는 것
이다.

『삼대』에서는 두 소설과는 달리 식민지 현실에서 행동하는 주체들(조
덕기와 김병화)이 등장한다. 이 소설은 그들이 주체중심주의에서 타자성
의 주체로 전이되는 과정을 그림으로써 역사적 현실 속에 놓인 민족의
운명을 발견한다. 그러나 두 주인공 역시 지식인이었으며 그 점은 사회

---

62) 염상섭 등 리얼리즘 작가의 '문학작품'(논설이 아니라)에 나타나는 민족개념
   은 초월적 이념에 얽매이지 않은 점에서 근대적이면서 (주체중심성이 아니
   라) 타자성의 위치에서 탈중심화된 민족의식으로 드러나는 점에서 탈근대적
   이기도 하다.
63) 동일성 논리란 타자를 배제하거나 병합하여 동일화시키려는 주체중심적 논
   리를 말한다.

주의자인 김병화의 경우에도 다를 바 없었다.『삼대』는 결국 지식인 소설에서 탈출하려는 지식인 소설인 셈이었다.

이처럼 염상섭이 타자성의 위치에서 민족을 인식하면서도 민중적 주체를 발견하지 못한 것은 그의 타자성이 끝내 유심적인 한계를 벗어날 수 없었기 때문이었다.『사랑과 죄』와『삼대』에서 염상섭은 식민지 현실에 저항하는 사회주의자를 등장시킴으로써 그같은 한계를 극복하려 했다. 그러나 유물론과 접합하려던 유심론자는 다시 자기자신의 관점으로 되돌아올 수밖에 없었다. 가령『삼대』에서 조덕기가 느꼈듯이, "근자에 유물론적으로 기울어진 자기의 사상과는 모순"[64])되게 (무심결에) 유심론 쪽으로 돌아온다는 생각은, 아마도 염상섭 자신의 심정을 토로한 것일 터이다. 염상섭은 사회주의자 역시 지식인으로서 그렸을 뿐이며, 그로 인해 그와 접합 가능성을 지닌 조덕기(그리고 염상섭 자신)같은 우파 민족주의자 또한 당연히 유심론적 한계를 벗어날 수 없었던 것이다. 프롤레타리아를 자연성이라는 유심적 관점에서 볼 수밖에 없었던 염상섭은, 식민지 자본주의라는 역사적·물질적 문맥에 놓인 타자로서의 (대다수의) 민중을, 그들 스스로가 되찾아야 할 민족 공동체의 주체가 되어야 한다는 관점으로는 인식할 수 없었던 것이다.

지식인 소설이 나아갈 수 있는 최대의 지점까지 나아갔던 염상섭은, 민중과 지식인, 전통과 근대, 그리고 민족운동과 사회운동의 대립을 지식인의 위치에서 극복하며 민족을 인식하려 했다. 그는 그 극복의 순간에 타자화된 민중과 만나지만 어떤 경우에도 그들이 민족적 주체로 나설 수 있는 길을 찾지 못했다. 염상섭은 민중들의 자각이라는 문제(타자의 타자성을 자각하면서 주체로 전이되는 문제)에 부딪히면서 다시 그들에 대한 지식인의 입장으로 되돌아갈 수밖에 없었던 것이다. 그에게 있어 지식인이란 하나의 독자적인 계층이었으며, 자기계급의 관점만을

---

64) 염상섭, 같은 책, 434쪽

지닌 부르주아나 프롤레타리아와는 달리, 고결한 마음('마음의 상아탑')을 지니고 인생을 깊이와 전폭(全幅)으로 횡단할 수 있는 존재였다.[65] 반면에 조선의 민중은 전통, 교육, 사상, 관념 등에서 지식인 양의(良醫)를 필요로 하는 환자였던 것이다.[66] 염상섭이 끝내 계몽의 대상으로만 인식했던 민중들이 그들 스스로 계몽(그리고 주체중심적 사상)의 한계를 넘어서서 새로운 민족 공동체의 주체로 등장해야 하는 과제는 그의 텍스트 외부에 그대로 남아 있었다.

---

65) 염상섭, 「조선의 문예 조선의 민중」, 『염상섭전집』 12, 131~32쪽.
66) 같은 책, 125~26쪽.

「식민지 시대 문학의 민족인식과 탈식민주의」에 대한 토론

류 보 선*

〈질의 1〉

「식민지 시대 문학의 민족 인식과 탈식민주의」라는 발표문에서 가장 자주 반복되는 개념어, 그러니까 핵심어는 식민주의와 탈식민주의라는 용어입니다. 그리고 이 식민주의와 탈식민주의를 뒷받침하는 개념어는 다름 아닌 자기동일성(혹은 주체철학, 자아주의 등)과 타자성이라는 것입니다. 발표자는 이 개념쌍을 중심으로 발표자 나름대로의 가설을 정립하고 있습니다. 즉 자아를 중심에 세우려는 서구적, 근대적 기획은 필연적으로 제국주의로 나아갔으며, 따라서 그 근대의 주체철학으로부터 배제된 혹은 희생된 타자에 위치하는 제3세계에서 배타적 민족주의를 넘어서는 민족에 대한 위상 정립이 가능하다는 것입니다. 80년대 초반의 제 3세계론을 연상시키는 이 가설에는 자아주의 혹은 주체철학, 자기만을 배려하는 자기동일성의 논리, 서구중심적 역사관, 시민의식, 사물의 인격화와 인간의 사물화, 제국주의 등의 역사적 철학적 범주가 밀접한 연관관계를 지니고 있다는 전제가 깔려 있는 것으로 보입니다. 아

* 군산대 교수

니 보다 정확하게 표현하자면 밀접한 연관관계를 지닌다는 파악을 넘어서서 모든 역사적 철학적 개념어들을 동의어로 사용하고 있는 듯합니다. 가령 이런 것입니다. 이 발표문은 자기만을 배려하는 주체철학이란 '사후적으로' 파악하자면 제국주의 혹은 배타적 민족주의의 중요한 원동력이 되었다고 서술하거나 아니면 동일한 사유구조를 지님으로써 어떤 외부적 계기가 주어지면 언제든지 제국주의의 논리로 전락할 가능성을 지니고 있다라고 말하지 않습니다. 대신에 이 발표문에서는 계몽이성 혹은 자아주의를 이야기하는 것은 곧 제국주의적 논리를 설파하는 것에 다름 아니라고 진단합니다. 그러나 돌이켜보면 주체철학을 이야기한 모든 사람이 제국주의를 옹호한 것은 아니며, 제국주의를 옹호한 사람 중에는 더할 나위 없이 강력하게 주체철학을 부정했던 사람들도 있었습니다. 또한 인간의 주체, 혹은 민족이라는 신화를 부정했던 모더니스트들 중에 파시즘을 옹호했던 존재들이 여럿 있다는 것도 잘 알려진 사실입니다. 한마디로 이야기하자면 자기만을 배려하는 자아중심주의가 배타적 민족주의에 빠질 가능성이 높은 것이 사실이고 또 실제 그러한 실례들이 있었던 것도 사실이지만 자아중심주의가 곧 배타적 민족주의와 동의어가 될 수는 없으며, 따라서 자아중심주의를 벗어나고자 했다고 해서 그가 탈식민주의적 지향을 보였다고 진단할 수는 없는 것으로 보입니다. 여러 복합한 매개 관계를 통해서만 성립되는 연관관계를 단순화함으로써 빚어지는 논리적인 난맥상은 이 발표문에서 자기동일성에 갇힌 민족주의(제국주의와 배타적 민족주의)를 넘어서는 가능성으로 제시된 탈식민주의의 부분에서도 마찬가지로 나타납니다. 이 발표문은 탈식민주의의 가능성을 자아주의 혹은 주체철학이 아닌 타자성이라는 대립쌍에서 찾아내며, 그렇게 제 3세계 중심의 역사관, 프롤레타리아 의식, 자연의 발견, 탈중심화된 민족이념 등을 탈식민주의의 내용으로 제시합니다만, 여기에서도 이 범주들 사이를 아무 매개 없이 직접적으로 연관시키는 납득하기 힘든 상황이 나타납니다. 가령 이 발표문에서 자연이법의 발견을 배타적 민족주의를 넘어설 수 있는 중요한 진전으로 설정하고 있고, 또 그것이 물신화된 근대 사회를 넘어설 수 있는 하나의 계기일 수 있겠지만, 자연이법에 관심을 가졌다고 해서 그것이 탈식민주의의 중요한 원리가 될 수는 없는 것이 아닌가 생각합니다. 제국주의의 가장 노골적이고 폭력적인 형태인 나찌즘이 일본의 군국주의가 내세웠던 것이 바로 이 자연의 발견이었기 때문이다.

여러 가지 의문점을 제기했습니다만 제가 첫 번째 질문하고자 하는 내용은 아주 간단합니다. 자아주의와 식민주의가 과연 어떤 연관성을 지니며, 그렇다면 제 3세계라는 타자에서 이루어지는 민족에 대한 관심이 탈식민주의로 나아갈 가능성이 높은 이유는 무엇인가 하는 점입니다.

〈질의 2〉

이 발표문은 타자성의 위치에서 모색될 가능성이 높은 탈식민주의의 가능성과 실체를 염상섭의 '생활론'과 그 '생활론'이 씌어질 무렵의 소설인 「남충서」, 「숙박기」, 그리고 「삼대」 등의 소설에서 찾고 있습니다. 하지만, 제가 발표문을 보다 꼼꼼하게 검토하지 못했기 때문일 터인데, 이 소설들에 대한 분석과 평가가 내려진 연후에도 염상섭의 문학에 나타나는 탈식민주의의 가능성과 실체를 포착하기 힘든 것이 사실입니다. 이유는 두 가지 때문인 것으로 보입니다. 하나는, 앞서 질문 드렸던 것과 연관이 있는 것처럼 보이는데, 탈식민주의와 그것의 매개항으로 도입된 개념들이 간혹 서로 상충되고 있다는 점, 그리고 다른 하나는 염상섭의 문학에서 탈식민주의 가능성으로 해석되고 평가된 요소들이 지나치게 자의적으로 해석된 것이 아닌가 하는 점입니다. 가령 「남충서」의 경우, 발표문은 「남충서」에서 나타나는 '혼혈성'에 주목하고 있습니다만, 이 '혼혈성'은 어디까지나 잠재적인 가능성일 뿐이지 서로 상반되는 요소들 종합, 혹은 지양해내는 데에게까지는 도달하지 않은 것으로 보입니다. 뿐만 아니라 『삼대』의 경우, 발표문에서는, 조덕기와 김병화의 '사랑'이라는 계기에 주목하고, 조덕기와 김병화는 '사랑'이라는 계기를 통해 자신들의 닫힌 자기동일성의 세계를 넘어서서 결국은 탈식민주의의 가능성을 보인다고 평가하고 있습니다. 즉 이 글 특유의 논리 전개 방식과 사랑을 통해 타자를 감싸안았으므로 결국 탈중심화된 민족의 발견이 이루어졌다고 파악하고 있는 것입니다. 그러나 이러한 평가는 크게 세 가지 때문에 자의적인 해석으로 보입니다. 첫 번째는 사랑을 계기로 타자(이것은 정확하게 표현하면 사랑의 대상)를 감싸안았다고 해서 그것을 곧 탈식민주의적 가능성으로 평가할 수 있는가 하는 점입니다. 그리고 둘째는, 앤소니 기든스가 이미 지적한 바를 참고하자면, '사랑'이란 그것도 타자의 삶 전반을 자기화하고 자기의 삶 전반을 타자화하는 낭만적 사랑이란 주체철학 혹은 서구적 근대에 의해서 정초되고 의미가 부여된 바로 그것이라 할 수 있을 것인 바, 이러한 사랑(발표문에는 '연애'라고 표현되어 있다)을 곧 탈식민주의의 징후라고 읽는 것이 가능한가 하는 점입니다. 그리고 마지막으로는 발표문에서 지적한 것처럼 조덕기와 김병화가 과연 필순과 홍경애와의 연애를 통하여 또 다른 단계의 의식으로 나아갔는가 하는 점입니다. 제가 읽은 바로는 조덕기와 김병화는, 조덕기와 김병화가 『삼대』의 후편인 『무화과』에서도 같은 모습으로 등장한다는 사실에서도 확인할 수 있듯, 비록 구체화되기는 했지만 처음에 그들이 있었던 바로 그 자리에 있는 것으로 보입니다.

이러한 사실을 종합할 때, 염상섭의 몇몇 작품에서 탈식민주의적 인식의 가능성과 실체를 규명하려는 노력은 발표자의 의도에도 불구하고 그 역사적, 철학적 실체가 불분명한 것으로 보입니다. 이에 대한 부연 설명을 바라며, 이것이 저의 두 번째 질문입니다.

〈질의 3〉

비록 제가 몇몇 의문을 제기했습니다만, 저 역시 식민지 시대의 문학 중에서 염상섭이야말로 민족문제에 관해 깊이 있는 성찰을 행한 몇 안 되는 존재라고 생각하고 있습니다. 그래서 드리는 질문입니다만, 발표자는 민족이라는 상상체계와 관련하여 염상섭을 어디 쯤에 위치시키고 있는지 궁금합니다. 구체적으로 말하자면, 식민지 시대 전반에 걸쳐 민족에 대한 여러 담론이 전개되었다고 한다면, 염상섭이 행한 민족에 대한 성찰은 전혀 예외적인 담론인가, 아니면 식민지 시대 문학을 대표할 수 있는 담론인가, 그것도 아니면 식민지 시대 문학의 주류는 아니었다 하더라도 나름대로의 계보를 형성하고 있는가 하는 점입니다. 이것이 저의 마지막 질문입니다.

〈토론자의 질의에 대한 답변〉

1. 토론자는 핵심 용어들에 대해 여러 문제를 제기했는데, 우선 몇 가지 개념상의 오해를 해명해야겠습니다. 먼저 저는 염상섭이 「만세전」에서 '사후적'으로 계몽이성을 반복했다고 말했습니다. 여기서 '사후적'이란 말은 근대성의 장에서 주어진 규약을 반복할 수밖에 없을 때, 그로부터 이탈하는 틈새를 벌리는 전략의 의미를 갖고 있습니다. 서구적 지식인인 이인화는 '근대성'의 제도 내에서 계몽이성을 반복할 수밖에 없는 한계를 지니고 있습니다. 그러나 다른 한편 그는 '식민지' 제도에 동화될 수 없는 조선인으로서 타자성을 경험하게 됩니다. 이인화의 답답한 여행길은 그같은 '식민지적 근대'의 이중성을 반영하고 있습니다. 이인화의 여행의 전과정인 '사후적 반복'이란 그런 이중성을 드러내는 여로에 다름이 아닙니다. 그가 계몽이성을 반복하는 고백체의 편지글은 타자성을 경험하고 다시 고독한 주체로 되돌아 온 '사후적' 결과인 것

입니다. 물론 다시 되돌아온 고백체의 주인공은 단순한 계몽이성의 주체는 아닐 것입니다. 식민지 조선인이라는 타자성의 경험에 의해 그는 어떻게든 '수정된' 계몽이성의 전망을 드러내게 됩니다. 그러나 중요한 것은 그 결론이 아니라 타자성을 경험하는 과정 자체일 것입니다. '사후적' 반복의 의미도 그같은 서사적 '과정'으로서의 타자성의 경험에 있습니다.

토론자는 또한, 주체철학, 자아주의, 식민주의나, 타자성, 탈중심화된 민족이념, 탈식민주의 등의 개념쌍들을 아무 매개없이 무차별적으로 사용함을 지적했습니다. 물론 그 개념들은 여러 매개항들을 통해 각각의 차이가 설명되어야 할 것입니다. 그러나 여기서는 그 차이들을 드러내는 데 목적이 있는 것이 아니라 주체철학적 패러다임에서 벗어나서 어떻게 타자성을 얻을 수 있는가에 관심을 두고 있는 것입니다. 토론자는 주체철학이 제국주의와 직접 연관이 되지 않는다고 반문하지만, 주체철학의 패러다임에서 벗어나야 식민주의나 제국주의 같은 동일성 논리에서 탈출할 수 있음은 주지의 사실입니다. 20세기 후반에 지난 시대(그리고 서구적 근대성)를 반성하는 거의 모든 사상들이 주체철학의 비판을 새로운 패러다임의 출발점으로 삼고 있는 것은 그 점을 시사하고 있습니다.

아울러 토론자는 자연의 발견이 파시즘으로 나아갈 수도 있음을 말하고 있습니다. 충분히 공감하는 바이지만, 제 글에서 '자연이법'의 발견은 염상섭의 평문에서 쓰인 말을 그 문맥에 따라 재해석한 것입니다. 다시 말해, 염상섭의 글에 나타난 자연이법이란 '타자성'의 의미로 다시 해석될 수 있다는 뜻입니다. 프롤레타리아의 위치와 피억압 민족의 위치를 연관지어 생각한 것도 그의 견해에 근거해 재고해본 것입니다. 물론 그 둘 사이의 차이를 간과해서는 안되며 타자성이란 개념으로 그 차이를 얼버무릴 수도 없습니다. 그러나 다른 한편 타자성이라는 개념은 계급의식이나 민족의식 등의 거시적 개념이 놓칠 수 있는 미시적 차이들을 드러내 줍니다. 즉, 동일성의 계급의식과 차이를 지닌 타자성의 계급의식을 말할 수 있는 것입니다. 마찬가지로 동일성의 민족의식과 다른 타자성의 민족의식을 말할 수 있습니다. 따라서 민족의식이 있느냐 없느냐도 중요하지만, 그것이 동일성 논리로 된 억압적인 것이냐 타자성을 지니느냐도 중요한 것입니다. 바로 그 때문에 '타자성'의 개념을 사용하면, 민족주의나 민족의식 등으로 덩어리 채 보기 쉬운 '민족' 개념을 한층 '미세하게' 파악할 수 있습니다. 제가 염상섭의 소설을 자아주의와 타자성의 이중적 담론의 공간으로 보려 한 것도 그런 전략에 의한 것이었습니다. 예컨대 「만세전」의 민족인식은 어디까지가 한계를 지니며(식민주의) 또한 어떤 가능성을 지니는지(탈식민주의) 미시적으로 파악하기 위한 것이었습니다. 이와 관련해 토론자의 질문인 제 3세계의 탈식민주의적 가능성은, 주체철학 류의 동일성 논리 철학에서 벗어나 타자성을 얻을 수 있기 때문이라고 답변할 수 있습니다. 물론 타자성의 현실적 실천은 지난한 일이며, 저는 그것이 리얼리즘 소설이나 민중적 변혁운동에서 나타난다고 생각합니다.

2. 토론자는 염상섭의 작품에서 탈식민주의의 가능성을 포착하기 어려웠음을 질문하고 있습니다. 한 예로 「남충서」의 경우 혼혈성이 잠재적인 가능성에 그침을 지적했습니다. 저 역시 「남충서」는 여러 이유에서 타자성이나 탈식민주의의 가능성을 얻지 못하고 있으며 그점에서 「숙박기」와 비교됨을 말했습니다. 「숙박기」의 경우 일본인의 문화적 주체중심주의와 대비되는 타자성의 담론을 보여주고 있습니다. 담론의 주체인 화자는 주인공 창길의 내면을 추적하고 있는데, 가령 일본어 기표와 조선어 기의를 병치시키는 방식으로, 일본문화를 타자로 보는 조선어의 주체로서 타자성을 드러내고 있습니다. 이러한 타자성의 주체는 창길의 성자를 우롱하는 일본인의 문화적 주체중심주의와 뚜렷이 대비됩니다. 물론 일어 발음의 사용은 식민지 시대 다른 작가에서도 보이는

일반적인 현상이지만 「숙박기」의 경우 문화적 상호규율성을 드러내기 위해 보다 세심한 배려를 하고 있으며, 또한 일본인의 주체중심적 폭력과 대비되기에 특별히 그 타자성의 의미를 얻고 있는 것입니다.

『삼대』의 경우 저는 조덕기와 김병화의 사랑의 경험을 타자성의 계기로 보았습니다. 토론자는 사랑에는 다른 종류의 사랑도 있을 수 있다고 반박하고 있습니다. 그 점에는 동의하지만, 『삼대』에서 나타나는 사랑은 두 주인공이 (자아주의에서) 타자성의 공간으로 들어서게 하는 계기로 작용하고 있음을 말했던 것입니다. 여기서 중요한 것은 사랑의 감싸안는 포용력이 아니라 두 주인공의 사고와 말을 독백적인 것에서 대화적인 것으로 변화시키는 그 타자성의 힘일 것입니다. 즉, 조덕기와 김병화는 사랑을 경험하면서 타자와 관계하는 방식에서 근본적인 변화를 경험합니다. 사랑이란 어느 한 쪽의 일방적인 주도에 의해 성립될 수 없으며 타자의 사유를 받아들여 자신의 동일성(정체성)을 끊임없이 수정해 가는 과정에서만 유지될 수 있기 때문입니다. 따라서 『삼대』에서 중요한 것은 사랑의 경험 그 자체가 아니라 그것을 통해 주인공들이 타자성의 공간에 들어서게 된다는 사실입니다. 『삼대』는 어느 한 인물의 세계관에 의해 현실을 인식하는 것이 아니라 인물들 상호간의 대화적 관계(타자성의 관계)를 통해 민족적, 역사적 현실성을 드러내고 (리얼리즘을 성취하고) 있으며, 그 점에서 인물들이 타자성을 얻게 되는 계기가 중요시되는 셈입니다. 그같은 타자성의 관계에서 핵심적인 것은 인물들의 의식(혹은 신념)의 내용이 아니라 오히려 '무의식'의 발견일 것입니다. 무의식이란 의식(신념)의 완결성을 끊임없이 의심하고 흔들리게 하는 타자성에 다름이 아닌 것입니다. 실제로 『삼대』에서 타자성이 두드러지는 곳은 예외없이 인물들이 자신의 무의식을 발견하는 부분입니다. 무의식의 발견으로서의 내면의 말은 항상 타자의 말에 대한 답변으로서 나타나고 있습니다. 이같은 타자성의 발견은 탈식민주의의 획득과도 관련이 됩니다. 탈식민주의란 단순히 식민지 현실에 저항하는 것이 아니라 주체중심주의에서 벗어나 타자성의 공간에서 식민주의에 저항하는 것을 뜻하기 때문입니다.

3. 염상섭의 민족인식의 위치는 식민지 시대 다른 작가들과의 상호 관계 속에서 살펴질 수 있을 것입니다. 예컨대 같은 우파 민족주의자인 현진건과 어떻게 다르며, 좌파 민족주의자인 이기영이나 좌파도 우파도 아닌 홍명희와는 어떻게 다르냐를 말할 수 있을 것입니다. 이에 대한 비교는 다른 글에서 계획하고 있습니다. 여기서 우선 답변할 수 있는 것은 염상섭의 평문에서 나타난 내용과 리얼리즘 소설에서 드러내고 있는 내용은 반드시 일치하지는 않는다는 점입니다. 리얼리즘 소설에서 염상섭은 자신의 한계를 넘어서서 민족을 인식하고 있습니다. 그리고 이 때의 민족인식은 상상적 공동체의 주인공으로서의 민족의 발견이 아니라, 타자성으로서, 다시 말해 동일성(혹은 상상적 정체성)의 와해로서, 그리고 억압적 동일성에 저항하는 이질성과 차이로서의 민족의 발견입니다. 물론 염상섭의 타자성으로서의 민족의 발견은 민중을 폄하하는 시각으로 인해 근본적인 문제점을 안고 있습니다. 그러나 그가 리얼리즘 소설에서 보여준 타자성으로서의 민족인식은, 상상적 공동체의 주체로서 근대적 민족개념이 위협받고 있는 오늘날의 시점에서도 중요한 의미를 드러내고 있습니다.

북한문학과 민족주의

신 형 기*

1. 민족주의, 국가주의, 전체주의

민족주의는 여전히 많은 사람들이 긍정적으로 받아들이는 말인 듯하다. 오랫동안 그것은 식민 압제에 맞서 민족적 정체성과 주체성을 지키고 되찾으려는 의지적 입장을 뜻했다. 물론 그것은 민족적 단합의 요구를 수반한 것이어서, 단합을 저해하는 여러 요인들이 민족주의의 이름으로 배격되기도 했다. 예를 들어 봉건잔재를 타파하려는 것도 민족주의일 수 있었고 매판세력을 물리치려는 것도 민족주의일 수 있었다. 민족적 단합을 요구하는 민족주의는 단합이 누구의 단합이어야 할 것이냐는, 민족 구성원의 내용과 성분을 가리는 데로 나아가지 않을 수 없었다. 민중은 민족 구성원의 요체이자 중심으로 간주되기도 했다. 민족적 단합이 민중적 단합이어야 한다는 주장이 구체적으로 제기된 것은 해방 직후지만, 그러한 생각은 민족주의가 정서이자 이데올로기로 확산된 구한말이래 어느 정도 일반화되었던 것이라고 보아야 할 것이다. 민중이 민족 구성원의 중심이라는 생각은 민족주의를 마땅하고 불가피한 것일 수 있게 했다. 민족의 단합을 외치는 민족주의의 입장에서 볼 때 분단

* 연세대 교수

극복은 역시 그것의 과제였다. 민족주의자에게 분단은 외세에 의한 분단이었고 따라서 분단의 극복과 외세의 배격은 다른 문제일 수 없었다.

민족주의는 반봉건과 반제라는 과제를 외치고 통일과 자립, 민주화의 요구를 동반한 것이었다. 이 점은 민족주의가 아직도 긍정적인 말일 수 있는 이유다. 반봉건과 반제를 외치는 일이, 통일과 자립, 민주화를 요구하는 일이 절실하고 중요했던 만큼 민족주의는 옳은 것이 된 것이다. 그러나 민족주의가 이런 훌륭한 얼굴만을 갖는 것은 아니다. 우리 근대사 안에서 볼 때도 민족주의가 곧 민중주의를 의미하지는 않았다. 예를 들어 민족주의는 1920년대부터 '계급'을 대타범주로 하는 보수세력연합의 표어로 쓰였다. '계급'은 민족주의를 반동적인 것으로 규정했는데, 민족을 계급관계로부터 빼내 관념화한다는 것이 그 이유였다. 해방 이후로도 민족혼이나 정신을 일깨우는 일이 민족적 단합의 급선무라는 생각은 오랫동안 지속되었다. 그리고 민중을 위협한 지도자들 역시 민족의 앞날을 걱정하고 민족을 위해 헌신하려는 민족주의자들이었다. 민족적 단합을 외치는 민족주의는 언제나 정치적 억압자들의 표어였다. 이 문제는 좋은 민족주의와 나쁜 민족주의를 나눔으로써 해결될 수 있을지 모른다. 진보적 민족주의와 반동적 민족주의를 나누는 방법은 사실 새롭지도 않은 것이다. 그렇다면 민중의 단합을 외치는 것은 과연 진보적인 것인가? 이 물음은 북한문학과 민족주의에 대해 이야기하기에 앞서 필자가 던지고 싶은 화두다.

민족주의는 자기 완결적 논리구조를 갖추지 못한 2차 이데올로기이다.[1] 민족주의의 근거는 본질적으로 모호하다. 민족이 단합해야 하는 근거나 이유는 민족주의에 의해 설명되지 않는다는 뜻이다. 외적의 침입에 맞서야 한다는 대항민족주의는 외적이 침입했기 때문에 정당화된

---

1) 임현진, 「'운동'으로서의 민족주의」, 『민족주의는 반역이다』, 소나무, 1999, 24쪽.

다. 우리의 이해가 남의 이해와 이미 달라서 우리와 남을 가르는 것이 불가피하고, 침입을 해 왔기에 물리치는 일은 절실한 과제지만, 그것이 우리의 단합을 절대시하는 이유가 될 수 있는 것은 아니다. 다시 말해서 단합이 절대시되어야 하는 절대적 이유는 없다. 민족주의가 흔히 정서로 확산되거나 표어로 채용되었던 이유도 그것의 내용이 매우 분명치 못했다는 데서 찾아야 할 것인지 모른다. 민족주의는 흔히 다른 이데올로기와 결합하여 그것을 대신하는 역할을 해 왔다. 예를 들어 근대 서구에서 민족주의는 사실상 국가주의의 다른 이름이었다. 두루 알다시피 민족국가에서 민족은 국가에 선행하지 않는다. 국가주의는 근대에서 전체주의가 관철되는 하나의 방식이었다. 모든 것을 일률적 잣대로 재고 어떤 대상도 예외로 남겨두지 않으려는 근대의 기획 안에서 국가는 통합의 단위가 된 것이다. 나치와 히틀러, 혹은 스탈린 치하의 소련을 떠올리게 하는 전체주의란 말은 근대에서 그것이 진행되었던 일반적 양상이었으며 단계적 목표였기 때문에 이 두 예에 국한되는 사항은 물론 아니었다. 과연 우리의 경우 민족주의는 국가주의나 전체주의와 절연된 다른 것일 수 있었을까? 피해자로서 침략자를 물리친다는 대항민족주의의 윤리성은 국가가 모든 것에 앞선다는 생각을 마땅한 것으로 여기게 할 수 있었다. 외적을 물리치는 데 한 사람이라도 예외가 있어서는 안 되었던 상황에서 전체주의는 자연스러운 것이었다.

2. 북한과 민족주의

남한에게 북한은 줄곧 '공산주의'였다. 그리고 이 말은 무자비한 국가주의적 동원논리나 전체주의의 공포에 전율하는 이야기들로 설명되었다. 국가 건설과 이를 위한 동원은 북한이 줄곧 도모해온 바다. 식민압제가 모두에게 깊은 상처를 남긴 상황에서 그것이 나라를 잃고 나라가 나라같지 않았던 결과라고 생각했을 때, 나라를 세우고 지키는 일은 모두의 지상 과제일 수 있었던 것이다. 북한에서도 나라를 위해 노력하는 태도나 입장을 '애국주의'로 불렀는데, 애국주의는 전면적 동원의 전제였다. 나아가 애국주의는 선이 됨으로써 그렇지 않은 모든 태도는 악이 되었다. 애국의 방법은 분명했고 그런 만큼 선과 악의 구별 역시 엄정했다.

애국주의의 내용을 구체화한 것은 '사상'이었다. 1946년부터 시작되는 이른바 '건국사상총동원운동'은 이 지상 과제의 수행을 목표로 사상적 일체화를 도모한 것이었다. 물론 '공산주의'는 이 사상의 내용을 일정하게 규정했다. 사상은 예를 들어 무상몰수 무상분배의 방식으로 시행된 토지개혁과 그에 따른 여러 제도적 개변을 충실히 따르는 것을 의미했다. 제도는 새 것이었지만 그것이 요구한 절대적 헌신이 새 것이었다고 말하기는 어렵다. 더구나 김일성은 새로운 제도적 개변을 마련해 베푼 인물로 간주되어, 새 제도를 충실히 따르는 것은 곧 그에 대한 보은(報恩)을 뜻하는 것이 되었다. 애국적 헌신의 요구가 한 위대한 인물의 은혜에 보답하는 한다는 요구로 나타난 것이다. 동원의 사상이 윤리적인 옷을 입고 나타난 이 현상은 과연 어떻게 설명되어야 할 것인가?

김일성은 민족의 영웅이자 인민의 영웅으로 추앙되었다. 항일무장투쟁을 벌인 그의 전력은 이를 말하는 근거였다. 이로써 그는 민족적 단합의 중심이 될 수 있었다. 새 국가는 그에 지도 아래 건설되어야 했다. 더구나 그는 높은 윤리적 덕성과 혜안을 갖는 인물로 간주되어 모든 사람이 그를 따라야 한다는 것은 또한 윤리적 명령이 되었다. 지도자가 윤리의 근원이 됨으로써 국가와 그 구성원 모두를 빠짐없이 장악하려 한 것은 근대라는 전체주의의 시대가 북한에서 관철되었던 방식이다.

북한 역사의 전개 과정에서 이런 틀이 심각하게 위협받거나, 때문에 그 틀의 본질적인 변화가 도모되었던 적은 없다. 전쟁은 외세의 잔혹성을 새삼 일깨웠다. 지도자를 중심으로 한 단합, 그의 은혜에 보답하고 그의 기대에 부응하는 방식으로의 헌신은 새삼 강조될 수 있었다. 전후 복구와 사회주의 건설의 단계에서도 빠른 복구와 사회주의적 개혁의 개가는 민족적 자주성을 획득하는 길이었다. 천리마 대고조기는 윤리적 성심에 기초한 격정이 놀라운 성과를 이룩할 수 있음을 보여준 예증이었다. 이 모든 것을 가르치고 이끈 김일성은 어버이가 되었고 이로써 국가는 하나의 가정(家庭)이 되었다. 북한은 오늘날까지 모두가 한 마음이어야 하는 대 가정이다.

북한이 걸어온 과정과 오늘날의 모습은 단순히 '공산주의'의 음모가 실현된 결과가 아니다. 공산주의가 국가주의와 결합된 예는 이른바 '일국(一國) 사회주의론'의 선택 이후 여러 경우가 있었다. 이미 여러 공산 국가들은 전체주의의 모델을 보여주었다. 그러나 그 원인이 공산주의에 있다고 간단히 말하는 것은 타당하지 않다. 그것은 오히려 근대의 본질과 그것이 생산한 이데올로기들의 내재적 구조를 통해서 설명되어야 한다. 이런 관점에서 필자는 민족주의가 공산주의에 앞서는 것이라고 생각한다. 적어도 북한의 경우 민족주의는 더 앞선 출발점이었다. 그것은 부재한 국가를 대신하고 민족적 정체성을 확보하려는 이데올로기였다. 민족이 사느냐 죽느냐의 기로에 선 상황에서 민족주의의 명령은 단호할 수밖에 없었다. 민족과 국가는 거룩한 것이 되었다. 김일성이 영웅일 수 있었던 것은 민족의 영웅이었기 때문이며 그가 위대한 지도자가 된 것은 국가의 지도자였기 때문이다. 그에게 거룩함의 위광을 부여한 것은 민족과 국가다. 선과 악의 선명한 대립을 통해서 동원의 요구는 절대적인 것이 되었다. 동원에 부응하는 것은 민족과 국가를 위한 헌신이었고 나아가 덕성 높은 지도자의 가르침을 충실히 따르는 것을 뜻했다.

북한은 민족주의가 얼마나 '나쁘게' 작용했는가를 보여주는 예다. 그렇다면 남한은 예외인가? 민족주의는 남한에서도 체제이데올로기로 자리잡았다. 갖가지 정치적 전횡은 민족과 국가의 이름을 빌어 자행되었

148

다. 국가주의적 동원과 민족주의의 명령은 남한에서도 잘 구별할 수 없는 것이었다. 민족적 단합과 일체화의 요구 아래 반민족적이고 반국가적이라고 규정된 대상은 가차없이 배제되어야 했다. 민족 구성원 사이엔 어떤 벽도 있어서는 안되었다. 모든 구성원의 내면은 노출되어야 했고 감시는 일상사가 되었다. 남북한이 오늘날에 이른 과정을 돌이켜보려 한다면 민족주의는 성찰되어야 할 대상임에 틀림없다.

3. 북한문학과 민족주의; 민족주의의 작용

민족적 단합의 요구가 국가적 동원을 정당화한 상황에서, 그리고 동원을 위한 제도적 장치가 견고하게 마련되었던 상황에서 북한문학이 동원을 피할 가능성은 없었다고 보아야 옳다. 더구나 사람들의 생각과 감정을 움직이고 세상과 자신들의 모습을 비추어 보는 거울의 역할을 하는 문학은 동원의 필수적 도구가 아닐 수 없었다. 북한문학을 북한 정권에 완전히 장악된, 그것의 공식적 목소리로 단정하는 입장은 남한의 관변적인 북한문학 연구의 전제이자 결론이었다. 이런 견해를 따르면 북한문학은 영혼을 잃어버린 기계인간이나 서로가 서로의 눈치를 보고 남이 하는 그대로만 하는 수인(囚人)들에게 쉼 없이 투여되는 가증스런 세뇌 수단이었다. 필자는 이런 견해가 전적으로 잘못되었다고 생각하지는 않는다. 그러나 그것은 우선 민족주의가 가능케 한 자발성을 간과하고 있다. 민족과 국가라는 거룩한 이름은 북한문학에서도 동원을 촉구하는 근거로 작용했다. 해방직후부터 시작되는 김일성에 대한 찬양도 강제된 것만은 아니었다고 보아야 하는 증거는 충분히 있다. 김일성은 민족의 영웅이었기 때문에 찬양할 수 있었던 것이다.

민족주의가 북한문학에 어떤 영향을 끼쳤는가는 다음의 몇 가지 양상을 통해 간략히 설명될 수 있을 것이다. 여러 촉매에 다르게 반응하

며 또 자신이 촉매가 되는 민족주의의 활약을 필자는 '작용'이란 말로
표현하고자 한다.

대항민족주의

우리에게 민족주의는 대항민족주의였다. 대항민족주의에서 민족주의
가 흔히 갖는 타민족에 대한 배타적 입장은 침략자에 대한 저항적 입장
으로 나타난다. 강권에 의한 식민침략은 그 자체가 이미 악이기 때문에
그에 맞서는 것은 정의가 된다. 대항민족주의는 윤리적 정당성을 스스
로에게 부여하게 마련이다. 그 결과 대항민족주의는 민족주의의 부정적
면 가운데 하나로 지적되는 민족적 자기중심주의를 또한 윤리적으로 정
당화하게 했다.

북한은 항일무장투쟁사를 체제 수립의 근거로 삼았다. 침략에 대한
저항의 역사를 쓰는 것이 체제의 정당성을 획득하는 방법이었기 때문이
다. 북한문학이 역사 쓰기를 내면형식으로 해야 했던 이유는 여기에 있
다. 해방직후 역사 쓰기의 과제는 건국의 과정을 기록하는 것이었지만,
전쟁 이후 항일무장투쟁사를 쓰는 것은 핵심 과제로 제기되었다. 항일
무장투쟁사는 민족의 영웅이자 국가 건설의 지휘자인 김일성의 투쟁사
였다. 항일무장투쟁사 쓰기가 강조되는 것은 김일성의 권력이 공고한
것이 되는 과정에 그대로 조응된다. 김일성이 이끈 항일무장투쟁사는
결국 민족 해방의 역사, 곧 건국의 역사로 서술되었다. 이 작업은 1950
년대 후반부터 본격적으로 도모되었고 주체시대에 이르러 씌어진『불멸
의 력사』총서는 그것의 결정판이었다.

저항의 정당성을 부각하기 위해서 적은 악랄하고 탐욕적이며 잔혹하
고 저열한 존재로 그려야 했다. 적을 향한 증오심을 북돋는 일은 중요
했다. 증오가 헌신의 동력일 수 있었던 탓이다. 일제는 불구대천의 원수
였고 전쟁은 미제의 악랄함을 경험케 했다. 항일무장투쟁사와 조국해방

전쟁사는 모두 제국주의의 침입을 물리치는 거룩한 민족적 투쟁으로 그려졌다. 적의 강대함을 부정되지 않았다. 그러나 적은 악마이자 살인귀였고 정의는 북한의 것이었다. 선악의 대비가 절대적인 만큼 선의 승리는 필연적인 것이 되었다. 이 역사가 선이 악을 배제해온 역사로 씌어진 것은 물론 승리에 대한 믿음을 공고히 하기 위한 것이었지만, 윤리적 필연성이 관철되리라는 기대를 내포하는 대항민족주의의 입장이 작용한 결과이기도 하다.

선이 승리한 역사는 민족의 '위대한 과거'였다. 그리고 그것은 끊임없이 민족의 '위대한 미래'를 상상하게 했다. 그러나 이 승리의 역사는 한편으로 언제나 밖을 향한 경계의 긴장을 촉구하는 역사였다. 승리는 완결된 것이 아니며 적의 위협은 여전히 존재하는 것이었기 때문이다. 적으로 둘러싸여 있다는 긴장감, 그들이 또 침략할 수 있다는 데 대한 경각심은 끊임없이 일깨워졌다. 그리고 이로써 내부적 단합은 항상 절실한 것으로 요구되었다.

인민주의

내부적 단결은 위협과 훼손에 대한 분노를 통해 촉구되었다. 밖을 향한 분노는 안을 향한 연민으로 강화된다. 연민의 대상은 물론 억압받고 수탈 당하는 인민이다. 인민은 민족의 내포로서 내부적 단결의 주체였다. 억압받은 자가 도덕적 중심이 된다는 생각은 오랜 것이다. 북한은 일찍이 지주와 자산층을 배제한 계급적 단결을 민족적 단결의 방식으로 하는 '계급 민족주의'를 정착시켰는데, 그러나 이 인민의 단결이 언제나 계급적 연대를 뜻하는 것은 아니었다.

감정, 혹은 상상력으로서의 인민주의2)는 대항민족주의의 중심 모티브 가운데 하나다. 훼손되지 않았던 '좋았던 과거'를 돌이켜 내거나 어떤

---

2) 인민주의에 대해서는, Donald MacRae, "Populism as an ideology", *Populism; Its Meanings and National Characteristics*, Weidenfeld and Nicolson, 1969.

강압도 사라진 때를 꿈꾸는 인민주의적 상상력은 억압과 수탈을 자행하는 제국주의를 향한 적대감을 표현하는 방식이거나 그것을 자극하는 방식이었다. 인민주의는 인민이 무한한 도덕적 잠재력을 갖는다고 전제하고 그것이 자발적으로 발휘되는 공동체에 대한 이상을 표현한다. 여기서 인민은 타산적 합리성에 의해 움직이는 분자(分子)가 아니라 윤리적 감응(感應)의 관계를 확대해 가는 전체다. 순박한 정결함이나 천진한 경건함은 감응의 조건으로 간주되었던 것들이었다. 그러나 감응 역시 성찰을 필요로 한다. 감응의 인간학에서 도덕적 성장은 모두의 과제가 된다.

북한문학은 일찍부터 감응의 인간학—도덕적 인간중심주의에 형상화의 기초를 두었다. 훌륭한 본보기 인물을 제시해 그를 따르게 하는 구도는 인간관계를 그리는 틀이었던 것이다. 긍정인물을 경탄의 시선으로 바라보는 것은 오늘날까지 북한문학이 기본적으로 취하고 있는 자세다. 북한문학이 그린 영웅은 감응의 원천이거나 중심이지만 악당은 감응의 능력조차 갖고 있지 못하다. 즉 감응되지 않는 인간은 인간이 아닌 것이다. 이야기는 감응이 확대되고 완성되는 데서 끝난다.

감응의 인간학은 자연 품성론(品性論)을 수용하게 마련인데, 이런 입장에서 특별한 민족적 천품(天稟)이 강조되기도 했다. 우리 민족은 예로부터 도덕적으로 고상하며 높은 자각성과 강인함을 갖는다는 주장이었다. 이런 입장에서 볼 때 민족적 저항은 이런 품성의 발로가 된다. 민족적 품성에서 저항의 근거를 찾는 태도 역시 전통적인 것의 가치를 부정하지 않는 인민주의적 상상력에 부합하는 것이었다.

그러나 품성론, 혹은 민족적 품성론은 동원 논리를 관념적으로 대변하는 것일 뿐이다. 사실상 그것이 요구하는 것은 모든 것의 투여다. 민족과 국가를 위해 몸바치는 데 성심(誠心)을 다하라는 것이다. 북한문학이 그렸던 긍정적 영웅은 이를 실천한 인물들이었다. 인민주의적 상상력에서도 경건한 희생자나 성스러운 순교자는 그렇게 낯선 존재가 아니

다. 이런 점에서 북한문학의 영웅숭배는 제의(祭儀)적 측면을 갖기도 한
다.

일자성(一者性)

근대국가는 만인과 만인이 하나가 되는 일자성의 상태를 지향하는
것이고, 따라서 각 구성원이 갖는 권리의 완전 양도를 요구한다.[3] 특히
외적의 침입을 물리치고 빼앗겼던 국가를 되찾아 튼튼히 건설하는 일에
는 예외가 있을 수 없었던 것이다. 도덕적으로 고양된 인민이 하나가
되는 인민주의의 이상이나 고유한 평균적 자질로서의 민족적 품성 논의
는 누구나 동원에 적극적으로 부응해야 한다는 명령의 다른 표현이었
다.

일자성의 입장에서 볼 때 개인의 특별한 영역은 인정될 수 없다. 모
든 사람은 서로의 속내를 드려다 보아야 한다. 서로를 잘 이해하고 관
심을 갖는 것은 미덕이다. 북한문학이 그린 당 일꾼은 흔히 이런 미덕
을 실현하는 인물로, 인민들을 속속들이 파악하고 개인생활에 관해서도
조언하고 개입한다. 누구에게도 비밀은 있을 수 없다! 모두가 구분되지
않은 한 울타리 안에 있는 것이다. 사회를 '혈연'으로 뭉친 대 가정으로
보는 입장은 여기서 나온다. 대 가정이란 자애롭게 가르침을 주고 자발
적으로 복종해 어떤 갈등과 마찰도 있을 수 없는 곳이다. 개인주의는
언제나 곧 이기주의로서 타기해야 할 대상이었거니와, 사심을 버리고
공공심(公共心)을 가지기 위해서는 대가정의 충실한 일원이 되어야 했
다. 대가정론은 결국 서로가 서로에 대한 감시자가 되는 시스템을 도덕
적으로 정당화한 것이었다.

일자성의 요구는 또 의리나 지조 지킴의 문제로 표현되었고 급기야
'무조건'한 충성의 요구가 된다. 주체시대를 통해 지조가 없는 삶은 가

---

3) 남경희, 『말의 질서와 국가』, 이화여대출판부, 1997, 50쪽.

치가 없는 삶이며 지조를 지키지 못하는 인간은 인간이 아니라는 점은
반복해서 강조되었다. 충성은 지조의 적극적 형태였다.

영웅서사

감응은 거룩한 대상을 필요로 한다. 민족과 인민은 거룩한 것이었다.
그러나 그것은 막연한 대상이었다. 민족해방서사가 영웅서사와 결합한
예는 흔히 발견되는 바다. 민족해방서사가 주인공으로서 영웅을 그려내
었던 것이다. 영웅은 자부심과 믿음을 필요로 하는 상황에서 나오는 것
으로, 민족적 자기 위안이나 나르시즘을 충족시키는 존재다. 영웅은 단
결을 위한 구심점으로서의 역할을 할 것이라는 기대의 대상이기도 했
다. 즉 최고의 영웅은 민족의 지도자가 될 수밖에 없었던 것이다. 필자
는 김일성이 자신을 주인공으로 하는 민족해방서사를 만들게 한 것이
아니라 영웅서사로서의 민족해방서사가 김일성을 만들었다고 생각한다.
서사가 정치에 앞서는 것이라고 한다면 이런 분석은 불가피하다.

민족적 저항이 선의 구현을 뜻하고 민족적 단결이 곧 윤리적 단결을
의미했던 상황에서 지도자는 도덕성의 원천으로 간주되게 마련이다. 요
컨대 그는 감응관계의 정점이 되는 것이다. 김일성은 놀라운 능력과 어
느 누구와도 비교할 수 없는 덕성을 갖는 인물로 그려졌던 것이다. 덕
성이 넘치는 지도자와 그의 뒤를 좇는 자발적 추종자의 모델은 인민주
의적 상상력을 역시 위배하지 않는다. 지도자는 모두를 하나로 묶는 존
재이므로 일자성의 요구를 또한 충족한다. 지도자의 권위가 절대적일수
록 일자적 단결이 공고할 수 있다는 생각은 우리에게도 익숙한 것이다.
지도자가 덕성의 표상인 만큼 그의 힘은 은혜로 발휘된다. 김일성은 모
두를 굽어보는 대가정의 어버이로 그려졌다. 은정(恩情)에 감읍하는 이
야기는 이 지도자와 인민의 관계를 그리는 기본 틀이 되었다.

4. 마무리

　북한문학이 써온 역사는 민족 해방의 이야기였다. 침략에 대한 저항, 억압과 수탈로부터의 해방을 골자로 하는 이 이야기는 윤리의 힘을 강조하지 않을 수 없는 것이었다. 윤리의 힘은 인간이 인간이 됨으로써 발휘하는 힘이다. 그러나 애당초 이 역사 쓰기가 민족사나 북한사람들 자신을 성찰한 결과는 아니었다. 해방의 이야기는 특별한 영웅인 지도자를 주인공으로 내세웠는데, 해방을 향한 간절한 회구에 답한 이 지도자는 윤리의 근원이 됨으로써 모든 사람의 생각과 행동을 장악하려는 데 이른다. 해방의 이야기는 구원의 이야기가 되었고 곧 지도자를 경배하는 이야기가 되었다. 이로써 지도자를 제외한 사람들의 내면이라는 공간은 이 역사에서 지워졌다. 내면이 없는 그들은 아무 것도 아닌 것이다. 지도자를 제외한 모두는 스스로 사람이 될 수 없는 상황이 초래된 것이다. 내면이 없이 다른 역사를 쓸 수 있겠는가? 북한문학은 근본적으로 하나의 이야기를 되풀이해야 했다.

　해방의 이야기는 끊임없이 자부심과 긍지를 일깨웠다. 윤리의 힘을 믿고, 이런 입장에서 민족적 주체성을 지켜나가려 한 북한은 남한의 매판세력은 물론, 탐욕 내지는 공포의 힘으로 움직이는 남한사회를 비판했다. 윤리의 힘을 믿을 때 정의의 승리는 마땅한 것이었다. 해방의 역사는 승리의 역사거나 승리를 약속하는 역사로 씌어졌다. 그러나 숱한 영웅들의 희생과 놀라운 혁신자들의 위훈(偉勳)으로 가득 찬 이 역사는 실상 내면을 가질 수 없게 된 대중들의 나르시즘을 북돋는 것이었다. 그들의 열정에 찬 모습은 빈곤하고 황폐한 내면을 가리고 있었다. 이 나르시즘에는 그간의 모든 이야기를 단번에 무너뜨릴 공허(空虛)가 시한폭탄과 같이 내장되어 있다고 생각한다. 그 시계는 오랫동안 작동했지만 남은 시간이 많지는 않을 것이다.

해방의 이야기, 그것의 경과는 곧 민족주의 이데올로기와 그것이 작용해온 구체적 형식이라고 해야 할 것이다. 민족 해방을 외치는 거룩한 민족주의가 이렇듯 반동적으로 작용해온 것은 근대의 운명으로 보이기도 한다. 그러나 우리는 또한 민족주의의 내용을 검토하고 확장하려는 노력을 기울이지 않았음을 인정해야 한다. 민족주의가 명분이나 껍질로 작용하게 된 것은 그 결과다. 민족주의적 격앙이 조건 없이 따를 것을 명령하는 보수적 회귀의 전조였던 경우를 우리는 여러 번 겪어 왔다. 민족주의의 급진적 제스츄어는 실제로는 대부분 반동적 현상이었다. 이 역사에서 민족주의는 지상 명령이었지만 또한 그만큼 우리의 내면을 제한하고 탈색해온 것이다. 민족주의가 작용한 역사를 비판적으로 되짚어 읽는 일은 민족주의의 문제를 극복하기 위해 필수적인 작업이다.

「북한문학과 민족주의」에 대한 토론

진 영 복*

 기왕의 북한문학 연구는 공산주의 이데올로기 체계와의 관련 양상을 중심으로 북한문학의 특징을 밝혀왔습니다. 이와는 다르게 오늘 신형기 선생님의 발표는 민족주의 이데올로기가 북한 문학 속에서 행한 구체적 '작용'을 탐구한다는 데에 그 새로움이 있습니다. 그 동안 우리 사회에서 횡행해온 민족주의 담론에 대한 비판적 고찰과 우리 사회의 파시즘적 양태에 대한 정치문화적 해부의 시각이 기본 바탕을 이루고 있습니다. 북한문학의 형해화의 이면에는 민족주의 담론이 지닌 부정적 양상 혹은 본질적 양상이 주된 요인으로 개재되어 있다는 게 이 발표의 주된 논지로 보입니다.

 발표자께서 '간략한 발제문'이라고 한 말을 믿고 토론 질의도 간략하게 하겠습니다. 먼저 드릴 질의는 우리 역사와 근대 인식에 대한 문제입니다. "그것은 근대라는 전체주의의 시대가 북한에서 관철되었던 방식이다."라는 언급이나, 직접적 언표가 아닌 인용 속에 있는 것이기는 하지만 "근대국가는 만인과 만인이 하나가 되는 일자성의 상태를 지향하는 것이고, 따라서 각 구성원이 갖는 권리의 완전 양도를 요구한다."

* 연세대 강사

는 언급은 '근대=전체주의의 시대'라는 등식을 전제하고 있는 것 같습니다. 물론 파시즘에 대한 정의는 매우 다양하여 일반화할 수는 없지만 가령 후지따 쇼오조오는 「전체주의 시대경험」에서 "20세기는 전체주의를 낳은 시대이다"라는 문장으로 시작하고 있습니다. 뜬금 없이 남의 나라 사람의 이야기를 끌어들이는 이유는 흔히 '근대의 해방적 기능'이라고 부르는 부분에 아무래도 미련이 남기 때문입니다. 자유 민권사상이나 평등 사상이 가져온 인간해방으로서의 근대의 진보적 요소는 무시될 수 없다고 토론자는 판단하고 있습니다. 더구나 '근대'라는 말은 가치 중립적인 개념으로 쓰일 수 있는 여지가 있지만, 이에 반해 '전체주의'라는 말에는 부정적인 뉘앙스의 일면적 측면만이 있으므로 '근대=전체주의'라는 등식은 근대에 대한 전면적 부정을 의미하는 것으로 보이기 때문입니다. 요는 형식논리적으로 근대의 양가성에 주목하자는 게 아니라 전체주의라는 가치 내재적 개념은 구체적 상황과 관계 속에서 역사적으로 판단하는 것이 필요하다는 것입니다.

후지따 쇼오조오는 20세기의 정치지배 형태의 전체주의나 생활양식에서의 전체주의를 전근대적 전제정치나 독재정치와는 전혀 다른 새로운 성질과 형태 및 철저함을 지녔다는 점을 강조하면서 20세기의 야만적인 전체주의는 찬란한 서구 근대의 지적 혁명의 연속적인 성과 위에 나타난 괴물이라고 칭하고 있습니다. 토론자인 저는 딱히 선조적인 진보관이나 목적론적 초월론을 갖고 있는 것은 아니지만 전근대보다는 근대, 근대보다는 지금의 당대가 인간의 존엄성을 보장받고 있다는 감각을 갖고 있습니다. 전체주의라는 개념으로 근현대 과정이 포괄된다면 외연이 너무 넓어져 그 속의 많은 단절과 차이들이 일반론으로 포괄되어버리는 것은 아닌가 하는 생각이 듭니다. 아울러, 내셔날리즘과 전체주의의 결합은 필연적인 것인지, 또 결합의 역사적 시기는 언제부터인지에 대한 선생님의 견해를 듣고 싶습니다.

　두 번째는 '내면'에 관한 질의입니다. '내면의 부재'가 남한문학에서도 광범위하게 취급되고 있는 사실은 전체주의적 과정이 진행되어 왔다는 증거이며, 사회를 혈연적 대가정론으로 보기 때문에 북한의 문학은 '개인의 특별한 영역'은 인정되지 않아 '내면의 공간'이 없다고 발표문에 언급되어 있습니다. 북한은 민족을 유기체적 인격으로, 사회나 국가를 확장된 공동체로 보고 있습니다. 어찌 보면 이들은 근대적 개인이기라기보다는 뒤르켐의 용법대로 집단이나 권위 혹은 대의와의 동일시 속에서 자기의 정체성을 확보하는 전근대인인지 모릅니다. 물론 낭만주의적 민족주의에서 보듯이 인간(자아)의 발견과 민족의 발견이 동시적으로 이루어지므로 이들에게 개인이 존재하지 않는다고 말할 수는 없습니다. 그러나 내면의 황폐화 양상은 남북이 다른 것으로 보입니다. 자본주의적 체제 속에서의 민족 파시즘의 발현형태와 사회주의적 체제 속에서의 민족 파시즘은 당연히 다르게 나타날 것입니다. 가령 남한 자본주의 체제에서는 '살아 있는 구체적 형태와 개별적인 관계'는 무시되고 대상성을 '공허한 기호조작 가능의 세계'(후지따 쇼오조오)로 소멸시키는 생활양식에서의 전체주의이지만 북한은 그야말로 '하나는 전체를 위하여! 전체는 하나를 위하여!'라고 외치는 절대적 강령과 무한의 실천을 요구하는 정치적 전체주의 사회입니다.

　발표문에는 "이로써 지도자를 제외한 사람들의 내면이라는 공간은 이 역사에서 지워졌다"는 표현이 있는데, '지도자의 내면'은 무엇을 의미하는가에 의문이 있습니다. 지도자는 '윤리의 근원'으로 다른 이들은 절대적으로 이에 따르기만 하는 자로서 자율적 판단의 근거를 지니지 못했다는 의미로 해석됩니다. 그러나 '동일시'의 과정에는 여러 층위가 있다고 보입니다. 노예의 이데올로기는 주인의 이데올로기라는 층위부터 개인은 대자아에 대한 이야기 속에서 자신의 모습을 확인하고 그러한 이야기를 공유함으로써 그 공동체의 일원이 되는 층위까지 다양하게 있을 수 있습니다. 그러나 무엇이 없다는 진술형태는 다양성의 스펙트럼을 단순화하는 형식이 아닌가 합니다. 흔히 북한 문학에서 손쉬운 감동(어떨 때는 주체할 수 없는 짜증)을 받게 되는 것은 윤리적 이타성의 완전성일 것입니다. 물론 이 윤리적 이타성은 루카치의 말대로 경험을 넘어서는 초월성으로 향해 나아가고 이는 삶의 감각적 현상이 없는 당위로 남아 심리적 힘을 행사하는 규범적 존재에게서 나오는 것입니다. 그러나 이들의 내면도 내면은 내면일 것입니다. 후지타 쇼오조오의 견해에 따라 '구체적 대상성과 성격적 독립성'을 우리가 전체주의에 맞서는 현상학적 진실이자 방법이라고 본다면 지도자만이 내면을 가지고 있다는 말은 성립하기 어려울 것이라 생각됩니다.

　이상과 같이 두어 가지 저의 의문을 질문해 보았습니다. 마무리 삼아 토론 요지의 무딘 점을 이웃 일본의 내셔날리즘에 대한 경향 소개로 보충할까 합니다. 마루야마 마사오는 자본주의 발전의 불균형의 반면으로서 내셔날리즘의 발전에도 불균형이 따른다고 했습니다. 내셔날리즘이 유럽에서 쇠퇴하고 있지만 아시아에서 발흥하고 있는 것을 그 사례로 들었습니다. 앞의 언술은 내셔날리즘의 선별적 수용으로 해석될 수 있으며 '전후 계몽주의의 가장 양질의 지성인'으로 평가받는 사람의 견해이니 경청할 가치가 있다고도 하겠습니다. 그러나 마루야마 마사오는 1960년대 이후 역사가 변해도 변하지 않는 것이 있다는 고층론(古層論)이라는 입론에 의거함으로써 '일본'이라는 존재를 실체적으로 산출했다고 평가받고 있습니다. 또 '메이지의 건전한 내셔날리즘'을 한정적이긴 하지만 상정하고 있다는 지점이 "국민적 주체의 독립이라는 사태 그 자체를 안에서부터 해체하는 일에 있어서의 마루야마의 한계"(이와사키 미노루)로 말해지고 있습니다. 사카이 나오키(酒井直樹)는 『사산되는 일본어·일본인—'일본'의 역사, 지적 배치』(1996)에서 "'국민'이란 그것이 아무리 자연적인 것으로서 경험적 구체성을 띤다 해도, 결국 사산(死産)할 수밖에 없는 관념"이라고 못 박았습니다. 침략적 내셔날리즘과 저항적 내셔날리즘 사이의 만리장성이 의심받는 지금, 우리는 내셔날리즘에 대해 어떠한 접근 태도를 보여야 할까요?

〈토론자의 질의에 대한 답변〉

전체주의의 양상과 내용은 구체적 대상의 구체적 분석을 통해서 설명되어야 할 것입니다. 북한이나 남한에서 전체주의가 관철되었던 방식도 차별성을 가질 것입니다. 제가 근대를 전체주의의 시대로 본 것은 매우 일반적인 의미에서입니다. 즉 근대가 전체주의의 시대라고 말하는 것이 근대의 '해방'적 성격을 모두 부정하는 것은 아니라는 뜻입니다. 민족주의가 항상 전체주의를 동반하는 것인지는 제가 답변할 수 있는 문제는 아닌 듯합니다. 다만 북한이나 남한에서 대항민족주의가 전체주의를 수용할 수 있게 했다는 점은 말씀드릴 수 있습니다.

내면의 박탈은 사상이 오로지 지도자의 것이 된 결과입니다. 이로써 개별적 성찰은 지도자가 가리키는 길로 들어서는 것이 아닌 한 의미가 없는 것이 되었습니다. 저는 개별적 성찰 없이는 어떤 윤리적 판단이나 성찰도 불가능하다고 생각합니다. 지도자를 따르는 것이 윤리는 아니라는 뜻입니다.

모성신화와 가족주의, 그 파시즘적 형식에 대하여

권 명 아*

1. 서론—민족주의적 파시즘의 서사

한국사(韓國史)의 주체는 한민족(韓民族)이다. 그리고 자기가 한국사의 주인임을 깨닫게 하는 민족적인 정신이 주체성(主體性)이다. 나아가 이와 같은 주체성을 가지고 자기 역사를 올바로 보고 자기가 바로 역사의 주체임을 똑바로 느끼게 할 수 있는 눈의 역할이 바로 민족 주체 사관(民族主體史觀)이다.

그런데 민족 주체 사관은 멀리 있는 것도 아니요, 따로 만들어 내어야 할 생소한 것도 아니다. 그것은 우리 역사의 가장 깊은 밑바닥에서 우리 역사와 함께 면면히 이어져 온 바로 그 역사의 얼인 것이다. 그러나, 일제에게 빼앗긴 역사는 36년 동안의 단절이었으며, 동시에 4천년의 아픔이요 상처였다. 그리고, 아픔과 상처를 더 심하게 해 준 것이 식민 사관(植民史觀)이다. 저들의 식민 사관은 우리에게서 4천년의 얼을 빼앗으려 했다. 때문에 오늘의 우리는 저들의 식민 사관을 제거하지 않으면 한민족의 전 역사를 잃어버릴 수도 있는 위험을 갖고 있다. 이에 우리에게는 민족 주체 사관의 정립이 더욱 절실한 것이다. 주체에 입각하여 민족사의 생명력을 찾아야 하는 것이다. 주체적으로 스스로의 생존과 발전을 기약하며 영광을 쟁취해 나가는 민족적 긍지를 높여야 하겠다.[1]

---

* 연세대 강사
[1) 『초·중·고등 학교 교사용 사상 교육(반공 교육) 지도 자료집』, 제 2집, 문교

민족 주체성, 민족적인 정신, 민족 주체 사관 확립의 필요성, 식민 사관의 청산 등을 주장하는 위의 글은 '민족', '민족 정신', '민족주의', '민족 주체성' 등의 언어 표현이 내포하는 이데올로기적 복잡성의 문제를 환기시킨다. 문학의 영역에서 '민족주의'에 대한 논란은 식민지 시대 이후 끝없이 제기되었다. 그리고 그 논란의 과정은 끝없는 이데올로기적 갈등의 과정이었다. 따라서 식민지 시대 이후 '민족주의', '민족', '민족 문학'은 결코 이데올로기적 중립성이나 객관성을 담지한 개념이 될 수 없었으며 개념의 이데올로기적 층위를 명확히 보여주는 대표적인 실례가 되어왔다. 따라서 '민족'은 항상 그 개념을 둘러싼 담론 체계에 '종속될' 수밖에 없는 운명을 보여주었다. 이 과정에서 '민족'의 담론은 반역사적인 담론의 상징이자 가장 급진적인 담론의 상징이라는 양가적인 의미로 우리에게 주어지게 되었다. 그러나 우리가 구체적인 담론 속에서 '민족'의 반역사적 성격과 진보적 성격을 구별하는 것은 과연 어떠한 구별 원리에 의해 이루어지는가. 과연 '민족'을 둘러싼 이 양가적 의미가 단절적이고 명확하게 분리 가능한 것인가. 어떤 점에서 '민족' 담론을 둘러싼 우리의 난점은 이 양가적 의미가 상호 침투하고 담론 체계 내부에서조차 모순적으로 결합되어 있는 경우가 허다하기 때문일 것이다.

본고에서 전후 문학에 나타난 '민족' 이미지와 전후 한국 정치 체계를 구성한 민족주의적 파시즘의 원리를 함께 검토하고자 하는 것은 이러한 문제 의식에서이다. 본고에서 다루고 있는 전후 소설들은 대부분 전쟁의 전체주의적 성격과 전후의 전체주의적 현실을 비판적으로 그려내고 있다. 이 과정에서 우리는 전쟁 경험에서 형성된 '민족'에 대한 표상 체계를 만나게 된다. 그리고 이들 표상의 어떤 측면은 이후에 파시즘 체계의 구성 원리로 자리잡게 되는 '민족주의'의 심리학을 반영하거

부, 1975년, 제 1부 「민족 주체성과 국가관」 중 5절. 우리의 정통성과 국가관, 78쪽. 이하 『사상 교육(반공 교육) 지도 자료집』.

나 '예고'하고 있다. 그렇다고 해서 이러한 측면을 개별 작가들의 '현실 인식의 한계'라거나 현실에 대한 '불충분한 반영'의 산물이라고 평가하는 것은 이 논문의 의도와 무관하다. 오히려 본고에서는 전후 경험의 어떠한 측면이 이후 정치체계로서의 민족주의적 파시즘을 구성하는 '내적 요인'이 되었는가를 전후의 작품들을 통해 규명하고자 하는 것이다. 이런 의미에서 본고의 서론은 역사적으로는 이러한 전후 현실의 '결론'의 한 부분에 해당하는 것이다. 또 이 결론에 대해 여기서 다루는 작가들이 일정정도 '기여'를 했다고 판단하는 것은 본고의 의도와 무관하다. 전후 한국 파시즘의 민족주의적 성격에 대해서는 많은 논의가 있었지만 그 파시즘의 '서사'가 어떤 식으로 '민족'의 표상을 구성했는가 하는 점은 문학 연구뿐 아니라 파시즘이라는 '현실 서사'에 대한 분석에서도 필수적인 것이다. 그런데 민족주의적 파시즘의 서사가 구현해 낸 민족에 대한 표상은 한 정권이나 개인의 이데올로기의 소산으로 치부할 수 없다. 정치체제로서의 민족주의적 파시즘은 기존에 존재했던 어떤 의미 체계에 대해 의미 작용을 가함으로써 자신의 '서사'를 구성해낸다. 그렇다면 과연 이 서사가 가능하게 되었던 원자료로서의 민족에 대한 표상은 무엇이었는가를 규명하는 것이 민족주의적 파시즘이 구현한 민족 표상을 이해하는 길이 될 것이다. 본고에서는 전후 소설에서 '민족'의 표상이 형성되어가는 과정을 통해 전후 체험에서 비롯된 '민족'에 대한 특정한 표상 작용의 어떠한 측면이 이후의 정치 체제로서의 파시즘의 서사의 '원자료'로 작용하는가를 규명하고자 한다.

먼저 여기서는 역사적 '결론'에 해당하는 민족주의적 파시즘의 서사 원리를 살펴보고자 한다.2)

---

2) 이러한 식의 논문 구성이 파시즘 서사라는 현실 서사의 원리를 전후 소설의 서사 원리에 무매개적으로 적용하는 것은 아니라는 점을 밝히고자 한다. 이 서론은 논리 전개상 결론에 해당되는 것이다.

1-1. 수난의 심리학─상실의 존재론과 '강한 주체'에 대한 열망

이승만 정권과 박정희 정권이 '민족 통일', '민족 주체성'의 구호를 통해 파시즘적 정치체제를 강고하게 구성했다는 것은 널리 알려진 바이다. 그런데 여기서 민족 통일이나 민족 주체성은 구호 차원이 아닌 이데올로기가 되기 위해서 강력한 서사 구성 원리를 필요로 하게 된다. 민족 통일과 민족 주체성의 이념이 반공주의를 전제로 하고 있다는 것은 널리 알려진 바이다. 그러나 민족 통일과 민족 주체성의 이념을 하나의 이데올로기적 구성물로 서사화하는 강력한 내적 원리는 반공주의보다는 민족 수난사의 '이념'에 의해서이다.3) 앞의 인용에서도 알 수 있듯이 '민족 주체성'의 요구는 가깝게는 "일제에게 빼앗긴 역사"에 의해, 멀게는 "4천년의 아픔이요 상처"에 의해 요청된다. 이는 '민족 주체성'의 요구에 충실하지 않는 한 "한민족의 전 역사를 잃어버릴 수도 있는 위험을 갖고 있"다는 위기 의식의 강조에 의해 극화된다. 또한 민족의 주체성에 대한 역사적 기술은 "국난의 극복"의 역사로 기술된다.

즉 민족 주체성에 대한 인식은 민족 수난사와 수난을 극복하는 항쟁사에 대한 인식으로 표상된다.4) 민족주의적 파시즘이 '민족 정신'의 근원으로 표상한 화랑 정신이나 홍익인간 정신 또한 이의 연장선에서 서사화된다. 즉 '민족 정기'로서 홍익인간의 정신은 "평화로운 시기에는 민족의 저력으로 외압과 저항의 역사 속에서는 투쟁을 통해 발양되었다."5)는 서사가 그것이다. 또한 화랑 정신은 수난기 우리 민족의 전사 정신을 구현한 대표적인 '민족 정신'이 된다.

민족 주체성의 강조는 내적으로는 빈곤에 의해, 대외적으로는 외세의

---

3) 물론 여기서는 실제적인 억압적 국가 기구의 물리적 강제력으로 행사되는 반공주의와 이데올로기를 구성하는 서사의 층위를 구별하고 있는 것이다.

4) 『사상 교육(반공 교육) 지도 자료집』의 1부. 민족 주체성과 국가관은 대부분 민족 수난사에 대한 기술과 이에 대한 항쟁사의 예찬으로 구성되어 있다.

5) 『민족정기 선양 사업 활성화 방안』, 보훈 연수원, 1997, 12쪽.

압박에 의해 수난을 받아온 우리 민족의 재생('혁명')을 위해 '필연적'인 것이 된다.

> 우리의 歷史가 受難의 歷史였다는 것은 나만이 생각하는 獨斷은 아니다. 우리의 民族性으로 보나 우리의 地政學的인 立場에서 보나 우리는 內部的인 貧困과 外部的인 壓迫의 歷史였다. 이미 우리의 內部的인 要件, 民族的인 自主性의 缺如가 그 얼마나 우리나라를 內部的으로 後進性의 脫皮를 遲延시켜 왔으며 近代國家의 發展에 障害를 가져왔는가 하는 것은 言及한 바 있다. 따라서 여기서는 主로 外部的인 要件, 卽 우리를 둘러싸고 있었던 다른 나라와의 關係에서 우리 民族이 받아왔고 겪어온 受難과 苦難의 歷史를 더듬어 보고 外部勢力에 의하여 그 얼마나 主體性이 喪失되고 바람이 東에서 불면 東으로, 西에서 불면 西로 밀리고 갈기 갈기 찢기었던 被壓迫과 被侵略의 民族의 슬픈 歷程을 더듬어 보지 않을 수 없다.[6]

'민족 중흥의 역사적 사명'이라는 민족주의적 파시즘의 서사는 당대의 현실을 '위기'로 표상하는 것에 그치는 것이 아니라 역사 전체를 민족 수난사로 표상함으로써 구성된다. 이와 같은 방식을 통해 민족주의적 파시즘의 민족 서사는 수난사의 '플롯'을 강력하게 구성한다. 또 이 수난사의 플롯은 필연적으로 항쟁사를 동반하면서 '강한 민족 주체', 투쟁을 통해 복원되는 '민족 자주성'을 지향한다.

1-2. 유기체적 가족으로 표상되는 민족/국가 — 가부장에의 의지

> 우리의 인간 관계는 상하(上下) 수직적 인간 관계를 그 하나의 특징으로 하고 있다. 이것은 유교에서 강조하는 효(孝)의 사상에서 비롯된 것으로 볼 수 있다. 이것은 또한 가문(家門) 존중, 조상 숭배,

---

6) 박정희, 『우리 民族의 나갈 길』, 동아출판사, 1962, 135쪽.

제례 존중의 사상으로 확대되어 우리의 대인관계를 지배해 온 것이
다. 이 같은 수직적 인간 관계는 위에서 아래로의 관계만을 강조하
는 통제적 기능을 중시하는 듯하나 기실 상하 의존적 관계를 포함하
는 특징을 갖는다. 예를 들면 가정에서 부모와 자식 간의 관계, 선후
배 관계, 상위자와 하위자의 관계, 연장자와 연소자와의 관계 등에서
볼 수 있듯이 윗 사람은 아랫 사람을 사랑하고 돌보며, 아랫 사람은
윗 사람을 공경하고 돕는 관계를 중시한다.

    가정에서 갖는 부모와 자녀, 그리고 형제간의 인간 관계 원리가
사회에 확산된 유형이 선후배 관계, 연장자와 연소자, 그리고 직장에
서 갖는 상위자와 하위자의 관계 등이다.7)

인간 관계에 대한 민족적 전통을 논의하는 위 글은 단지 전통적 인
간 관계를 재기술하고 있는 것이 아니다. 모든 사회적 관계에서 개인적
관계에 이르는 모든 '관계'를 '인간 관계'로 환원하는 위의 논리는 모든
관계를 '가정'에서의 인간 관계의 유기체적 연장으로 보는 이념적 기반
에서 비롯된다. 따라서 효란 유교적 가정의 덕목이 아니라 민족 국가의
'관계'의 기본 원리이다. 즉 이러한 관계론은 모든 사회적, 제도적 관계
를 '인간 관계'라는 유기체적 질서 속으로 환원시키고, 국민을 가족이라
는 '유기체적 질서'의 한 지체로 환원하는 논리이다. 이로써 사회적 관
계와 제도적 관계, 개인적 관계 등의 관계의 성격은 무화되는 동시에
'유기체적 질서'로 환원된다. 이러한 관계론의 기반이 되는 것은 우리의
인간 관계의 전통이 정의적(情意的) 유대를 강조하는 인간 관계이며, 장
(場) 중심의 인간 관계이며, 연속적 인간관계로 이루어졌다는 '디테일'을
통해 완성된다. 이 서사의 디테일에 따르면 우리의 대인 관계는 "서양
에서 보는 자기 중심적 인간 관계와 대조적인 특징"을 갖고8), 장(場)을

---

7) 「인간 관계의 전통」, 『사상 교육(반공 교육) 지도 자료집』, 44쪽.
8) 이러한 논의는 "애정과 신의를 바탕으로 밀착하는 인간 관계에서 인화(人和)
   를 도모하는 장점이 있다. 서로 동정하며 믿는다. 계약서 없이 일이 처리되며
   돈을 주고받는다"는 식으로 개인과 사회적 합의에 대한 무화로 이어진다.

중심으로 구성되므로 "인간관계가 이루어지는 첫 번째 장이 가정이요, 다음이 가문, 고향, 학교, 직장 그 밖에 각종 모임, 그리고 국가 등으로 소속되는 장은 확대되어 간다. 따라서 우리는 협동, 단결, 애향심, 애교심, 애국심 등의 특성을 소중히 여기게 된다"는 것이다. 또한 이러한 관계는 우리 전통에서 '연속적'인 성격을 갖게 되므로 "한번 맺게 된 인간 관계를 계속 유지하려는 특성을 갖는다."

이러한 식의 유기체적 관계론이 단지 봉건적 이데올로기의 잔재물이라고 평가해서는 이 서사의 구성 원리를 이해하기 힘들다.[9] 오히려 이 서사의 구성 원리는 봉건시대뿐 아니라 우리 '민족사' 전체를 강한 유기체적 가족관계로 환원함으로써 '현실'의 모든 관계를 유기체적 관계로 환원하려는 강력한 파시즘적 원리에 의해 작동되는 것이다. 또 정의적 관계에 대한 강조는 농본 문화의 인간 관계의 친밀성을 강조하는 것이 아니라 사회적 합의와 개인의 중요성을 무화시키는 이데올로기적 디테일을 구성하며, 신의에 대한 강조 또한 분석적 판단이 아닌 기존의 관계에 대한 무조건적 복종을 의미화하고 있으며, 이 복종에의 요구는 '연속적 인간 관계'라는 디테일을 통해 영구화된다. 여기서 이러한 유기체적 관계론의 파시즘적 성격의 서사적 결합원리로 작동하는 것이 다름 아닌 모든 유기체적 관계의 발생소이자 '근원'인 '가족'의 신화, 가족주의 이데올로기인 것이다.

또한 이러한 식의 유기체적 인간 관계에 대한 강조는 '수직적 인간관계'의 전통이라는 중요한 디테일을 내포한다. 윗 사람에 의해 이끌어지

---

9) 박정희 정권은 조선조의 전통을 다른 민족사의 시대에 비해 부정적으로 기술하는 경우가 많았다. "첫째로 지난날 우리 民族史上의 惡遺産을 反省하고 李朝黨爭史, 日帝植民地 奴隷根性 등을 깨끗이 청산하여 健全한 國民道를 確立하는 일이다"는 식으로 조선조의 전통은 '혁명'에 있어서 양가적인 것으로 등장한다. 박정희, 『우리 民族의 나갈 길』, 동아출판사, 1962, 2쪽. 또한 이 책은 2장 「우리 民族의 過去를 反省한다」에서 '이조사회'의 악유산(惡遺産)을 '총체적'으로 비판하고 있다.

168

는 가족, 아랫 사람의 윗 사람에 대한 공경(민족주의적 파시즘의 주요 원리로서의 충과 효)과 근원적 '신뢰'에 의해 구성되는 가족, 따라서 유기체적 가족의 완전성은 강한 가부장과 이에 순종하는 가족 구성원에 의해 완성된다. 이렇게 완성된 가족이 바로 민족주의적 파시즘의 서사 원리인 것이다.

이러한 식의 유기체적 관계론은 도처에서 확인되는데 이들의 공통점은 가족－민족－국가를 동일한 유기체의 확산, 수렴의 관계로 표상한다는 점이다. "성전인 가정을 잘 가꾸자"[10)는 구호는 이러한 민족주의적 파시즘의 유기체적 관계론의 극명한 형태를 보여준다. 가정이 중요한 것은 (개인들간의 사적인 공간이자 친밀성의 공간이어서가 아니라) "조국의 터전에 새싹을 키우는 정성은 너무나 간절한 소망"[11)이기 때문이다. 효와 그 확장태로서의 충이 이러한 민족주의적 파시즘의 근본 이념이 되는 것은 이 때문이다.

> 주지하는 바와 같이 새마음 갖기 운동은 우리의 오랜 역사를 통해 갈고 다듬어진 충효 정신에 그 기초를 두고 있습니다.
> 효의 정신을 통해 우리는 한 인간이 이 세상을 인간답게 살아가고자 할 때 가장 먼저 실천해야 하는 도리가 무엇인가를 새로이 마음 안에 새기게 되고, 충의 정신을 통해 우리는 국가라는 큰 공동체를 위한 최대의 공헌은 바로 각자 자기의 모든 정성을 다해 자신이 해야 할 일을 하는 것임을 새로이 마음 안에 간직하게 되었읍니다.
> 더 나아가 우리의 효심은 사회의 모든 노인 여러분을 연로하신 부모님 대하듯 공경하도록 인도하며, 따라서 자연적인 이치로 노인 그리고 성인들은 모든 어린이, 청소년들을 친자녀 대하듯 아끼고 돌보아, 한 사회, 한 국가 전체가 마치 한 가정과 같은 풍토를 이루어야 합니다.[12)

---

10) 임균택(홍익인간인류평화사상연구회 세계 총회장), 『한국 민족의 얼 — 국가와 민족, 가정의 도덕 회복을 위한 성전』, 계명사, 1996, 16쪽.
11) 같은 책.
12) 박근혜, 「한 사회 전체가 한 가정과 같은 분위기」, 『새마음의 길』, 사단법인 구국여성봉사단, 1979, 27쪽.

즉 이와 같이 가족—민족—국가가 동일한 유기체적 관계로 표상되므로써 가정에 '가부장'이 '당연히' 존재해야 하듯이(우리의 전통이므로) 국가에도 '가부장'이 존재해야 하며, 또 이 장의 관계는 존중되고 연속되어야 하는 것이라는 민족주의적 파시즘의 서사가 형성된다.

1-3. 정통성의 신화와 근원 신화—기원의 무구성

해방 이후의 모든 정권은 자신의 정권의 '정통성'을 훼손되기 이전의 민족사의 '기원'에서 찾고자 하였다. '임시 정부의 법통을 따라' 구성되었음을 자임하는 박정희 정권이나 항일 투쟁의 법통을 계승했다고 자임한 이승만 정권이 대표적이다. 특히 박정희 정권은 오랜 집권 기간에 걸쳐 이러한 정통성의 신화를 민족 주체성의 담론 속에서 구성해내었다. 이때 정통성의 신화를 구성하는 주요한 원리는 훼손 이전의 민족의 '근원'과 '무구성'에 대한 신화이다.

남과 북의 정권은 각기 자신의 정통성을 주장하였다. 북한이 김일성의 항일 투쟁을 주요한 구성원리로 하여 정권의 정통성을 서사화하였다면[13] 남한의 정권은 전통과 민족의 '근원사'를 구성원리로 삼고 있다. 박정희 정권의 정통성은 문화적, 정치적, 국제적으로 우리 민족의 전통성을 계승하였다는 점에서 그 정통성을 갖는 것으로 서사화된다. 그 중 한 구절을 보자.

> 북한 공산 집단은 효의 사상이 윤리의 기본이 되어 있는 민족 문화를 부정하고 사회 구성원으로서의 역할만을 강조하는 것은 기존 질서나 도덕 규범을 무시하는 일이다. 가족 제도의 좋은 점이나 가정의 애

---

13) 북한의 민족주의적 전체주의 역시 근원 신화와 강력한 가부장적 유기체에 의해 형성된다. 이런 의미에서 전쟁 이후 남·북한의 여정은 흥미로운 '유사성'을 보인다.

정이 서양에 비하여 우월한 것임에도 불구하고 집단 농장, 유아의 집단
수용과 같은 설비의 강요는 노동력을 이용하는 수단으로서 지나치게
인간성을 무시하는 일이다.

또한 북괴가 태교로부터 부모의 교육을 시작하라는 전통문화를 저버
리고 유아때부터 전체주의 사상을 주입하는 것은 인간 기계를 만드는
정책이다. 한국의 문화는 정신 문화에 있어서나 예술에 있어서나 민족
문화를 계승하려고 노력하고 있다. (중략)

우리 민족이 초계급적 민족 국가를 건설하여 왔음은 대한(對漢), 대
당(對唐), 대몽고, 왜란, 호란, 척사운동(斥邪運動), 항일 운동 등 대외
투쟁사를 통해여 초계급적 항쟁으로 나타났다.[14]

위 글에서 북한 정권의 비정통성에 대한 비판은 주로 북한의 공산주
의 이념이 민족 전통에 위배되는 것이라는 것을 '입증'하는 방식으로
드러난다. 가족 제도를 무시하고 '사회 구성원으로서의 역할만으로 강
조'한다는 등의 비판은 앞서 살펴 본 민족주의적 파시즘의 유기체적 관
계론의 서사화의 한 층위인 전통론에 입각한 것이다. 여기서 박정희 정
권은 민족 전통을 계승하고 있으므로 그 정통성을 갖고 있으며 이는 위
로는 단군 신화의 '국가 이념'으로부터 가깝게는 조선조의 '대외 투장
사'의 전통에서 확인되는 것이다. 이로써 전통과 민족 기원은 민족주의
적 파시즘의 서사에서 매우 주요한 구성원리로 자리잡게 된다. 우리의
민족 전통과 그 기원은 식민지와 '분단'으로 인해 훼손된 우리 민족사
의 정통성을 되살리고 민족 주체성을 회복하기 위해 계승되어야만 할
필요성을 내장하게 된다. 또 이때 민족사의 '기원'은 훼손 이전의 우리
민족 주체성의 원형을 간직하는 '무구한' 것으로서 우리가 단지 복원하
여 계승할 '소망'의 대상이 된다.[15]

---

14) 『사상 교육 지도 자료집』, 73-74쪽.

15) 이는 국가 이념으로서의 단군 신화에 대한 강조에서도 찾아 볼 수 있다. "단군 신
화는 특히 우리 민족의 국가관 형성에 이바지한 바 크다. 예컨대 몽고 간섭 하에서
민족의 자주성을, 일제 간섭 하에서 민족의 주체성을 고취하는 데 큰 공헌을 하였
다. 우리는 현재도 홍익인간(弘益人間)을 건국 이념으로 삼고 있다." 『사상 교육 지

이외에도 민족주의적 파시즘의 서사를 구성하는 내적 원리는 다양하다. 여기서는 주로 '민족'의 표상 작업과 관련된 서사 원리를 살펴보았다. 이러한 수난의 심리학과 유기체적 가족으로 상상되는 민족과 국가, 그리고 강력한 가부장과 무구의 근원에 대한 열망은 민족주의적 파시즘 뿐 아니라 '민족'에 대한 '우리'의 표상과 무관하지 않다.

2. 상실의 체험과 '전체'에 대한 지향 ─ '전후' 경험과 여성, 모성, 가족 표상의 관계

2-1. 전쟁 형태의 전체주의16) 비판과 생활 양식으로서의

도 자료집』.

16) 전체주의, 파시즘, 독재에 대한 개념 규정은 사실 간단한 것이 아니다. 많은 연구자들이 사실상 아직 이 부분에 대한 개념 정의를 달리하고 있는 실정이다. 한나 아렌트와 후지따 쇼오조오의 경우는 전체주의를 파시즘이나 독재와는 구별되는 체제로서 정의하고 있다. 이 경우 파시즘은 후지따 쇼오조오의 개념 정의에서는 정치체제로서의 전체주의에 대응된다고 할 수 있다. 20세기의 정치 지배 형태에서 전체주의와 파시즘, 독재의 길항 관계를 구별하는 한나 아렌트와 달리 후지따 쇼오조오는 일단 20세기를 '전체주의의 시대'로 규정한다는 점에서 차이를 보인다. 이러한 측면에서는 파시즘을 근대의 '무의식'으로 규정하는 일단의 논자들(대표적인 경우로는 앤드류 휴이트의 *Fascist Modernism*, Stanford University, 1993을 들 수 있다.)과 일정한 접점을 보인다. 그러나 다른 논자들의 경우는 이런 식으로 파시즘을 근대의 '무의식'으로 볼 경우 '역사적' 형성물로서의 파시즘과 '일상적인 권력관계'로서의 미시 파시즘의 구별의 무화가 문제가 된다고 보는 경우도 있다 이 접점에 놓인 중요한 논저로는 Klaus Theweleit, *Male Fantasies*, University of Minnesota Press, 1987이 있다. *Male fantasies*의 서문에서 바바라 에렌라이히는 파시스트들의 남성적 환상을 분석한 이 논저의 의미를 평가하면서도 이러한 분석이 '역사적 경험'으로서의 파시즘의 폭력과 미시적인 남녀관계에서의 '폭력'을 동일화하는 식으로 해석되어서는 안 된다고 지적하고 있다. *Male Fantasies*는 파시즘과 남성적 환상의 관계를 규명한 중요한 작업이다. 이런 식으로 미시 파시즘과 역사적 형성물로서의 파시즘을 동일화하는 위험을 경계하는 논자들의 경우는 파시즘을 명확하게 역사적 구성물로 한정하여 일차 대전과 이차 대전 사이, 즉 전간의 특정한 정치 체제와 그 심리학을 한정하는 것으로 규정한다. 이러한 개념 정의에 입각하여 이러한 역사적 구성물로서의 파시즘이 형성하는 심리학과 그 반영물로서의 문학의 문제에 대해서는 Harold B. Segel, *Body Ascendant—Modernism and*

전체주의의 반영

　1950년대 전후 소설[17])에서 전쟁에 대한 비판은 전쟁의 참상에 대한
비판과 밀접한 관련을 맺는다. 50년대 '전후 소설'의 다양한 차이를 염
두에 두더라도 이 시기에 창작된 전후 소설들은 대부분 전쟁의 비인간
적 측면을 고발하면서 전후 현실을 전쟁의 연장선이자 그 전체주의적
성격의 생활양식에로의 전이 과정으로 바라보고 있다. 물론 이러한 전
체주의 '형식'의 전이에 대한 작가들의 시선은 의식적인 성찰의 산물인

Physical Imperative, The Johns Hopkins University Press, 1998; Laura Catherine
Frost, *Fascism and Fantasy in Twentieth-Century Literature*, 콜롬비아 대학교 박사
학위 논문, 1998 참조.
　본고에서는 전쟁과 전후의 현실은 전쟁 형태와 생활 세계 형태의 전체주의
로 파악하는 쇼오조오의 견해에 입각하면서 이승만 정권의 장기 집권이 정
치체제로 제도화되는 50년대 말에서 이후 박정희 체제의 유신 체제까지를
정치체제로서의 전체주의의 역사적 형성물인 '파시즘'으로 구별하여 사용한
다. 박정희 체제의 파시즘적 성격은 파시즘에 대한 개념 규정에서도 이미
이루어진 바가 있다. 이에 대해서는 淺沼和典 외 편, 『비교 파시즘 연구』,
성문당, 1981 참조.
17) 여기서 전후 소설은 단지 전쟁 직후라는 시간적 구분에 한정되지 않는다.
　본고에서 전후 소설은 50년대 소설의 동의어로 사용하는 것이 아니라 전쟁
경험에서 촉발되는 소설들, 전쟁 경험이 창작의 주요한 세계관적 기반이 되
는 소설을 아우르는 폭넓은 개념으로 사용한다. 물론 한국 문학 연구에 있
어서 전후라는 개념은 모호한 상태에서 50년대 문학을 한정하는 용어로 사
용되어 왔다.(이에 대해서는 한수영, 「1950년대 한국 문예비평론 연구」, 연세
대학교 국어국문학과 박사학위 논문, 1996 참조) 본고에서는 한수영의 지적
을 염두에 두면서도 '전후'의 개념을 말 그대로의 전쟁 이후의 체험에서 비
롯되는 특수한 정서와 관습, 생활 환경과 철학 사조를 통칭하는 개념으로
사용한다. 한수영의 논문에서도 지적된 바와 같이 '전후'라는 개념은 서구나
일본에서는 "2차 대전이 끝난 이후에 형성된 특수한 정서와 관습, 생활환경
과 철학 사조를 통칭하는 개념"으로 쓰였다. 서구의 경우 파시즘에 대한 연
구는 양차 대전 사이의 특정한 역사 심리학에 대한 연구와 밀접한 관련을
맺는데, 여기서 '전후'의 심리학은 매우 중요한 개념항으로 작용한다. 여기
서는 전쟁(양차 대전의 연장선으로서 전체주의적 전쟁이라는 한국 전쟁) 체
험과 그에 입각한 파시즘의 심리학을 규명하기 위해서 '전후'의 개념을 이런
의미로 사용하고자 한다.

경우도 있지만 많은 경우 체험에 의한 즉자적인 소산인 경우가 많다. 이는 전쟁으로 인한 개인적인 상실의 체험이 전후 현실에서도 지속, 반복되고 있다는 자각에서 비롯된다.

> 9·28수복 전야에 진영의 남편은 폭사했다. 남편은 죽기 전에 경인도로에서 본 괴뢰군의 임종 이야기를 했다. 아직도 나이 어린 소년이었더라는 것이다. 그 소년병은 가로수 밑에 쓰러져 있었는데 폭풍으로 터져나온 내장에 피비린내를 맡은 파리떼들이 아귀처럼 덤벼들고 있더라는 것이다. 소년병은 물 한모금만 달라고 애걸을 하면서도 꿈결처럼 어머니를 부르더라는 것이다. 그것을 본 행인 한 사람이 노상에 굴러있는 수박 한 덩이를 돌로 짜개서 그 소년에게 주었더니 채 그것을 먹지도 못하고 숨이 지더라는 것이다.
> 남편은 마치 자신의 죽음의 예고처럼 그런 이야기를 한 수시간 후에 폭사하고 만 것이다.
> (중략) 수 없는 피난민이 얼음판에 거꾸러졌다. 피난짐을 끌던 소는 굴레를 찬 채 뚝 밑으로 굴렀다. 피가 철철 흐르는 시체 옆에 아이가 울고 있었다.[18]

박경리의 「불신시대」에서 보이는 전쟁의 참상에 대한 묘사는 정도의 차이는 있으나 50년대 전후 소설에 공통적이라 할 수 있다. 군인이 되기에는 너무 어림에도 불구하고 무작위로 동원된 소년병, 전선과 후방을 무시한 채 이루어지는 공격과 그 피해자인 피난민들의 즐비한 시체들, 이는 전쟁 형태의 전체주의의 실상을 명백하게 '증언'하고 있다.[19]

---

18) 박경리, 「불신시대」(『현대문학』, 1957. 8), 현대한국문학전집, 신구문화사, 1981, 41쪽.
19) 후지따 쇼오조오는 20세기를 전체주의 시대로 평가하면서 전체주의의 '세 가지 다른 형태'를 다음과 같이 분류한다. 첫째, 전쟁 형태의 전체주의, 둘째, 정치지배 형태의 전체주의, 세째 생활 양식에서의 전체주의가 그것이다. 이러한 분류에 입각하여 후지따 쇼오조오는 전쟁의 전체주의는 전쟁의 종말 형식이라고 정의한다. 그것은 '무차별 살상'이라는 대응을 하게 됨으로써 전쟁 행위에서의 '중요도'의 선별판단을 무시하게 되어버렸기 때문이다. 지휘

여기서 전쟁과 전후 현실의 구조적 유사성에 대한 인식은 주로 '상실' 의 체험에 기반한다는 점에 50년대 전후 소설의 또다른 공통점이 있다. 이들의 전후 소설의 주요 등장인물인 상이군인, 실업자, 무능력자, 양공 주 등은 총동원 체제로서의 전체주의 형태의 전쟁의 결과 자신들의 생 활 세계를 상실한 인간의 전형을 이룬다. 이러한 생활 세계의 상실은 「불신시대」에서도 보이는 바와 같이 남편—아내—아이라는 '잘 짜여진', '온전한' 가족의 해체로 '실감'된다. 따라서 전후 소설에 드러나는 '생활 세계'의 상실은 주로 잘 짜여진 가족의 해체라는 이미지 속에 구성된다.

> 칼끝으로 골을 짜개서 죽여 버린 것이다. 무참하게 죽여 버린 것 이다. 진영은 눈앞에서 시뻘건 불덩어리가 굴러가는 것을 본다. 해살 꾼은 자꾸만 속삭인다. 어둡고 침침한 명부에서 압축한 듯한 목 쉰 아이의 울음 소리, 진영은 땀을 흘리며 눈을 떴다. (중략)

관과 졸병, 참모본부와 야전군 등의 중요성 차이를 지표로 하여 공격 목표 를 정하기보다는 '무차별 살상'에 의한 '대량처리'가 주요 전쟁 행위가 되었 을 때, 원래의 전쟁—조만간 끝낼 것을 목표로 하는 '승부경기'라는 특질은 사라지고 전혀 별개의 성질의 것이 되어버린다는 것이다. '무차별 살상'의 세계에서는 상대가 장군이든 졸병이든 똑같은 살육 대상이며 브레히트가 말 하듯이 '한 사람은 한 사람과 교환 가능할' 따름이다. 이러한 전쟁 형태의 전체주의는 군인과 시민, 전투원과 비전투원, 시민과 사회생활 영역을 정신 면에서 전쟁에 동원하여 참전시킨다. 따라서 전쟁은 제도상의 전투원인 군 인이 행하는 전투 행위에 국한되지 않고 외적 행동 뿐 아니라 내면, 특히 일반 시민의 내면과 외적 행위의 구별을 없애고 사람이 지닌 모든 요소를 통째로 참전시킨다. 이를 통해 '총 뒤에' 있는 일반 국민의 정신을 전쟁에 참가시켜 버리면 그들의 정신은 기이한 '전투의욕'에 사로잡히는 '이상 의 욕'을 갖게 된다. 일 차 대전 중 교전국 국민 사이에 발생한 내셔널리즘의 이상 고조 현상은 이에서 비롯되는 것이다. (후지따 쇼오조오, 이순애 엮음, 이홍락 옮김, 「전체주의의 시대 경험」, 『전체주의의 시대 경험』, 창작과비평 사, 1999, 47쪽.
이와 같은 전쟁 형태의 전체주의는 생활 양식에서의 전체주의를 준비하며 전후 '시민'들의 심리를 결정하는 중요한 요인이 된다고 할 수 있다. 이는 우리의 '전후 소설'의 심리 구조를 이해하는데 매우 중요한 시사점을 제공하 는 것이다.

밤마다 귓가를 울려오는 아이의 울음 소리, 산이 언덕이, 집이 무
너지는 소리, 산산이 바스라진 유리조각이 수없이 날라와서 얼굴 위
에 박히는 환각, 눈을 감으면 내장이 터진 소년병의 얼굴이, 남편의
얼굴이, 아이의 얼굴이, 분홍빛, 노랑빛, 파랑빛, 마지막에는 시꺼먼
빛, 그런 빛깔로 차례차례 뒤덮여 가며는 드디어 무한정한 공간이
안개처럼 진영의 주변을 꽉 싸는 것이었다.[20]

전쟁 중의 피난민의 죽음과 소년병의 죽음, 남편의 죽음은 전쟁이 끝
난 후 '의료사고'로 죽음을 맞이한 아이의 죽음과 교차되면서 전쟁이
끝난 현실이 전쟁의 연장으로, 그것도 모든 것이 산산이 조각나는 이미
지로 결합하게 되는 요인이 된다. 「불신시대」에서 전쟁 동안의 죽음 뿐
아니라, 아이의 죽음도 원인이나 책임자를 적발할 수 없는 '죄'의 산물
이다. 「불신시대」는 죄인은 없으나 도처에 죄가 널려 있고 살인자는 없
으나 도처에 살인은 널려있는 전후의 현실을 비판하고 있음에 틀림없
다. 특히 모든 것이 바스라져버리는 전후 현실, 모든 관계(가장 친밀한
모녀 관계에서 친척간의 관계, 종교와 인간, 제도와 인간의 관계 등)의
'형해화'에 대해 「불신시대」가 보여주는 비판적 인식은 전후의 '무사회
상황'의 불안전성을 첨예하게 보여준다. 전쟁에 동원당해 완전히 소모되
어버린 결과, 종래의 직장은 없어지고(실업), 이웃 및 친구들과의 관계
도 산산조각이 나며(사교의 소멸) 격심한 인플레이션은 물건과의 관계
에서 척도나 기준을 잃게 하여 몇 시간 뒤의 사태를 예측하는 것조차
불가능할 정도로 불안정한 상황이 매일매일의 일상생활을 지배한다. 이
런 식으로 전체주의 형태의 전쟁 이후 모든 사람들이 자신의 생활 세계
를 상실하게 된다. 이렇게 생활 세계를 잃은 인간은 사람과의 관계에서
도 물건과의 관계에서도 더 이상 사회인이 아니면 관계를 잇는 이음새
로부터 이탈된 무사회적 고립자가 된다.[21]

---

20) 박경리, 「불신시대」, 앞의 책, 53쪽.
21) 후지따 쇼오조오, 앞의 책, 56쪽.

50년대 전후 소설은 이런 식으로 전체주의 형태의 전쟁으로 인해 생활 세계를 상실한 인간들, 그로 인해 무사회적 고립자로 격리된 인간들의 삶을 반영하고 있다. 이범선의 「오발탄」, 손창섭의 「잉여인간」, 「혈서」 등 50년대 전후 소설은 이러한 공통적인 지점에 놓인다. 그러나 이러한 무사회적 고립자들은 후지따 쇼오조가 말한 바를 빌자면 "'덕으로서의 몰아'와는 정반대인 자기 상실자의 무리이며 냉정하게 심사숙고하는 고독한 자(solitude)와는 정반대인 초조에 내몰린 외톨이들이다."22)

2-2. 증오와 희생 제의―생활 양식의 전체주의 비판과 내면화의 이중성

일차적으로 50년대 전후 소설은 총동원 체제로서의 전쟁의 전체주의적 성격을 비판하는 동시에 그 결과로서 생활 세계를 상실한 전후의 삶을 반영하고 있다. 그런데 여기서 전쟁의 전체주의적 성격과 이로 인한 생활 세계의 상실과 전체주의화의 경향을 반영하는 50년대 전후 소설은 양면적인 요소를 동시에 내포한다. 이는 전쟁 형태로서이든 생활 세계의 형태로서이든 전체주의를 비판하는 동시에 그 비판의 이면에 이러한 전체주의의 심리학 그 자체가 작품 자체에 투영되어 있다는 데서 확인된다.23) 작품 전체의 의식구조에서는 약간의 차이를 보이지만 50년대 전후 소설은 많은 경우 살아남음에 대한 죄의식을 공통적으로(의식적이

---

22) 근대적인 성찰적 자아의 '고독'과 전체주의 사회의 자기 상실자의 무리(고독한 대중)의 '외로움, 초조함, 단절감'은 표면적으로는 유사한 형태로 드러난다. 그러나 이 solitude와 lonely는 전혀 다른 역사적 토대로부터 형성된 의식이다. 같은 책, 56쪽. 이에 대한 자세한 논의는 Isaiah Berlin, *The Roots Of Romanticism*, Princeton University Press, 1999 참조.

23) 이러한 분석은 작가 개개인의 세계관의 전체주의적 성격을 규명하려는 의도와 무관하다. 여기서는 특정 시대의 역사적 상황과 그 속에서 형성되는 시대의 정치적 무의식이 이를 비판하고자 하는 작가의 의식적 노력에도 불구하고 작품에 나타나는 것을 규명하고자 한다.

든 무의식적이든) 내포하고 있다. 이는 형해화된 관계 속에 놓여진 무사회적 고립자들의 생존에 대한 갈망과 두려움이 혼재되어 '불안의식'으로 나타난다는 것을 보여준다. 즉 이들의 불안 의식은 사회적 관계의 부재와 이로 인한 생존의 위협에서 비롯되며 때문에 관계와 삶에 대한 욕망을 내포한다. 그런데 이 관계와 삶에 대한 욕망은 '죽음 충동'을 동반한다. 이는 관계와 삶에 대한 욕망이 개인의 중요성을 복원하고자 하는 데서 비롯되었음에도 불구하고 역설적으로 '전체'나 '집단' 속으로 자기를 '소멸'함으로써 주체의 안전을 도모하고자 하는 욕망과 밀접한 관련을 맺는다.24) 또한 표면적으로 이러한 죽음 충동은 현실적인 모든 상실을 일거에 소거시킬 '강력한 주체'에 대한 열망의 투영이기도 하다. 이와 같이 전체주의적 전쟁으로 인한 상실의 체험에서 비롯된 주체와 관계의 복원에 대한 열망은 한편으로는 강력한 주체를 위한 '주체의 자발적 상실', 또는 '전체' 속으로의 주체의 자발적 소멸이라는 역설적인 욕망을 내포하고 있다.

　　권력을 쥔 자들은 권력 보지에 양심과 양식이 마비되어 이 폭풍
　에 장단을 맞추고 힘 없는 백성들은 생명의 보존이라는 동물의 본능
　에 다른 것을 돌아볼 여지가 없다.25)

　　그것은 먼저 내가 질러야 할 비명이었을는지도 모른다. 그 어린
　병사 대신 내가 그 길가에 누웠어야 했을는지도 모른다. 나같은 인
　간은 아직 살아 있었고, 살아야 할 인간은 죽어갔다. 이런 것이 그대
　로 용허될 수 있었다고 생각되는가. 동굴에서 죽은 부친, 강렬히 살

---

24) 전후 체험과 이후 주체 형성 과정에서 집단으로의 귀속을 통한 '주체의 안전 도모' 욕구는 우리의 주체 형성 과정에서 상당히 중요한 문제가 된다. 이에 대해서는 졸고, 「자기 상실의 근대사와 여성들의 자기 찾기」, 『역사비평』, 1998. 겨울호 참조.
25) 김성한, 「바비도」(1956), 『한국 3대 문학상 수상 소설집』, 가람 기획, 1998, 353쪽.

아서 아낌 없이 그 생명을 일순에 불태운 부친, 부친은 살아 남은 인간들을 대신해서 죽었고 그들의 삶에 어떤 의미를 부여했을는지도 모른다.

저 숲속에 누운 할아버지, 시체가 아니라 그것은 삶의 증거, 모든 불합리에 알몸으로 항거하고 불합리속에서 역시 불합리한 삶을 주장한 피어린 한 인간의 역사. 거인의 최후같은 죽음.26)

진영은 문수를 생각했다. 살겠다고 버둥대는 어머니와 자기의 모습이 한없이 비루하게 느껴지는 것이었다. (중략)넓적한 해바라기 잎사귀 사이의 그 찌들은 옆얼굴을 바라보는 진영은 바다에 떠밀려 다니는 해파리를 생각했다. 그렇게 둔하면서도 산다는 본능만은 가진 것, 그저 산다는 것, 진영은 어머니에 대한 잔인한 그런 주시를 더이상 계속할 수가 없었다.27)

우선 그 자신이 죽지 않고 이렇게 살아 있다는 것부터가 달수에게는 도무지 알 수 없는 일이었다. 한번은 거리에서 바로 자기 앞을 걸어가던 사람이 미군 트럭에 깔려 즉사했다. 그때 달수도 하마터면 트럭 앞대가리에 이마빼기를 들이받을 뻔했다.

그날 이후, 달수는 자기가 살아 있다는 데 불안을 느끼게 되었다.

이상하게도 대량 살육이 자행되었던 6·25때가 아니라 그러한 불안은 실로 그날부터였다. 따라서 자기는 왜 죽지 않고 이렇게 멀쩡히 살아 있을까 문제되기 시작했다.

그 생각은 납덩어리처럼 무겁게도 잠시도 쉬지 않고 그를 짓누르는 것이었다. 그러한 달수에게는 준석이가 살아 있다는 것은 더욱 믿을 수 없는 일이었다. 모가지나 허리통이 뚝 끊어져 나가지 않고, 어째서 공교롭게도 한쪽 다리만이 저렇게 잘려졌을까 하고, 달수는 늘 신기해했을 뿐 아니라, 한번은 그런 생각을 입 밖에까지 냈다가 준석의 격분을 산 일이 있었던 것이다.28)

---

26) 선우 휘, 「불꽃」(『문학예술』, 1957. 7), 『현대한국문학전집』, 신구문화사, 1981, 360쪽.
27) 박경리, 「불신시대」, 앞의 책, 46쪽.

죽은 자는 모두가 선한 것이다. 살아있는 놈치고 악하지 않은 놈
이 있느냐. 지구상의 30억, 모조리 죽어라, 한 놈도 남김없이 말끔히
죽어라, 내가 지옥의 고문 끝에 총살당하고 나면 나와 어머니와 아
버지가 비로소 어떤 눈물겹도록 가까운 관계를 새로이 맺게 되겠
지…29)

누워있는 시체는 눈을 치뜨고 입을 비틀면서 오직 허공을 향하여
그의 원통함을 호소하고 있었으며, 두 팔을 앞으로 뻗친 채 엎어진
시체는 손톱으로 흙을 쥐어뜯으면서 땅을 향하여 구원을 호소하고
있었다. 철갑모가 비스듬히 젖혀진 너의 머리맡에서는 검푸른 풀잎
이 금새 물에서 나온 여인의 머리 내음새를 풍기고, 박격포탄의 파
편이 뚫은 너의 상처는 이글이글 타오르는 태양 밑에서 섹스처럼 난
숙해진다. 정녕 사랑하는 사람끼리의 포옹이 성스러운 의식일 수 있
는 것과 같이 너의 주검의 모습은 참으로 엄숙하구나, 너의 의식은
끝났느냐. 너의 의식이 음탕하고 더럽게 보이기 전에 우리들은 너를
땅 속에 고이 묻어준다.30)

"나같은 인간은 아직 살아있었고, 살아야 할 인간은 죽어갔다", "그렇
게 둔하면서도 산다는 본능만은 가진 것" 등의 진술에서 보이는 바와
같이 이 작품들에서 '살아남은 자의 슬픔'에는 죽은 자에 대한 죄의식
이 깊이 각인되어 있다. 물론 이 작품들에서 죽은 자에 대한 죄의식은
한편으로는 전후의 삶이나 전쟁 기간의 삶이 인간적인 의미의 삶이 아
니라 동물적인 생존본능에 불과한 것이었다는 비판의 입각점이 되고 있
다. 또 전후의 현실이 이러한 자기보존적인 동물적 생존 본능만을 '허
용'하는 한 그 사회는 인간적인 의미의 사회가 아니라 그저 집단일 뿐
이라는 점, 즉 전후 현실의 '무사회적 성격'을 비판하는 입각점이 되기

28) 손창섭, 「혈서」(『현대문학』, 1955. 1), 『현대한국문학전집』, 178쪽.
29) 서기원, 「오늘과 내일」(『사상계』, 1959. 10), 같은 책, 369쪽.
30) 서기원, 「이 성숙한 밤의 포옹」(『사상계』, 1960. 11), 같은 책, 390쪽.

도 한다.

그러나 이 작품들에 드러나는 죽은 자에 대한 죄의식은 한편으로는 전후의 삶의 비인간성만을 비판하는 데 한정되는 것이 아니라 삶 일반을 부정하면서 강력한 죽음 충동을 지향하는 면모를 내포한다. 이 죽음 충동은 상상적이든 심리적이든 작품의 표면에 강한 죽음에 대한 선망으로 드러나기도 하며, '자기 소멸'에의 열망으로 드러나기도 한다. 이러한 자기 소멸에의 열망은 '무사회적 상황'에 던져진 자기 상실자의 무리들, 초조에 내몰린 외톨이들이 상실된 자기를 복원하고자 하는 열망과 밀접한 관계를 맺는다.31) 여기서 이러한 상실된 인간 군상의 자기 복원에의 열망이 '자기 소멸'의 충동으로 드러난다는 것은 역설적인 것이다.

이러한 자기 소멸의 충동은 여러가지 층위로 드러나는데, 가장 빈번하게 드러나는 것은 자기 구제를 위한 자기 희생의 요구와, 훼손된 '관계'를 구제하기 위한 자기 헌신의 요구, 완전한 '유기체적 관계'의 상징

---

31) 한나 아렌트는 양차 대전의 경험에 의해 자신들이 "국가 조직 밖에 위치해 있다는 의식을 공유하고" 있던 엘리트들이 전체주의의 심리학에 열광하게 되는 심리적 기제를 다음과 같이 설명하고 있다.

"넓은 세계로의 탈출 불가능성, 사회라는 덫에 자꾸자꾸 걸린다는 느낌은 익명성과 자기 상실을 향한 폭력을 더 갈망하게 했다. 역할과 성격상의 급격한 변화가 불가능한 상황에서 파괴의 초인간적인 힘에 자기의 의지로 합류하는 것이 기존 사회에서 주어진 역할, 그것의 상투성과 자동적으로 동일화되는 데 대한 구제책으로 그리고 동시에 기능화 자체를 파괴하는 것으로 여겨졌다. 이들은 전체주의 운동의 행동주의에 매력을 느꼈다. 행동주의는 '나는 누구인가'라는 오래된 골치아픈 질문에 대한 새로운 대답으로 보였다. 이 질문은 언제나 위기의 시대에 훨씬 더 강하게 제시되는 듯하다. 사회가 "네가 드러나는 그대로가 너다" 라고 주장한다면 전후 행동주의는 "네가 한 그대로가 바로 너다" 라고 응답했다. 이 대답의 적절성은 이것이 개인적 정체성을 재정의하는 데 유효하다기보다 사회적 동일화, 사회가 부과한 상호 교환적인 역할, 기능의 다수성으로부터 궁극적으로 탈출하는데 유용하다는 점이다." Hanna Arendt, *The Origins of Totalitarianism*(1951), A Harvest/HBJ Book, 1973, 331쪽.

으로서의 '모성'의 상징과 모성의 세계와의 동일화를 통한 '자기 구원'
의지 등이다.

먼저 위의 작품들에서 죽은 자에 대한 죄의식은 동물적 생존 본능만
을 '허용'하는 전후의 현실과 거리를 두고자 하지만 이 세계의 '허용치'
밖에 서 있는 한 영원히 '초조에 내몰린 외톨이'의 신세를 면치 못하게
될 자신의 '위기'에 대한 갈등에서 비롯된다. 권력의 이데올로기적 강제
속에서 개인의 신념의 자유를 지키고자 하는 개인은 '권력 보지'와 '동
물적 생존 본능'만이 난무하는 세계 속에서 '죽음'을 통해 이 세계의 죄
를 정화하고자 하는 '대속'에의 의지를 통해 자기를 구제하고자 한다.
(「바비도」) 또 개인의 무차별적 희생과 헌신만을 강요하는 이데올로기
적 대립의 와중에서 자기를 지키고자 했던 「불꽃」의 주인공은 '불꽃'처
럼 자기를 불사르는 '번제' 의식 속에서 자기를 구원할 길을 찾는다. 이
'번제'의식은 바로 자기를 소멸시킴으로써 모든 인간 세상의 죄를 정화
한다는 '대속' 의식의 연장선상에 놓인다. 이와 같이 삶의 비인간성을
부정하는 이들 인물들의 의식, 무의식은 삶의 비인간성과 부정성을 정
화하기 위해 이러한 식의 자기 소멸과 자기 희생의 길로 귀결된다. 그
러나 이러한 자기 희생 제의의 역설적인 측면은 이들이 비판해마지 않
는 전후 현실과 전쟁의 전체주의적 성격이 바로 이러한 식으로 개인을
말살하고 전체에 귀속시키는 자기 헌신과 자기 희생에의 강요였다는 점
때문이다.

즉 이들 작품들은 부분적이든, 전면적이든 자기 희생과 자기 헌신을
강요하는 전쟁과 전후 현실의 전체주의적 메카니즘을 비판하면서 그 비
판의 방식을 '죄의식'과 '죄'를 정화하는 또다른 방식의 자기 희생과 자
기 소멸에서 구하고 있다는 점에서 전체주의적 심리학의 일면을 반영하
고 있다. 게다가 이러한 식의 전체주의 비판이 문제적인 것은 이들 작
품들이 공통적으로 전후의 무사회적 성격과 개인의 소멸을 비판하면서
이러한 비판이 개인의 구제와 '관계'의 복원을 지향하지만 그 지향점이

현실의 모든 죄를 '불사를 수 있는' 강력한 자기 헌신의 담지자를 요구하면서 이러한 담지자에 의해 '부양'되고 '완성'되는 어떠한 결합 관계의 복원을 요구하게 된다는 것이다.

그런데 흥미로운 것은 50년대 전후 소설에서 전체주의가 요구하는 자기 헌신의 이데올로기를 비판하면서도 강한 주체와 결속 관계를 위해 적극적인 주체 상실 욕망에 사로잡혔던 인물의 심리적 갈등이 해소되는 곳은 주로 모성으로 상징되는 집으로의 회귀에 의해서라는 점이다. 위의 작품들의 경우 모두 주체 소멸의 '위기'에 대한 인식이 역설적으로 주체의 자발적 '소거'에 대한 욕망과 결합되면서 인물의 내면은 극단적인 광기에 가까운 것으로 분열된다. 따라서 주체의 복원을 열망할수록 주체의 파편화는 가속화되는 딜레마에 인물들은 공히 사로잡혀 있다. 이러한 딜레마는 주체의 심리적 파괴를 감싸안으면서 동시에 전체주의 현실 속에서 '상실'된 '나'를 복원해줄 '모성의 집'에 대한 이념적 가치 부여를 통해 해소된다. 즉 이 모성의 집이란 상실 체험에서 비롯되는 증오와 죄의식, 주체의 불구성을 포용하면서 현실의 불완전성을 보상해줄 이념적 보상물로 '상상된다.'

따라서 무사회로서의 전후 현실에 대한 비판의 입각점으로서 '관계' 복원의 소망은 주로 '깨어진 가족 관계'의 복원이라는 측면에서 이루어진다. 여기서 문제적인 것은 깨어진 가족 관계란 전쟁으로 인한 상실을 가장 극명하게 보여주는 것이지만, 그 상실의 복원이 '가족 관계의 재복원'이라는 층위를 지향할 때, 이는 무사회 상황을 '무사회'적 관계를 통해 극복하려는 역설적인 방식이 된다는 것이다. 50년대 전후 소설에서 가족의 복원이란 전체주의 전쟁으로 인해 총체적으로 파탄된 관계의 복원을 의미화한다. 따라서 여기서 가족의 복원이란 '깨어진 전체'에 대한 복원 열망과 동일한 의미를 지닌다. 따라서 여기서 가족이란 개인의 관계의 단위가 아니라 '전체'를 상상하는 주된 표상으로 작동한다. 반대로 전체의 훼손은 역시 '깨어진 가족'의 표상을 통해 의미화된다. 이는 가족과 사회 국가의 경계가 총체적으로 무화된 전쟁 경험의 결과 관계들의 경계에 대한 의식이 설정되기 힘들었던 역사적 상황의 반영이기도 하다. 그러나 이 관계들의 경계없음이 문학적 서사에서 점차 자연스러운 것으로 변화되어가면서 이러한 식의 전체의 표상으로서의 '가족'의 의미는 하나의 신화적 서사를 구현하게 된다. 또한 이러한 서사에서 가족이란 자유로운 개인들간의 관계가 아닌 아버지—어머니—자식이라는 유기체적 완결성과 가부장의 중심에 따라 배열되는 유기체적 질서에 의해 완전성을 획득하는 것이 된다. 물론 이러한 지향은 작품에 직접적으로 드러나기보다는 유기체적 불완전성의 표지로서 드러나는 깨어진 가족의 의미화 작업을 통해 서사화된다.

이와 같은 전체주의 비판의 구도는 작가 개개인이 전후 현실을 총체적으로 반영해내지 못했다거나 작가의 세계관적인 '한계'에서 비롯되는 것이라기보다 전후의 현실 자체가 전쟁이라는 전체주의적 성격을 비판하면서 바로 그 비판이 전후 현실을 또다른 형식의 '전체주의'로 이끄는 원동력이 되었다는 역사적 사실에서 비롯된 것이다. 전후 한국에서 생활 양식으로서 뿐 아니라 정치 지배의 형태로서의 파시즘이 강력하게 자리잡게 된 것은 바로 이 전쟁 형태의 전체주의에서 형성되고 물려받은 심리적 기제를 '비판함으로써' 완성하는 방식에 의해 가능하게 된 것이다. 즉 전후 한국의 파시즘은 바로 인간과 인간, 인간과 사물, 인간과 제도 사이의 모든 관계가 형해화된 무사회적 성격과 그러한 무사회적 상황에서 비롯되는 '자기 상실자'의 무리들이 심리적으로 갖게 되는 자기 복원과 관계 복원의 열망을 통해서 완성된다. 즉 전후 사회의 사람들이 의식적으로든 감각적으로든 느낄 수밖에 없던 이러한 무사회 상황에 대한 공포와 자기 복원의 열망은 필연적으로 전쟁에 대한 비판을 내포하게 되는데, 이러한 전쟁에 대한 비판은 한편으로는 강한 사회적 '결속'에 대한 열망과 상실을 극복할 강한 주체에 대한 열망을 내포하게 된다. 그런데 바로 전후의 한국 파시즘은 이러한 열망에 의해 추동되면서 강한 사회적 '결속'에 대한 열망과 주체에 대한 열망을 시민 사회와 시민적 주체의 형성을 통해 충족시킨 것이 아니라 바로 그 무사회적 상황의 불안정성을 그대로 제도화시키는 방식을 통해 '충족'시킨 것이다.

이때 '무사회적 상황'의 제도화의 '서사 원리'는 바로 '가족주의'이다. 한국 사회에서 가족주의 이데올로기는 단지 자본주의화에 따른 '개인주의'(흔히 말하는 핵가족화와 소시민화)에 의해서라거나 청산되지 못한 봉건적 잔재에 의해 형성된 측면보다는 오히려 이러한 전후 무사회 상황에 대한 불안과 공포가 지향하게 되는 결속적 관계에 대한 열망이 '시민적 사회'라는 제도 속에서가 아니라 '무사회적 상황의 제도화' 속에서 그 보금자리를 찾게 되는 내적 동력이 된다.32)

여기서 가족(그 의미 확산으로서의 민족과 국가)이라는 개념을 둘러싸고 상실과 회복이라는 표상작업이 동시적으로 형성되는 과정은 상당히 흥미롭다. 이는 가족이 깨어진 것이고 손상된 것인 동시에 바로 복원되어야 할 이념적인 것으로 설정되는 것과 마찬가지로, '모성의 집' 또한 훼손과 복원이라는 현실과 이념의 갈등적 관계를 동시적으로 표상한다. 이는 '민족'의 경우에도 동일하다. 그런데 여기서 상실에 대한 공포(이는 훼손에 대한 '죄의식'과 밀접한 연관을 맺는다)와 상실 이전의 것을 복원하고자 하는 욕망(이는 강한 회귀욕망의 한 표현이다)의 교착은 이 표상을 둘러싼 역설적이고 이질적인 감정 양태를 생산한다.

이는 가족, 또는 민족의 표상으로 빈번히 등장하는 모성과 여성의 표상 방식에서 가장 선명하게 드러난다. 일단 이들 서사에서 모성과 여성

---

32) 따라서 한국의 파시즘의 '가부장적' 성격은 한국 사회의 미숙한 근대화와 유교적 봉건 윤리의 잔재에 의한 것이 아니라 전체주의 전쟁의 결과물로서의 '무사회 상황'에 따른 심리적 공포와 불안의식의 귀결점이다. 많은 사람들이 파시즘적 '가부장' 속에서 안정을 구가하고자 했던 것은 그들이 '경제 성장 논리'에 동조했기 때문만이 아니라 전체주의적 전쟁의 결과 형성된 전체주의의 심리학의 내적 추동력에 의한 것이다.

은 훼손의 지표와 복원되어야 할 이념적 가치를 동시에 내포하게 된다. 먼저 전후 소설에서 훼손된 현실은 주로 창녀나 훼손된 누이로 표상된다면, 복원되어야 할 가치적 이념태는 주로 모성과 동정녀의 세계로 표상된다. 창녀나 훼손된 누이가 상실되고 훼손된 것에 대한 증오와 공포가 공존하는 표상이라면 모성과 동정녀는 현실에는 '부재'하지만 복원되어야 할 것의 '대리적 보상물'이거나 가치 지향의 대상으로 표상된다. 여기서 '여성의 이미지' 속에 투영되는 이 상이하고 이질적인 감정의 복합태는 여성의 이미지로 표상되는 '민족'의 이미지 속에 고스란히 내포된다.

2-3. '모성' 신화의 서사적 세부들

전쟁 이후 소설들은 공통적으로 전쟁의 참상과 개인성의 상실을 고발하고 있다. 전쟁 직후 60년대까지 쓰여진 대부분의 소설들은 이유를 알 수 없는 전쟁에 휘말려 자신을 상실해야 했던 인간들의 아픈 기록을 보여준다. 당연히 이 소설들에서 전쟁은 이유없이 개인의 헌신을 강요하는 거대한 메커니즘의 폭력으로 인식된다. 그러나 이들이 이 거대한 메커니즘의 자기 헌신의 논리를 비판하면서 지켜야 할 '자기'로 설정하는 것, 또는 그 거대한 메커니즘의 자기 헌신의 이데올로기로부터의 탈출구로 설정되는 곳이 '헌신적인 모성의 집'이라는 것은 역설적이라 아니 할 수 없다.

어찌할 수 없는 애타는 그리움과 함께 어머니의 환상이 현의 안막에 떠올랐다. 그것은 인간의 가누기 힘든 서러운 조건에 항거하는, 한 젊은 여인의 피는 듯 아름답고 처절한 얼굴이었다.
그와 함께 높은 가락의 노랫소리가 들리는 듯 했다. 그것은 대지 위를 뒤덮고 그의 머리 위를 감돌아 무한히 흘러가는 환각의 가락. 어머니에의 찬가. 뒤이어 주림과 추위에 저린 현의 가슴속에 인간의 슬픔과 고통이 회오리쳤다. 그러나 그것은 단지 몇방울의 눈물로 변해 아득한 대지 위에 뿌려졌을 다름이다.[33]

「불꽃」에서 작가는 이념을 위한 자기 희생이나 자기 헌신을 모두 '청부업자들'의 짓거리로 치부하고 "자기를 지키는 것"의 중요성을 강조한다. 이데올로기에 의한 자기 희생과 헌신에의 요구에 직면하여 고뇌하던 현에게 이러한 "인간의 가누기 힘든 서러운 조건에 항거"하는 것은 바로 '한 젊은 여인의' 처절한 자기 헌신을 통한 '항거'로 인식된다. 전체주의 체제의 자기 헌신이데올로기에 대항하여 개인의 중요성을 수호하는 것이 "어머니에의 찬가"라는 서사 구도로 이어지는 것은 전체주의적 전쟁을 비판하는 대부분의 작가들에게 공통적인 서사 구도로 자리잡는다. 이는 이후 한국 문학사에서 민족 수난사를 '여성 수난사'로 서사화하는 작품들이 등장하기 이전에도 이미 뚜렷한 서사 지향으로 50년대 소설들에서 드러나는 바이다. 오히려 50년대 전후 소설은 이후 민족 수난사로서의 여성 수난사라는 서사 구도가 자리잡게 되는 '이데올로기적' 기반을 뚜렷하게 보여준다.

> "나는 너희들이 말하는 그러한 희생을 강요하는 역사를 요구치 않아."
> "그런 너는 의의라는 것을 부인한단 말이냐?"
> "인간의 의의를 묻고 살기보다는 나는 오히려 묻지 않고 살기를 원해"
> (중략)
> 민은 침착한 걸음걸이로 길 한복판을 서서히 걸어 내려가고 있었다. 그의 눈 앞에는 소녀의 얼굴과 앓아 누워있는 소녀 어머니의 모습이 돌아가신 어머니의 얼굴과 겹쳐져서 떠돌고 있었다. 마치 그는 오래간만에 집으로 돌아가는 듯한 마음이었다.[34]

---

33) 선우 휘, 「불꽃」, 앞의 책, 339쪽.
34) 오상원, 「모반」(『현대문학』, 1957. 11), 『현대한국문학전집』, 210쪽.

'인민의 이름'으로 총살형에 처한다는 선고가 내리자 옆에서 병렬
의 손을 틀어쥐고 있던 어머니의 손이 풀리면서 그 자리에 졸도하고
말았다. 재판이 시작된 순간부터 어머니는 스스로 실신하기를 바랐
을는지도 모른다. 하나님한테 또는 신령님에게 남편의 구명을 원하
기에 앞서 스스로 자신의 목숨이 끊어져 의식을 잃어버리기를 절박
한 마음으로 원했을 것이다. 병렬은 땅 위에 뒹굴고 있는 어머니가
정녕 시체이기를 바랐다. 어머니를 일으켜 세울려고 두어 사람이 모
여들었다.
　"어머니에게 손을 대면 죽인다!" (중략)
　왜 나는 아버지를 쏘려고 앞으로 나선 사수에게 대들지 못했던가.
어머니가 쓰러졌기 때문일까. 어머니를 죽이고 싶은 충동이 일어났
었다. 이번 임무가 끝나면 나는 조오 부대를 그만두고 어머니에게
돌아갈 것이다.[35]

　「모반」에서 "너희들이 말하는 그러한 희생을 강요하는 역사"를 부정
하고 그 희생양이 되어 왔던 민이 자기 헌신의 이데올로기를 비판하는
가치지향의 준거점은 "어머니는 아들만을 위해서 있단다"라고 말하는
어머니의 집이다. 또 「오늘과 내일」에서 인민재판에 아버지를 희생당하
고 열렬한 전쟁 신봉자가 된 병렬은 미군의 정보 부대원으로 '적진'에
침입하여 무차별 몰살을 행하는 것으로 아버지의 원수와 원한을 '해소'
한다. 미군 장교들조차 두려워하는 '크레이지 팍' 병렬이 자신을 무차별
살상 도구화함으로써 전쟁의 광기에 스스로를 내맡겼던 방식으로부터
벗어나 인간적인 세계로 돌아가기를 결심할 때 거기서 전쟁의 비인간성
으로부터의 구원의 장소 또한 '어머니의 집'으로 의미화된다. 또한 이범
선의 「오발탄」에서 철호의 가족의 비극은 이념항으로서의 '어머니'가
부재한 채 '어머니의 시체'가 가족의 중심에 자리잡음으로써 가족의 유
기적 통일성이 깨어지는 것에 대한 공포가 선명하게 드러난다.

---

35) 서기원, 「오늘과 내일」, 앞의 책, 366쪽.

이와 같이 파시즘의 자기 헌신과 희생의 이데올로기를 비판하는 방식, 또는 그에 대한 대항적 가치의 체계가 '자기 헌신적인 모성의 집'으로 수렴되는 것은 이 시기 소설뿐 아니라 현대 소설의 '일반적' 특질이기조차 하다. 즉 이들 작품에서 '어머니의 집'36)은 한편으로는 전체주의적 이념과 대비되는(이에 대한 저항이기도 한) '개인'의 세계를 의미하지만, 사실상 여기서 '개인'은 '자유로운 주체'로서의 개인이라기보다 어머니의 집으로의 회귀를 통해 완성되는 유기체적 가족의 구성원인 '충만한 존재'로 의미화된다. 동시에 모성, 또는 어머니는 아버지의 부재로인해 가장 큰 상실을 경험하면서 깨어진 가족을 짊어져야 하는 '대리가장'이기도 하다. 따라서 여기서 모성은 상실의 가장 선명한 지표이자, 상실을 복원할 '가장'의 대리적 보상물이 된다. 이러한 서사에서 모성은 그 자체로 상실의 표상이 된다. '가장'의 대리보상물인 모성의 집은 한편으로는 임시적인 '결합'을 이루지만 항상 완전한 '가부장'의 결핍을 환기시키기 때문이다. 이러한 역설 속에서 모성은 상실의 지표이자 현실에는 부재하는 '무구한 완전성'에 대한 욕망의 담지자로 '상상되는' 신화가 구성된다. 또한 훼손된 여성의 이미지가 강조되는 서사일수록 이러한 무구성의 세계로의 어머니(동정녀)의 이미지는 그 서사의 이면에서 끝없이 이념태로 작동하게 된다. 따라서 훼손된 여성의 수난을 중심으로 민족사를 기술하는 '여성 수난사'는 서사의 이면에서 이러한 모성의 신화가 보다 강고하게 작동하고 있는 것이다.

모성이 상실의 지표이자 무구한 완전성에 대한 욕망의 담지자로 상상되는 서사 구조는 필연적으로 강한 가부장에의 욕망에 의해 추동되는 것이다. 모성의 집은 '가부장'의 임시적 대리보상물이며 모성의 집 또한 임시적인 유기적 결합일 뿐이므로 항시적으로 모성의 집은 '가부장의 부재'를 현현하면서 가부장에의 열망을 깊이 내재하는 것이다. 따라서

---

36) 이들 작품에서 어머니와 집, 가족은 구별불가능하다. 이러한 경계없음 속에서 어머니는 가족─민족의 표상으로 확산된다.

이러한 모성의 신화는 필연적으로 '집'을 유기체적 완전성으로서 상상하는 동시에 가장―어머니―자식이라는 완전한 '가부장적 질서'에 의해 완성되는 유기체를 상상하는 것이다. 그러나 현실에서 충족되지 못하는 이 완전한 무구성의 유기체적 질서에 대한 욕망은 끝없이 모성의 신화를 생산한다. 모성의 신화는 도달할 수 없는 완전한 무구성의 세계, 부분과 전체의 상하, 수평적 질서에 의해 완성되는 유기체적 질서에 대한 욕망에 의해 끝없이 생산, 재생산된다. 게다가 이 모성의 신화는 표면적으로는 모든 것을 끌어안는 포용과 조화의 서사를 취하지만 그 내재적 욕망에 있어서는 강한 위계 질서와 상실과 복원, 더럽혀짐과 무구라는 강력한 이분법적 인식을 내포하는 것이다.

이러한 이분법적 위계질서의 욕망은 모성의 신화가 그 세부 서사로서 더럽혀진 여인들의 수난사를 구성하는 과정에 명확하게 드러난다. 모성의 신화는 '모성' 자체를 이념적 가치로 상정하는 서사 구성뿐 아니라, 무구한 모성에 이르지 못한 더럽혀진 여인들(주로 창녀와 그 연장선인 훼손된 누이)의 수난사라는 서사 속에서 더욱 강력하게 구성된다. 이들 훼손된 여인들은 그 자체로 상실된 것의 육화이며, 그녀들의 수난은 바로 그들이 왜 '정화'되어야 하는가를 강력하게 의미화한다. 이들이 정화되어 '모성'의 세계에 이를 때 이들이 상실한 모든 것이 복원되는 것이다. 또는 이들이 '상실'의 가장 극한을 보여주는 것은 이들이 그 상실로 인해 결코 무구의 세계(동정녀/모성)에 도달할 수 없기 때문이다.

이러한 모성의 신화는 상실된 민족, 훼손된 민족이라는 서사에서 선명하게 드러난다. 앞서 살펴본 바와 같이 가족과 민족―국가가 자연스럽게 동일시되면서 모성의 신화에 내재된 상이한 서사들이 '민족'을 표상하는 서사 과정으로 '자연스럽게' 이어진다.

여기서 흥미로운 것은 우리 문학사에서 가족의 중요성, 또는 가족이 하나의 '이데올로기적 준거점'으로 자리잡은 것은 근대 초기가 아니라 전후의 현실 속에서라는 점이다. 식민지 시대 우리 문학에서 (또는 여타의 담론 체계 속에서) '가족'이란 이념적 준거점이 되지는 않았다. 식민지 시대 우리 소설은 잘 알려진 바와 같이 탈향과 이향의 모티프를 중심으로 구성된다. 이때 탈향과 이향의 의식이란 고향(homeland)으로부터의 '이탈', '고향의 깨어짐'을 중심으로 구성되는 것이어서 여기서 가족(home)은 고향(homeland)와 분리되지 않는다. 따라서 식민지 시대 소설 서사의 모티프로서 탈향과 이향 의식은 가족의 깨어짐이라는 '이산' 의식과는 달리 고향과의 '결별'이라는 의식을 중심으로 구성된다. 마찬가지로 30년대 후반의 가족사 소설에서 문제되는 것은 '가족'이 아니라 '가족의 역사'이다. 즉 여기서는 '역사'에 서사 모티프가 놓여져 있는 것이어서 가족이란 분화된 인식의 매개로 작동되는 것은 아니다. 또 식민지 시대 소설에서 가족의 깨어짐은 민족의 깨어짐이나 국가 상실과 등가를 구성하는 '신화적 표상'을 구성하지 않았으며 국가 상실이 가족의 깨어짐의 표상으로 드러나지도 않았다. 즉 식민지 시대 소설의 서사 모티프에서 '가족'이란 이데올로기를 구성하는 독립된 이념항으로 작동되지 않았으며 이에 따라 '가족주의'나 '가족'의 신화, 또는 모성의 '신화'라는 것이 성립되지 않았다. 신화란 기본적으로 서사적 줄거리를 통해 형성되는 것이다.

이런 점에서 우리 문학사(역사)에서 '가족', '모성'에 대한 신화가 형성된 것은 전체주의적 전쟁의 경험과 이에 기반한 파시즘화라는 역사적 현실에서 비롯되는 것이라고 할 수 있다. 이러한 점에서 '모성 신화'를 우리 '민족의 기원 신화'로 설정하는 기원의 신화나 (웅녀 신화의 재발견 식의) 모성을 하나의 원형적 세계, 부정할 수 없는 인간 본성의 세계로 설정하는 방식은 모두 이러한 파시즘 이데올로기의 자장으로부터 벗어나기 힘들다. 마찬가지로 모성 신화나 가족주의 이데올로기를 봉건적 이데올로기로 치부하는 방식 또한 '비역사적'이라 할 수 있다.

50년대 전후 소설에서 '가족'은 이념 전쟁으로 인한 개인의 희생에 대응하는 가치의 대상이다. 깨어진 가족의 표상은 전쟁으로 인한 실제적인 파괴의 가장 명확한 표현물이 된다. 50년대 전후 소설에서 가족은 상이군인, 양공주, 무능력한 가장, 비정상적으로 생존본능을 발휘하는 아내(계속해서 아이를 낳은 「오발탄」의 아내에서 기이한 생활능력의 소유자인 「잉여인간」의 아내 등), 광기에 사로잡힌 인간 등의 전형적인 '가족 구성원'으로 이루어진다. 이는 실제적인 가족인 경우에나 전쟁으로 인한 '임시적인' 가족 형태이거나간에 동일하다. 50년대 전후 소설에서 전쟁의 비인간성에 대한 비판은 바로 이러한 깨어진 가족의 이미지 속에서 구성된다. 따라서 전후 현실의 비인간성에 대항하는 가치의 지향점이 '가족', 또는 집을 지향할 때 그 가족은 깨어지기 이전, 즉 유기적 통일성이 충만했던 상실 이전의 상태를 지향하게 된다. 또한 50년대 전후 소설에서 '훼손된' 가족 구성원의 면모를 지속적으로 강력하게 이미지화함으로써 전쟁의 참상을 고발하는 방식은 이 불구적인 가족 구성원의 '유기체적 불완전성'을 지속적으로 이미지화함으로써 동시에 가치지향점으로서의 유기체적 완결성을 이미지화하게 된다.

전쟁으로 인한 상실의 체험이 '훼손된 가족'의 이미지로 형상화되는 방식은 점차 그 의미화 방식이 확대되는 경향을 보인다. 50년대 소설에서 '훼손된 가족'은 이념 전쟁의 피해자라는 의미 속에서 이념과 개인, 전체와 개인 등의 관계항 속에서 의미화된다. 그러나 이러한 의미화는 모든 '훼손된 것'과 '복원되어야 할 것'이라는 대립항을 중심으로 구성되어 있기 때문에 이 대립항을 중심으로 의미가 확산될 수밖에 없다. 이 의미의 확산 속에서 '훼손된 것'과 '복원되어야 할 것'은 주로 '민족'에 대한 '신화적인 구성물'을 생산하게 된다. 그러나 이러한 의미의 확산은 작품에서는 '자연스러운' 것으로 드러난다. 즉 가족—민족—국가를 표상함에 있어서 이미지적 동일성으로 결합하는 것은 작품에서는 '자연스러운 것'으로 드러난다. 그러나 앞서도 살펴 본 바와 같이 이러한 가족—민족—국가의 유기체적 관계는 결코 자연스러운 것이 아니다.

2-4. '훼손된 누이'로 표상되는 상실의 체험—유기체적 완결성과 '가부장'에의 의지

앞서 살펴 본 바와 같이 50년대 전후 소설에서 전쟁으로 인한 상실의 체험은 주로 가족의 훼손을 축으로 이미지화된다. 상이군인, 무능력자, 광인, 창녀, 비정상적인 생활력의 소지자는 모두 이러한 '훼손'의 지표가 된다. 여기서 이 가족의 구성원들의 '훼손'의 표지를 전형적으로 드러내 주는 것은 '육체적 훼손'의 흔적이다. 또한 이들이 갖고 있는 정신적인 상실감은 그들의 '육체적 훼손성'에 의해 극명하게 가시화된다.

> 외팔이 절룸발이. 그런 놈들, 무식한 놈들, 참 시시한 놈들이지요. 죽다 남은 놈들. 그렇지만 형님, 그 놈들 다 착한 놈들이야요. 최소한 남을 속이지는 않거던요. 공갈을 때릴 망정, 하하하하. 전우 전우.37)

「오발탄」에서 제대 군인인 영호는 사회에 적응하지 못하고 직장도 구하지 못한 채 상이군인 '전우'들과 어지러운 술자리로 하루하루를 보낸다. 여기서 "죽다 남은 놈들"이라는 표현은 전후 소설이 보여주는 '자기 의식'의 일단을 명확하게 보여준다. 이는 단지 상이 군인에 한정되는 것이 아니다. 전후의 모든 인간은 '죽다 남은 인간'으로 이미지화된다.

> 피난 나갈 기회를 놓치고 적치(赤治) 삼 개월을 꼬박 서울에 숨어 지낸 봉우는 빨갱이와 공습에 대한 공포감 때문에 잠시도 마음놓고 깊이 잠들어 본 적이 없다고 한다. 밤이나 낮이나 이십사 시간 조금도 긴장을 완전히 풀어 본 일이 없다는 것이다. 그처럼 불안한 긴장 상태가 어느덧 고질화되어 오늘날까지도 지속되고 있다는 것이다. 그러기에 꼬집어 말하면 그는 자면서도 깨어 있고, 깨어 있으면서도

---

37) 이범선 「오발탄」(『현대문학』, 1959. 10), 『현대한국문학전집』, 363쪽.

자고 있는 상태인 것이다.(중략) 이를테면 활동 의욕과 생활력을 완전히 상실하다시피한 봉우는 아내의 부양에 의존하는 수밖에 없었고, 경제 활동이 비범한 봉우 처는 무슨 짓을 하며 나가 돌아다녀도 말썽을 부리지 않으니 어쨌든 봉우가 편리한 남편이었는지도 모르는 것이다. 아무튼 봉우는 그만큼 가정에 대해서나 세상일에 대해서나 무관심한 인간이었다.[38]

「잉여인간」에서 무능력자인 봉우는 상이 군인과 마찬가지로 죽다 남은 인간이다. 그들의 유사성은 전쟁으로 인한 상실에서 비롯되는 '무능력자'라는 점이지만 다른 한편으로 그들은 자신 안에 생명과 죽음을 내포하는 인간이라는 점에서 동일한 것이다. 상이 군인의 절단된 육체는 그들의 생명으로서의 유기체 속에 죽음의 흔적을 가시화하며, 마찬가지로 무능력자는 비정상적인 생존 본능과 대비되는 '죽음'이 결합되어 있는 생명체의 이미지를 강력하게 간직한다. 따라서 이들 훼손된 자들은 앞서 살펴 본 자기 회복의 의지와 죽음 충동이라는 역설적인 방식이 전형적으로 결합되어 있는 인물이다. 이들의 면모는 작품에서 전쟁으로 인한 '상실'을 육체적 불구성으로 가시화하며, 이러한 표상 작업에 의해 '상실'은 유기체적 불완전성의 이미지로 의미화된다. 따라서 이러한 의미화 작업의 결과 상실의 회복은 '유기체적 완전성'에 대한 열망으로 의미화될 수밖에 없다. 상실을 의미화하는 방식으로 유기체적 불완전성의 이미지가 드러나는 것은 여러가지 방식으로 구성된다.

　　사나이는 바위 잔등에 무릎을 꿇고 앉아 냇물에 손을 씻는다. 파란 물 속에 빨간 노을이 잠겼다. 끈적끈적하게 사나이의 손에 묻었던 피가 노을빛보다 더 진하게 우러난다.
　　무엇인가 때려잡은 모양이다. 곰? 멧도야지? 노루? 꿩? 토끼?
　　그런데 사나이가 들고 일어선 것은 그 어느 것도 아니었다. 보기

---

38) 손창섭, 「잉여인간」(『사상계』, 1958. 9), 『현대한국문학전집』, 343쪽.

에도 징그러운 내장, 그것이 무슨 짐승의 내장인지는 사나이 자신도 모른다. 사나이는 그 짐승의 머리도 꼬리도 못 보았다. 누군가가 숲 속에 끌어내어 버린 것을 주워 오는 것이었다.

철호는 옆에 놓인 비누를 집어들었다. 마구 두 손바닥을 부볐다. 우구구 까닭모를 울분이 끓어 올랐다.[39)]

위 인용문은 훼손된 가족의 무게에 짓눌린 「오발탄」의 철호의 내면을 명징하게 드러낸다. 여기서 철호의 내면은 '머리도 꼬리도' 없는 핏덩어리의 내장으로 이미지화된다. 물론 이 이미지는 단지 철호의 내면이 아니라 그 내면에 투영된 심리적 강박의 실제인 훼손된 가족의 이미지를 투영하는 것이다. 이 '머리도 꼬리도 없는' '핏덩어리 내장'의 이미지는 50년대 전후 소설에서 상실의 체험이 이미지화되는 전형적인 방식을 보여준다. 이는 특히 전쟁 체험과 이에서 비롯되는 전후의 '무사회 상황'의 심리학을 극명하게 보여준다.

나는 눈물을 흘리면서 네가 사람이야, 네가 사람이야, 하고 목청을 쥐어짰다. 그러한 나의 미치광이 춤은 누구의 눈에도 실성한 사람으로 보였을 것이고 때문에 김상사의 보복도 모면할 수가 있었을 것이었다. 기실 누구나 다 미쳐 버렸었는지도 모른다. 광기는 단지 정도의 차이에 지나지 못했다. 풀 위에 뒹굴고 있는 적병의 윗도리는 거무튀튀한 초연(硝煙)이 묻어 있었고, 상기 응고하지 않은 피는 무성한 잡초의 향기 속을 헤치고 흘러내렸다. 그 짙은 피비린내 속에 섞인 화약 내음새는 역시 광물질이며 차거운 것이었다.

지금쯤 상희의 폐에서도 붉은 핏덩어리가 쏟아져 나올 것이다. 나는 상희를 잃고는 살지 못한다. 죽을 때엔 만일에 네가 죽을 때엔 그 적병의 가슴에서 피를 쏟듯이 내 가슴에 붉고 따듯한 피를 뿌리고 숨을 거두라. 내가 너에게 가기까지 살아 있어라. 너의 귀한 피 한방울이라도 뱉아 없애지 말라. 네 핏속에서 득실득실하는 폐균을

---

39) 이범선, 「오발탄」, 앞의 책, 358쪽.

나는 증오하지 않는다. 차라리 우정 비슷한 친밀감마저 느껴지는 것
이다.[40]

「이 성숙한 밤의 포옹」에서 전쟁 중 탈영한 '나'는 도피중의 공포와
불안에 의해 자기 방어를 빙자한 무차별 살상을 저지른다. 이 인물의
심리에서 자신이 강간하여 죽여버린 산골 처녀의 피 흘리는 육체는 자
신이 찾아가는 애인의 피 흘리는 육체와 동일화된다. 또 이 피 흘리는
육체의 이미지는 전쟁 중 자신의 무차별 살상으로 죽은 '적군'의 이미
지와도 동일화된다. 이러한 이미지의 동일화 속에서 전쟁 중의 살해와
죽음으로 인한 인간의 파괴는 회복해야할 대상과 동일한 이미지 속에
놓여진다. 즉 매우 기이한 방식이기는 하지만 살해한 대상과 구원할 대
상이 동일한 이미지 속에 놓여진다는 것이다. 이는 모든 인간의 총체적
파괴라는 전쟁의 전체주의적 성격의 투영물이기도 하며, 이로 인해 전
쟁을 겪은 모든 인간이 스스로 가해자이자 피해자라는 '이상 심리'를
구성하게 되는 것과도 관련된다. 이러한 가해자이자 피해자라는 이상
심리는 현실의 모든 인간을 '피 흘리는 신체'라는 상실의 이미지로 동
일화하는 근본 요인이 된다. 그런데 흥미로운 것은 이러한 '피 흘리는
신체'로 결집되는 '살해' 대상과 '구원' 대상의 동일화는 주로 '창녀'의
이미지로 집중된다는 점이다.

> 그런 쓰디쓴 침묵 속에서 나는 차츰 그녀에 대한 증오가 타오르
> 기 시작했다. 창녀의 위치에서 탈출하여 인간이 되려고, 어림도 없는
> 수작이다. 이미 내가 상희를 찾아갈 것을 단념한 것처럼 너도 빚을
> 갚을 생각일랑 아예 염도 내지 말라.
> 어때, 나하고 놀지 않겠어?[41]

---

40) 서기원, 「이 성숙한 밤의 포옹」, 앞의 책, 375쪽.
41) 같은 글, 390쪽.

살해의 대상인 '피 흘리는 신체'는 나에게 죄의식과 공포를 유발하는 전쟁의 '상실' 체험과 상관물을 이루기 때문에 공포의 '대상'이 된다. 또 구원의 대상인 '피 흘리는 신체'(상회)는 (살해의 대상인 피 흘리는 신체에 가한 죄로 인해) 내가 다가갈 수 없는 비현실적인 '이상'으로만 존재한다. 나는 '피 흘리는 신체'에 가한 죄를 또다른 '피 흘리는 신체'를 구원함으로써 대속하려 하지만 결코 그 곳에 이를 수 없다. 이러한 나의 딜레마는 또다른 '피 흘리는 신체'인 '창녀' 속에서 자신의 분신을 확인한다. '창녀'는 죄 지은 나와 등가물을 이루지만 동시에 구원의 대상이다. 따라서 '창녀'는 살해/구원의 역설적인 욕망의 투영물인 '피 흘리는 신체'에 대한 '터부 의식'으로부터 나를 구원해주는 심리적인 도피처로 작용한다. 이러한 식으로 '창녀'의 이미지 속에 죄 지은 나를 투영하고, 동시에 '상실'의 체험을 투영하는 방식은 전후 소설의 일반적인 서사 방식이다. 이는 주로 생활의 어려움으로 인해 '창녀'로 전락한 누이의 이미지로 드러나는 경우가 많다. 또한 이러한 방식은 작품 서사에서 뚜렷하게 '창녀'로서의 누이가 등장하지 않는 경우조차 대부분 '훼손된 누이'의 이미지로 대체된다. 이러한 '훼손된 누이'는 나의 상실의 등가물이기도 하지만 나와 완전히 동일화되지 않는 구원의 대상이기도 하다. 또한 중요한 것은 이러한 상실의 이미지가 '훼손된 누이'의 이미지로 표상됨으로써 여기에는 여전히 살해/구원이라는 역설적인 욕망이 착종되어 존재한다는 것이다.

이러한 착종된 욕망은 이것이 '훼손된 누이'의 이미지로 드러날 때는 살해의 욕망이 '부양'의 의무로 전환되어 표현된다. '훼손된 누이'를 바라보는 무능력한 가장의 시선에는 훼손된 누이에 대한 '증오'와 무능력한 자신에 대한 혐오가 동시에 작동함으로써 이러한 살해 욕망은 '부양'의 욕망을 통해 해소된다. 이범선의 「오발탄」, 오상원의 『백지의 기록』, 『황선지대』, 황순원의 『별과 같이 살다』, 『카인의 후예』, 선우 휘의 『깃발 없는 기수』 등은 이러한 서사를 전형적으로 보여준다. 따라서 상실의 체험이 '훼손된 누이'의 이미지를 통해 표현되는 서사 구도는 필연적으로 강력한 가부장에의 의지를 동반하게 된다. 이는 50년대 전후 소설의 양상 속에서 살해 충동과 죽음의 충동이 서사의 이면으로 '억압되는 것'이 '가족의 복원'의 서사에 의해 이루어진다는 점에서도 확인된다. 또한 앞서 살펴본 바와 같이 자기 구원의 욕망이 죽음 충동으로 이어지는 작품에서 이러한 죽음 충동으로부터의 구원이 '모성의 집'으로의 회귀(이는 또다른 의미의 가부장에 대한 열망이다. 여기서 모성은 결국 강력한 가부장의 부재로 인해 자기 헌신을 통해 가부장의 대리적인 보상물로서의 의미를 지니는 것이다.)에 의해 이루어지는 것에서도 확인된다.

그러나 한편으로는 '창녀'와 '훼손된 누이'는 증오의 대상이자 구원의 대상이라는 점에서 동일한 의미망 속에 놓인다. 이 이미지가 증오의 대상인 것은 그들이 상실을 육화하고 있는 존재이기 때문이다. 따라서 이 증오는 일면 상실에 대한 강력한 회복 의지라는 방식으로 서사화된다. 또한 이러한 이미지가 전후 소설에서의 상실 체험을 의미화하는 데 주요한 요인이 되는 것은 '전후'의 경험이 많은 전후 소설에서 확인되는 바와 같이 '같은 혈족'에 대한 살해 체험을 기반으로 하고 있기 때문이다. 따라서 훼손된 가족의 이미지로 표상되는 상실의 체험은 이러한 살해 체험과도 무관하지 않은 것이다. '훼손된 가족' 구성원들이 살해와 증오와 구원이라는 상충하는 욕망 속에 놓여지는 것은 전후 '민족'이라는 것이 동일한 메카니즘 속에서 '상상'되었음을 확인시켜 주는 것이다. 물론 이러한 메카니즘은 반공 이데올로기에 입각한 '민족 회복'의 논리라는 전후 파시즘의 이데올로기이자 이에서 비롯된 파시즘의 심리학과 무관할 수 없는 것이다.

이러한 훼손된 가족의 이미지로 표상되는 상실의 체험에는 바로 유기체적 완전성에 대한 욕망과 가부장에의 의지가 결합되어 있는 것이다. 이 훼손된 가족이란 바로 전쟁으로 인해 파괴된 모든 '관계'를 의미화하지만 '관계'의 복원은 사회적 성격의 복원과 시민적 주체의 복원을 추동하기보다는 유기체적 '가족'과 '강력한 가부장'에 의해 유기체적 완전성을 회복할 '가족 구성원'의 심리학으로 추동된다. 이러한 '유기체적 가족'의 가장 이상적인 완성은 다름 아닌 '민족'인 것이다. 즉 가족─민족─국가의 유기체적 관계는 가족이 이 모든 관계의 생성소라는 점에서 관계의 핵이지만 이 핵으로서의 가족은 전체로 확산되기 위해서만 존재한다는 점에서 이 유기체의 관계는 부분─전체의 관계 속에서 전체로의 확산을 지향하는 것이다.

이러한 방식의 '민족'에 대한 서사는 '여성 수난사'라는 하나의 서사 구도로 완성된다. 황순원의 『별과 같이 살다』, 『카인의 후예』 등 유기체적 완전성으로서의 '가족'의 이상태로 상상되는 '민족'의 서사는 우리 문학의 뚜렷한 한 줄기를 형성한다. 여기서는 선우 휘의 『깃발 없는 기수』를 통해 그 일면을 확인하고자 한다.

3. '여성 수난사' 서사의 이데올로기─ '몸팔기'로서의 역사와 '창녀 구하기'

3-1. 반공 이데올로기의 등가물, 민족주의

선우 휘의 『깃발 없는 기수』(1959)는 해방 공간을 배경으로 좌·우익으로 분열되어가는 정치, 사회적 배경 속에서 무너져가는 '인간 관계', 또는 '인간성'을 보여준다. 선우 휘의 작품은 항상 '휴머니즘적'이라는 수식어를 동반한다. 작품은 신문사 기자인 윤을 중심으로 냉소적인 지식인 형운과 좌익의 일원인 신익, 우익 청년단의 일원인 '곰'과 일제하 학병단 출신의 모임의 일원인 용수를 중심으로 구성된

다. 작품의 인물 구성은 다분히 해방 공간의 이념적 혼란의 양상을
대표하는 '스테레오타입'을 중심으로 구성되어 있다는 것을 알 수 있
다. 그러나 작품은 이러한 인물들의 병치를 통해 해방 공간의 '다양
한' 흐름을 보여주기보다는 이 다양한 흐름을 윤과 형운의 시점에서
철저하게 기술하고 있다.

작품의 제목이 암시하듯 『깃발 없는 기수』는 이념이라는 '깃발'이
난무하던 해방공간의 상황을 '비판적'으로 보여준다. 그러나 여기서
난무하는 깃발에 해당하는 이념은 주로 '좌익' 이념이다. 일제하에서
사회주의 운동가였다가 일제의 농간으로 변절자의 오명을 쓰고 조직
으로부터도 배척되어 아들인 성호에게 사회주의 '운동'을 강요하는
윤의 하숙집 주인이나, 정보 수집을 위해 자신의 정부를 미군 장교의
첩으로 만들고 가족을 외면한 채 정부와의 '추잡한' 관계를 계속하는
공산주의자 이철, 우익 테러 단체에 붙들려가 곤혹을 당하는 것을 윤
이 구해주었음에도 불구하고 오히려 윤을 비난하고 오해하는 신익
등 이 작품에 등장하는 이념적 인물들은 모두 실상 좌익 이념을 표
방하는 인물로 그려진다. 우익 이념에 대한 비판은 '곰'이나 용수같
이 '이념 없이' 그저 휩쓸려 들어가 '우익 테러'에 가담한 '단순한'
인물에 대한 간단한 기술에 국한된다.

또한 작품의 전체적 구성 또한 표면적으로는 '민족적 울분'의 표출
을 중심으로 되어있지만 실상 그 민족적 울분은 '반공주의'의 형식을
취하고 있다. 즉 작품에서 민족주의는 반공주의와 등가물이 된다. 작
품은 일제와 해방기까지 온갖 외세에 의해 침탈된 조국의 현실에 대
한 해방기 젊은이들의 '고뇌'를 중심으로 그려진다. 해방자체에 대해
회의적이고 냉소적인 형운과 달리 윤은 "우리 엽전에게도 뭐 있긴
있을텐데 말이야"라며 '엽전의 진실'을 찾기 위해 고투하는 그야말로
'깃발 없는 기수'이다. 사실상 작품은 신문기자인 윤의 좌충우돌하는

민족적 울분의 토로와 신문기사적인 세태의 재기술에 치중하고 있다. 해방 공간의 혼란을 보여주는 몇몇 에피소드와 술집(해방옥)에서 오고가는 혼란스런 정국에 대한 가십성 이야기들이 전개되는 와중에서 작품의 주된 사건은 윤의 하숙집 아들인 성호와 아버지의 갈등과 공산주의자 이철의 사생활에 대한 '탐문'을 중심으로 이루어진다. 사회주의 운동 조직에 가담하기를 강요하는 아버지와 비행사가 되려는 꿈을 갖고 있으나 소심하여 아버지의 강요에 적극적으로 대항하지 못하는 성호, 아버지를 만류하고 성호를 도와주려는 딸 행아 등 하숙집 일가의 갈등은 성호의 죽음으로 '비극적인' 종말을 맞는다. 성호가 가담한 조직에서 규율을 강화하기 위해 조직내 한 명에게 배신자의 누명을 씌워 테러를 가하려 하자 성호는 친구를 구하기 위해 자신의 목숨을 바친 것이다. 또한 해방기 좌익 진영의 영웅으로 그려지는 이철은 윤의 시각에서 '우매한 대중'을 농락하는 철저한 이중 인격자로 비춰진다. 윤은 이철을 응징하기 위해 밀회장소를 지키고 있다가 저격을 하려 하지만 이철이 순교자가 되는 것을 막기 위해 자신의 계획을 포기한다. 그러나 윤임을 '품기 위해' 윤임과 이철의 밀회장소로 간 윤은 자신의 의도와 달리 이철을 총으로 쏘게 되면서 작품은 끝을 맺는다. 어찌보면 이러한 결말은 윤의 행태조차 '자기파괴적'임을 비판적으로 그려내는 것처럼 보이지만 작품은 시종일관 윤의 행위와 시선에 기반하고 있다.

주인공의 윤의 행태는 다분히 감정적이고 충동적이지만 작가의 시선은 윤으로부터 그다지 거리를 갖고 있지 않다. 사실상 어떤 면에서 해방기라는 공간을 충동적으로 달려가는 윤의 면모는 '희극적'이기까지 한데 작가는 오히려 '비극'을 의도한 것이라고 한다.[42]

---

42) 이는 사실상 여성 수난사로서 민족사를 재구성하는 것을 작가들이 기존의 '허위적인' 역사 기술에 대한 대안적인 '새로운 역사 기술'로 인식하고 의도

　나는 여기서 팔일오 해방 뒤의 혼돈 속에 내던져진 한 젊은이를 그려 보았다.

　그는 벅찬 현실상황 속에 비틀거린다. 때로는 웃고 때로는 울고 노하고 또 울부짖는다. 굶주린 짐승같이 어둠 속을 헤맨다. 사랑과 미움이 교차하는 한가운데 서서 몸부림친다.

　그러나 그는 끝내 물러나지는 않는다.…… 그에게는 깃발이 없었다. 그러나 값싸게 높이 내어 흔들어진 어떠한 깃발보다도 그에게는 보다 훌륭한 보이지 않는 깃발이 있었던 것이 아닌가 —43)

　작가의 말에서 보듯이 작품은 해방기라는 인간성 부재의 상황에 '내던져진' 인간들의 실존을 그려보이는 것을 의도하고 있다. 그러나 여기서 '실존'이란 이념에 대한 투쟁을 의미한다. 또한 모두가 혼돈 속에서 허상인 이념의 깃발을 쫓아갈 때 윤이 갖고 있던 "보다 훌륭한 보이지 않는 깃발"이란 민족주의라는 이름의 '반공 이데올로기'였던 것이다.

　물론 『깃발 없는 기수』에서 보여지는 이러한 반공 이데올로기적 측

　했다는 것과 깊은 관련이 있다. 오늘의 우리가 보기에 '희극적'일 수도 있는 주인공의 행적은 그 시대에 있어서 상당히 '새로운', '급진적'인 의미를 지닐 수 있었다. 이는 전체주의의 심리학에 있어서 혁명적인 것과 반동적인 것의 역설과 매우 깊은 관련을 갖는다. 한나 아렌트는 양차 대전 이후 엘리트들의 기성 사회의 '허위'에 맞선 '혁명적인 것'에 대한 갈망이 어떤 식으로 전체주의의 심리학의 자장에 포섭되는지를 명확하게 설명하고 있다.

　"공식적인 역사 기술에 대한 지식인 엘리트들의 혐오, 역사는 어차피 위조이고 정신나간 자들의 놀이터이므로 어마어마한 허위가 결국엔 명백한 사실로 수립될 수 있는 가능성에 엄청난 매력이 있다는 확신, 인간은 그의 과거를 의지대로 바꿀 자유가 있다는 확신, 진실과 허위의 차이는 더 이상 객관적인 것이 아니며 힘과 지혜, 억압과 무한 반복의 문제가 되었다는 이들의 확신에 대해 스탈린이나 히틀러의 거짓말하는 기술이 아니라 그들이 자신의 거짓말을 뒷받침하기 위해 대중들을 집합적 통일체로 조직화 할 수 있다는 사실이 매력을 발산했다." Hanna Arendt, 앞의 책, 333쪽.

43) 선우 휘, 「작가의 말」, 『깃발 없는 기수』, 『현대한국문학전집』, 신구문화사, 1981. 이후 작품 인용은 같은 책. 해당 쪽수만을 명기함.

면이 50년대나 60년대 작품들이 처해있던 냉전 현실이나 반공 이데올로기의 '억압'에 의한 '어쩔 수 없는' 귀결이라 할 수 있다. 따라서 전후소설의 의미를 평가할 때 종종 이야기되는 '휴머니즘적' 요소가 이 작품의 문학사적 의미를 평가할 때 중요한 평가 기준이 될 수 있으리라 보인다. 또한 본고에서 문제시하려는 것 또한 바로 이 휴머니즘의 '본질'에 관한 것이다. 즉 『깃발 없는 기수』에서 윤이 이념 대신 택한 휴머니즘의 깃발이 민족주의라는 형식의 반공 이데올로기였다는 것이 본질적으로 중요한 것은 아니다. 오히려 중요한 것은 그 '휴머니즘'이 본질상 반휴머니즘적이라는 점이다. 즉 『깃발 없는 기수』에서 표현되거나 잠재되어 있는 휴머니즘적 신념은 철저하게 '남성적 질서'에 입각한 것이다. 이는 식민지나 전쟁, 해방기의 정국을 '훼손된 여성의 신체'로 이미지화하는 방식에서 확인되는 것이다. 다시 말해서 『깃발 없는 기수』는 한편으로는 전쟁이나 이념 갈등을 '남성적 폭력'으로 규정하고 있지만 동시에 '훼손된 것'은 철저하게 여성적인 것과 동일시하는 구조를 취하고 있는 것이다.

3-2. '강간 시대'에서 '창녀 시대'로—'훼손된 여성의 신체'로 표상되는 근대사의 이미지

『깃발 없는 기수』의 작품 구성은 사실상 식민지와 해방, 그리고 해방기에 이르는 우리의 역사를 아무나 가릴 것 없이 몸을 내주는 '창녀'의 이미지로 표상하고 있다. 좀더 세분화하자면 우리 역사는 식민지라는 '강간 상태'에서 해방을 맞이하여 해방기에 이르러서는 적극적으로 몸을 파는 '창녀'의 단계에 이른 것이다. 작품에서 형운이 식민지 시대 공산주의 조직에 가담했던 상해에서 만나 미래를 약속했던 '천사'는 형운이 조직의 '간계'로 상해를 떠난 동안 일본인과 결혼하여 해방 후 남편도 잃고 가족도 잃은 채 술집 작부가 되

어 폐인과 같은 생활을 한다. 이 형운의 '천사'는 말하자면 우리 역
사의 '강간 시대'의 표상인 것이다. 또한 작품에서 지속적으로 등장
하는 양공주인 '파란 대문집' 여자와 이철의 정부이자 미군 장교 퍼
킨슨의 정부인 윤임은 경제적인 이유로건 이념적인 이유로건 시대
의 흐름에 적극적으로 편승하여 자신의 몸을 내맡긴 '창녀 시대'를
표상한다. 작품에서 윤과 형운은 이러한 창녀들에 대한 혐오적이고
성적인 비방을 함으로써 '민족적 울분'을 토로한다. 특히나 '양갈보'
에 대한 윤의 시선에는 내 것을 남에게 빼앗겼다는 울분과 '내 것'
에 대한 '정당한' 욕망, 그녀들 자체에 대한 혐오와 증오가 뒤섞여
있다. 작가는 '양갈보'에 대한 윤의 이런 시선을 통해 아마도 '민족'
상실에 대한 '복합 감정'을 그려내려 의도한 것처럼 보인다. 윤은
'양갈보'에 대한 이러한 증오와 단죄 끝에 결국 그녀들을 '구원'하려
는 결심에까지 이르는데(여기서 '구원'이란 그녀를 '품는 것'이다),
이는 상실된 민족에 대한 증오와 연민과 구원 의지를 표명하려는
의도의 소산으로 보인다. 따라서 작가는 아무런 '도덕적 갈등'도 없
이 '훼손된 것'에 대한 증오와 혐오를 철저하게 여성적인 이미지 속
에 삽입한다.

> 윤은 여자의 뒷덜미로부터 양 어깨를 스쳐 허리 아래로 흘러내리
> 는 굴곡에서 얼른 그 여자가 흔히 이 언저리에서 곧잘 미군 병사를
> 낚아가는 낯익은 여자임을 알 수 있었다.
> 윤은 탐스러운 파아마로 넘겨진 물결치는 검은 머리의 저편의, 지
> 금은 보이지 않는 여자의 얼굴을 알고 있었다. 그는 어느때나 유난
> 히 젖어있는 여자의 두 눈을 그려보며 저도 모르게 꿀꺽 생침을 삼
> 켰다. 그러나 부끄러움보다는 울화가 앞섰다.
> <쓸만한 처녀는 모두 저놈들 차지란 말이야> (12)

> "아니지, 내 언제고 기어코 해칠 테니까"
> "해치다니 여보게 없애 버린단 거야?'

204

"한 번 엽전의 진가를 보여줘야겠어. 양놈에 못지 않게 으스러지도록 젖가슴을 문질러 줘야겠단 말이야"
"또 기를 쓰는 군. 누가 상대나 해 준다든가?"
"그러니까 더욱 울화통이 터지거든"
윤은 한번 어깨를 으쓱해보였다.
"그렇긴 해. 이래선 피차간 꼴이 아니지. 이러다간 찌꺼기 차지나 하겠어." (14)

"너 양놈 상대할 생각이구나"
"그럼요, 이왕 이렇게 나선 바에야 마음내키는 대로 해야죠. 돈도 더 벌리고. 양놈들 참 멋져요"
윤은 그 소리에 벌떡 일어났다. 일어서기가 바쁘게 책으로 여자의 뒤통수를 후려갈겼다. 얻어맞은 여자는 울룽한 눈을 하며 한 걸음 물러 앉았다.
"왜 때려요?"
윤은 대답을 못하고 무슨 더러운 것을 본 듯 여자의 얼굴만 쳐다 보았다. (23)

작품에서 외세에 의해 '몸을 더럽히고' 이제는 자발적으로 '몸을 내놓은' 훼손된 민족에 대한 울분은 창녀에 대한 울분으로 드러난다. 훼손된 민족의 현실에 대한 울분과 증오에 싸인 윤은 '누군가'에 대한 가해욕망에 시달리는데, 결국 그는 일전에 만난 '푸른 대문집' 여자를 벌주는 것으로 자신의 울분을 푼다.

정말 누구를 치고 싶었다. 아니 누구를 죽이고 싶었다. 가슴에는 헤아릴 수 없는 불길이 일고 있었다. (중략)
윤은 자기의 팔꿈을 벗어나려는 여자를 더욱 세차게 죄어당겼다.
"무슨 짓이에요?"
"자고 가야겠어"
여자는 대답이 없었다. 크게 떴던 두 눈은 예사로와 지면서 안

쪽을 살피는 눈치로 변했다. (43)

마찬가지로 이념이라는 '망상'에 휘둘리는 조국의 현실에 대한 윤의 울분은 이철과 윤임의 밀회장소를 지켜서 '윤임'을 응징하는 방식으로 드러난다.

> 또 무엇을 부숴 버리고 싶은 충동이 일기 시작했다. (중략)
> 눈 앞을 스쳐가는 자동차의 유리 안으로 얼핏 훔쳐본 일이 있는 윤임의 얼굴이 자꾸 뇌를 어지럽혔다. 그 윤기있는 검은 눈동자와 보드라운 느낌을 주는 어깨, 윤은 그 밑으로 흘렀을 몸매의 굴곡을 멋대로 그려 보고는 꿀꺽 생침을 삼켰다. 다음 순간 휙 그의 머리 위에 검은 그림자가 뒤덮였다. 퍼킨스와 이 철…… 윤은 벌떡 의자에서 일어났다. (55)

이철을 응징하려다 만나지 못한 윤은 대신 윤임을 범하는 것으로 그녀를 '단죄'하려다가는 "너하구 자기보다 갈보년하구 자는 게 더 편하겠어"라며 방을 나선다. 여기서 표면적으로 훼손된 민족의 현실에 대한 울분을 표현하는 윤의 태도 이면에는 '남의 여자'가 되어버린 '여자들'을 다시 차지하거나 안되면 '강간'을 통해 단죄를 하고야 말겠다는 욕망이 내포되어 있다. 즉 상실되고 훼손된 민족에 대한 울분이라는 윤의 '이념'은 '훼손된' 여성에 대한 욕망과 증오로 표현된다. 즉 해방기를 비롯한 현대사에 대한 작가의 인식이 '창녀'의 이미지 속에서 구현되는 것은 근대사를 바라보는 반공 이데올로기적 측면뿐 아니라 철저하게 역사를 '남성적 욕망의 구현물'(부정적이든 긍정적이든)로 보는 태도의 소산이다. 또한 '민족'이나 '역사' '이념'에 대한 인식이 주로 '훼손된 여성 신체의 이미지'로 표상될 때, 여성 신체는 욕망과 증오의 양가적 감정 속에 놓이게 된다. 여기서 훼손된 민족의 구원은 '빼앗긴 여자'의 몸을 되차지하거나 최소한 '강간으로

벌하는 것'이 되는데, 이는 작가가 비판하는 여타의 외세의 '제국주의적 속성'의 반복이자 결국 '강한 자의 역사'에 대한 선망의 표현이라는 점에서 전형적인 파시즘적 '서사'의 구조를 보여주게 된다. 결국 『깃발 없는 기수』에서 표방되는 근대사에 대한 인식은 표면적으로는 '강대국'의 하수인으로 전락한 '엽전' 신세인 우리 민족의 울분을 표현한 것이지만, 결국 그 이면에는 '강한 자'의 역사, 그 단죄와 쟁취, 쟁취의 산물로서의 '여성 차지하기'의 욕망이 내포되어 있는 것이다.

3-3. 배설 욕구로 이미지화되는 이념—'이념'의 성애화

『깃발 없는 기수』는 해방기의 '이념' 갈등에 대한 선명한 비판을 축으로 구성된다. 그런데 여기서 이념 갈등은 '우매한 대중'(어린 명철이와 그 일가로 표현되는)을 '현혹'시키거나, 순진한 몽상가들을 '미몽'에 빠트리는(맑은 눈의 공산주의자 박 인의 경우처럼) 것이거나 판단력이 부족한 '미숙한' 인간들을 수렁에 빠트리는 것(죽음에 이르는 성호처럼)으로 그려진다. 즉 여기서 이념 갈등은 한 인간의 존재론적 실존의 문제라거나 선택적 갈등의 문제로 그려지지 않는다. 따라서 여기서 '이념'이란 무언가 '결핍'의 표지이거나 '과잉'의 표지로 그려진다. 즉 '우매한 대중', 현실 판단에 능숙하지 못한 '몽상가', 미숙한 '어린이'나 '소년'이 이념 갈등의 피해자로 그려짐으로써 이념이란 하나의 '결핍'의 표지가 된다. 또 신익이나 이철 등은 자신을 '신과 동일시하는' 과대망상적인 사람들로 그려짐으로써 여기서 이념은 '과잉'의 표지가 된다. 이러한 결핍과 과잉의 모순적 결합으로서 드러나는 '이념적인 것'에 대한 혐오는 작품에서 이념적인 것을 '성적인 것'과 동일시하는 구조로 드러난다. 작품에서 윤이 이철을 그토록 증오하는 것도 그가 가정이 있음에도 윤임이라는 정부를 두고 있다는 것이며, '이념'을 위해 성적인 것까지도 '팔아넘기는' 파렴치함 때문이다. 물론 윤 자신이 기회가 있을 때마다 창녀촌에 가는 것이나 양공주를 '강간'하는 것, 윤임을 범하려고 한 것은 결코 도덕적인 비판의 대상이 되지 않는다. 게다가 창녀촌을 드나드는 형운의 행위는 그녀들을 '구원'하는 유일한 행위로 의미화되기조차 한다. 즉 작품에서 성적인 것 자체가 문제가 되는 것은 아니다(성적인 문란에 대한 윤리적 비판같은 것이 아니라). 작품에서 이념적인 것이 성적인 것의 이미지로 표상되는 것은 이념적인 것을 결핍과 과잉의 이중적인 부정성으로 바라보는 작가적 인식의 반영물인 것이다. 특히 이념적인 것을 집단적인 배설욕구로 표상함으로써 정부에 대한 학생들의 불만과 이에서 비롯된 집회나, 하루벌이 노동으로도 입에 풀칠하기 어려운 노동자 가족(명철의 가족)이 유일한 희망으로 '공산주의'를 생각하게 되는 것, 아들에게 이념을 강요하는 '실패한' 사회주의자 아버지 등 이념적인 것을 둘러싼 모든 에피소드는 현실적 욕망의 '좌절'에 다른 왜곡된 '배설욕구'의 표현으로 전일화된다.

> 문이 닫혀진 안이 차차 밝아 오면서 윤은 눈앞의 벽에 무수히 그적거려진 낙서를 보았다. 여체의 그림은 오직 하나밖에 없었다. 벽 전체가 정치적인 구호로 메워져 있었다.
> 인민위원회 만세, 공산당 만세, 강태 만세, 반동 분자 주구, 졸도, 미제국주의, 친일파, 빨갱이, 양키 고우 호옴 등의 어휘를 볼 수 있었다. 함참 더듬다가 윤은 윗 호주머니에서 연필을 끄집어냈다. 여기 저기 빈 틈을 찾던 윤의 눈길이 문득 한 군데 못박혀졌다. 윤은 거기 써진 낙서를 속으로 두 번 읽었다. 세번을 읽고난 윤의 입에서 큰 웃음이 터져 나왔다. 뒤이어 흘러나오는 웃음을 그칠 줄을 몰랐다. 한참 후 웃음을 그친 윤은 다시 한번 그것을 들여다보고 이번에는 시무룩한 표정을 지었다. 거기에는 짤막하게 이렇게 적혀 있었다.

<뒷간에 들었으면 똥이나 싸라>(50)

'뒷간'에 '으레' 있어야 할 '여체' 그림 대신 '정치적인' 구호가 있다는 표현은 암암리에 정치적인 것과 여체를 '화장실'에서의 배설 욕구의 표현으로 동일화하는 효과를 지닌다. 즉 '뒷간'과 '창녀'는 (남성적)욕망의 배설구라는 점에서 동일한 의미 층위에 놓이고, 강대국의 대리전 체제라는 점에서 '엽전'의 민족 또한 이러한 욕망의 배설구이다. 물론 여기서 '뒷간', '창녀', '훼손된 민족'이라는 동일한 의미 층위 속에 배열되는 이미지들은 '강대국의 냉전 체제의 대리 배설장'이라는 의미를 표면적으로 드러낸다. 그러나 그 '뒷간'에 배설된 언어가 주로 '좌익'의 언어로 표현됨으로써 '뒷간', '창녀', 조국의 현실은 '이념의 대리 배설장', 특히 '공산주의 이념의 대리배설장'을 중심으로 의미화하게 된다.

이념적인 것이 '성적인 것'의 이미지로 표상되는 것은, 이념적인 것을 도착적이거나 불건전한 것, 또는 그 자체의 의미보다는 대리보상물적인 것으로 비판하는(허상, 망상으로 표현하거나 개인적인 야망의 표현으로 간주하는 식의) 작품 전체의 논지의 결과인 것이다. 따라서 작품에서 이념적인 것에 대한 비판은 (아주 사소한 부분에 이르기까지) '부도덕한 여자'나 '불성실한, 이중적인 여자'의 이미지와 결부되어 표현된다.[44)]

> 서방질을 하려는 여자에게는 남편의 매가 좋은 핑계가 된단 말이야. 순익은 깃발을 높이 드는데 무슨 핑계가 필요했던거지. (중략) 자넨 하나의 제물이 된 걸세. 가책을 느낄 건 없어.(64)

---

44) 이것은 본질적으로 이념적인 것을 창녀와 부도덕하고 이중적인 여자(윤임)로 표상하는 작품 전체의 논리와 일치하는 것이다.

그런 인상에 넘어가지 말게. 거긴 별다른 것은 없어, 그건 말쑥한
계집을 보고 느끼는 착각이나 매한가지야. 거기 보내는 예찬의 눈길
과 박수가 오히려 그들을 망치게 하는 거야. 티없이 맑은 눈으로 웃
으면서 사람을 죽이는 장면을 생각해보게 (65)

작품에서 이념적인 것은 거의 강박적으로 '성적인 것'의 이미지와 결
부되는 데, 이를 통해 이념적인 것은 훼손된 것(창녀)이자, 표면의 논리
와 다른 이중적인 것(윤임의 이미지와 친구를 '오해'하는 신익의 이미지
처럼 '신의 없음'의 의미로 표상되는), 현실의 실패에 대한 대리보상물
이자(하숙집 주인), 미숙한 인간들의 욕망의 왜곡된 추구로 표현된다.
홍미로운 것은 작품에서 창녀촌을 제집 드나들듯하고 여자에 대해 성적
인 희롱의 발언을 서슴없이 해대는 윤이나 형운과 달리 사회주의자인
신익과 박인은 다분히 '정숙한' 이미지로 드러남에도 불구하고 그들의
이러한 '정숙함'은 현실 판단에 미숙한 몽상가로서의 미숙함의 표지가
되며, 그들의 맹목적 이념 추구는 이러한 미숙함에 따른 욕망의 왜곡된
표현으로 은연중에 표현된다.

3-4. 남성적 환상으로 바라 본 '민족'—창녀와 동정녀와 어머니의 이미지

앞서 살펴 본 바와 같이 『깃발 없는 기수』에서 훼손된 민족은 '창녀'
의 이미지로 표상된다. 이와 함께 작품에서 주요한 의미를 차지하는 것
은 '동정녀'의 이미지이다. 이것은 아들을 무모한 '이념 전선'으로 내모
는 아버지에 대항해 동생 성호를 구하려는 하숙집 딸 행아의 이미지 속
에서 구현된다. 행아는 현실 판단이 분명하고 영특한 이미지로 그려지

며 무엇보다도 작품에서는 '남성적 이념'의 대타항으로서 '가족을 지키려는' 순수하고도 순결한 이미지로 표상된다.

> "나는 누나를 원망해. 누나는 날 내버려 뒤야 했을거야. 꽃가지나 가꾸라고 한 건 누나야. 새기르기를 가르쳐 준 것도 누나야. 남을 욕지거리말고 착하게 되란 건 누나야. 그게 무슨 소용이 있었어. 그것이 더욱 나를 괴롭히고 있어. 어째서 세차게 발길질을 하도록 버려 두질 않았어. 어째서 으스러지게 밟아주도록 버려 두질 않았어. 어째 참견을 했어?"(67)

> "남자들이란 왜 그렇게 쓸데없는 일에 흥미를 느끼는지 몰라요."
> "가령 어떤 일인데요?'
> "신문에 나는 그 잘났다는 사람들 얼굴을 보세요,'
> "왜요, 그게 어때서요?"
> "그건 왜 실으세요?"
> "그야 사람들이 알고 싶어하니까요."
> "누가 뭣 땜에 알고 싶어하는 거예요?"
> "글쎄 그건⋯⋯"
> 윤은 행아의 엉뚱한 질문에 어리둥절했다.
> "전 그얼굴을 보면 구역질이 나요. 침이라두 뱉고 싶어져요. 그래 그 사람들이 한다는 짓이 뭐예요."
> "그야⋯⋯"
> "그런 사람들은 모두 그 부인이나 자식들을 울리고 있을 거예요."(76-77)

첫 인용문은 아버지의 '명령'을 어기고 친구를 돕기 위해 죽음을 각오한 성호가 집을 나가기 전 누나에게 울부짖는 장면이다. 표면적으로 성호의 말은 누나에 대한 항변처럼 보이지만 사실은 아버지의 논리를 부정하면서 누이의 논리를 따르기로 한 자신의 결심을 드러내는 지점이다. 여기서 "세차게 발길질을 하"고 "으스러지게 밟아주"는 방식은 아버지와 그 강요의 내용인 이념이라는 '남성적' 폭력의 세계를 의미한다. 이와 달리 꽃을 가꾸고 새를 기르고 타인에게 위해를 가하지 않는 누이의 방식은 '순결하고 순수한' 세계로 표상된다. 행아는 이 작품에 등장하는 여성중 창녀나 부도덕한 여성, 이념에 의해 '강간'당하지 않은 유일한 여성이며 이 여성들과 달리 무구한 동정녀의 이미지로 표상된다. 행아의 동정녀로서의 이미지는 성적인 것의 '범람'으로 이미지화되는 '이념적인 것'과 정확한 대타항을 이루며 작가의 '이념적 지향'으로 표상된다. 또한 동정녀로서의 행아는 동생인 성호에게 어머니와 같은 역할을 하는 것으로 드러나며, 아버지의 '이념적 외도'로 비어있는 집을 헌신적으로 지켜내며 아버지에게 한번 투정조차 부리지 못한 채 '부엌에서 눈물짓는' 어머니의 대리인이기도 하다. 물론 「불꽃」과 달리 『깃발 없는 기수』에서 '어머니'의 이미지는 상당히 주변부화되는데 이는 작품 자체가 '이념적인 것'의 부정성을 '성적인 것'의 이미지로 표상하는 방식을 띠게 됨으로써 어머니가 아닌 동정녀의 이미지가 부각될 수밖에 없는 것이다. 작품에서 여성의 이미지가 창녀와 동정녀의 이분법으로 드러나는 것은 사실상 모든 것을 상실이냐 회복이냐, 남이냐 북이냐, 부정태로서의 이념과 긍정태로서의 '민족주의'로 구도화하는 작품의 이분법적 세계인식의 명확한 투영물인 것이다.

이때 창녀와 동정녀는 훼손된 것(훼손된 민족), 회복해야할 것(회복되어야 할 민족)의 이미지로 표상되는데, 이러한 이분법적 세계관은 상실의 체험을 극대화함으로써 완전한 '상실 이전'으로 돌아가고자 하는 '무구의 근원'에 대한 욕망으로 이어지는 것이다. 이 무구의 근원으로 회귀하려는 욕망은 단지 상실을 회복하려는 욕망의 투영태에 불과한 것이 아니다. 작품에서 명확하게 드러나듯이 '상실의 회복'을 위해, '무구의 근원'으로 돌아가려는 욕망은 모든 상실과 훼손의 증거를 '단죄'하고, 그 희생의 제의에 힘입어 훼손된 민족에 대한 지배력을 '타자로부터' 빼앗아 '우리'의 수중에 '장악할' 힘을 회복하려는 강한 지배력에 대한 욕구의 표현인 것이다.

3-5. '창녀 구하기'의 이중성—지배욕과 배설욕망의 표현으로서의 민족주의 혹은 조국애

앞서 살펴 본 바와 같이 『깃발 없는 기수』는 '창녀'로 표상되는 훼손된 민족에 대한 증오와 울분의 감정이 양공주와 부도덕한 여자에 대한 '단죄'의 형식으로 이어졌다면 이 단죄에 따른 '울분'의 배설 뒤에 오는 것은 이 증오의 대상에 대한 '연민'과 '사랑'이다.

> "푸른 대문 집 여자나 윤임이나 그렇게 지내놓고 나자 어쩐지 그리워진단 말야."
> "여보게 웃기지 말게."
> "아냐 실감이야. 그러니 양키나 이철이 같은 자가 더욱 미워진단 말이야." (57)

즉 윤에게 민족의 현실에 대한 울분과 그 표현인 푸른 대문집 여자와 윤임에 대한 증오는 양공주를 자기 수중에 품고, 윤임을 '굴복'시킴으로써 '그리움'으로 변화된다. 여기서 중요한 것은 민족사를 여성 수난사로 서사화하는 이면에는 민족사를 민중사로 인식하는 태도가 놓여져 있다는 점이다. 그런데 여기서 민중과 그 등가물로 놓여지는 민족이란 여성의 이미지로 표상되는 작업에서 확인되는 바와 같이 명백한 상실/결여의 표지를 체현하는 것이다. 따라서 '여성 수난사'의 서사에서 민족(여성 이미지=민중)은 상실되고 결여된 것이자 '구원'의 대상으로 인식 된다. 즉 이는 민중(민족)과 '나' 사이

의 뚜렷한 (계몽적)거리화에 기반한 전형적인 엘리트주의적 파퓰리
즘의 일단을 보여준다. 이에 따라 여성 수난사로 서사화되는 민족
수난사의 서사에서는 한편으로는 민중의 발견[45]이라는 의미와 동시
에 민중을 구원의 대상(구원이란 죄와 상실을 전제로 한 것이므로
구원의 의지는 대상에 대한 무의식적인 증오를 내포한다)으로 인식
한다는 점에서 내셔널리즘적 파퓰리즘의 심리를 내포하고 있다. 또
한 민족(민중)이 훼손된 여성의 이미지로 표상됨으로써 이에 대한
구원은 필연적으로 가부장에의 의지로 귀결되며 이 가부장에의 의
지란 지배욕으로 언제든지 전환되는 것이다. 이는 내셔널리즘적 파
퓰리즘의 민족(민중) 구원의 '서사'가 결국 민중 지배로 전환되는 것
과 등가의 구조를 이루는 것이다.

즉 작품에서 훼손된 민족에 대한 '구원'은 바로 '지배'와 '타자의 굴
복'을 통해 이루어지는 것이다. 즉 작품은 윤의 시선을 통해 해방기의
이념 갈등이나 공산주의자들의 이념에 의한 '대중 선동'을 지배욕과 배
설 욕망의 표현으로 비판하고 있지만 실상 상실된 민족의 구원에 대한
갈망 역시 지배욕과 배설욕망의 표현이라고 볼 수 있다. 즉 『깃발 없는
기수』의 서사의 이면을 추동하는 '창녀 구하기'의 욕망은 외세와 이념
에 짓밟힌 민족에 대한 울분이 곧 '지배'할 힘의 획득에 대한 욕망이자
자신의 욕망의 '배설구'를 차지하려는 욕망의 표현이라 할 수 있다. 이
는 전후 반공 이데올로기에 의해 추동된 '성장주의' 욕망과, 민중에 대
한 구원의 '서사'가 곧 민중 지배로 전환된 파시즘의 '서사'와 민족적
상실의 이념을 기반으로 하는 타자에 대한 지배욕망의 표현인 '민족적
자존심 회복의 이념'이 곧바로 타자에 대한 지배 욕구와 이의 정당화에

---

45) 여기서 민중과 여성 모두 '훼손된 것'의 의미로 '발견된다'는 것은 이후 우
   리의 민족에 대한 표상 뿐 아니라 여성에 대한 표상에서 중요한 의미를 갖
   고 반복된다.

기반하는 '파시즘적 논리'로 귀결되는 근대사의 어두운 측면을 반영하는 것이다.

4. 결론—민족주의적 파시즘의 구성 원리로서 모성 신화와 가부장에의 의지

여기서 논의된 대부분의 소설들은 전쟁의 비인간성을 고발하고 비판하는 작품들이다. 이들 작품이 보여주는 전쟁의 참상에 대한 비판과 전후 현실의 전체주의적 성격에 대한 고발은 그 자체로서 의미있는 것이다. 따라서 이 작품들은 전쟁의 참상을 적나라한 반공 이데올로기에 입각하여 비판하는 소설들과는 명확하게 구별된다. 또한 전후의 전체주의적 정치체계가 철저한 반공 이데올로기를 통해 북진 통일론에 입각한 '민족 자존심의 회복'을 기치로 내건 방식과는 달리 이러한 작품에서는 반공 이데올로기가 전면화되지 않으며 작가의 성찰의 대상이 된다. 이러한 이데올로기에 대한 성찰은 한편으로는 반공 이데올로기로부터 자유로울 수 없던 당시 현실에서 '효과적'인 이데올로기 비판의 기능을 한 것 또한 사실이다. 그러나 이들 작품들이 보여주는 '상실된 민족의 회복'이라는 서사 구도는 반공 이데올로기와는 또다른 형식의 전체주의적 이데올로기로부터 자유롭지 못한 것이 사실이다. 반공 이데올로기란 '분단'(그 책임을 어디에 두느냐의 문제와 또 달리)이라는 상실의 심리학을 통해 재생산되고 유지되는 것이라는 점에서, 이데올로기적 작동의 층위에서 항시적으로 '상실'의 체험과 '유기체적 완전성'에의 꿈을 투영한다. 또한 이 유기체적 완전성에의 꿈이 가족의 복원이라는 서사를 작동시킴으로써 필연적으로 '강력한 가부장'의 복원을 통한

가족의 재결합의 서사를 구성하는 것이다. 이 '서사', 이것이야말로
전후 한국 파시즘의 전형적인 서사의 반영물이라 할 수 있는 것이
다.46)

---

46) 여기서 다룬 작가들의 경우 개인적 차이가 엄밀히 존재한다. 개인적으로 이
후의 파시즘화하는 한국 사회에서 적극적인 동조자가 된 경우도 있으나, 대
부분의 경우는 그 희생양이 될 수밖에 없었다. 여기서 밝히고자 하는 바는
'전후 의식'이라 할 수 있는 우리 사회의 심리학이 어떤 면에서 내재적으로
파시즘화의 동력을 마련했는가를 밝히는 것이며, 이러한 심리학이 우리 사
회의 엘리트 그룹이라 할 수 있는 작가들의 경우 어떤 식으로 작동되었는가
를 밝히는 것이다. 즉 본고의 논지는 개별 작가를 파시스트인가 아닌가로
구별하려는 의도와는 무관하다. 전후 의식이 파시즘화의 동력이 되고 여기
서 엘리트들의 '상실' 의식의 이 파시즘의 심리학과 '역사적'으로 일치하게
되는 부분에 대해서는 서구에서는 많은 연구가 이루어진 바가 있다. 그러나
이러한 '일치'는 개인의 일치라기보다 '시대의 정치적 무의식'의 문제라고
할 수 있다. 게다가 역사적으로 이러한 상실 의식을 통해 파시즘의 이데올
로기와 일치하게 되었던 많은 엘리트들은 파시즘이 하나의 정치 체계로 구
성되면서 결국은 그 희생양이 되곤 했다. 이는 우리의 경우도 마찬가지이다.
한나 아렌트는 이러한 역사적 사실을 다음과 같이 기술하고 있다.
  "전체주의 운동에 매혹된 엘리트, 그리고 그들의 지적 능력 때문에 전체주
의에 감응되었다는 것을 비난받는 지식인 모두에 대한 공정한 평가는, 20세
기의 이 필사적인 인간들이 행한 것, 혹은 행하지 않은 것들이 전체주의에
아무 영향도 미치지 못했다는 것이다. 전체주의 운동이 권력을 잡은 곳에서
이 동조자 그룹 전체는 언제나 그 정권이 엄청난 범죄를 시작하기 전에 떨
구어졌다. 지적이고 정신적이며 예술적인 기상은 군중의 악당 정신만큼이나
전체주의에게는 위험한 것이다. 이 둘 모두 정치적 반대보다 더 위험한 것
이다. 새로운 대중적 지도자들의 고도의 지적 활동에 대한 일관된 박해는
이해할 수 없는 것에 대한 자연스러운 분노에서 비롯된다. 전체적인 지배는
삶의 영역의 자유로운 정신, 전적으로 예측할 수 없는 활동성 어떤 것도 허
락하지 않았다. 권력을 잡은 전체주의는 일급의 인재들을 모두 치워버리고
지성과 창조성의 결여가 그들의 충성의 최고의 보증서가 되는 정신병자와
바보들을 데려왔다." Hanna Arendt, 앞의 책, 339쪽.

토론요지

「모성신화와 가족주의, 그 파시즘적 형식에 대하여」에 대한 토론

이 희 중*

　권명아 선생님의 발표를 잘 들었습니다. 선생님의 발표는 20세기 후반 우리 현대사를 점검하는 데 중요한 개념적 장치라 할 '민족', '민족주의', '파시즘', '전체주의' 등 용어의 함의에 대한 소상한 설명과 명쾌한 분별을 바탕으로 하고, 사회심리학적 매개 용어로 '모성 신화'와 '가부장 의존성' 등을 준거로 삼아, 전후 남쪽의 정치·사회적 자장과 소설의 텍스트를 비교·검토한 글로 보입니다. '한국현대시'를 공부하는 사람인 질의자는, 편의상의 구분에 지나지 않는다고 해도 좋을 좁은 전공에 얽매여, 이웃 분야를 넘나드는 학습을 충분히 한 편이 아니어서 권선생님의 발표에 적합한 질의자라고 하기 어렵습니다. 선생님의 발표에서 동학(同學)들 사이에 이미 충분히 개념적으로 합의된 용어들을 제가 오해할 수 있으며 이에 대해 번거로운 설명을 요구할 수도 있을 것이기 때문입니다. 따라서 저의 질의는, 학문적 관점의 편차를 선명히 드러내는 제 값의 토론을 의도하기보다는, 발표를 듣고 읽다가 떠오른 소박한 호기심과 의문을 풀기 위한 것에 불과할 뿐입니다.

* 전주대 교수

첫째, 서론에서 권 선생님은 이 발표의 문제의식을 "전후 소설에서 '민족'의 표상이 형성되어 가는 과정을 통해 전후 체험에서 비롯된 '민족'에 대한 특정한 표상 작용의 어떠한 측면이 이후의 정치 체제로서의 파시즘의 서사의 '원자료'로서 작용하는가를 규명하고자 한다"고 밝히셨습니다. 아울러 소설 작품들이 드러내는 특징을 "개별 작가의 '현실 인식의 한계'라거나 현실에 대한 '불충분한 반영'의 산물이라고 평가하는 것은 이 논문의 의도와 무관하다"고 하셨고, 작가들이 "정치체계로서의 민족주의적 파시즘에 일정정도 기여했다고 판단하는 것은 이 논문의 의도와 무관하다"고도 하셨습니다. 그렇다면 선생님께서는 작품 자체의 성취나, 한 작품이 드러내는 세계관의 전모에 대한 적극적인 가치 평가를 대부분 유보한 체, 작품의 세부를 사회학적, 심리학적, 정치학적 텍스트로 취급하는 태도를 취하신 듯한데, 이런 저의 생각이 틀리는지, 틀리지 않는다면 선생님께서 취하신 이 방법이 어떤 필요에 특히 효과적인지에 대해 간단히 설명해 주시면 고맙겠습니다.

둘째, 권 선생님은 전후 소설에서 '가족'과 '모성'을 지향하는 특성 일반을 부정적으로 관찰하면서 이에 대한 지향성을 가부장제, 나아가 파시즘에 봉사하고 복종하는 것으로 파악하셨습니다. 또 '전통'과 '역사'와 '민족기원'도 민족주의적 파시즘의 서사에 주요한 구성원리로 자리 잡았다고 하셨습니다. 특히 전후 소설이 보여주는 구원의 처소로서 모성 지향을 가부장제의 복원과 그 종속의 의미 체계 속에서 다루셨습니다. 예를 들면 "모성이 상실의 지표이자 무구한 완전성에 대한 욕망의 담지자로 상상되는 서사 구조는 필연적으로 강한 가부장에의 욕망에 의해 추동되는 것이다"라거나, "이 모성의 신화는 표면적으로는 모든 것을 끌어안는 포용과 조화의 서사를 취하지만 그 내재적 욕망에 있어서는 강한 위계 질서와 상실과 복원, 더럽혀짐과 무구라는 강력한 이분법적 인식을 내포하는 것이다" 등의 표현이 강력한 논리적 설득력과 예리한 통찰을 포함하고 있음에도 불구하고, 본질의 면에서 '가족'이나 '모성', '전통'과 '역사' 등의 용어와 그 개념은 개인이나 공동체의 정체성을 구성하는 중심 줄기인 것도 사실입니다. 어떤 용어 개념이, 선택된 이데올로기나 관점에 따라 양가적인 또는 다가적인 의미를 갖는다는 사실은 그것이 그만큼 중요하고 가치 있다는 점을 뒷받침하는 것이기도 합니다. 다소 비약하자면 권 선생님의 논지 속에서 이들 값지고 종요로운 개념 용어들은 부정적인 측면만을 일방적으로 드러내고 있는 것은 아닐까 하는 의문이 들기도 합니다. 이와 같은 의문에 대한 선생님의 견해를 듣고 싶습니다.

셋째, 권 선생님의 발표는 이른바 '파시즘의 서사'를 살피는 논거로, 『우리 민족의 나아갈 길』(박정희, 1962), 『초·중·고등 학교 교사용 사상교육(반공교육) 지도자료집』(문교부, 1975), 『새마음의 길』(박근혜, 1979), 『한국 민족의 얼』(임균택, 1996), 『민족정기 선양 사업 활성화 방안』(보훈연수원, 1997) 등의 자료를 중요하게 참고하셨습니다. 40년 가까운 세월에 걸쳐 산재한 이 자료들이 권 선생님이 정리하신 대로 하나의 체계적인 "서사"로서 제 나름의 정연한 이데올로기적 모양새를 갖추고 있는지, 이 자료들이 대표성이 있는지, 다른 중요한 자료는 없을지 궁금합니다. 아울러, 이들 자료의 정보로 구성되는 '파시즘 서사'의 형성에 전후 소설들이 원천이 되고 있거나, 이를 "예고" 또는 "반영"하고 있다는 것이 선생님의 논지와 크게 다르지 않을 텐데, 이들 두 줄기 서사의 관계가, 같은 수준, 같은 장(場)에서 다루어져도 좋은가, 또 이처럼 선조적·인과적 관계에서만 파악되어야 할지, 여기에 모종의 역사적 결정론이 개재하고 있지는 않은가 하는 의문이 생깁니다. '파시즘 서사'에 결과적으로 봉사하지 않을, 역사적으로 건강하고 이상적인 방향 또는 징후를 상정할 수 있다면, 그것이 우리의 전후 소설에서 어떤 것이 될

수 있었는지, 이를 희미하게나마 구현한 작품이 전혀 없는지도 여쭙고
싶습니다. 이들 잡다하고 두서없는 의문들은 결국 하나의 맥락에 얹혀
있으므로 이에 대해서는 한 두 가지만 가려 아주 간략히 답하셔도 좋습
니다.

〈토론자의 질의에 대한 답변〉

　이희중 선생님의 첫 번째 질문은 전후 작품과 파시즘적 서사와의 관
련성 문제에 대한 저의 판단이 작가의 세계관 문제나 작품에 대한 '미
학적' 평가보다는 텍스트를 사회학적, 심리학적, 정치학적 분석 자료로
삼고 있는 것은 아닌가하는 질문이었다고 생각됩니다.

　우선 파시즘적 서사와 전후 소설의 관련성 문제를 다룸에 있어서 저
의 논의 전개의 방식은 '모든 예술 작품은 그 시대의 반영물'이라는 전
제에서 출발합니다. 즉 전후 우리 사회의 흐름은 일정한 방식으로 '전체
주의'와 '파시즘'을 '예고'하는 경향적 흐름을 보여주고 있었으며, 전후
소설이 이후 민족주의적 파시즘의 서사와 연결되는 부분 역시 이러한
시대적 경향의 한 반영물이었다는 생각입니다. 전후의 무정부주의적 상
태에 대한 극단적인 공포와 전쟁 경험이 생산한 타자에 대한 증오와 적
개심, 이에 동반되는 죄의식 등이 전쟁으로 인한 '상실'을 복원하는 동
시에 그 상실의 책임을 '덮어씌울' 희생양을 요구하고 있었다는 것이
저의 견해입니다. 이의 한 표현이 극단적인 반공 이데올로기와(이에서
비롯되는 '마녀 사냥'은 이러한 희생양에의 요구에서 비롯되며, 이러한
희생의 제의는 '전후'의 경험에 시달리는 사람들의 죄의식과 '속죄' 의
식의 필요성에 의해 추동됩니다.) 강한 '주체'에 대한 갈망입니다. 전후
의 무정부주의적 상태에 대한 공포는 사회의 강력한 질서의 '재건'을

요구하게 되는 심리적 기반이 되었으며, 이는 '깨어진 가족'의 복원과 동일한 지점에서 이루어집니다. 즉 전후 사회적 질서의 재건은 '깨어진 가족'을 복원하는 것을 통해 가능한 것으로 표상되었습니다. 이는 한편으로는 우리 사회에서 가족주의적 이데올로기가 형성되는 물질적 기반을 보여주는 것이기도 합니다. 한국에서 가족주의 이데올로기는 청산되지 못한 봉건적 유제가 아니라 강력한 사회적 질서의 확립과 이를 위한 사회적 경계의 재설정(모든 '불순'한 이질적인 것을 소탕하고자 하는 사회 정화에 대한 의지로 표현되는)을 위한 강력한 이데올로기적 기반이 됩니다. 모든 '불순한' 것은 '가족'의 사랑과 안정을 해치는 것이기 때문에 일소되어야 한다는 것이지요. 제가 이런 식으로 민족주의적 파시즘의 이데올로기적 구성물을 가족과 모성 신화의 문제에서 접근해 가려는 것은 이 때문입니다.

전쟁의 경험은 한국 사회의 구성원들에게 특정한 심리적 기제를 생산하였던 것이 사실입니다. 이러한 심리적 기제를 저는 위와 같은 입각점을 통해 밝혀보고자 하였습니다. 따라서 문학 텍스트를 다룸에 있어서 저는 전후의 현실이 이러이러하기 때문에 문학에 이러한 현실의 '그림'이 드러난다는 식의 접근을 하기보다는 문학 텍스트에서 드러난 특정한 심리적 기제들의 공통적인 특질들을 종합하여 그로부터 위와 같은 '결론'을 도출하는 방식을 취하였습니다. 이러한 분석과 종합을 위해서 저는 전후 경험이 각인된 소설들에서 드러나는 표상 방식들의 특징들에 초점을 맞추었습니다. 이를 통해 저는 전후 경험이 생산한 특정한 '정치적 무의식'을 문학 작품들 속에서 규명하고자 하였습니다.

두 번째로 '가족', '모성', '전통', '역사'의 중요성에 대한 문제입니다. 저는 어떤 것도 그 자체로 가치를 지니는 것은 없다고 생각합니다. 아니 오히려 우리가 그 자체로, 본래적으로 가치를 지닌 것이라는 생각을 하는 대상일수록 보다 문제적이라고 (위험스럽기까지 하다고) 생각합니다. 우리 사회에서 가족, 모성, 전통, 역사 등이 바로 이런 항목들이라고 생각합니다. 특히 가족과 모성의 문제는 개인의 사적 삶의 영역까지 장악하고 있는 이데올로기라고 할 때 우리가 이러한 항목들은 자연스럽게 가치 있는 것으로 여기게 된 이데올로기적 기제에 대한 보다 엄밀한 분석이 필요하다고 생각합니다.

세 번째로 전후 소설과 파시즘 서사와의 관련성 문제는 앞서 말씀드린 바와 같이 전후 소설이 파시즘을 '마련'했다는 식의 인과적 관계를 설정하는 것이 아니라 파시즘적 충동을 예비하고 있던 전후의 현실이 이러한 문학적 표현 속에 의식적이든 무의식적이든 반영되었다는 점에서 논의하고자 하였습니다. 마지막으로 자료의 문제에서 이들 자료들이 하나의 '체계적인 서사'를 갖추고 있는가하는 문제에 대해서 저는 그렇다고 말씀드릴 수 있습니다. 제가 60년대에서 90년대 말까지의 자료를 함께 다룬 것은 이러한 시간 차이에도 불구하고 이들 서사에 큰 변화가 이루어지지 않고, 오히려 강화되고 있다는 판단에 의한 것입니다. 물론 다른 중요한 자료들을 좀더 보충하면서 엄밀한 판단이 이루어져야 할 것이며 이는 필자의 추후 작업 속에서 이루어져야 하리라고 생각됩니다.

다시 생각해보는 민족과 민족문학

—최일수, 백낙청, 채광석의 민족문제 인식을 중심으로

이 현 식*

1. 몇 가지 전제

이 글은 분단이 고착화된 이후 한국 비평계에서 민족문제에 대한 논의가 어떻게 발생, 발전, 심화되어왔는가를 개략적으로 검토함으로써, 오늘날 민족문학론이 놓여 있는 현실을 근원적으로 다시 생각해 보려는 의도에서 쓰여졌다. 본격적인 논의에 들어가기에 앞서 몇 가지 전제 조건을 밝혀둘 필요가 있을 것 같다.

우선, 이 글은 민족문제를 다룬 평론 모두를 포괄하고 있지 못하다.[1] 그것은 현재 필자의 능력을 넘어서는 일이기도 하다. 그러나 그것 이외에도 논의의 효율성을 위해 문제의 폭을 좁힐 필요는 있다. 주지하는 바와 같이 민족 개념은 그 이념적 스펙트럼이 다양하다. 한국의 근대문

---

* 인천대 강사, 문학평론가

1) 이에 대해서는 김용락이 『민족문학논쟁사연구』(실천문학사, 1997)에서 개괄적으로 정리해 놓았다. 이외에 민족문학론의 사적 전개를 다룬 글로는 최원식, 「민족문학론의 반성과 전망」(『민족문학론의 논리』, 창작과비평사, 1982)과 임헌영, 「민족의 상황과 문학사상」(『민족의 상황과 문학사상』, 한길사, 1986)을 참조할 것.

학사만 일별해 보더라도 민족을 지고지선의 절대적 가치로 삼는 보수적 민족주의로부터 민족 관념 일체를 부정하려는 급진주의에 이르기까지 민족에 대한 관념의 편차는 매우 넓고 다양하게 나타난다. 그런 점에서 이 글이 다루려고 하는 대상은 대략 1950년경부터 그 맹아가 나타나서 1970년대에 찬연하게 꽃을 피워 1980년대에 하나의 장관을 이룩한 진보적 민족문학론의 그것에 국한하려 한다. 국한이라고 했지만 이들의 논의가 70년대 이후에 문학사의 주류로 자리잡았다는 점에 대해서는 어느 누구도 부정하지는 않을 것이다. 필자는 이들 가운데에서도 특히 60년대의 최일수와 70년대의 백낙청[2], 80년대의 채광석의 논의를 중심으로 살펴볼 예정이다. 사실 평론한다는 사람 치고 민족문제를 건드리지 않은 사람은 거의 없을 정도로 민족문제처럼 우리 문학사에서 광범위하게 논의된 주제는 없다. 위에 든 평론가 외에도 이 문제에 대해 중요한 비평적 업적을 남긴 평론가로 정태용, 임헌영, 염무웅, 구중서, 그리고 80년대의 많은 소장 평론가들을 거론할 수 있을 것이다. 그러나 이 글에서는 일단 위 세 사람만으로 대상을 한정해 논의를 전개해 볼 생각이다. 이들만으로도 생각했던 주제가 큰 무리 없이 꾸려질 수 있다고 판단한 데에는 이들이 그 시대의 국면에서 뚜렷한 역할을 했다는 필자 나름의, 그러나 결코 주관적이지만은 않은, 생각이 있었기 때문이다.

다음으로, 분명히 해두고 싶은 것은 이 글이 결코 민족문학론 '일반'을 문제 삼는 것이 아니라는 점이다. 민족문학론에는 우리가 쉽게 예상할 수 있듯이 이러저러한 많은 문제들이 얽혀 있다. 리얼리즘, 민중문

---

[2] 백낙청은 현재에도 활발한 활동을 보여주고 있다. 그의 민족문학론은 아직도 현재진행형이다. 따라서 이 글에서 다루려고 하는 그의 글은 1970년대, 80년대 초반 무렵까지로 국한된다. 그렇게 하는 이유는 80년대와의 대비적 고찰을 위해서이다. 80년대 비평계의 민족 인식은 70년대 백낙청의 그것과 비교함으로써 가장 명징하게 드러날 수 있을 것이다. 백낙청의 비평적 면모의 추이를 분석한 글로는 하정일, 「시민문학론에서 근대 극복론까지」, 『한국문학평론』 2호, 1997을 참조할 것.

학, 계급, 그리고 최근에는 근대성과 페미니즘, 생태주의, 모더니즘에 이르기까지 문제의 세부로 들어가면 한없이 복잡한 항목들이 민족문학론과 결부되어 있는 것이다. 따라서 효율적인 논의를 위해서라면 이들과 관련된 항목들을 일일이 거론하는 것이 꼭 온당한 것만은 아니라는 생각이다. 민족문제로만 관심을 집중시킨 것은 그래서이다. 그렇게 해서 우리는 조금 더 생산적인 토론거리를 도출해낼 수 있으리라 믿는다.

마지막으로 대상에 어떻게 접근해서 논의를 어떤 방향으로 이끌어갈 것인가에 대해 몇 마디 하겠다. 사실 이 문제가 필자를 가장 곤혹스럽게 만든 부분이다. 백낙청과 채광석의 글을 다시 찾아 읽으면서 오늘날, 지나간 시절의 이들과 내가 어떻게 어떤 지점에서 만날 수 있을 것인가가 좀처럼 정리되지 않았다. 그렇게 된 데에는 크게 두 가지 문제가 개입되어 있다. 우선 현재 민족문학이 당면하고 있는, 어찌 보면 막다른 골목에 처해있는 듯한 사면초가의 형국이 그 하나이고, 그것을 바라보는 내 어정쩡한 태도가 또 다른 하나이다. 민족문학이 당면하고 있는 문제야 그렇다고 쳐도 더욱 심각한 것은 내 자신의 태도이다. 남들처럼 민족문학, 혹은 민족 담론의 사망선고를 내리기에는 민족문학에 대한 기대를 저버릴 수 없고, 그렇다고 완고한 원칙주의자처럼 80년대 민족문학의 유효성을 그대로 반복할 수만도 없다는 생각이기 때문이다.

그렇다면 그들과 내가 어떻게 만나야 할 것인가. 여기에서 관점의 분할이 이루어져야 할 필요성이 제기된다. 즉, 대상에 접근하는 방식과 그것을 현재의 국면으로 삼투시키는 방식을 나누어 접근해 볼 필요가 있지 않을까 하는 것이다. 우선 대상 텍스트에 접근할 때에는 철저히 역사적 거리두기의 방식, 역사적 상대화의 관점을 택하기로 한다. 그렇게 하는 이유는 80년대를 바라보는 최근 문학계 일부의 태도를 염두에 둔 때문이다. 현재의 관점에서 지나간 과거를 쾌도난마 식으로 재단, 비판해버리는 일부 논자들의 태도는 현재라는 시간 축에서 일방적으로 과거에 개입하는 것으로 보이는데, 그것이 내겐 비역사적인 자세로 보였다.

80년대를 일방적으로 부정하건, 일방적으로 동경하건 그건 똑같은 정신적 태도에서 말미암는 것일 것이다. 그렇게 해서 우리가 얻을 수 있는 의미 있는 결론이란 별로 없다. 또 하나, 80년대는 시간적으로 고작 10년이라는 거리를 두고 있지만, 80년대 이전과 이후는 이제 격세지감을 느낄 만큼 새로운 단계의 현실이 전개되고 있다는 점이다. 예를 들어보자. 1955년이라는 시점에서 1945년을 바라볼 때 어떻겠는가. 다시, 1945년 해방 이후, 1937년을 바라보는 일은 어떻겠는가. 해방 이후에서 해방 이전을 바라보는 일, 혹은 분단 이후에서 분단 이전의 삶을 떠올리는 일은 그 물리적 시간 거리의 길고 짧음을 떠나 역사적 상대화가 체험으로, 몸으로, 직관으로 개입해 들어오는 일과 다르지 않을 것이다. 아마 우리는 그럴 때 역사를, 시간이라는 의미를 떠올리게 되는 것일지도 모른다. 1999년 우리가 살아가는 현실은, 그만큼은 아니지만 80년대 이전을 역사적 거리감각을 갖고 볼 수 있을 만큼 변해버렸다. 따라서 텍스트에 접근하는 이 글의 방식은 그런 역사적 거리두기의 일환이다.

글의 서두에서도 밝혔듯이 이 글은 오늘날 민족문학론이 당면하고 있는 현실을 근원적으로 다시 생각해 보려는 의도를 갖고 있다. 관점의 분할은 그래서 말한 것이기도 하다. 대상에 접근할 때는 역사적 거리두기의 방식을 택하지만, 그것을 현재의 현실에 삼투할 때는 오늘, 우리가 맞닥뜨리고 있는 문제가 중요해질 수밖에 없다. 과거는 이때 현재를 비추어 보는 거울이다. 현재의 모습을 비추어주는 과거라는 거울이 현재의 모습을 투명하게 보여줄지, 아니면 거울로서의 역할도 못할 만큼 이지러진 모습일지, 비록 때가 끼고 구질구질하지만 입김을 불어가며 잘 닦아서 쓸 수 있을지 생각해 볼 필요가 있는 것이다. 물론 이 글이 그런 소임을 충실하게 달성할 수 있을지는 의문이다. 다만 그런 거울이 있다는 것만이라도 제대로 아는 기회가 되길 바랄 뿐이다.

2. 민족문제의 인식 과정

2-1 최일수

최일수는 분단이 고착화된 1950년대 이후 정태용과 더불어 평론계에서 민족문제를 들고 나온, 당시로서는 흔하지 않은 비평가에 속한다. 아니, 정확히 말해 당시에도 민족문제를 다룬 평론가는 많았지만 최일수는 70,80년대 민족문학론의 전사(前史)라는 의미에서 민족문제를 제기한, 드문 예에 들어가는 사람이다.3) 그렇다면 그는 왜 민족문제를 제기하고 있는가? 그가 1968년과 69년 『현대문학』에 두 차례나 기고한 「분단의 문학」 1과 2를 보면 이 점은 확연히 드러난다. 그는 우선, 이 두 편의 글에서 1960년대 문학에 대해 상당히 비판적인 입장을 갖고 접근한다. 그 같은 입장을 취하는 이유는 60년대 문학이 현실을 외면하고 '개아(個我)'로 퇴행하고 있다는 판단과, 거기에 60년대 문학의 흐름이 고루한 전통주의와 주체성 없는 세계주의로 흐르고 있다는 판단이 덧붙여진 때문이다. 그는 이런 입장에서 각각 박인환, 김승옥, 서정주, 이어령 등을 비판한다. 이들을 비판하는 근저에 바로 최일수 특유의 민족문제에 대한 인식이 자리잡고 있는 것을 발견하게 된다.

> 觀照나 무관심이나 無爲처럼 歷史的 保守性은 없는 것이다. 더욱이 민족이 위기에 처해 있을 때, 민족이 분단으로 인해 비극적인 상황에 허덕이고 있을 때 여기에 눈을 돌리지 않는다는 것은 작가가 그만큼 역사적 현실을 외면하고 자기 소외를 거듭하고 있는 것이며,

---

3) 최일수의 비평사적 의의를 본격적으로 조망한 것은 한수영이다. 한수영, 「1950년대 한국 문예비평론 연구」(연세대 대학원, 1996)와 「최일수 연구」, 『민족문학사연구』10호, 1997을 참조할 것.

> 그것이 아무리 인간 존재의 **極理**를 영원한 순수성이라는 이름으로
> 찾는 이른바 **非狀況的 文學派**라 하더라도 이는 분명히 역사적인 흐
> 름에 역행하는 것이 아닐 수 없다.4)

최일수가 민족문제를 들고 나오는 이유는 이렇게 현실 문제에의 관
심을 촉발시키기 위한 의도가 크다. 특히 민족이 분단된 상황에 대한
그의 강조에는 비장감이 서려있기까지 하다. 즉 최일수가 민족문제에
대해 남달리 목청을 높이고 있는 것은, 한편으로는 분단된 현 상황이
문제의 근원이라는 인식을 전제로 한 것이며, 다른 한편으로는 그것을
문인들이 제대로 파악하고 있지 못하다는 비평가로서의 문제의식이 작
용한 때문이다.

더구나 최일수는 여기에서 한 걸음 더 나아가 당대 문단의 주류적
흐름을 비판하면서 한국의 민족문제가 단순히 일국 차원의 문제가 아니
라 세계사적 의미를 갖는다고 주장한다.

> 분단 자체가 **兩大思潮**와 직결된 이상 분단국가의 운명은 그만큼
> 세계적인 것이다. 이처럼 분단은 그 민족 자체만의 문제가 아니라
> 동시에 세계적인 문제이기도 하다. 그러므로 우리 민족의 분단은 곧
> 세계의 분단을 의미하는 것이다.
>
> 이 세계적인 문제가 지도에서도 잘 보이지 않는 깨알만한 우리
> 민족의 현실 속에 깊이깊이 흐르고 있다. 그럼에도 불구하고 우리
> 문학의 **巨視病** 작가들은 이러한 세계적 현실에는 눈을 돌리려 하지
> 않고 그저 낡은 족보처럼 꾀죄죄한 전통만을 찾기에 여념이 없으며,
> 그런가 하면 서구의 신화를 쫓아다니며 그 흔해빠진 소비성 문화나
> 절망적인 **個我主義 哲學**을 뒤적거리기에 정신이 없다.5)

---

4) 최일수, 「분단의 문학 1」(1968), 『신한국문학전집 49 - 평론선집』, 어문각,
   1970, 261쪽. 앞으로 대상 평론가의 텍스트를 인용할 때, 해당 글의 제목 뒤
   괄호 안에 발표 시기를 명기하고, 인용한 출처의 서지사항은 그 옆에 병기하
   는 것을 원칙으로 한다.
5) 최일수, 「분단의 문학 2」(1969), 앞의 책, 270쪽.

최일수가 생각하고 있는 민족문제는 이처럼 그 지향이 매우 분명하다. 분단된 민족 현실을 제대로 인식함으로써 전통 지향의 보수적 민족주의와 주체성이 결여된 세계주의를 모두 지양, 극복하고, 민족 현실을 통한 세계성 획득과 세계적 차원에서의 민족 현실에 대한 접근이 올바른 민족문학, 분단문학에서 가능하다는 것이다.

이렇게 보면 최일수의 민족 인식은 맹아적이고 투박한 면이 없지는 않지만6) 70년대, 80년대 민족문학론에서의 민족 인식과 그 기본 논지에서 상당 부분 유사하다는 생각이 든다. 그렇지만 이 시기를 거론하는 연구자들이 지적하듯이 이 시기 최일수나 정태용의 민족 인식은 커다란 반향을 얻지 못한다. 논의의 옳고 그름을 떠나 이들은 주류적 흐름에서 벗어나 있었다. 사태가 왜 그렇게 되었는지에 대해서는 속단할 수 없지만, 당대의 문학계나 지성계, 넓게는 사회적 분위기가 이들의 주장을 받아들일 만큼 성숙되어 있지 못했거나, 아니면 이들의 주장 역시 냉전 이데올로기의 한 변주로밖에 여겨지지 않았을 가능성도 배제할 수 없다. 세계적 차원에서 민족문제에 대해 접근하자는 최일수의 주장은 곰곰이 생각해보면 매우 중요한 맥락과 의미를 지닌 것이긴 하지만, 어떻게 보면 '멸공통일', '자유세계 옹호'와 같은 관변 성격이 짙은 구호처럼, 냉전 체제의 거대한 맥락 속에서 한 쪽 편을 일방적으로 옹호한다고 전제하고 읽는다면 또 그렇게 읽히기도 하는 것이다. 그런 점에서 최일수 주장의 중요한 의의는 그가 민족의 분단된 현실을 강조함으로써 문학의 대(對)사회적 인식의 중요성, 절박성을 강조했다는 점에서 발견할 수 있을 것이다.

---

6) 작품을 해석하는 면에서 특히 그렇다. 작품에 대해 분석과 가치 판단을 행하는 부분을 보면 그가 문학 작품을 소재적 차원 이상으로는 접근하지 못하고 있는 것이 아닌가 하는 느낌이 든다.

2-2 백낙청

한국의 비평계에서 백낙청만큼 민족문제에 대해 끈질기게 고민해온 평론가는 별로 없을 것 같다. 그런 점에서 그가 남긴 비평적 족적은 뚜렷하다. 두루 아는 바와 같이 그는 「시민문학론」을 경계로 해서 민족문학론으로 선회하게 된다. 그렇지만 그런 개인적인 계기 외에도 70년대에 하나의 붐처럼 일어난 민족 담론의 발흥 역시 간과할 수는 없을 것이다. 4·19를 통해 분출되었던 민주적 역량이 그 후 다양한 계기와 더불어 축적되었고 이것이 70년대를 전후로 해서 본격적으로 외화되기 시작하였다. 민족 담론의 발흥 역시 그 중 하나였다.[7]

어쨌거나 백낙청은 민족문제에 눈뜨면서 예의 민족문학론을 전개하기 시작한다. 그가 민족문학론으로 나아가게 된 배경에는 그 나름의 민족현실에 대한 인식이 전제되어 있다. 그는 민족문학의 개념을 규정하면서 다음처럼 말하고 있다.

> 즉 민족문학의 주체가 되는 민족이 우선 있어야 하고 동시에 그
> 민족으로서 가능한 온갖 문학활동 가운데서 특히 그 민족의 주체적
> 생존과 인간적 발전이 요구하는 문학을 '민족문학'이라는 이름으로
> 구별시킬 필요가 현실적으로 존재해야 하는 것이다. 다시 말해서 그

---

7) 그렇지만 이 문제는 그렇게 간단히 넘길 사안은 아니다. 어떤 과정과 맥락에서 그런 담론이 이 시기에 발흥하게 되었는가는 세심한 고찰이 필요하다. 적어도 1970년을 전후로 한 때는 에피스테메의 전환이라고 할 정도의 변화가 일어나는 시기인 것이다. 그리고 그 과정 역시 복잡하다. 박정희 정권의 '조국 근대화 논리', '저항적 민족주의' 등이 여기에 복잡하게 얽혀 있고, 국사학계의 내재적 발전론, 정권의 반민주적 행태, 북한과의 통일 경쟁, 고도 성장에 따른 혜택과 모순의 증대 등이 개입되어 있는 것이다. 이에 대해서는 이현식, 「채만식은 학문적으로 어떻게 인식되어왔는가 ─ 한국 근대문학 연구의 형성과 관련하여」, 문학과 사상 연구회, 『채만식 문학의 재인식』, 소명출판, 1999에서 개략적인 문제제기를 한 바가 있다.

것은 민족의 주체적 생존과 그 대다수 구성원의 복지가 심각한 위협
에 직면해 있다는 위기의식의 소산이며 이러한 민족적 위기에 임하
는 올바른 자세가 바로 국민문학 자체의 건강한 발전을 결정적으로
좌우하는 요인이 되었다는 판단에 입각한 것이다.8)

백낙청이 말하는 민족 현실이란 민족의 주체적 생존과 민족 구성원
의 인간다운 삶이 위협에 직면해 있다는 것으로 요약된다. 요컨대 민족
적 위기라고도 할 수 있는 현실인식이 그가 민족문학론을 주장하게 된
배경인 바, 그는 이런 의미에서 진정한 의미의 근대 문학은 민족문학일
수밖에 없다는 점, 민족문학은 철저히 역사적 성격을 띤다는 점을 명확
히 한다. 우리 민족이 처한 역사적 현실을 인식할 때, 민족적 차원의 위
기의식을 어떤 형태로든 반영하고 그 위기를 타개하려는 노력이 한국문
학의 정체성을 규정하고 있다는 점에서 그는 진정한 의미의 한국 근대
문학은 민족문학이고, 민족문학이어야 한다고 말하는 것이다. 그리고 바
로 이 점에서 한국의 민족 개념은 서구적 의미의 근대적 민족 개념과도
경계를 달리한다고 말한다.

　　이것은 한국에는 본래 '근대적 의미에서의' 민족의식이 없었고 따
　　라서 일본을 통한 서양의 영향으로 비로소 근대적 민족의식이 싹트
　　고 근대적 문학이 생겨났다는 이야기와는 근본적으로 다른 발상이
　　다. 한국에서의 민족의식 발달에 끼친 서양문물의 영향을 부인하려
　　는 것은 아니나, '민족주의' 또는 '민족의식'의 문제를 항상 서구의
　　'민족국가'(nation-state)를 기준으로 논한다는 것은 우리의 역사적 현
　　실과 동떨어진 이야기로 시종하기 쉽다.9)

그가 말하는 민족 개념은 앞에서 말한 민족 현실에 대한 위기 의식

---

8) 백낙청, 「민족문학 개념의 정립을 위해」(1974), 『민족문학과 세계문학 1』, 창
　　작과비평사, 1978, 124, 125쪽.
9) 같은 책, 126, 127쪽.

의 소산이라는 성격이 강하고 그것은 우리 민족이 처해있었던 역사적 국면을 고려해 볼 때 다분히 반제국주의 반봉건 사상을 핵심 내용으로 한다. 서구 선진 제국의 민족 개념과 역사적 배경이 다른 것도 이 때문인 것이다. 이는 이후 제 3세계론과 만나면서 더욱 구체화되거니와 그런 민족 현실에 바탕을 둔 문학은 세계사적 선진성, 세계문학적 보편성을 갖는다는 주장으로 이어진다. 요컨대 백낙청의 민족 개념은 좁게는 우리 민족이 처한 역사적 현실에 대한 인식의 소산이며 넓게는 세계적 차원, 인류 보편사의 차원에서 우리 민족의 특수성을 인식한 결과라고 할 것이다. 이를 조금 도식화시키자면 민족 현실에 대한 위기 의식과 우리 민족의 제 3세계적 위치에 대한 자각이 결국 반제 반봉건이라는 민족적 과제로 정리되게 되는 것이다.

그렇다면 여기에서 자연스럽게 제기될 수 있는 의문이 그가 생각하는 민족적 위기의 실체란 무엇인가 하는 것이다. 말로만 민족적 위기라고 해서는 괜시리 분위기만 요란스럽게 잡는 꼴이 되기 십상이다. 그러나 백낙청은 이 문제에 대해서 비교적 분명한 입장을 갖고 접근한다. 그것은 단기적으로는 민주 회복이며 장기적으로는 분단 극복이다. 70년대 현실에서 그가 바라보는 민족적 위기의 실체는 이 두 가지로 압축된다. 정치적인 독재체제가 민족의 인간다운 삶(인권과 복지가 위협되는 삶이라고 그는 말한다)을 위협하고 민족의 주체적 생존권이 분단에 의해 심각하게 위협받고 있기 때문인 것이다. 그러면서도 더욱 근본적인 민족문제는 분단 현실이라는 점을 그는 분명히 한다. 분단 현실의 극복에 비하면 "민주회복을 추구하는 민족문학의 현단계는 장구한 세월을 민족적 위기와 대결해온 우리 문학사의 한 국면에 지나지 않"은 것이다.[10] 그가 4·19의 의의를 십분 인정하면서도 그것이 안고 있는 한계에 대해 냉정하리만치 비판적인 입장을 견지하는 것도 그래서이다. 그

---

10) 백낙청, 「민족문학의 현단계」(1975), 『민족문학과 세계문학 2』, 창작과비평사, 1985, 26쪽.

는 4·19가 이승만의 '가부장적 독재'를 타도함으로써 반봉건 의식의 획기적 전진을 이룩하였지만, 그것이 분단 현실의 근원적 책임자인 외세에 대해 효과적으로 대응할 수 있는 자세와 연결되지 못하는 한에서는 개화기의 피상적 근대의식을 넘어서지 못한다고 주장하는 것이다.11) 그는 그만큼 분단 현실의 극복 의지가 민족 현실에 대한 인식에서 가장 근원적이고 심각한 과제라고 여기고 있다.12) 결국 백낙청이 자각한 민족적 위기의 실체는 당대의 정치적인 현실과 민족사적인 과제의 문제가 복합적으로 자리 잡고 있는 것이며, 이는 앞에서 말한 반제반봉건의 과제와 결합되면서 자기 완결적인 이론의 한 축을 형성하게 된다.13)

2-3 채광석

백낙청이 갖고 있었던 문제의식을 채광석도 기본적으로는 공유하고 있다. 1987년 6월 항쟁 직후 안타깝게 타계한 채광석은 자신의 정신적 젖줄을 70년대 민족문학론에 대고 있었던 것이다. 그렇긴 하나 그는 80년대 변화된 민중 민족 현실과 적극적으로 소통하면서 80년대의 자식으로 다시 태어난다. 그리하여 채광석은 우리에게 80년대를 환기시키는 하나의 상징이 되는 것이다.

1989년 '풀빛'이라는 출판사에서 간행된『채광석 전집』의 평론 편 첫째 권의 제목이『민중적 민족문학론』이다. '민중적 민족문학'은 채광석이 지향했던 문학적 이념과 방법을 가장 간명하게 간추린 하나의 테제이다. 그가 70년대 민족문학과 소매를 나눌 수 있었던 것 역시 민중 문

---

11) 같은 글. 17쪽에서 부분 인용 및 참조.
12) 이런 그의 현실인식, 즉 분단 현실과 제 3세계로서 우리의 처지에 대한 인식은 80년대 이후 분단 체제론과 근대 극복론으로 심화 발전되어 오늘에 이르고 있다. 이에 대해서는 하정일, 앞의 글을 참조할 것.
13) 다른 한 축이 바로 리얼리즘론이며 그 주변으로 한국문학사에 대한 그 나름의 관점과 서양문학에 대한 견해가 이를 뒷받침하고 있다.

제를 민족 개념 내부로 포섭해내었기 때문이다.[14] 그것은 다시 말해 민중이 주체가 되는 민족문학이라고 할 수도 있을 터인데, 이 민중이라는 개념의 도입으로 80년대 민족문학론은 민족문제를 접근하는 데 있어서 비로소 계급론적 패러다임을 획득하게 되는 것이다. 다음에 제시하는 두 인용은 채광석의 입론이 어떻게 빠르게 발전해 가는가를 보여주는 대목이 아닐 수 없다.

> 부연하자면 민족구성원들의 인간다운 삶에의 요구와 이를 저지하는 외세와 파행적 사회구조 간의 대립, 갈등이 민중의 패배로 귀결되면서 가장 직접적, 집약적으로 드러나고 있는 민중의 삶의 현실이야말로 오늘의 가장 전형적인 민족적 삶의 현실이며, 그 현실 속에서 인간다운 삶을 속박 내지 박탈당하고 있는 민중들이야말로 오늘의 가장 전형적인 민족적 존재이므로 민족문학은 주어진 사회적 틀 속에서 비인간적 삶을 강요당하는 민중들의 삶의 현실을 토대로 그러한 삶의 한복판에 응어리진 민중들의 고통과 요구를 형상화해내는 민중문학으로 구체화될 때 참민족문학으로 설 수 있다는 것이다.[15]

> 바로 이러한 조건(70년대 이후 다양한 객관적 조건—인용자)들이 문인들의 자유주의적, 소시민적 삶의 유지를 부추기고 강요하는 과정에서 그러한 삶과 민중지향성 간의 모순이 점차 확대되고 민중지향성의 관념화, 허구화로 귀결됨으로써 70년대 민족문학의 소시민성을 빚어낸 것이다.
> 이같은 한계는 민중문제와 분단문제의 통일적 인식과 실천의 부

---

14) 이는 물론 채광석을 비롯한 80년대 민족문학론의 일반적 특징이다. 앞 절에서 살펴본 백낙청 역시 70년대를 마감하는 자리에서 80년대 민족문학을 전망하면서 민중문학의 가능성을 언급한 바가 있다. 따라서 민중의 문제를 민족문학과 이론적으로 접합시킨 것은 애초에 백낙청에 의해서였으나 그것을 실천적으로 확장시킨 사람이 채광석이라고 해도 별 무리는 없을 것이다. 그러나 이 부분에 대한 조금 더 자세한 논의는 이 글에서는 생략하기로 한다.

15) 채광석, 「민족문학과 민중문학」(1984), 『민중적 민족문학론』, 풀빛, 1989, 155쪽.

재 아래 70년대 후반에 가서 소시민적 삶에 조응하는, 이른바 환상
적 리얼리즘 또는 변형된 모더니즘으로 민중현실에 접근한 조세희
소설의 모순, 민중의 구체적 삶의 정확한 매개 없이 민중문제와 분
단문제를 거론하는 관념적 비약의 모순으로 나타났다. 이것은 소시
민적 자유주의, 개인주의의 한 표현인 개별 창작에의 매몰현상과 밀
접히 관련된 것이었다.16)

그의 주장의 요체는 가장 민족적인 존재가 다름 아닌 민중들이라는
점, 그런데 지금까지의 민족문학은 이들 민중 현실을 제대로 그려내지
못한 소시민들의 것이었다는 점으로 귀결된다. 민중들이야말로 민족적
모순의 질곡, 그 한복판에 있는 존재들이며, 따라서 이들의 현실을 무시
하고는 참된 민족문학은 애당초 불가능한데, 70년대 민족문학은 이들에
게 주목은 했을지언정 이들이 주체가 되고, 그들의 입장에서 그들과 더
불어 민중 현실을 그려내지는 못했다는 것이다. 따라서 그는 앞으로 민
족문학의 과제는 전문 문인들의 소시민적 민족문학을 극복하고 민중적
민족문학을 확고하게 정립시키는 것이라는 주장으로 나아가게 된다. 시
인, 작가들 역시 자신들이 민중적 민족문학의 주체로 거듭나기 위해서
는 소시민적 삶과 실천을 넘어 민중적 삶과 실천으로 나가야 하며, 민
중적 입장에서 삶과 실천의 통일을 이뤄내는 조직적 노력이 필요하다고
주장한다. 논의가 조금 벗어나는 듯한 느낌이 없지 않지만 소시민적 민
족문학과 민중적 민족문학을 나누는 대목으로 오면 조직적 '운동'으로
서의 민족문학이 문제되는 단계로 접어든다는 느낌이 강하다. 통일된
조직과 일관된 전선을 따라 가장 효과적이고 가장 올바른 창작 방법에
입각해 문학운동을 펼칠 때에만이 민중적 민족문학의 과제는 달성될 수
있는 것이겠기 때문이다. 그러니까 민중적 민족문학은 그 스스로도 말
하고 있는 바와 같이 공동창작집단의 형성이 하나의 중요한 관건적 방

16) 채광석, 「소시민적 민족문학에서 민중적 민족문학으로」(1986), 앞의 책, 218
   쪽.

법으로 대두될 수밖에 없게 되는 것이다.

그런데 채광석이 이처럼 민중적 입장에서 민족문제를 인식하게 된 배경에는 70년대 이후 사회과학적 성과와 민중운동의 성과를 받아들임으로써 가능했다는 사실을 무시할 수 없다. 그 핵심은 분단 문제로 모아지는데, 그에게 모든 문제의 근원은 분단에서 비롯되는 것으로 인식된다.

> 아다시피 분단문제는 민족자주화의 문제요 민주화의 문제로서 민중의 삶에 가장 직접적, 집중적으로 구체화되고 있다. 다시 말해서 민족자주화와 민주화가 되지 않고는 분단극복은 불가능하며 분단의 고통은 대외예속성과 대내 반민주성을 축으로 하는 사회구조를 통해 혹심한 저임금, 저곡가를 비롯, 민중의 경제, 정치, 사회, 문화적 소외로 구체화되고 있는 것이다.
> 그러므로 분단극복의 주체는 분단으로 인해 가장 고통받고 있는 민중일수밖에 없고 분단극복은 민중주체의 민족 자주화와 민주화를 통한 민중의 소외극복, 즉 해방에 의해 가능해지는 것이다.[17]

이는 백낙청이 민족문학의 과제를 민주 회복과 분단 극복, 반제 반봉건의 문제로 설정한 점과 유사하면서도 미묘하게 갈라지는 지점이다. 앞 절에서 확인했듯이 70년대의 백낙청은 민주 회복과 분단 극복을 장기적 전망과 단기적 과제로 구별했던 바, 채광석에게 오면 민주와 민족 자주의 문제는 별개의 과제나, 장·단기 과제로 대별되는 존재가 아니라 함께 달성될, 그러면서 그것은 핵심고리인 민족문제를 풀어낼 때 한번에 이뤄질 것으로 인식된다. 그리고 문제 해결의 주체는 바로 민중이되는 것이고 민중 해방을 통한 민족 해방, 민족 해방을 통한 민중 해방이 가능하다는 신념을 갖는다. 요컨대 채광석은 민족문제야말로 한반도의 제반 모순을 일거에 해결할 수 있는 핵심 고리, 근원 과제로 인식했

---

17) 같은 글, 217쪽.

던 것이다.

한가지 흥미로운 점은 채광석이 반제국주의의 문제, 민족 자주화의 문제에 대해서는 매우 투철한 인식을 보이면서도 반봉건(反封建) 과제에 대한 인식 면에 있어서는 별다른 언급을 하지 않고 있다는 점이다. 예컨대 70년대 백낙청의 경우는 분단 극복의 문제를 거론하면서도 반봉건의 문제는 작품 분석의 주요 근거로 동원됨으로써 그 중요성을 간과하지 않고 있는데 비해, 채광석에게 그런 모습은 발견하기 힘들다. 이 점은 의외로 중요한 의미를 갖는데 왜냐하면 남한 사회의 반봉건성에 주목함으로써 삶의 다양한 차원에 대한 인식이 비로소 가능해질 수 있으며, 이는 작품 분석의 측면에서도 채광석 스스로가 제기한 과제가 얼마나 뿌리 깊고 절박하며 삶의 실제 문제와 연결된 것인지를 실감 있게 보여줄 수 있는 통로가 될 수도 있는 것이겠기 때문이다. 요컨대 근원 과제를 보완해줄 수 있는 주요 고리를 그는 놓치고 있었던 것이 아닌가 하는 생각이다. 그는 살아 생전에 미처 거기까지 나아가지 못했던 것이다. 남한 사회의 반봉건성(半封建性) 역시 반제국주의 민족 자주화의 달성으로 해결될 수 있으리라는 믿음 때문이었을까. 아니면 80년대 민중들의 용솟음, 그들의 변혁에 대한 가없는 확신, 역사의 휘황찬란함에 스스로 눈이 멀었기 때문일까.

3. 민족이란 코드는 여전히 유효한가

나는 여기에서 어떤 새로운 대안을 주장하거나 현재의 민족문학이 당면한 문제에 대해 해결책을 제시하려는 것은 아니다. 그렇게 쉽게 대안을 내놓을 수 있거나, 해결책이 제시될 수 있는 상황은 이미 아닌 것 같다. 만약 그렇게 생각하는 사람이 있다면 그런 사람이야말로 관념론자일 것이다. 게다가 나 스스로도 그런 생각을 당당하게 내놓을 깜냥이

못된다. 다만 민족문제에 대해 지금까지 살펴왔던 것을 토대로 어떻게 생각하고 고민할 것인가를 이 자리를 빌어서 조금 드러내 보려는 것일 따름이다. 이는 글의 첫머리에서도 밝힌 바와 같이 과거를 바라보는 역사적 거리두기를 오늘의 현실에 대입해 보는 일에 다름 아니다.

그렇게 보았을 때 최근에 민족문학을 둘러싸고 제기된 몇 가지 문제는 우리에게 심각하게 고민할 거리를 제기해준다. 그것은 우선 기존의 민족문학론이 계몽 담론에 치우쳐 자기동일성의 논리에 빠져버렸다는 주장이다.18) 타자를 인정하지 않으려는 민족문학론의 자기동일성 논리는 자기를 둘러싼 주변의 모든 것을 제멋대로 재단해 자기화시켜 버리고 급기야는 타자를 억압하는 방식으로 나아간다는 것이다. 모든 현상과 문제는 그것이 민족문학론이라는 논리 구조에 안으로 흡수되게 되면 원래의 실체는 사라지고 민족문학 특유의 논리적 방식으로 변환되어 배제되거나 포섭된다. 그럼으로써 민족문학론은 궁극적으로 타자를 지배, 배제하는 억압의 담론이 되는 것이며, 한국의 근대문학은 이 억압의 담론 속에서 그 동안 신음하여 왔다고 해도 과언이 아니라는 주장이다.

경청할만한 지적이다. 80년대 민족문학론의 민족문제에 대한 인식은 그런 점이 분명히 있었다. 과제론적 문제제기와 인식의 패러다임은, 그 과제 이외의 현실에 대한 풍요로운 인식을 가린 측면이 있다. 모든 문제는 단일한 근원 과제로 귀결, 환원되면서 민족 해방, 혹은 민중 현실 이외의 문제는 배제되거나 억압되기도 했다. 이는 이미 현실적으로도 잘못된 과제인식임이 드러나기도 했다. 민족 자주화의 문제가 분단 현실의 극복과 민주주의의 문제를 일거에 해결 할 수 있을 것이라는 지적은 이미 민주주의가 상당히 진척된 오늘날의 현실에서 어긋나 버린 것이다. 여전히 분단은 극복되지 않았음에도 불구하고 민주주의의 문제는 상당부분 달성되었다고 보는 것이, 그렇게 어긋난 현실 판단은 아니라

---

18) 이는 주로 『문학과 사회』 그룹에 의해 간헐적으로, 그러나 끈질기게 제기되어온 물음이다.

고 믿는다.

그렇지만 그런 주장에도 문제는 없지 않다. 그런 문제제기는 특정한 시대, 특정한 국면의 민족문학에 해당될 수 있을지는 몰라도 민족문학 전체로 일반화하기에는 무리가 따르는 것으로 보이기 때문이다. 예컨대 다음과 같은 언급을 보자.

> 이렇게 이해되는 민족문학의 개념은 철저히 역사적 성격을 띤다. 즉 어디까지나 그 개념에 내실(內實)을 부여하는 역사적 상황이 존재 하는 한에서 의의있는 개념이고, 상황이 변하는 경우 그것은 부정되 거나 보다 차원높은 개념 속에 흡수될 운명에 놓여 있는 것이다.[19]

여기에서 민족문학, 혹은 민족 개념은 끊임없이 스스로와 그 주변을 역사적, 반성적으로 사유하는 자기의식(自己意識)으로 충만되어 있다. 상황의 변화에 따라 민족문학 자신과 그 상황을 견주어 보는 인식이 그 것이다. 실제로 민족문학에 있어서 민족이란 개념의 역할은 문학의 대 사회적 연관성을 적극적으로 확보하려는 인식의 소산이라는 점은 지금 까지 우리가 살펴온 바 그대로이다. 우리에게 문학의 현실 연관성, 사회 적 의미와 역할은 바로 민족 현실에 다름 아니었다.

그런데 만약 문제 제기의 초점을 특정 국면의(예컨대 1980년대) 민족 문학론이 아니라 민족문학의 역사 전체로 확장시킨다면 그것은 얘기가 달라진다. 특정한 시대적 국면에서 빚어진 민족문학론의 오류와 문제 제기는 그것대로 극복하고 해결해가야 하겠지만, 민족문학론의 가장 근 본적 전제에 대한 문제제기는 오히려 선택의 문제인 것이다. 그 근본적 전제를 받아들이느냐 마느냐는 개인의 문학관, 세계관의 문제와 직결된 것일 터이므로 오히려 문제는 간단할 수 있다는 것이다.

---

19) 백낙청, 「민족문학 개념의 정립을 위해」(1974), 『민족문학과 세계문학 1』, 125쪽.

그래서, 오히려 더욱 심각한 고민 거리는 문학의 대 사회적 역할과 역사적 의의를 인정하면서도 지금 시점에서 그것이 꼭 민족의 문제이어야 할 필요가 있겠느냐는 지적에서 발견된다. 민족이라는 담론으로 더 이상 포괄할 수 있는 사회적 문제는 별로 없다는 것이다. 여기에는 시대가 바뀌었고 현실 역시 달라졌는데 민족 개념이 아직도 유효한가라는 물음이 담겨있다.[20] 이는 문학평론계를 포함해서 인문학계 전반에서 제기되는 문제제기이기도 하다.

그도 그렇다. 자본은 지금 이 시간에도 민족의 경계를 뛰어넘어 이윤을 찾아 지구의 구석구석을 돌아다니고, 인터넷망에 들어가면 우리는 그 순간 새로운 형태의 세계 시민인 네티즌이 된다. 유전자 조작과 동물 복제는 인류에게 새로운 환상(그것이 환멸이 될지도 모르지만)을 보여준다. 성(性)의 문제는 인간 보편의 사회적 존재 조건에 눈뜨게 하며 환경생태문제는 국가간 경계를 이미 넘어서고 있다. 그리고 무엇보다 냉전체제가 종말을 고하였고 보편사로서 근대의 과제와 극복이 우리 눈 앞에 있다. 이런 현실을 앞에 두고 민족이란 코드는 여전히 유효하다고 믿는가. 민족이란 코드에 의미 있게 접속될 문제란 있기나 한 것인가. 오히려 민족문제는 냉전 시대의 또다른 부산물이던가, 세계화 대열에 동참하기 두려워하는 일부 민족주의자들의 진보를 가장한 진부한 관념 놀음이 아닌가.

이 대목에 오면 매우 곤혹스러운 느낌을 지울 수 없다. 내 귀가 얇은 탓만은 아닐 것이다. 그렇다고 지금 도래하고 있는 세상이 멋진 신세계라고 무작정 두손들고 환영하는 것은 진중하지 못한 처사며, 그렇다고 민족 담론에 편안히 안주하는 것 역시 스스로를 방기하는 지적 나태에 다름 아닐 것이다. 그렇다면 어떻게 할 것인가.

---

20) 최근 민족 개념에 대한 문제제기에 대해서는 박찬승, 「한국의 역사학은 민족주의를 버려야 할 것인가」, 한국 사학사 학회 발표 논문, 1999. 5를 참조할 것.

민족문학이 제기될 애당초의 초발심으로 되돌아 가보자. 우리가 당면하고 있는 이런 전환기적 현실이 민족 공동체의 운명(여기에는 '나'라는 우리 개개인의 운명도 당연히 포함된다는 사실을 직시하는 것이 중요하다)과 무관하게 진행되고 있는가. 물론 이들은 80년대처럼 근원과제로 귀결되거나 환원되지는 않는다. 이미 그런 시대는 아닌 것이다.

현재 우리는 국제 구제 금융의 지원을 받으면서 글로벌 캐피털리즘이 어떻게 한 민족의 운명을 송두리째 뒤흔들어 놓는지 몸으로 체험하고 있다. 자본의 거대 운동이 현상화되고 문제시되는 것은 적어도 우리에겐 민족적 차원에서이다. 새로운 생명 과학 기술과 정보 혁명 역시 자본의 운동으로 추동된다. 그 자본은 민족 단위, 혹은 국가 단위간의 문제로 현상화된다. 국가간 민족간 중심과 주변은 여전히 존재하고 중심과 주변을 가르는 벽 역시 두터워지면 두터워졌지 무너지거나 낮아질 기색은 보이지 않는다. 성과 환경 문제 역시 민족 공동체의 문제와 결부되지 않을 수 없다. 여성 문제를 다루면서 한국적 현실을 배제하고 접근한다는 것은 어불성설이며, 생태 환경의 문제 역시 마찬가지이다. 다만 이런 문제들이 80년대처럼 근원 과제로 집약되어 투명하고 명징하게 드러나지 않을 뿐이다. 현재 우리가 당면하고 있는 전환기적 현실은 그런 점에서 우리로 하여금 더욱더 치밀하고 고투어린 지적 투쟁을 요구하고 있다. 이런 문제들이 어떻게 어떤 국면에서 복잡하고 다층적으로 민족문제와 연결될 것인지, 그것이 어떻게 민족 단위를 뛰어 넘어 세계사적 보편성을 획득할 것인지, 아니면 세계적 차원의 연대를 모색할 것인지 고민해야 한다.

그리하여 지금은 기존의 민족문학이 이룬 성취와 문제 의식을 이어받으면서 민족문제를 오늘의 현실에서 창조적으로 사유할 때이다. 민족 개념을 역사의 저편으로 환송하기에는 아직 이르다. 그렇게 하기에는 우리의 지적인 노력이 그 동안 너무 태만했음을 먼저 반성해야 한다. 민족 개념을 폐기하려는 사람들은 우선, 민족문제를 오늘에 와서 진정

창조적이고 발본적으로 사유해 보았는지부터 반성해 보아야 한다. 시대가 바뀐 듯 하다고 해서, 혹은 뭔가 전망을 발견할만한 새로운 이론을 접했다고 해서 근대문학의 역사를 면면히 받쳐온 민족 개념을 일시에 부정하는 것이 과연 온당한 처사일까? 이런 시대일수록 역사를 바라보는 혜안이 필요할 때이다. 나는 민족문학이 새로운 세기에도 당분간 우리의 화두가 되어야 한다고 생각한다. 물론 거기에는 우리 시대에 대한 치열한 지적 고투의 정신이 없으면 안 된다. 오늘이라는 시대는 민족문학논자들에게 1980년대보다 더욱 철저한 관점과 그것을 뒷받침할 만한 풍부한 현실주의적 정신을 요구하고 있는 것이다.

토론요지 ─────────────────────

「다시 생각해보는 민족과 민족문학」에 대한 토론

정 남 영*

발제자께서는 "민족문학론에 있어서 민족이란 개념의 역할은 문학의 대 사회적 연관성을 적극적으로 확보하려는 인식의 소산이라는 점"을 읽음으로써 민족문학론 자체의 생김새를 따지는 데만 시야를 국한시키지 않고 그것을 추동한 상황과 실천적 에너지를 함께 고려하였습니다. 또한 발제자께서는 "민족 개념"을 현재적 관심사로 고민함으로써, 지나간 것이면 무엇이든지 즉시 낡은 것으로 치부하여 결국은 '사이비 새로움'에 탐닉하는 태도를 멀리하고, 진정한 새로움이란 끊임없는 변화 뿐만 아니라 연속성 또한 전제로 함(불연속의 연속)을 인식한 토대 위에서 민족문학론에 접근하고자 했습니다.

이런 점에서 본 토론자는 "지금은 기존의 민족문학이 이룬 성취와 문제 의식을 이어받으면서 민족문제를 오늘의 현실에서 창조적으로 사유할 때이다"라는 이 글의 결론부분에 기본적으로 찬성합니다. 다만 그 결론을 조금 더 자세히 생각해 보는 작업의 공유를 바라는 뜻에서 몇 가지 생각을 모두에게 던지는 물음의 형태로 제기해 보고자 합니다.

───────────────

* 경원대 교수

1) 민족국가[1]를 구성하는 요소 중 하나인 '국토'라는 말에는 자본주의 이전부터 존재하던 '땅'(김수영의 「거대한 뿌리」)의 뜻과 자본주의 국가에 의하여 포획된 '토지'의 뜻이 공존할 수 있습니다.[2] '민족'이란 말도 이와 마찬가지로 '그 땅의 사람들'이란 뜻과 함께 국가에 의하여 포획된 '국민'—이는 노동력 제공자와 노동력 사용자로 대별되는데—의 뜻을 함께 담을 수 있을 것입니다. 특히 우리처럼 '단일민족'인 경우에 그렇습니다. 그렇다면 민족문학론의 문제점은—그 취지나 실천적 에너지는 이미 발제자께서 지적한 바 있으므로—'민족'이란 개념이 갖는 이러한 이중성을 개념 자체로 분명히 가르지 못한 데서 온 것은 아닐까요? 그리고 우리 민족이 외세의 침입을 받은 피해자라는 측면이 양자를 분리할 필요를 덜 느끼게 해 준 것은 아닌가요?

2) 봉건제를 무너뜨리고 자본주의 국가가 성립되는 과정은 애초부터 전지구적 현상이었습니다. 그러나 각 국가들 사이의 발전은 불균등합니다. 반제·반봉건으로 표현되는 상황은 한국이 이러한 불균등 발전의 결과로 처하게 된 특정 시기에 해당합니다. 문제는 본질적으로 그리고 애초부터 전지구적 차원에서의 자본주의와의 싸움이었습니다(분단도 결국 자본의 전지구적 전략의 일환으로 일어난 것이었습니다). 그렇다면 민족문학론은 (그 직접적 한계야 어떻든) 근대극복론과 동일한 싸움의 양면을 나타내는 것이 아닐까요?

3) 자본이 국가의 경계를 뛰어넘어 이윤을 찾아 어디로든 광속으로

---

1) 민족국가는 자본주의 국가의 다른 이름이다.
2) 여기서 '포획'이란 원래가 이질적인 것들을 동일한 질로 환원하여 오직 양의 차이만을 고려하는 과정을 말한다. 따라서 포획은 '동질화'와 거의 동의어이다.

이동하는 이른바 '전지구적 자본주의'는 국가 혹은 민족의 소멸을 의미하기보다는, 자본의 속성(끊임없는 움직임)이 이전보다 더욱 거침없이 발현되는 단계에 자본주의가 이르렀음을 의미합니다.3) 이 단계에서 각 국가들은 자본의 이윤을 최대한도로 보장할 수 있는 조건을 갖추어 기체처럼 움직이는 자본을 자국에 유치하려는 무한경쟁을 합니다(유럽연합과 같은 지역연합도 결국은 이 경쟁에서의 이익을 위한 것입니다). 이런 상황에서 '민족'은 국가에 의하여 '민족주의'의 형태로 활용될 소지가 커졌습니다.

다른 한편 자본의 전지구화는 지역에 따른 삶의 다양성을 점점 말살합니다. 자본은 질의 차이에 대해서는 알지 못하고 오직 양의 차이만을 알기 때문입니다. 바로 이러한 동질화 현상과의 싸움, 삶의 자율적 다양성의 말살과의 싸움에서 자본주의와 국가에 의하여 포획되지 않는 '땅'(자율적 삶의 터전)의 문제는 더욱 중요해진 것이 아닐까요? 과거의 문제가 아니라 현재와 미래의 문제로서. 그렇다면 '민족'의 문제는 여전히 우리 앞에 중요한 문제로 존재하고 있는 것은 아닐까요? 다만 이제는 그 이중성이 분리되기를 요구하면서?

〈토론자의 질의에 대한 답변〉

정남영 선생님의 말씀 잘 들었습니다. 선생님께서 고민하시는 내용과 제가 고민하고 있는 것이 그리 큰 차이를 지니지 않는 것 같습니다. 그런 점에서 답변을 드려야 할 처지이기는 하지만, 오히려 선생님께 질문

---

3) 자본이 승리하기만 한 것은 결코 아니다. 화폐 자본이 우세하게 된 배경에는 산업자본이 공장 내에서 노동의 반발에 부딪쳐 마음에 맞는 이윤을 확보하기 힘들게 된 상황이 자리잡고 있다.

드리고 싶은 내용이 많습니다. 선생님의 지적이 저의 고민을 생산적으로 풀어가는 데 좋은 길잡이가 될 것으로 생각됩니다. 선생님께서 지적해주신 부분에 대해 저도 거의 공감하고 있습니다. 제가 특별하게 답변할 내용은 없는 것 같습니다만, 그래도 대답하는 자리에 있으니 몇 가지 말씀을, 간단하게 드리도록 하겠습니다.

1) 먼저 선생님께서 민족이란 개념이 '국민'의 뜻과 '그 땅의 사람들'이란 의미를 분명히 가르지 못한 데서 온 것이 아니냐는 지적에 대해 말씀드리겠습니다. 물론 그런 부분이 없지 않습니다만 식민지 시대와 해방직후의 민족문학운동에서는 오히려 민족이란 개념을 계급 패러다임으로만 접근한 경우도 있었다는 말씀을 드립니다. 모두 그런 것은 아니나 특히 식민지 시대 카프(KAPF)가 존속했던 시기는 그 정도가 매우 심했습니다. 그것이 1930년대 후반을 지나 해방직후에 오면 민족과 계급에 대한 관계에 대해 일정한 결론을 얻게 됩니다. 그러나 민족 개념에 대해 일정한 결론을 얻었다고 해서, 지금 해방직후 민족문학론의 입장이 오늘날 우리 현실과 부합된다는 것은 아닙니다. 문제는 그런 인식이 분단과 더불어 단절된다는 데에 있습니다. 분단 이후, 다시 민족이라는 개념을 찾아가는 과정에서 선생님께서 지적하신 문제도 발생한 것으로 보입니다. 그런 역사적 경험을 거울 삼아 창조적으로 계승해야 하는 것은 온전히 오늘날 우리의 몫일 것입니다.

2) 민족문학론이 근대극복론과 동일한 싸움의 양면을 나타내는 것은 아닌가라는 지적에 대해 저는 전적으로 공감합니다. 저는 지금까지의 민족문학론을 그런 입장에서 다시 정리하는 일이 필요하다고 생각합니다. 70년대, 80년대 민족문학론이 근대극복론의 일환이었다는 것은 당시에 뚜렷하게 자각되었던 것이라기보다는, 오늘날 근대성의 문제와 더불어 새롭게 민족문학론을 바라보면서 나타난 문제틀입니다. 그런 문제틀에서 우리 민족문학론의 역사를 재조명하다보면, 제가 발표문에서 말씀드린 민족문학론의 창조적 갱신의 길도 보이지 않을까 막연한 기대를

하고 있습니다.

3) 글로벌 캐피털리즘 아래에서 민족 개념이 국가에 의해 민족주의로 활용될 소지가 커졌다는 지적과, 자본주의로 포획되지 않는 땅의 문제를 지적하신 데 대해 말씀드리겠습니다. 선생님의 말씀은 아마도 민족을 오늘날 어떻게 생각할 것인가와 관련된 문제인 것 같습니다. 선생님께서 말씀하신 바와 같이 민족주의 또한 대단히 변화무쌍한 이데올로기입니다. 과거의 민족주의와 현재의 민족주의가 똑같은 양태로 드러나지 않습니다. 다만 저는 그 개념이 궁극적으로 현실에서 어떻게 발현되는가는 본질상 달라지지 않으리라고 봅니다. 오늘날 그런 양상을 분별해 볼 수 있는 일이 매우 어려워진 것만은 틀림없는 것 같습니다. 전지구적 자본주의 체제 아래에서 민족 내부의 계급 모순이 민족이라는 이름으로 희석화되어가는 점도 있습니다. 반대로 전지구적 자본이 오히려 민족 모순을 해결해주는 듯한 형국도 보입니다. 현실은 훨씬 더 복잡해지고 미묘해졌습니다. 오늘의 이 현실을 80년대적 사고 방식으로 헤쳐 간다는 것은 당연히 아둔한 일입니다. 저는 그래서 민족개념을 해체하자는 요즘 일각의 주장은 80년대적 사고방식의 90년대판 버전이라고 생각합니다. 그들은 또 바뀔 것입니다. 해체하기 이전에 오늘 우리가 맞닥뜨린 이 현실을 더욱 눈을 부릅뜨고 지켜보아야 합니다.

선생님께서 말씀하신 '자본주의와 국가에 의하여 포획되지 않는 땅'은 저로서는 매우 흥미로운 분야입니다. 아마도 선생님께서는 사빠띠스따의 투쟁을 그런 '땅'의 한 가능성으로 상정하시는 듯 합니다. 저 역시 선생님의 그런 생각에 동의합니다. 다만 한가지 덧붙이고 싶은 것은, 우리가 찾아야 할 것이 예외적인 투쟁이 아니라 보편적이고 구조적인 투쟁의 방식이란 점입니다.

경청해주신 여러분, 좋은 지적을 아끼지 않으신 정남영 선생님께 다시 한번 감사의 말씀을 드립니다.

'민족' 담론의 미래와 가능성

차 승 기*

> 인간이 생각할 수 있는 것이라면 허구
> 임에 틀림없다.
>
> — 니체

1. 글을 시작하며

『민족과 민족주의』라는 유명한 책의 저자 어니스트 겔너(Ernest Gellner)는, '민족'이 불특정한 대중들을 동질적 집단으로 통일시키는 동시에 구별시키는 특유의 방식에 대해 하나의 우화를 통해 암시한 바 있다. '그림자 없는 사람'이라는 이야기가 그것이다.[1] (이밖에도 '타자'에 대한 무수한 우화들이 가능할 것이다.) 그 사람은 인간적인 성품과 능력에 있어서 어느 모로 보나 완전하다. 그런데 단 하나 그에게는 그림자가 없다. 뭇 사람들은 그의 '그림자 없음'을 참아낼 수 없다. 그는 '이상한(strange)' 사람인 것이다. 조금은 불완전하지만 그림자 있는 '보통' 사람들은 그의 낯섦(strangeness)을 받아들이지 못하고 그를 배척하게 된다.

그림자란 개개인의 어떤 불변하는 실체적 내용을 이루는 것은 아니다. 어둠 속에서는 사라지고 마는 지극히 우연적이고 제약된 어떤 것이

---

* 연세대 강사
[1] Ernest Gellner, *Nations and Nationalism*, Basil Blackwell, 1983, 5쪽 참조.

기 때문이다. 그러나 '빛'이라는 특정한 조건 속에서 그것은 개개의 존재자 배후로 드리워진, 개개인의 현존함을 입증하는 근거가 되기도 한다. 그런데 그것은 제약된 것이면서도 동시에 무정형적이기도 하다. '빛'이 어디에서 비추어지는가에 따라 그림자의 형체는 극단적으로 변모하기 때문이다. 더욱이 그 어두운 단일색조는 텅 빈 것처럼 보이기도 하고 모든 색조를 담고 있는 것 같기도 하다.

우리는 이 '그림자'를 민족이라는 공동체의 존재형식이라고 말할 수 있지 않을까? 눈에는 보이지만 잡히지 않는 그림자처럼 어떤 하나의 방향 속에서 상상될 수는 있지만 그것으로 실체가 파악되지는 못하는 것, 그리고 '빛'이라는 조건 속에서만 드러나는 그림자처럼 어떤 특정한 담론구성체 속에서만 의미 작용이 발생하는 것을 민족이라고 할 수 있지 않을까? 근대에 들어서면서부터 지금까지 누구나 민족을 말해왔다. 민족의 이름으로 혁명을 기도했고, 민족의 이름으로 현존 지배양식을 공고화하였다. 민족의 이름으로 '반일'을 외쳤고, 민족의 이름으로 '친일'을 했다. 민족의 이름으로 통일을 꿈꿨고, 민족의 이름으로 내전을 치뤘다. 민족의 이름으로 몇 사람을 살렸고, 민족의 이름으로 많은 사람을 죽였다. 이토록 변화무쌍하고 일관성 없어 보이는 것임에도 불구하고 그것은 '민족'이라는 하나의 이름으로 불려왔다. 이런 의미에서도 민족은 '그림자'이다.

물론 - 그림자도 마찬가지이지만 - 민족은 어떤 실체의 '흔적'을 포함하고 있다. 그 동안 우리가 '민족'하면 떠올리도록 교육받았던 인종, 언어, 지역, 문화, 역사 등의 공통성이라는 것이 그것이다. 그런데 과연 여기에 열거된 지표들은 정작 '지표'로서의 기능에 충실한 것인가? 그리고 과연 '실체'다운 고정불변성을 지니는 것인가? 실제적인 행위와 행위방식(또는 아비투스), 그 행위가 낳은 산물과 효과, 근본적인 소여와 인간이 만들어 놓은 모든 문화적 인공물들 사이의 상호작용에서 빚어지는 독특한 성격이 특정한 지역과 지역 사이의 삶의 성격을 구별하도록 해준다는 것은 사실일 것이다. 그리고 이것은 엄밀한 의미에서 물질적인 과정이다.

그러나 우선, 역사적인 경험이라는 것도 어떤 동질적인 반응과 감정을 불러일으키기는 하지만, 결국에 그것이 공동체 구성의 힘으로 작용하기 위해서는 '해석'이 개입되지 않을 수 없다는 점에서 철저히 후험적(a posteriori)으로 구성된 것이다. 동일한 사태에 대해 동일한 반응을 일으키는 작용은 엄밀히 말해 생리적인 본능 ─ 그것도 제어되기 힘들 정도의 특정한 조건하에서 ─ 과 관련된 행위로 국한될 것인데, 이러한 '자연스러운' 행위는 그 자체로는 지나치게 일반적이어서 '구별'의 지표가 될 수 없다. 하나의 사태를 경험하는 과정에서 특정하게 동질적인 반응을 보이는 집단이 형성되기 위해서는 그 '사태'와 '피경험자' 사이에 어떤 제 3의 장막(帳幕)이 개입되지 않을 수 없다. 특히 민족이라는 공동체 구성과 관련할 때, 우리는 그 장막을 이데올로기라고 칭할 수 있을 것이다. 그리하여 어떤 이데올로기를 통해 포착되는가에 따라 그 사태에서 얻은 경험은 공동체성을 촉발시키거나 입증하는 것이 될 수도 있고 의미 없는 것으로 망각될 수도 있으며, 또 공동체의 존속을 위해 억압될 수도 있다.

사실, 민족이라는 공동체의 존립근거를 정당화하는 데 있어 가장 근본적인 역할을 하는 것은 이른바 인종(혈통)과 언어일 것이다. 이것들은 가장 직접적인 소여라고 여겨지는 만큼 '민족의 자연성'을 입증하는 선험적 근거가 될 수 있다. 더욱이 오랜 시간에 걸쳐 일정하게 제한된 지역에서 고유한 언어와 '피'를 이어왔다는 우리의 경우, 혈통과 언어는 민족의 '순결성'을 입증하는 가장 든든한 근거가 된다. 그런데 이 '순결성'이란 것은, 그것이 상대적으로 훨씬 가시적이고 자명하게 입증될 수 있는 것처럼 여겨질 때 오히려 내적인 지배관계를 강화시킬 수 있다.2)

─────────

2) 홉스봄도 중국이나 한국을 "거의 또는 완전히 동질적인 인구로 구성된 역사적 국가의 극히 희귀한 사례"로 들면서, 이러한 나라에서 "종족과 정치적 충

즉 혈통과 언어의 동일성은 공동체 내부의 실제적인 구별과 차이 - 예 컨대 계급, 사회적 성차(性差) 등 - 를 억압할 수 있는 강한 잠재력을 지니고 있다는 것이다.

그런데 이렇듯 자명해 보이는 혈통과 언어의 동일성에도 역사성이 개입되어 있다. 이 동일성은, 다른 차이를 무화시킬 필요성이 대두될 때 에야 비로소 발견된 동일성이다. 다시 말해서 전근대적인 수직적 '구별' 을 통한 지배가 더 이상 지속될 수 없을 때, 그래서 사회적 생산을 통 한 지배양식이 대두될 때 필연적으로 요청된 동일성인 것이다.3) 그러므 로 '단일민족'이라는 예외적인 특성을 지니고 있음에도 불구하고, 인종 (혈통)과 언어 역시 심층의 지배양식에 제약되어 있다는 점에서 고정불 변하는 지표라고 할 수는 없을 것이다.

이렇게 해서 다시 처음으로 돌아가는 듯하다. 민족이란 어떤 확고부 동한 실체로서 존재하는 것이 아니므로, 그래서 어떤 이데올로기 속에 서 규정되고 상상되느냐에 따라 극단적인 편차를 보일 수 있는 것이므 로 결코 일의적(一義的)으로 말해질 수 없다. 그럼에도 불구하고 '민족' 이라는 공동체를 구성하고자 하는 근본 동력이 특정한 역사적 조건 속 에서 비롯될 수 있는 것임에는 틀림없을 것이다. 따라서 이 글에서는 우선 '민족담론'이 구성되는 역사적 조건, 좀더 정확히 말하자면 민족이 라는 공동체를 상상하는 힘에 각인되어 있는 역사적인 성격을 조금은 근본적인 차원에서 반성해보고자 한다. 이렇게 한편으로, 민족담론에 그

성이 실제로 연계될 수 있다"고 지적한 바 있다. Eric. J. Hobsbawm, 강명세 옮김, 『1780년 이후의 민족과 민족주의』, 창작과 비평, 1998, 94-5쪽.

3) 정반대로, 이러한 사회적 지배양식에 대해 저항하는 편에서 볼 때도 - 조금 은 다른 의미에서 - 전체적인 동원이 요청된다. 물론 파시즘에 대항하는 통 일전선에의 요청, 또는 자본에 대항하는 다수 계급·계층의 전술적 동맹은 분 명히 이러한 전체적 동원과는 구별되어야 할 것이다. 저항을 위한 전체적 동 원을 가장 소박하고 노골적으로 표현하고 있는 것은 식민지 시대 김일성이 제시한 통일전선의 구호 - "힘 있는 사람은 힘을, 돈 있는 사람은 돈을 ……" - 일 것이다.

역사적인 조건이 근본적으로 각인되어 있다면, 다른 한편에서 그것은
이데올로기적으로 제약되어 있기도 하다. 그렇다면, 민족담론들은 주체
화의 과정 속에서만 생성되고 의미를 지닐 수 있다고 하겠다. 즉 기본
적으로 '민족'은 스스로를 주체로 정립하고자 하는 상이한 집단 및 계
급의 정치적 담론전략 하에서 구성되어왔다고 할 것이다. 그러므로 어
떠한 주체정립의 과정 속에서 '민족'이 사고되어야 할 것인지도 생각하
지 않을 수 없다.

2. '민족화'의 논리

민족이라는 것이 모든 물질적·정신적 삶의 층위에서 발생한 근대적
지각변동의 산물이라는 명제는 이제 거의 진부한 말이 된 듯하다. 민족
이라는 실체가 앞서 존재하고 있고 그 실체로부터 민족주의라는 근대적
이데올로기가 파생되어 나왔다는 통설이 전도되어 있음이 지적되기도
하였고,[4] 또 민족이라는 것이 근대적 삶의 근본구조 위에서 상상된 허
구물이라는 좀더 급진적인 비판적 해석도 제시된 바 있다.[5] 하지만 이
렇듯 민족이라는 것이 '구성된 허구물'임이 밝혀졌다고 해서 곧바로 그
것이 '허위'로 되는 것은 아니다. 왜냐하면, 민족은 허구물이기는 하되
역사적으로 필연적인 허구물이기 때문이다. 즉, 세계체제로서 근대 자본
주의가 출현하면서 전지구적으로 민족에 대한 자각이 수반되었다는 점,
그리고 동구와 소련의 몰락이후 전지구적 자본주의 시대가 본격화됨으
로써 민족분쟁이 비등하고 있다는 점은 민족이 자본주의 생산양식과 어

---

4) 어니스트 겔너에 따르면, "민족을 낳게 하는 것은 민족주의"이다. Ernest
   Gellner, 앞의 책, 55쪽.
5) Benedict Anderson, *Imagined Communities: Reflections on the Origin and Spread
   of Nationalism*, Verso, 1991 참조.

떤 필연적인 관계를 갖고 있음을 예증해주고 있는 것이다.

이 절에서는 '민족화'의 논리라고 칭할 수 있을 법한 문제를 살펴보도록 하겠다. 그것은 궁극적으로 민족을 상상하고 구성하는 형식이 근대라는 역사적인 삶의 조건과 어떻게 결합되어 있는가를 밝히는 일이 될 것이다.

민족은 단순히 특정한 국가적 공동체에 소속되어 공통의 정치적 제도하에 놓여 있다는 객관적 사실만으로는 성립될 수 없다. 민족은 "스스로 민족(nation)이 되고자 하는 사람들의 집합체"[6]인 것이다. 그런데 이렇게 민족이 되고자 하는 의식이 싹트는 것은 결코 자연스러운 과정이 아니다. 그것은 어떤 외적 자극으로 인해 내부의 차이를 넘어서도록 하는 의식이 생성될 때 비로소 등장한다는 점에서 특정한 역사적 산물이다. 즉 전래적인 생활양식과 지배양식으로는 자기를 보존할 수 없을 만큼의 위기를 몰고 오는 자극이 있을 때 '민족'이 되고자 하는 의식이 생성되고 부추겨지는 것이다.[7] 이 거대한 자극은 다름 아닌 세계체제로서의 자본주의였다.[8]

그러나 여기서 오해하지 말아야 할 것은, (동양을 포함해서) 우리의

---

6) 丸山眞男, 김석근 옮김, 『日本政治思想史研究』, 통나무, 1995, 465쪽. 마루야마는 한 민족의 대외적·대내적 문제를 동시에 뜻하기 위해 nation/nationalism을 민족/민족주의 대신 국민/국민주의로 번역하여 서술하고 있는데, 이곳에서는 특별한 의미론적 차이가 없는 한 민족/민족주의로 고쳐서 인용하겠다.

7) 이러한 의미에서 마루야마는 대대로 한 지역에서 살아온 단위 공동체들이 자신들의 생활공간에 대해 자연적으로 느끼게 되는 '향토애'는 결코 민족애 또는 민족주의의 맹아가 될 수 없다고 말한다. 그것은 근본적으로 '자기' 가까이에 있는 환경에 대한 구체적인 사랑이기 때문에 국가라는 추상적인 환경을 배후에 깔고 있는 민족 구성에는 오히려 질곡이 될 수 있기 때문이다. 같은 책, 467쪽 참조.

8) '외적인 자극'이라고 해서 이것이 동양의 역사적 경험에만 국한되는 것이 아님을 분명히 할 필요가 있겠다. 서양에서 봉건적인 세계관과 경제구조를 붕괴시키는 힘이 내부로부터 비롯되었다고 할지라도 봉건적 질서의 편에서는 그 힘이 낯선 '자극'으로 현상했기 때문이다.

경우, 이 '자극'에 대한 반응으로서의 민족의 구성이 결코 그 '자극'을 제거하거나 그로부터 벗어나는 방향으로 이루어진 것은 아니라는 사실이다. 물론 이 '자극'이 '식민지화'를 동반하고 나타났던 우리의 경우 민족은 또 다른 개성을 갖는 것이 사실이다. 그리고 그 이후 계속된 억압적인 역사적 경험을 통해서 더 많은 내용들이 부가되고 결합되었다는 것도 사실이다. 그러나 근본적으로 민족은 저 엄청난 '자극'에 스스로를 익숙하게 만드는 방향으로 구성된 것이다.

제국주의 본국에서도 식민지에서도 '민족'이 구성될 수밖에 없었던 데에는 양자간에 어떤 근본적인 메카니즘이 공유되고 있었기 때문이 아닐까? '민족'이 자신들을 향해 규정되느냐 타민족들을 향해 규정되느냐에 따라 자긍심을 환기시키기도 하고 경멸감을 확산시키기도 하는 등 전혀 다른 의미론적 기능을 행함에도 불구하고 그 사이에는 근본적으로 동일한 형식화의 힘이 작용하고 있지는 않은가?

앤더슨이 벤야민의 역사철학테제에서 차용해 온 표현에 따르자면, 민족은 시계와 달력에 의해 측정될 수 있는 "동질적이고 공허한 시간"[9] 속에서만 상상될 수 있다. 즉 어떤 단위의 사회적 유기체가 정밀하게 분할측정될 수 있는 공통의 객관적 시간 속에서 움직이고 있다는 생각은 바로 이러한 동질적이고 공허한 시간이라는 의식에 바탕하고 있을 때에만 가능한데, 역사를 따라 내려오면서 (또는 거슬러 올라가면서) 움직이는 어떤 견고한 공동체로서 여겨지는 민족 역시 이러한 시간의식을 전제하고 있다는 것이다.[10] 알지 못하는 익명의 개인들이 서로 같은 공기를 호흡하며 '동시대'를 살고 있다는 의식, 그리고 개인들이 동시대성을 의식하는 데서 더 나아가 이러한 동시대적 관계로 이루어진 집단이 역사 속에서 그 과거를 확인할 수 있다는 의식이 민족을 상상하는 시간의식인 것이다.

---

9) Benedict Anderson, 앞의 책, 24쪽.
10) 같은 책, 26쪽 참조.

이러한 시간의식을 사회화시키면서 민족이라는 상상된 공동체를 재현 (re-presenting)하는 기술적 수단이 바로 소설과 신문이다.[11] 소설과 신문 은 모두 근대적인 활자매체에 편승하여 발생한 것으로서 그 내적 구조 에는 근대적 교통관계가 깊이 새겨져 있다. 소설은 외적인 상품 유통구 조에 참여할 때에만 근대적인 의미에서 '자율적'인 것으로 되는 것은 말할 것도 없고, 이미 그 내적 구조로부터 소설적 서사를 동일한 시간 과 공간 속으로 직조해낼 수 있는 독자층을 기대할 때에 산출되는 것이 다. 이러한 의미에서, 근대 소설의 뿌리깊은 리얼리즘적 충동이라는 것 도 단순히 (완성된 형식으로서의) 소설과 '바깥'의 현실이 만나는 곳에 서 발생하는 것이라기보다는 오히려 근대 소설 자체를 형성시키는 힘으 로서 이미 작동하고 있었다고 말할 수 있을 것이다.

신문은 '정보'라는 새로운 앎의 형태를 전면화시키면서 전통적인 '경 험(Erfahrung)'을 소멸시키는 전형적인 매체이다.[12] 같은 날에 발생했다 는 것 외에는 어떠한 공통성도 찾아볼 수 없는 일들이 신문의 같은 지 면 위에 접합되어, 국가 또는 사회의 테두리 속에서 벌어지는 다양한 삶의 양상들을 하나로 묶어준다. 그러므로 신문이 제공해주는 것은 '경 험'과 직접적으로 관계하지 않는 것들임에도 불구하고 국가 또는 민족 이라는 추상적인 환경의 존재를 상상하게 한다. 그리고 일단 이렇게 동 시대적인 유기체가 상상될 수 있다면, 그 유기체의 과거—현재—미래를 서사적 구조 속에서 구성해내는 것은 어렵지 않게 이루어진다.[13]

---

11) 이에 대한 상세하고 설득력 있는 분석은 같은 책, 25-36쪽 참조.
12) Walter Benjamin, 「얘기꾼과 소설가」, 반성완 편역, 『발터 벤야민의 문예이 론』, 민음사, 1988, 171-2쪽 참조.
13) 이 서사적인 구조가 누구에 의해 운영되느냐에 따라서 내용적인 차이를 갖 는 것은 당연하다. 이것은 학문적으로는 근대적인 사관(史觀)의 형성, 그리 고 이데올로기적으로는 전통의 창조와도 결부되는 문제일 것인데, 이에 따 라 '민족'의 삶을 왕조사 중심으로 고급문화의 계승관계 속에서 묘사하느냐 또는 민중수난사의 관점으로 구비전승문화의 계승관계 속에서 묘사하느냐의 차이가 발생할 것이다. 그러나 이 차이는 서사적 구조의 차원에서 볼 때는

이렇게 근대적인 제도의 확립과 뗄 수 없게 결합되어 있음에도 불구하고 '민족'은 어떤 불변적이고 초역사적인 정신적 본질을 지니고 있는 실체(Substanz)처럼 간주된다. 즉 민족은 일종의 표현적 총체성14)의 체계 속에서 작동하게 되는 것이다. 앞서, 마루야마의 말을 빌려 말했듯이, 민족은 스스로 민족이 되고자 하는 사람들의 집합체이다. 따라서 민족이 구성될 수 있으려면 '민족의식'이라는 것이 필수적으로 전제되어야만 한다. 민족이 민족국가(nation-state)로 존립하려면 이 '의식'이 결국 정치적인 의식으로 집약되어야 하지만, 그렇게 집약되기 위해서도 더 광범한 의식의 편재가 요구된다. 여기서 언어(모국어), 문화(민족문화), 역사 등은 민족의식의 포괄적인 문화적 토대가 되는데, 이 각각의 지류(支流) 속으로는 반드시 어떤 정신적 본질이 관통하고 있어야만 한다. 그래서 어떤 지류의 단면을 살펴보더라도 그곳에는 이른바 '민족정신' - 그 정신적 본질이 어떤 말로 지칭되는가는 중요하지 않다 - 이라는 수맥이 흐르고 있어야만 한다. 나아가서 민족이라는 상상된 울타리 내에서 살아가는 개인들의 삶 곳곳에서 그 정신적 본질은 발현되어야 한다. 그래서 민족주의가 민족을 발생시켰음에도 불구하고 민족주의는 민족의 자기표현으로 여겨지게 된다.

근대적 제도의 확립과정 속에서 상상된 허구물이 편재하는 정신적 본질을 갖는 실체처럼 전도될 수 있었던 데에는 근대적인 주체의 성립과정에서 찾을 수 있는 '내재성에의 충동'과 동일한 힘이 작동되고 있었던 것은 아닐까? 근대에 들어와서 인간이 어떤 식으로든지 '자기정립'

근본적인 것이 아니다.

14) Louis Althusser, trans. by Ben Brewster, *Reading Capital*, Verso, 1979, 93-95쪽 참조.
   알뛰세르는 헤겔주의적인 역사적 시간의 본질적 특성으로 동질적 연속성(homogeneous continuity)과 동시성(contemporaneity)을 들고 있는데, 이는 앤더슨이 말하는 '동질적이고 공허한 시간'과 같은 대상을 지칭하고 있는 것으로 보인다.

258

을 해야만 했다는 사실은 참일 것이다. 그런데 이 자기정립은 단순히 개인의 차원에서 이루어져서는 안 되는 것이었다. 이미 주어진 것으로 존재한다고 여겨졌던 모든 보편성의 자명성이 의심받게 되었을 때, 그래서 개개인이 그 보편성을 '바깥'에 있는 것으로 거리화시키면서 비판하게 되었을 때, 근대인은 자기 내부에서 스스로 규범을 만들어내야만 했다15). 규범은 어떤 한 '개인'에게만 유효한 것이어서는 규범으로서 가치를 지니지 못한다. 그러므로 기존의 규범들을 '밖'의 것으로 배척하면서 비로소 '안'을 들여다보게 된 근대인은 자기 안에서 규범의 성립근거를 만들어내야만 했다. 그것은 철저하게 주관적이면서 동시에 철저하게 보편적인 것이어야 했다. 모든 절대적인 것, 보편적인 것이 주관성에 정초하게 된 데에 근대적 사유의 코페르니쿠스적 전회가 있을 터인데, 이러한 근본적 변혁을 통해 모든 개인에게 고유하면서도 보편적이라고 여겨지는 '선험적 주체(transzendental Subjekt)'라는 것이 생겨날 수 있었다. 그런데 이러한 '상승'이 발생하자마자, 오히려 개인이 이 선험적 주체에 의해 재구성되는 전도가 발생한다. 선험적 주체가 경험적 주체를 산출하는 것으로 여겨지게 된 것이다. 경험적 주체로부터 파생된 선험적 주체가 오히려 아리스토텔레스적인 의미에서 '제 1자(第一者)'가 되었다.16)

　'제 1자'가 되어버린 선험적 주체는 사실 경험적 주체를 추상한 결과물이다. 그러나 그것은 실재하는 것(Realität)은 아니지만 현실에서 작용하는 것(Wirklichkeit)이다. 비록 실체로서 존재하지는 않지만, 그것은 오히려 구체적인 존재자들을 바로 그러한 것으로 규정하는 힘을 발휘한다. 우리는 민족이라는 상상된 허구물의 작용방식을 이같은 선험적 주

---

15) Jürgen Habermas, 이진우 옮김, 『현대성의 철학적 담론』, 문예출판사, 1994, 26쪽 참조.
16) 선험적 주체의 구성과정에서 발생하는 근본적인 '전도성(顚倒性)'에 대해서는 Theodor W. Adorno, "Zu Subjekt und Objekt", *Gesammelte Schriften* Bd. V, Suhrkamp Verlag, 1970, 744-6쪽 참조.

체에 비유할 수 있지 않을까? 민족 역시도 개개의 구체적인 인간들에게
서 공통된 속성을 추상해낸 결과물이다. 즉 민족을 구별하는 인종, 언
어, 지역 등의 지표라는 것은 구체적인 인간들의 속성으로부터 추상해
낸 것에 다름 아닌 것이다. 그럼에도 불구하고 그렇게 추상화된 산물인
민족이 이제 개개인을 규정하게 된다. 나는 한국인인 것이다. '나'라는
개별자는 술어의 자리에 놓인 '한국인'이라는 보편자의 규정을 받음으
로써 현존재의 한 차원을 획득하는 것이다. 더욱이 그 보편자는 개별자
에 내재한다.

그런데 이러한 추상화의 과정은 사실상 모든 질적인 차이를 건너뜀
으로써만 완수될 수 있는 것이다. 서로 다른 개인들을 '민족'으로 묶어
주는 논리는, 질적으로 상이한 것들을 서로 대체가능하게 만드는 '교환
원리'와 동일하다. 이러한 의미에서 민족적 동일성의 논리적 근거는 상
품동일성에 있는 것이 아닐까?[17]

3. 민족적 주체화에 대한 반성

민족적 동일성이 상품동일성과 같은 논리로 효과를 생산해낸다는 것
은, 사용가치에 있어서의 질적인 차이를 무시하고 교환가치라는 양화(量
化)된 표현형식을 취하게 함으로써 특정한 사물을 상품으로 존재하게

---

17) 물론 순전히 상품의 교환원리에 의해서 '민족화'의 과정이 설명될 수는 없
다. 왜냐하면 우리가 언제나 일상에서도 경험하는 바와 같이 자본주의적 교
환원리는 결코 '국적'을 가지지 않기 때문이다. 보다 직접적으로 '민족'을 상
상하도록 촉발한 것은 자본주의적 원리보다는 오히려 자본주의의 구체적인
역사적 형태인 '세계경제체제'라고 할 수 있을 것이다. '민족'이라는 형태는
"주변부에 대한 중심부의 경쟁적 지배수단"으로서 형성되어 온 것이기 때문
이다. 그런 의미에서 근대의 모든 민족은 식민화의 산물이다. Etienne
Balibar, 서관모 옮김, 「민족형태: 그 역사와 이데올로기」, 『이론』 1993. 가을,
112쪽 참조.

하듯이[18], 개인들의 차이를 억압하고 어떤 이념적 기표 밑으로 그들을 불러모음으로써 개인을 '민족적 인간(homo nationalis)'으로 존재하게 한다는 것을 의미할 것이다.[19] 이 민족적 인간들은 신성한 이념적 기표를 내면화함으로써 민족 주체로 호명된다.

우리 문학사 속에서 이어져 온 민족 주체의 구성은 크게 두 측면으로 구별할 수 있을 것이다. 이 구별은, 민족 주체를 호명하는 이데올로기가 보수적인 것이었느냐 진보적인 것이었느냐에 따라서 이루어질 수 있다. 사실상 근대적인 의미에서 문학은 "상상적, 허구적 문학이란 개념으로 특수화되는 동시에 특정한 민족의 자산으로, 민족정신의 표현으로, 민족의 자기정의를 위한 수단으로 인식"[20]되는 과정 속에서 개념 정립된 것이다. 그러나 '민족'이라는 것이 스스로를 주체로 정립하고자 하는 상이한 집단 및 계급의 담론전략 속에서 서로 다르게 상상되었다면, 그 이데올로기적 제약에 따라 상이한 내용을 갖는 민족주체가 구성되었다고 할 것이다.

---

18) "여러 상품의 교환관계는 그 상품들의 사용가치를 추상함으로써 명백하게 그 성격이 규정된다. 이 교환관계 속에서 어느 하나의 사용가치는 그것이 그저 적당한 비율로 표현되기만 하면 그밖의 다른 사용가치와 완전히 동등하게 인정된다. …… 상품은 사용가치란 면에서는 무엇보다도 우선 서로 다른 질(質)이지만, 교환가치란 면에서는 다만 서로 다른 양(量)일 뿐이며 따라서 사용가치를 조금도 포함하고 있지 않다." Karl Marx, 김영민 옮김, 『자본 I-1』, 이론과 실천, 1987, 50쪽.

19) 이마무라 히토시도 이러한 의미에서 국민국가(nation-state)가 억압적 동일화를 수행했음을 비판한다: "동질화하는 것이 근본적으로 불가능한 이질적(heterogeneous)인 개인들 혹은 민족성(ethnicity)이란 것을 동질적인 시민으로 개조한다고 하는 그런 성과를 수행한 것이 근대의 국민국가였다는 것이다. 국가는 어떤 의미에서 무리하게라도 이질적인 개인들을 동질적인 개인들로 개조해 간다. 그 점이 국가의 작용 그 자체라고 하지 않을 수 없으며, 그것이 <환상성>을 낳는 하나의 근거라는 것이다." 今村仁司, 이수정 옮김, 『근대성의 구조』, 민음사, 1999, 181-2쪽.

20) 황종연, 「문학이라는 譯語 - 「문학이란 何오」 혹은 한국 근대문학론의 성립에 관한 고찰」, 문학사와 비평연구회, 『한국문학과 계몽 담론』, 새미, 1999, 27-8쪽.

식민지 시대 초기부터 있어 온 보수적 민족주의 문학은 기본적으로 왕조사의 관점에서, 그리고 과거의 고급문화를 계승하는 방향에서 '민족문학(문화)'의 이데올로기적 내용을 채움으로써, 그리하여 과거 역사와 문화 속에 내재했던 차이와 대립과 모순을 무시한 채 모호한 동일성을 반복적으로 재생산함으로써 결국 과거의 지배 이데올로기를 재생산하였다. 이곳에서 구성한 민족주체란 '전체 속에서 소멸되는 개인'에 다름 아니었다. 이광수류의 전체주의적 민족주의에서 그 예를 찾을 수 있는 보수적 민족주의 문학은 가장 극단적으로 전체주의적인 주체화과정을 보여준다.

그렇다면, 사회주의적 (또는 적어도 비자본주의적) 전망을 함축하고 있었던 부분까지 포함하는 진보적 민족문학은 어떠한 주체를 구성하였는가? 이곳에서의 주체화과정은 특히 민족의 하위범주로서 산출된 '인민(민중)'이라는 또 다른 공동체를 매개로 이루어진다. 문제가 되는 것은 진보적 민족문학이 과거의 역사 전체를 지배와 피지배, 억압과 피억압의 관계로 바라보고 그 중에서 피지배/피억압의 편의 손을 들어준다는 것 자체에 있는 것이 아니다. 오히려 '인민(민중)'이라는 공동체21)를 상상하고, 지배받고 억압받았던 인민(민중)의 '역사'를 구성하면서 그로부터 순결한 이념의 근거를 찾는다는 점에서 역시 전도되어 있다는 것이 문제이다. 더욱이 이 편의 민족문학은 인민(민중)이 '변혁의 주체'로 설정되어 있다는 점에서 그만큼 강한 이념지향성을 띠게 된다. 이곳에서 구성한 주체는 민족주체이면서 동시에 인민(민중)주체이기 때문에

---

21) 상상된 것으로 '인민(민중)'은 "미리 국가적 제도 속에서 자신을 인지하는 공동체, 그 국가를 다른 국가에 대립시켜 '자기 국가'로 인지하며 특히 자신의 계급투쟁을 — 예컨대 개혁과 혁명을 향한 열망을 '자기 국가'의 전화를 위한 기획으로 정식화함으로써 — 그 지평 안에 자리잡게 하는 공동체"(Etienne Balibar, 앞의 글, 118쪽)이다. 이렇게 볼 때, 계급론적 관점에서 '인민(민중)' 범주에 어떤 계급을 포함하고 배제할 것인지의 문제는 부차적이다.

보다 뚜렷한 목적론적 지향 속에서 움직이게 되며, 목적론적 지향이 뚜렷한 만큼 내적으로 반성의 통로를 봉쇄하기 쉽다. 또한 그 이념이 과학적인 사회변혁이론과 결합되면 될수록, 진보적 시간은 민족문학 존립의 근거가 되었다.

민족에 대한 상상이 근본적으로 전도되어 있다는 것과 그것이 상품교환형식과 상동적인 관계에 있다는 것은 어떤 진보적인 민족문학에 대해서도 지극히 제한적인 의의만을 부여하게 한다. '민족'의 이름 아래에 지배의 실천이라는 하나의 극단과 저항의 실천이라는 또 다른 극단이 공속(共屬)할 수 있는 것은 그것이 상품 형식의 논리 속에서 작동하고 있다는 데에 있는 것이리라. 이렇게 공속의 장(場)에 놓이면서도 그것이 대립할 수 있는 것은, 그 각각이 환원시키는 지점이 다르기 때문이다. 하나가 중심에로 회귀하는 구심적인 운동을 보여준다고 한다면, 다른 하나는 부단히 주변으로 향하는 원심적인 운동과정 중에 있다고 할 수 있을 것이다. 중심에는 '국수(國粹)'라든지 '민족정기'라는 관념적 실체가, 주변에는 '인민(민중)'이라는 또 다른 상상적 공동체가 있다. 구심력과 원심력은 서로의 긴장 속에서 하나의 거대한 힘의 장을 구성하고 있다. 대립에도 불구하고, 아니 오히려 그 대립을 통해서 양자는 동일한 장을 지탱지키고 있는 것이다. 이 장은 구심력이나 원심력 어느 한 곳으로만 절대적으로 귀속될 수 없으며, 또한 두 힘의 긴장이 유지되는 한에서만 구성될 수 있다.

그러나 민족이 어떤 계급과 어떤 집단의 담론전략 속에서 상상되든지 간에, 그것이 전적으로 허위일 수는 없다. 그것은 특정한 역사적 단계에서 출현했기 때문에만 필연적인 것이 아니라, 우리의 경우 식민지라는 고통의 시대를 겪었기 때문에 필연적인 상상이기도 한 것이다. 식민지 고통을 겪으면서 나타난 민족이 식민지를 지배하면서 나타난 민족과 동일할 수는 없다.22) 식민지에서 상상된 민족은 상상의 결과물일 뿐만 아니라 '소망'의 산물이기도 하기 때문이다. 그러므로 자본주의 세계체제의 가장 어두운 곳에서 세계변혁의 가능성을 찾고자 하는 소박한 희망이 전혀 허황되지만은 않을 것이다. 하지만 고통 속에서 상상된 민족이라고 해서 자동적으로 보편적인 규범을 창출해낼 수 있는 것은 아니다. 더욱이 그것이 반드시 '민족'이라는 공동체의 틀 속에서 만들어져야 할 필요도 없는 것이다.

앞에서 말했듯이 민족은 자본주의 세계체제의 출현과 동시에 나타났고, 동구 몰락이후 전면적인 자본주의 전일화시대에 다시금 '분쟁'의 형태로 민족문제가 불거져나오고 있다. 과거의 민족은 지배와 저항을 모두 담을 수 있는 틀이었다. 그러나 지금의 민족은 과연 그만큼의 의미를 담을 수 있는 범주인가? 그것이 상상된 것이라면, 그리고 그것이 어떤 역사적 국면에서의 필연적인 허구물이라면, 현실 세계의 역사적 성격이 변화할 때는 충분히 사라질 수 있다. 특히 현재 민족분쟁이라는 문제는 결코 소망스런 의미에서 민족적 자립을 추구하는 과정에서 나타나는 것이라고 보기 힘들다. 물론 종교분쟁과 더불어 민족분쟁의 가능성을 현실 사회주의라는 거짓 유토피아가 봉쇄시켜왔기 때문에 그 모순이 더욱 내적으로 심화되었다고 할 수는 있다. 그렇지만 전지구적 자본주의 시대에 민족적 이해관계의 충돌은, 그것이 자본주의의 세계지배체제에 도전하는 운동의 형태를 취하지 않는 한 동일한 지반에서의 '경쟁' 이상이 되기 힘들다.

1930년대 후반 김남천은, 카프해체 이후 카프계열 작가들의 자기분열적 위기를 극복하기 위해 오히려 철저한 '자기고발'을 주장한 바 있다. 많은 작가와 비평가들이 한때 열광적으로 — 가장 경직된 형태로 — 신봉했던 맑스주의적 세계관이 파시즘 상황에서 너무도 급속하게 포기되

---

22) 그래서인지, 민족 또는 민족주의 문제를 다루는 서구 연구자들이 대체로 그것의 억압적 기능을 강조한다면, 우리의 경우는 그 동안 그 저항적 의의를 강조해 온 것이 일반적이다. 그러나 '저항 이데올로기'로서의 '민족(주의)'이라는 일반화 속에는 신비화의 계기가 함축되어 있다.

는 것을 본 김남천은 그 동안의 '신봉'이라는 것이 소시민의 자기위안과 크게 다르지 않다고 느꼈었는지도 모른다. 그래서 그는 "對象의 全包圍陣을 向하야 리얼리스트 作家가 그의 筆검을 휘들르기 前, 爲先 무엇보다도 自己 心內에서 「유다」的인 것을 發見"[23]할 것을 요구하였다. 김남천은, 이제는 과거의 이념이 되어버렸지만 맑스주의적 세계관을 포기할 수도 없고, 그렇다고 예전처럼 '세계관 만능론'의 목소리를 높일 수도 없는 상황에서 이데올로기적 주체의 '허약성'을 고발하는 방향으로 주체재건의 길을 닦고자 하였던 것이다. 여기서 느닷없이 1930년대 후반의 김남천을 언급하는 것은, '주체'를 재건하고자 하는 김남천식의 방식이 지금 우리가 새롭게 주체화해야 하는 방향에 어떤 시사를 줄 수 있으리라고 여겨지기 때문이다.[24]

민족이라는 기표 아래로 개인들을 불러모으는 주체화 방식은 억압적이다. 그 배후에서는 민족을 어떤 특정한 성격의 이념내용으로 채우는 이데올로기가 작동하고 있기 때문이다. 따라서 민족주체는 이데올로기적 주체이며, '종속'을 내면화시킨 주체이다. 그러나 다른 한편으로 민족이라는 기표에는 고통스러운 과거가 깊이 새겨져 있다. 그 고통은 단순한 '피해'의 차원에서 그치는 것이 아니라 우리 의식 내에서 '식민성'을 확대재생산시키는 기제로서 기능할 수도 있다. 아마도 여기에 문제해결의 어려움이 있을 것이다.

우리는 민족이라는 낡은 이념을 아무런 대책 없이 간단히 폐기처분할 수도 없고, 그렇다고 고통스러운 과거를 물신화할 수도 없다. 어쩌면 우리에게 가능한 유일한 주체화의 길은 우리 내부의 '유다'를 고발하는

23) 김남천, 「『유다』的인 것과 文學 — 小市民 出身 作家의 最初의 모랄」, 『조선일보』 1937. 12. 15.
24) 김남천의 주체재건 기획의 현재성에 대해서는, 최근 90년대 민족문학의 '퇴조' 현상을 반성적으로 분석한 최원식의 「문학의 귀환」(『창작과 비평』 1999. 여름)에서 앞서 지적된 바 있어, 그로부터 새삼스럽게 적잖은 암시를 받을 수 있었음을 지적해둔다.

것, 우리가 얼마나 허약하게 이데올로기 내에서 정신적 안락을 추구할 수 있는지를 고발하는 데에 있지 않을까? 어떤 적극적인 의미를 갖는 새로운 이념적 기표를 만들어내고 담론화하는 것은 어려울 뿐더러 지금 같은 상황에서는 의심스럽기까지 하다. 오히려 지금까지 '민족'이라는 것을 긍정적으로 구성해 온 내용들을 하나하나 부정하는 작업을 통해 '우리다움'이라는 것을 확인하는 일이 필요할 듯하다.

4. 맺음말 — '다른' 민족을 위하여

이른바 '주체의 죽음'을 운위하는 시대에 '주체재건'을 말하는 것은 시대착오적으로 보일지도 모른다. 그러나 주체를 통하지 않고는 어떤 것도 가능하지 못하다. "주체를 통하지 않고서는 어떠한 실행가능한 것도 없다. 주체가 보다 상위의 형상으로 지양되는 대신에 해체되어버린다면, 단순히 의식의 퇴행만이 아니라 실제적인 야만으로의 퇴행을 야기할 것"[25]이기 때문이다.

90년대에 들어와서 이른바 '민족문학의 퇴행'이라는 현상이 문제로서 지적되었고, 여전히 그것은 문제로서 남아있는 상태이다. 이제는 진지한 '자성(自省)'의 목소리가 제법 전면에 나타날 정도로까지 진전되었다. 그러나 외부에서건 내부에서건 비판이 의미 있는 결과를 낳을 수 있으려면 결코 '대안'에 급급해서는 안 될 것이다. 오히려 '민족문학'의 이념이 퇴색하게 된 현실을 다름 아닌 '위기'로서 인식하게 하는 인식론적 기반에로 눈을 돌려야 할 것이다. 과거 이념의 퇴색이 — 인식론적 의미에서건 존재론적 의미에서건 — '위기'로 여겨진다면, '위기'를 느끼는 주체는 그 느낌의 강도만큼 과거 이념의 주체화=종속화(subjection) 형식

---

25) Theodor W. Adorno, 앞의 글, 743쪽.

속에서 익숙함의 안락을 누려왔던 것이다. 이 '위기'를 회피하기 위해 재빨리 또 다른 '대안' 이념에 몸을 담그는 것은 "열광과 환멸을 거듭하는 악순환"26) 속에서 일관되게 안락을 추구하는 것 이상이 될 수 없다. 오히려 '위기'의 현상학에 주목하는 것이 반성적 주체를 정립하는 유일한 길일 것이다.

민족이라는 기표의 운명에 대해서도 마찬가지로 말할 수 있지 않을까? 민족은, 지배의 측면에서든지 저항의 측면에서든지 어떤 동질적인 전체를 요구하게 된 필연적인 역사적 조건 속에서 구성된 것이다. 그럼에도 불구하고 기원은 망각된 채 그것은 우리의 현존재를 가능하게 하는 실체로서 전도되었다. 그래서 인간이 만들어낸 허구가 역으로 인간을 '주체'로 만들어내었다.27) 그러나 세기전환기에 '민족'은 점점 의심스러운 것 또는 낡은 것으로 되어가고 있다. 넓은 의미에서 근대적인 제도들 전체를 비판하거나 해체시키고자 하는 탈근대적인 시선에 의해 전복되는가 하면, 다른 한편으로는 '국민경제'라는 틀이 더 이상 현실적인 규정력을 갖지 못하는 전지구적 자본주의 시대의 세계체제 논리에 의해 붕괴의 위협을 받고 있기도 하다. 분명한 것은, 후자의 방향은 결코 해방적인 결과를 낳을 수 없다는 것이다.

어쨌든 우리는 지금, 또는 머지 않아 우리를 '우리'로서 재정립하지 않을 수 없는 상황에 이른 듯하다. 민족이라는 범주를 폐기하고 '지구촌' 시대에 걸맞는 어떤 더 큰 '실체'에 기댈 것인가? 이것은 문제를 망각하는 방법일 뿐이다. 현실 사회주의 몰락 후 참혹한 모습으로 불거져 나온 민족분쟁은 이러한 큰 '실체'가 그 내부의 차이와 대립들을 해결하기는커녕 얼마나 심화시켜왔는가를 보여주었다. 더욱이 이러한 방법이, 지역간 불균등발전을 기본으로 하는 자본주의 세계체제의 전지구적

---

26) 최원식, 앞의 글, 17쪽.
27) 물론 이 '주체화' 과정에는 학교, 가족 등 이데올로기적 기구들의 작용이 필수적으로 개입된다.

전일화 과정과 맞물린다면, 더 큰 비극을 예상할 수 있을 것이다.

그렇다면 이러한 전지구적 자본주의 시대일수록 민족형태를 고수해야만 할 것인가? 이는 문제를 억압하는 방법일 뿐이다. 지배의 측면에서는, 자본주의 세계체제의 논리에 부응할 때에만 지배를 재생산할 수 있기 때문에, 어떤 형태의 민족담론의 생산도 기만적일 수밖에 없다. 그 반대의 측면에서는 더더욱 이념적 순결성의 신화를 구성하는 방향으로 나아가지 않을 수 없을 것이다. 부정적 현실에 대한 이념적 거부는 낭만적일 뿐만 아니라 그 내부에서 억압적인 주체화 과정을 더욱 심화시킬 것이다.

이러한 진퇴양난 속에서 민족담론은 어쩌면 스스로를 지우는 작업 속에서만 의미를 지닐 수 있을 것이다. 신성한 기표를 형이상학적으로 고수하거나 또 다른 신성으로 대체하는 악순환을 중단하기 위해서는 신성함을 지우는 길, 즉 탈신비화의 길을 개척해야 하지 않을까? 타자를 억압하는 '자기동일성'이 아니라 타자와의 차이가 엄존함을 인정하고 타자와의 관계 속에서 유동적으로 이루어지는 자립적인 '정체성'에 그 존립 근거를 두는 '다른' 민족을 상상해야 하지 않을까? (상상될 수 있다면) 이 '다른' 민족은 그것이 '상상된' 것임을 망각하거나 속이지 않을 것이다. 또한, 바로 그렇기 때문에 자기 내부의 타자를 깨닫는 방향으로 나아갈 수 있을 것이다.[28] 지금으로서는, 그리고 필자의 능력으로서는, 지극히 추상적으로만 생각될 수 있을 뿐인 이 '다른' 민족이 어떤 이름으로 불려지든지간에 그것은 아마도 '민족에 반(反)하는 민족'일 것이다.

---

28) 이러한 가정은 이마무라 히토시가 말하는 이른바 '이자공동체(異者共同體)' 또는 '타자공동체'와도 크게 다르지 않을 것이다. 今村仁司, 앞의 책, 211-2 쪽 참조.

「'민족' 담론의 미래와 가능성」에 대한 토론

우 찬 제*

　「'민족' 담론의 미래와 가능성」에 관한 차승기 선생님의 발표를 잘 들었습니다. 다루기 어려운 주제임에도 불구하고 매우 의욕적으로 논의해 주셨습니다. 인간 주체와 인간 공동체에 대한 동시대적 새로운 성찰을 하는데 있어서, 매우 중요한 테마가 바로 민족 담론일 것입니다. 주체 인식과 관련한 인식론적 범주에서 현재의 세계 자본주의 체제 범주에 이르기까지, 그리고 식민주의 담론과 탈식민주의 담론에 이르기까지, 또 그 밖의 많은 문제들이 이 민족 담론의 테마와 관련되어 있는 것이 사실입니다. 뿐만 아니라 문화적 정황에 대한 새로운 고려까지 포함되어야 하는 것이고, 더욱이 이 모든 것을 성찰하면서 한국 문학 논의와 관련지어야 하는 것이어서, 대단히 어려운 작업이었을 것으로 생각합니다.

　사안이 복잡하다는 것은 그만큼 중요성을 갖고 있다는 것을 반증하는 것이기도 합니다. 나라 안팎에서, 그리고 여러 학문 분야에서 비교적 활발하게 민족 담론을 논의하는 것도 그 때문이겠지요. 문학 분야에서 민족 담론만 하더라도 그렇습니다. 차선생님께서도 언급하신 앤더슨의

* 서강대 교수

『상상된 공동체』(1983) 뿐만 아니라, 프레드릭 제임슨, 테리 이글튼, 에드워드 사이드 등의 논의는 비교적 잘 알려진 일입니다. 비교적 최근에 출간된 게리 스미스의 『소설과 민족』(1997)에서도 아일랜드 소설을 중심으로 민족 담론의 이론과 형식에 대한 흥미로운 논의를 하고 있더군요. 80년대 이후 나라 안에서 있었던 민족 담론 혹은 민족문학 담론에 관한 논의 또한 얼마나 많았습니까. 오늘 발표하신 차선생님께서는 이런 국내외 학계의 동향을 가로지르면서 새로운 성찰을 의도하신 것으로 보입니다. 오늘 차선생님의 논의는 '민족화'의 논리와 민족적 주체화에 대한 반성에 중점을 두고 있습니다. 시간 관계상 선생님께서 발표하신 내용에 대한 별도의 요약은 하지 않겠습니다. 선생님의 발표를 들으면서 느꼈던 소감과 궁금했던 몇 가지, 제가 사실 이 분야에 대해 잘 모르기 때문에 배우겠다는 자세로 몇 가지 질문을 드리기로 하겠습니다.

첫째, 선생님께서는 이 발표에서 "'민족 담론'이 구성되는 역사적 조건, 좀더 정확히 말하자면 민족이라는 공동체를 상상하는 힘에 각인 되어 있는 역사적인 성격을 조금은 근본적인 차원에서 반성해보고자" 하며 "어떠한 주체 정립의 과정 속에서 '민족'이 사고되어야 할 것"인지 논의해 보겠다고 하셨습니다. 대단히 중요한 문제 제기가 아닐 수 없습니다. 그런데 조금은 애매모호하게 보이기도 합니다. "조금은 근본적인 차원"이라는 표현은 둘째 치더라도, 너무 포괄적인 문제 제기가 아닌가 싶습니다. 민족 담론과 문학 담론과의 의미 있는 연결고리를 찾고자 했던 저의 과욕인지도 모르겠습니다만 — 적어도 「한국문학과 민족주의」라는 주제의 심포지엄에서 그 연결고리를 구체적이고 체계적으로 발견하고자 하는 것쯤은 용인이 될 수 있지 않을까요 — 어쨌든 좀 애매하다는 생각을 했습니다. 실제로 차선생님께서는 발표 전체에서 민족 담론에 관한 메타적인 논의를 하셨습니다. 그것의 중요성을 인정하고 존중한다는 말씀은 이미 드린 바 있습니다. 그런데 기왕에 민족 담론이 구성되는 조건, 혹은 주체 정립의 과정 등을 주목하려고 하셨으면 실제 논의에서도 논의의 층위를 나누어서 하셨더라면 더욱 효과적이었을 것입니다. 가령, 이 분야의 문외한인 저로서는 외람스런 일이 아닐 수 없습니다만, (가) 사회경제적 기초, (나) 이데올로기, (다) 이데올로기 형식으로서의 텍스트(이것은 다시 ㄱ) 저자, ㄴ) 텍스트(이것은 다시 i) 스토리, ii) 텍스트, iii) 서술), ㄷ) 독자) 등으로 나누어서 어디에서 어디로 향하는 논의인지, 논의의 전제와 논거를 분명히 하셨더라면 하는 생각이 들었습니다. 혹은 최소한 (가) 문학 텍스트를 이해하기(혹은 저자 입장에서라면 구성하기) 위해 필요한 민족 담론, (나) 문학에 대한 메타 담론으로서의 민족 담론(예: 민족문학론 등), (다) (가)는 물론 (나)까지 포괄하는 메타—메타 담론(?), 이 셋 중에 어디에 초점을 두신 것인지 의식하셨더라면 좋았을 것입니다. 제가 보기에는 끝의 (다)를 지향하신 것 같은데, 그 경우라면 (가) (나)와의 연계 가능성에 대한 숙고가 더 필요했으리라 생각합니다.

둘째, 17번 각주에서 다소간의 유보를 달고 있긴 하지만, 선생님께서는 2장의 맨 끝부분에서 "서로 다른 개인들을 '민족'으로 묶어주는 논리는, 질적으로 상이한 것들을 서로 대체 가능하게 만드는 '교환원리'와 동일하다. 이러한 의미에서 민족적 동일성의 논리적 근거는 상품동일성에 있는 것이 아닐까?"라고 주장하셨습니다. 이 부분을 4장에서 말씀하신 민족 담론의 진퇴양난의 곤혹스러움과 관련하여 보완 설명해주셨으면 합니다.

셋째, 아래에 제가 인용한 (나)에서 말씀하신 대로 서로 다른 담론 전략에서 민족이 상상되고 민족 주체가 구성되었다면, 그 서사적 구조의 차이도 뚜렷하리라 생각합니다. 그런데 (가)에서, 약간 맥락이 다르긴 합니다만, "이 차이는 서사적 구조의 차원에서 볼 때는 근본적인 것이 아니다."라고 하셨는데, 이 부분에 대한 생각을 다시 정리하여 주시지요.

(가) 이 서사적인 구조가 누구에 의해 운영되느냐에 따라서 내용적인 차이를 갖는 것은 당연하다. 이것은 학문적으로는 근대적인 사관(史觀)의 형성, 그리고 이데올로기적으로는 전통의 창조와도 결부되는 문제일 것인데, 이에 따라 '민족'의 삶을 왕조사 중심으로 고급문화의 계승관계 속에서 묘사하느냐 또는 민중수난사의 관점으로 구비전승문화의 계승관계 속에서 묘사하느냐의 차이가 발생할 것이다. 그러나 이 차이는 서사적 구조의 차원에서 볼 때는 근본적인 것이 아니다.(각주 13번)

(나) 우리 문학사 속에서 이어져 온 민족 주체의 구성은 크게 두 측면으로 구별할 수 있을 것이다. 이 구별은, 민족 주체를 호명하는 이데올로기가 보수적인 것이었느냐 진보적인 것이었느냐에 따라서 이루어질 수 있다. 사실상 근대적인 의미에서 문학은 "상상적, 허구적 문학이란 개념으로 특수화되는 동시에 특정한 민족의 자산으로, 민족정신의 표현으로, 민족의 자기정의를 위한 수단으로 인식"(황종연)되는 과정 속에서 개념 정립된 것이다. 그러나 '민족'이라는 것이 스스로를 주체로 정립하고자 하는 상이한 집단 및 계급의 담론전략 속에서 서로 다르게 상상되었다면, 그 이데올로기적 제약에 따라 상이한 내용을 갖는 민족주체가 구성되었다고 할 것이다.(3장 두 번째 단락)

넷째, 다음 인용한 부분에서 제가 고딕체로 변형한 부분의 개념(내포)을 그 문장의 맥락에서 보완 설명해주시면 감사하겠습니다.

(가) 오히려 지금까지 '**민족**'이라는 것을 긍정적으로 구성해 온 내용들을 하나하나 부정하는 작업을 통해 '**우리다움**'이라는 것을 확인하는 일이 필요할 듯하다.(3장 끝 문장) ─특히 '우리'에 대해서.

(나) **타자**를 억압하는 '자기동일성'이 아니라 타자와의 차이 속에서 자립적인 '정체성'에 그 존립 근거를 두는 **'다른' 민족**을 상상해야 하지 않을까? (상상될 수 있다면) 이 **'다른' 민족**은 그것이 '상상된' 것임을 망각하거나 속이지 않을 것이다. 지금으로서는, 그리고 필자의 능력으로서는, 지극히 추상적으로만 생각될 수 있을 뿐인 이 **'다른' 민족**이 어떤 이름으로 불려지든 지간에 그것은 아마도 **'민족에 반(反)하는 민족'**일 것이다.(4장 끝부분)

다섯째, 차선생님의 발표에서는 다루지 않은 문제이긴 합니다만, '민족 담론의 미래와 가능성'과 관련하여 민족어의 문제는 대단히 중요한 요소가 될 것으로 생각합니다. 세계 자본주의 체제와 그 상징의 일환인 인터넷 환경의 변화를 고려해 볼 때, 이른바 세계어로 자리잡고 있는 영어와 민족어 사이의 관계 문제, 민족어의 미래 문제는 민족문학을 포함한 민족 담론 구성에 중요한 변수가 될 것입니다. 혹시 이 점에 대한 생각이 있으시면 나눠주시지요.

다시 한번 차선생님의 학문적 열정에 경의를 표합니다. 감사합니다.

〈토론자의 질의에 대한 답변〉

먼저, 보잘 것 없는 글을 꼼꼼히 읽으시고 자상한 지적을 해주신 우찬제 선생님께 감사드립니다. 아울러, 외람된 말씀입니다만, 제가 '민족 담론의 미래와 가능성'에 대해 어떤 비전을 제시할 만한 능력을 지니지 못한 것은 물론이고, 이처럼 거창하고 어려운 주제를 제대로 소화할 만한 그릇도 못되기 때문에 선생님의 질의에 만족스러운 답을 드리지 못하는 점도 양해해주시기를 바랍니다.

첫 번째로 선생님께서는 '문학텍스트를 이해하기 위해 필요한 민족담론'과 '문학에 대한 메타담론으로서의 민족담론'의 구분과 이 양자의 연계 가능성에 대한 숙고의 필요성을 지적해주셨습니다. 이는 아마도 문학적 이데올로기와 일반 이데올로기 사이의 구별 및 상호관계가 제대로 검토되어야만 '민족문학'의 한계 또는 가능성 여부가 구체적으로 드러날 수 있으리라는 정당한 관심에서 비롯된 문제제기라고 생각됩니다. 이 측면으로 논의를 심화시키지 못한 점에 대해서는 저 자신 인정합니다. 다만, 변명삼아 말씀드리자면, 제가 이 글에서 의도했던 것은 문학적 이데올로기로서든 일반 이데올로기로서든 '민족' 담론이라는 것이 그 근본에서 품고 있는 '포함'시키는 작용과 '배제'하는 작용의 동일 메카니즘을 반성하고 어떤 비억압적인 정체성을 생각해보자는 것이었습니다. 그런 이유로, ― 논리적인 위험성을 품고 있지만 ― 서로 구별되는 '민족' 담론의 근본적인 동일구조에 초점을 맞추었던 것입니다. 하지만 그러한 시도가 상당한 일반화의 오류를 낳을 수 있으며, 그 점에 대해서 저도 반성하고 있습니다. 앞으로 '민족담론들' 내부의 차이가 생산하는 효과들에 주목하도록 하겠습니다.

두 번째로는, 제가 논의한 '교환원리'로서의 민족화의 논리를 맺음말에서의 "민족담론의 곤혹스러움"과 관련하여 설명해달라고 요청하셨군요. 저는 이른바 '민족화의 논리'를 근대 자본주의적인 상품교환원리와 결부시켜 설명하고자 했습니다. 그런데, 본문에서도 제가 언급했듯이, '교환원리'라는 것은 우리의 일상 속에서 매일같이 부딪히는, 아니 오히려 우리 삶을 조건짓는 근본 경험으로 작용하고 있습니다. 따라서 이곳에서 '다른' 민족을 상상한다는 것은 체계 내부에서 바깥을 사고하는 곤혹스러움으로 느껴집니다. 비유적으로 말하자면, 이 문제는 마치 골드만이 소설을 통해 추구하고자 했던 진정한 가치 찾기 작업과 흡사한 시도 속에서 길을 찾을 수 있으리라고 여겨집니다. 주지하다시피, 골드만은 소설이라는 장르를 역사철학적으로 규정하면서 소설을 '타락한 가치들의 세계에서 타락한 방법으로 진정한 가치를 추구하는 형식'이라고 말했습니다. 지금의 저로서는 거친 비유를 통해서 말할 수밖에 없는 이 '다른' 민족이라는 것도, 교환원리의 근본 조건 속에서 다른 형식의 공동체를 탐색하는 과정에서 구체화되리라고 기대합니다.

　다음으로, 선생님께서는 서로 다른 민족주체를 구성하는 담론전략이 서사적 구조에 있어서도 뚜렷한 차이가 있지 않겠는가 하는 의문을 제기하셨습니다. 제가 이해하고 사용하고 있는 '서사적 구조'라는 표현은 '요소들의 위계구조화'와 크게 다르지 않습니다. 즉 그 서사의 주체가 어떻게 각 요소들을 통사적 구조 속으로 편입시켜 위계구조화하느냐의 문제라고 생각됩니다. '의미'라는 것도 바로 이러한 과정 속에서 객관적으로 형성된다고 생각됩니다. 이렇게 볼 때, '내용'이란 그 요소들이 구조 속에서 어떻게 위계화되느냐에 따라서 달라질 것입니다. 그러므로, 다시 '민족화의 논리'로 돌아온다면, 과거의 고급문화를 중심으로 이루어지느냐 민중문화를 중심으로 이루어지느냐에 따라 내용적 차이는 있겠지만, 그 속에서 특정 요소의 특권화 또는 신비화가 진행된다는 점에서는 크게 다르지 않다고 할 수 있을 것입니다. 제가 상이한 민족주체를 구성하는 담론전략이 내용적으로는 상반되지만 그 서사적 구조에 있어서는 큰 차이가 없다고 말한 것은 이러한 의미에서였습니다.

　또, 제가 사용한 용어에 대해서도 질문을 하셨습니다. 특히 '우리다움', '다른' 민족, '민족에 반하는 민족' 등의 용어는 저 자신도 어떤 과학적 엄밀성을 가지고 사용한 것이 아니기 때문에 명징하게 설명할 수 있을는지 모르겠군요. 이 용어들은 무엇보다도 이 글에서 사용하고 있는 '민족'이라는 개념과 대립되는 위치에 있다는 점에서 서로 유사한 의미망 속에 묶일 수 있습니다. 저는 '민족'이라는 것은 ― 아주 일반화시켜 말하자면 ― '타자'를 억압하거나 배제하는 방식으로 구성된다고 보았습니다. 즉 '민족' 또는 '민족주의'는 피히테가 말한 것처럼 '외적 국경'을 '내적 국경'으로 내면화시킬 때 구성될 수 있는 것입니다. 그것은 어떤 동일성 속에서 차이를 보지 못하게 하는 힘이면서 동시에 동일성 속에서 '차별'을 양산하는 힘이기도 합니다. 제가 '다른' 민족이라든지 '민족에 반하는 민족'이라는 표현으로 말하고자 했던 것은 그와 같은 '내적 국경'을 그리게 만드는 동일성을 반성하고 '차이'가 엄존함을 보게 하면서 구성되는 어떤 다른 공동체였습니다. 추상적인 유토피아처럼 여겨질 수도 있는 이 '다른' 민족은, 각각의 개별자들이 서로 관여하지만 지배하거나 억압하지 않는 그런 상태를 상정하고 있습니다.

마지막으로, 세계어로서의 영어와 민족어의 관계, 민족어의 미래 문제에 대해 질문을 하셨습니다. 민족담론의 문제를 다루면서 가장 중요한 언어의 문제를 전혀 언급하지 않았다는 점에서도 저의 글이 불구적이라는 것은 충분히 입증된 듯합니다. 제가 깊이 생각해보지는 못했습니다만, 이른바 '민족어'를 지킨다는 목적으로 전개되곤 하는 '국어순화운동'이 '순결한 민족어'를 실체화함으로써 역시 '민족'의 배타적인 동일화 메카니즘을 재생산시키리라는 가능성은 충분히 생각할 수 있을 것입니다. 우리가 지시하고자 하는 사태나 대상에 적합한 언어가 있다면 그것을 선택해야 할 것이고 이 때 그 언어의 국적은 크게 중요하지 않다고 생각합니다. 이와 관련하여, 얼마 전 복거일 씨의 『국제어 시대의 민족어』라는 책이 나온 후 '영어공용어론'을 둘러싼 논쟁이 전개된 바도 있었습니다. 하지만 제 입장에서는 복거일 씨의 견해에 그대로 찬동할 수는 없습니다. 물론 복거일 씨도 영어를 '모국어'로 삼자는 말을 한 것은 아니었지만, 제가 보기에 민족주의의 억압적 효과를 거부하고 벗어나는 길이 우리가 사용하고 있는 언어 그 자체를 넘어서거나 폐기하는 것으로 될 수는 없다고 생각됩니다. 그것은 불가능할 뿐만 아니라 바람직하지도 않습니다. 특히나 복거일 씨의 경우, 공용어로서 영어를 채택하고자 하는 논리의 배후에서 '효용성'의 저울이 작용하고 있는 듯합니다. 이같은 방식으로 세계언어가 통일될 경우 '타자'에 대한 억압은 더욱 심화될 가능성이 있습니다. 지시적인 의미에서 의사소통이 자유로워진 다고 해서 자동적으로 평등한 관계가 정립될 것 같지는 않습니다. 오히 려, 다소 상식적이긴 합니다만, 우리와 다른 언어를 통해 다른 문명과 문화, 다른 삶들을 배우는 것이 바람직하리라고 생각합니다. 특히나 번 역불가능한 다른 언어와 부딪힐 때 우리는 우리가 사용하는 언어를 반 성하고 보다 풍부하게 할 수 있지 않을까 합니다.

지금까지 중언부언 산만한 답변을 드렸습니다만, 선생님의 의문과 궁 금증은 그대로 남아 있을 것 같군요. 능력에 부친 주제를 다룬 저의 과 용을 너그럽게 양해해주시기 바라며, 다시 한번 선생님의 자상한 지적 에 감사드립니다. 이후 좀더 구체적이고 세밀한 분석을 위해 많은 도움 이 되었습니다.

Ⅱ. 자유 주제 논문

박두진 시에 나타난 자연

조 동 구*

1. 서 론

　박두진 시의 변모양상은 일반적으로 다음과 같은 세 단계로 나누어 보는 것이 보통이다. 『청록집』(1946)과 『해』(1949) 등 자연의 생명력에 바탕을 둔 초월적 이데아에 대한 호소와 미래에 대한 낙관적 염원을 보이는 초기시, 『午禱』(1952)와 『거미와 성좌』(1961), 『인간밀림』(1963) 등 민족과 사회현실에 대한 강한 저항과 비판적 자세를 보이는 중기시, 그리고 『사도행전』(1973)과 『포옹무한』(1981) 등 신앙체험의 고백과 신에 대한 찬미와 귀의를 노래하는 한편, 『수석열전』(1973), 『속·수석열전』(1976), 『수석연가』(1984)로 이어지는 수석을 통한 근원적, 초월적 본체와의 교감과 황홀을 노래한 후기시의 구분이 그것이다. 이는 박두진의 시적 관심과 소재가 자연으로부터 인간, 그리고 최종적으로 신에로 귀의하는 변화를 중심으로 시의 주제와 내용의 측면을 함께 고려한 분석으로서 타당성을 지니고 있다.

　그러나 반세기가 넘는 시력(詩歷)을 통틀어 볼 때, 그의 전체시를 일관하는 것은 자연에 대한 순수하고도 항구적인 사랑이다. 자연은 그의 시의 출발점이기도 하지만 마지막으로 안착하는 안식처이며, 신앙인으

* 부경대 교수

280

로서의 메시아의 기다림과 신에의 귀의 또한 자연이 지닌 보편적·초월
적 섭리에 동화되는 과정이다. 그것은 자연은 그에게 있어서 모든 생명
의 원천이기도 하지만 변함없는 우주적 질서를 간직한 가장 근원적 세
계의 표상이라는 의미를 지니기 때문이다. 자연은 반목과 대결, 억압과
구속이 사라진 절대 이상향의 세계이자 재생과 구원이 약속되는 은유
적·상징적 세계로 형상화된다. 따라서 그의 시에 나타나는 민족의식과
현실의식, 또는 신앙적 자세 또한 자연에 대한 이러한 이해에서부터 출
발한 것으로 보아야 한다. 곧 자연은 민족의 시련과 고통의 시기엔 내
일의 희망찬 약속을 간직한 생명력으로, 사회악과 부조리가 만연된 시
기엔 정의와 양심을 회복할 수 있는 자유의지의 실천적 힘으로, 또는
인간존재의 한계에 절망하고 신앙적 회의에 빠질 때에는 이를 구원하는
순수와 초월적 본체로 현현되는 것이다.

그런 점에서 비록 초기시들에 대한 언급이지만, 자연을 그의 "정신의
생리요 영혼의 표현"[1]이라고 한 조연현의 지적이나, 전체시의 변모과정
속에서 『수석열전』에 이르는 시적 도정을 분석하여 "종교에 귀의하듯,
자연의 이법에 귀의한 것"[2]으로 본 박철희의 견해는 나름대로 타당성
을 지닌다. 특히 기독교적 세계관의 관점에서 그의 시를 분석하였지만,
후기의 수석시들이 "자연사와 인간사, 신성사가 하나로 합치된 것으로,
초기시에서 자연을 매개로 해서 이념을 형상화하던 방법에서 나아가 마
침내 자연과 인간과 신앙의 행복과 화해의 일치를 획득"[3]하였다는 김
재홍의 주장은 박두진 시의 궁극적 이상이 무엇인가를 단적으로 지적한
것으로 볼 수 있을 것이다.

---

1) 조연현, 「星辰에의 신앙」 ― 박두진론, 『해동공론』, 1949. 3.(『박두진』, 서강대
   출판부, 1996에 재수록)
2) 박철희, 「박두진론」, 『현대시인론』, 형설출판사, 1979, 365쪽.
3) 김재홍, 「기독교적 세계관과 예술의식」, 『한국현대시인연구』, 일지사, 1986,
   425쪽.

따라서 본고에서는 이상과 같은 입장에서 박두진 시에 나타난 자연을 시의 변모과정을 통해 알아보고자 한다.

2. 본 론

(1) 생명의 찬미와 이상향 동경

1940년 1월, 정지용은 박두진을 추천 완료하면서 다음과 같이 소감을 밝혔다.

> 朴君의 詩的 體臭는 무슨 森林에서 풍기는 植物性의 것입니다. 실상 바로 다옥한 森林이기도 하니 거기에는 김생이나 뱀이나 개미나 죽음이나 슬픔까지가 무슨 獸臭를 發散할 수 없이 白日에 서늘없고 푹은히 젖어 있습니다. (……) 恒時, 멀리 海潮가 울듯이 솨— 하는 極히 纖細한 松籟를 가졌기에. 詩壇에 하나 『新自然』을 紹介하며 選者는 滿悅 以上 이외다.4)

박두진 시의 새로움에 대한 정지용의 평가는 '滿悅 以上'이라는 말로 대신하고 있지만, 실은 '신자연'이라는 한 마디 말로 압축된다. 그러나 정지용에게 있어서 '신자연'이란 말은 문맥 속에서 '植物性의 森林', 또는 '서늘없고 푹은히 젖'은 정서, '海潮가 울듯이 纖細한 松籟(솔바람, 필자주)'와 같은 의미로 파악된다. 그런 점에서 이같은 의미의 자연은 한국 서정시에서 흔히 찾아볼 수 있는 것으로 별로 새로울 것도 없는 것이다. 정지용의 이러한 태도는 초회 추천사에서도 이미 내비치고 있었다.5) 그 대상작품은 바로「香峴」과「墓地頌」인데, 정지용이 말한 '유유

---

4) 정지용,「詩選后」,『문장』, 1940. 1, 195쪽.
5) 『문장』, 1939. 6의「詩選後」에서 정지용은 "悠悠히 펴고 앉은 당신의 詩의 姿

하고 편한' 것과는 크게 다른 것이었다.

아랫도리 다박솔 깔린 山 넘어 큰 山 그 넘엇 山 안 보이어, 내 마음 둥 둥 구름을 타다

우뚝 솟은 山, 묵중히 엎드린 山, 골골이 長松 들어 섰고, 머루 다랫넝쿨 바위엉서리에 얽   혔고, 샅샅이 떡갈나무 억새풀 우거진데, 너구리, 여우, 사슴, 山토끼, 오소리, 도마뱀, 능구리 等 실로 무수한 짐승을 지니인

山, 山, 山들! 累巨萬年 너희들 沈默이 흠뻑 지리함즉 하매

山이어, 장차 너희 솟아난 봉우리에, 엎드린 마루에 확 확 치밀어 오를 火焰을 내 기다려도 좋으랴?

핏내를 잊은 여우 이리 등속이, 사슴 토끼와 더불어 싸릿순 칡순을 찾아 함께 즐거이 뛰는 날을, 믿고 길이 기다려도 좋으랴?
— 「香峴」

北邙 이래도 금잔디 기름진데 동그만 무덤들 외롭지 않어이.

무덤 속 어둠에 하이얀 髑髏가 빛나리. 향기로운 주검의ㅅ 내도 풍기리.

살아서 설던 주검 죽었으매 이내 안서럽고, 언제 무덤 속 화안히 비춰줄 그런 太陽만이 그리우리.

금잔디 사이 할미꽃도 피었고. 삐이삐이 배, 뱃쫑! 배쫑! 멧새들도 우는데, 봄볕 포근한 무덤에 주검들이 누웠네.

勢는 매우 편하여 보입니다."라고 말하고 있다.

― 「墓地頌」

　　시조를 비롯한 한국 서정시의 전통에서 자연은 주로 관조적인 대상
으로 그려져 왔다. 산을 비롯한 자연은 미적 완상의 대상이면서 동시에
세속적 삶으로부터 일탈하여 초월적 안분(安分)과 고적함을 즐기는 정
신적 은거처로서의 의미를 지니는 경우가 많았다. 자연에 귀의하여 전
원적 삶을 영위하는 것으로 세속적 압제와 불의에 대한 저항으로 대신
하였으며, 무욕과 달관의 도덕적 이상을 실현하는 첩경으로 삼았다. 자
연 예찬이나 친화란, 실은 현실로부터의 의식적인 도피를 정당화하는
것이었으며, 자연에 귀의하는 것으로 삶의 완성을 기약했다.

　　그러나 「香峴」이나 「墓地頌」에 제시된 자연은 관조적이며 미학적인
대상이라기보다는, 모든 생명이 함께 공동체적 삶을 누리는 현장으로
제시되어 있다. 그리고 죽음과 생명, 어둠과 밝음이 공존하는 일원화된
세계로 그려진다.

　　먼저 「香峴」에서 시인은 구름을 타고 날아올라 입체적으로 이어진
산들을 조망한다. 그러나 내려다 보이는 산은 많은 동식물을 거느리고
있지만 너무나 조용하여 오랜 세월을 침묵으로 일관하고 있을 뿐, 미동
도 하지 않는다. 움직일 듯한 조짐도 전혀 없는 산의 인내와 침묵에 대
해서 시인은 마침내 "山! 山! 山! 累巨萬年 너희들 沈默이 흠뻑 지리함
즉 하"다는, 분노에 가까운 질타를 던지고 그 감추어진 폭발적 잠재력
이 분출되기를 호소한다. 그런 점에서 "확 확 치밀어 오를 火焰"은 침
묵과 정적의 세계를 뒤엎고 새로운 세계를 열 수 있는 능동적 힘의 표
상이자 혁명적 염원의 표출로 볼 수 있다.

　　그러나 분노와 혁명적 염원으로 그가 도래하기를 꿈꾸는 세계는 화
염으로 모든 것이 평정되어 새로운 질서를 갖춘 자연이다. 곧 여우와
이리가 생존을 위해 약한 짐승들을 잡아먹어야 하는 최소한의 사냥도
그만둔 세계이고, 싸릿순이나 칡순을 함께 뜯어먹어야 하는 새로운 생

존법칙이 실현되는 세계이다. 곧 자연은 가장 소박하고도 본질적인 법칙으로서 약육강식과 힘의 논리가 지배하는 세계인데, 이 시에서 그려진 자연은 원시적 질서마저도 사라진 세계이다. 그런 점에서 이 시에 나타난 자연은 시인이 바라는 초월적 이상세계를 일종의 알레고리적 형식으로 제시한 것으로 볼 수 있다. 그것은 스스로도 이 시가 일제말의 절망적 상황에서 대변혁을 꿈꾸며 쓰여진 것6)이라고 밝히고 있지만, 근본적으로는 그의 시정신의 연원이 당시대적인 관심만이 아니라 '인간사의 부조리 인식과 이로부터 벗어날 수 있는 원초적인 의문'7)과 같은 근원적인 것에 있었음을 말해준다.

또한 「墓地頌」에 제시된 자연은 '어둠'과 '태양'이 공존하는 세계이다. '무덤'은 죽음과 촉루(髑樓: 해골), 외로움과 서러움 등으로 인식되는 세계인데, 시인은 전혀 다른 '태양'과 봄볕, 향기로움과 포근함의 이미지로 그 세계를 전환시키고 있다. 곧 무덤은 인간이 최후로 돌아가는 안식처이지만, '금잔디'와 '할미꽃'이 함께 피고 '멧새'들의 울음소리가 즐거이 들리는 생명현장으로서 인간의 유한성이 자연의 영원성 안에 일치하고 동화되는 재생의 화해로운 세계로 형상화되고 있는 것이다. 특히 '살아서 살던 주검 죽었으매 안서럽'다는 것은 죽음이 삶의 끝이 아니라 또 다른 부활과 구원으로 이어지는 한 과정이라는 인식에서 비롯된 것이다. 그리고 그것은 또한 생성과 소멸, 소멸과 생성이 이루는 자연의 순환반복적 섭리를 긍정적으로 수용할 수 있는 자세에서 비롯된 것이다.

그런 점에서 정지용은 비록 간과하고 말았지만, 박두진의 초기시에

---

6) 그는 이 시의 창작 배경을 밝히면서, "소용돌이치는 혁명과 천지가 뒤범벅이 되는 대동란이 터져 일어나면 그 틈바구니에 휩쓸려 들어 어떻게 새로운 민족의 살 길, 새로운 혁명, 새로운 불줄기가 일어날 것만 같았다."고 하고 있다. 박두진, 「청록집 시대」, 『한국현대시 감상 - 박두진 문학정신 6』, 신원문화사, 1996, 16쪽 참조.

7) 정현기, 「박두진론(1)」, 『연세어문학』, 9·10합집, 1977, 164쪽.

나타난 '신자연'은 다만 관조와 향수의 객관적 세계이기보다는 모든 생명들이 스스로의 생명력을 발휘하여 주체적 삶을 꾸려나갈 수 있는 능동적 삶의 공간이다. 특히 모든 대립과 반목이 해소된 절대 순수의 세계이며, 죽음과 재생의 순환으로 영원한 생명력을 획득할 수 있는 가장 근원적이며 보편적인 질서를 갖춘 이상향이기도 하다.

새로운 이상향에 대한 기대와 염원을 가장 잘 보여주는 시는 흔히 그의 대표작으로 알려진 「해」라는 작품이다.

해야 솟아라. 해야 솟아라. 말갛게 씻은 얼굴 고운 해야 솟아라. 산 넘어 산 넘어서 어둠을 살라먹고, 산 넘어서 밤새도록 어둠을 살라먹고, 이글이글 애띤 얼굴 고운 해야 솟아라.

달밤이 싫여, 달밤이 싫여, 눈물 같은 골짜기에 달밤이 싫여, 아무도 없는 뜰에 달밤이 나는 싫여 ……

해야, 고운 해야. 늬가 오면 늬가사 오면, 나는 나는 청산이 좋아라. 훨훨훨 깃을 치는 청산이 좋아라. 청산이 있으면 홀로래도 좋아라. 청산이 있으면 홀로래도 좋아라.

사슴을 따라, 사슴을 따라, 양지로 양지로 사슴을 따라 사슴을 만나면 사슴과 놀고,

칡범을 따라 칡범을 따라 칡범을 만나면 칡범과 놀고 ……

해야, 고운 해야. 해야 솟아라. 꿈이 아니래도 너를 만나면, 꽃도 새도 짐승도 한자리 앉아, 워어이 워어이 모두 불러 한자리 앉아 애띠고 고운 날을 누려 보리라.

―「해」

'해'는 박두진의 시에서 가장 많이 제시되는 자연물이자 상징 가운데 하나다. 때로는 '햇볕'이나 '햇살'과 같은 따뜻하고 포용적인 이미지로, 때로는 '화염'이나 '불덩어리'처럼 모든 것을 태우고 새로운 생명을 부여하는 죽음과 재생의 초월적 이미지로 나타난다. 그것은 해가 영웅적인 힘과 용기, 생명과 창조적 에너지의 근원과 같은 상징적 의미를 지니는 것[8]이기도 하지만, 그에게 있어 해는 무엇보다도 미래지향적인 낙원 회복의 꿈을 이룰 수 있는 에너지원으로서의 의미를 지니기 때문이다. 그는 이 시의 창작배경에 대해서 "8·15해방이라는 거대한 격동을 계기로 한 벅차고 웅대한 기대와 이상을 노래"[9]하였다고 밝히고 있는데, 해는 모든 가치의 통합과 대조화의 질서를 회복한 이상세계를 실현시킬 수 있는 통합적 힘의 상징으로 나타난다.

이 시에서 무엇보다 먼저 발견되는 것은 명령형의 숨가쁜 반복과 의성어와 의태어, 누진적으로 첨가되는 어휘를 통한 구문상의 점층법적 사용이다. 그것은 해의 수직상승적 이미지와 함께 시인의 시적 기대를 실현시키는 지속적 힘의 원천이 된다. 그리고 떠오르는 해의 점진적 상승과 부정적 세계의 표상인 '어둠'과 '달밤'을 물리치는 거대한 힘의 실현을 강화하고 있으며, 시적 자아가 그 속에 수용되는 과정의 당위성을 자연스럽게 하고 있다. 그것은 새로운 세계의 실현을 어쩔 수 없는 대세로 인식하는 시인의 역사의식의 잠재적 표현이기도 하지만, 자연이 지닌 친화력과 절대 조화의 생명력을 믿는 확고한 의지의 발현이기도 하다.

곧 그가 이 시에서 꿈꾸는, 해가 솟아 실현된 공간은 '어둠'과 '달밤'이 물러간 '밝음'의 세계이지만, 그 밝음의 세계는 단지 어둠과 대비되

---

8) 이승훈, 『문학상징사전』, 고려원, 1995, 476-469쪽 참조.
9) 박두진, 『청록집』, 삼중당, 1976, 173쪽. 그는 또 이 작품은 "절대적인 가치적 이념, 사랑, 평화, 眞·善·美 등의 대조화와 질서를 열렬하고 벅찬 가락으로 추구한 것이기 때문에 나의 시세계와 사상의 한 조화의 정점을 이룬 것"이라고 밝히고 있다.

는 밝음의 세계만은 아니다. 사슴과 칡범, 꽃과 새, 짐승이 한 자리에
함께 할 수 있는 대화합과 조화의 세계이다. 사슴과 칡범은 강/약, 또는
악/과 선을 상징한다면 '모두 불러 한 자리에 앉'는다는 것은 그 대결과
반목이 사라진 평화로운 세계를 뜻한다. 곧 시인의 자연의 영원한 질서
와 생명력에 대한 믿음은 "분열과 갈등을 초극하고 통합된 삶을 이룰
수 있는 신화적"[10] 구도에 의해 가장 이상적인 낙원을 창조하게 된 것
이다.

　이와 같이 박두진의 초기시에 나타난 자연은 원시적 생명들이 서로
화합하고 조화가 되어 공동체적 삶을 구가할 수 있는 이상향으로 그려
진다. 그곳은 힘과 힘의 대결, 약육강식의 법칙이 더 이상 지배하지 않
는 세계로서, 이는 일체의 존재와 생명을 영원한 사랑과 화해의 정신으
로 포용하고자 하는 평화주의적 이념에서 비롯된 것으로 볼 수 있을 것
이다.

(2) '인간'의 한계인식과 이념의 실천

　그러나 그가 그토록 염원하던 이상향의 세계는 현실에서는 그 모습
을 제대로 드러내지 못한다. 1950, 60년대의 6·25와 4·19 등 전쟁과
정치사회적 격동기에 걸쳐서 쓰여진『午禱』(1952)와『거미와 성좌』(1961),
『인간밀림』(1963) 등의 시집에서는 고통과 외로움의 세계로 나타난다.
시적 자아는 "영겁을 볕만 쬐는 나 혼자의 曠野"에서 핏덩이처럼 기진
해 있거나, 약육강식의 "처절한 정적"만이 지배하는 어둠의 세계 속
에서 "지옥에서 지상에의 유배"당해 먹이를 사냥하는 한 마리 거미처럼
오열한다.

　우선 이상적 낙원의 터전으로 제시되었던 '산'은 삶의 현실적 현장이

---

10) 신동욱, 「시에 있어서 저항과 그 지속의 의미」,『박두진』, 서강대학교 출판
　　부, 1996, 157쪽.

기보다는 오히려 외로움과 무서움, 부끄러움을 주는 공간으로 바뀐다.[11] 그것은 해방으로 실현될 수 있을 것 같았던 평화가 전쟁과 정치·사회적인 혼란으로 파괴되어 버렸으며, 더 이상 실현될 수 없을 것 같은 절망감에서 비롯된다. 이는 이 무렵의 시가 동족상쟁의 6·25의 처참한 현실에서 쓰여졌기 때문이기도 하지만, 초기시의 이상향에 대한 기대와 평화에 대한 낙관적 믿음이 현실의 많은 죽음과 고통, 상실과 파괴를 경험하면서 보다 큰 좌절과 고통을 겪게 되었기 때문이라고 볼 수 있을 것이다.

그러나 역설적으로 좌절과 고통의 경험은 그의 시와 삶에 대한 반성과 비판의 계기를 마련해준다. 그 반성과 비판은 한편으로는 민족 현실에 대한 적극적 관심으로, 또 한편으로는그 근원적 비극성의 연원에 자리잡은 인간의 원죄의식과 속죄를 통한 신앙적 구원에 대한 바람으로 이어진다.

이무렵 그의 이러한 현실과 인간존재에 대해 적극적인 관심을 가지게 된 심정적 변화에 대해서는 다음과 같이 밝히고 있다.

> 나는 (……) 밝고 긍정적이고 절대적인 세계의 높이로부터, 그러한 이상적이고 너무나 타당하고 건실한 정신에의 추구로부터, 어둡고 악에 차고 모순투성이이고 죄에 찬 생생한 오늘의 세계로 내려오고 싶어졌다.(……)
> 내 시의 영토는 곧 현실이며 오늘의 세계의 오늘의 상황이어야 한다. 사상적 현실주의와 시적 리얼리티는 별개의 것일 수 없는 것이다. 그리하여 천상적이며 초월적인 것에서 나의 시가 지상적이며 현실적인 세계로 내려온다는 것은, 하나의 필연적인 단계여야 하는 것이었다. 이미 설계되어 있던 '자연'과 '인간'과 '신'의 삼단계에서 보면 이 시는 그 제2단계인 '인간'의 세계를 대상으로 하는 그러한

---

11) 곧 「산에 살어」와 같은 시가 그것으로, 세상의 싸움과 혼탁한 현실을 피해 홀로 산 속에 숨어들어 왔다가 외로움에 지친 자아가 동반자로서 '숙'이 산 속으로의 도피해오기를 애소하는 내용으로 되어 있다.

범주에 드는 것이다.12)

　자신의 시가 그 동안 '천상적이며 초월적'이었다는 것은 자연을 알레고리의 한 방식으로 사용한 초기시가 지나치게 낙관적 이상주의에 기울었다는 것을 반성한 것이며, 초월의지의 실현 또한 막연한 염원으로서만은 이루어질 수 없다는 것을 고백한 것으로 볼 수 있다. 그리고 그는 "초월적이거나 종교적인 군림으로 현대의 악에 대해서는 안되며, 현대의 죄악적 성격의 내오로 깊숙히 들어가 그 생리를 체험화해야"13) 한다는 시적 관심의 변화를 선언한다. 그런 점에서 그가 '자연' 다음으로 선택한 세계가 시대와 사회와의 관련 속에서 타락하거나 고통받는 '인간'의 현실세계이자 존재의 한계를 뛰어넘을 수 없는 '인간'의 실존세계라는 것은 어찌보면 당연한 일이라고 하겠다.

　　　　일히도 새도 없고,
　　　　나무도 꽃도 없고,
　　　　쨍쨍, 永劫을 볕만 죄는 나 혼자만의 曠野에
　　　　온 몸을 벌거벗고
　　　　바위처럼 꿇어,

　　　　귀, 눈, 살, 터럭
　　　　온 心魂 全靈이
　　　　너무도 뜨겁게 당신에게 닳습니다.
　　　　너무도 당신은 가차히 오십니다.
　　　　　　　　　　　　　　　　　　　— 「午禱」

　"쨍쨍, 永劫을 볕만 죄는 나 혼자만의 曠野"와 같은 극한상황 속에서

---

12) 박두진, 「거미와 성좌 시대」, 『한국현대시감상 - 박두진 문학정신 6』, 신원문화사, 121-122쪽.
13) 같은 글, 122쪽.

그는 오히려 영적 충만을 경험하고 새로 거듭날 수 있는 빛의 세례를 기원한다. 발가벗고 꿇어앉아 '눈물'과 '땀방울', '핏방울'로 거듭날 수 있기를 기도하는 그는, 스스로를 '벌레'처럼 낮추고 초월적 힘의 거대한 포옹 속으로 귀의하고자 하는 강한 열망을 보인다. 그것은 "나 자신의 피흘리는 속죄의식과 자각과 자책자경만이 시대고(時代苦)와 민족의 참극을 이겨내는 것"[14]이기도 하지만, 그보다는 "더 근원되는 태초적인 원죄를 깨달아 신 앞에 무릎 꿇고 빌어야"[15] 한다는 원죄의식에서 비롯된 것이기도 하다.

인간 한계를 고백하고 신앙적 속죄의식과 구원을 갈구하는 태도는 이 무렵 그의 뛰어난 신앙고백시 「갈보리의 노래」1·2·3에서 두드러진다. 특히 「갈보리의 노래 2」는 골고다 언덕에서 예수가 인간적 고뇌와 신앙적 믿음의 어쩔 수 없는 간극 사이에서 희생을 감수하는 고귀한 사랑의 승리를 노래하고 있다. 그러나 시인은 인간적 죽음으로 신이 될 수 있었던 그 뒤에는 죽음과 부활, 증오와 사랑, 패배와 승리 사이의 수많은 갈등과 고통이 있었음을 말하고 있으니, 그것은 시인으로 하여금 인간한계의 고백과 절대신앙에 귀의해야만 하는 절대적 요청으로 승화되는 것이다.

한편, 초기시에 제시되었던 알레고리로서의 자연은 보다 구상적인 사물로 바뀌면서 이념적 색채와 함께 시에 리얼리티를 제공하는 원천이된다. 곧 '새'나 '학'과 같은 동물이나 '비(碑)'나 '기(旗)'와 같은 무생물이 그것이다.

> ―한 마리만 푸른 새가 날아오르라. 碑. ……한 마리만 길다랗게 소릴 뽑으라.

---

14) 박두진, 「오도 시대」, 앞의 책, 64쪽.
15) 같은 글, 64-65쪽.

千年 二千年을 三千年을 조으는 것, 이끼마다 눈이 되어 꽃잎으로 퍼라. 이슬처럼 꽃잎마다 녹아 흐르면, 아득한 하늘 밖에 별이 내린다.

碑. 오오, 돌. …… 무엇을 呼吸하는가. 오래 숨이 겹쳐지면 깃쭉지가 돋는가. 목을 뽑아 鶴처럼 구름 밖도 나는가. 비바람과 눈포래와 내려쬐는 뙤약볕. 미쳐 뛰는 歲月들이 못을 박는다. 징을 박는다.

―月光. …… 또는, 별이 글성 배어내려, 거울처럼 맑아지면 다시 네게 오마. 넌즛 한 번 내어밀어 손을 쥐어 다오. 벌에 혼자 너를 두고 훌훌 내가 간다.

―「碑」

旗! 그것은―
찬란하게, 우리 앞에 나부끼어야 한다.
바람결 띠끌마다 흐려져 온 것, 미쳐 뛰는 물결마다 휩쓸려 온 것, 아우성의 저자마다 찢겨져 온 것,

그것은,―
어짜면 핏빛, 어짜면 별빛, 어짜면 초록, 어짜면 눈물, 어짜면 꿈! 어짜면 활활 타는 불꽃 빛으로, 가슴마다 살아 있어 나부끼는 것,

펄펄펄펄 蒼穹 위에 펼쳐 오르면, 저마다의 旗폭들이, 아득하게 한폭으로 피어 살아오르면, 우리들의 눈은 다시 부시어져 온다. 가슴들이 둥둥 새로 틔어 부퍼 온다. 피가 더욱 새로 맑아 펄덕여져 온다.

旗! 다시 오른 旗폭은 찢겨지지 않는다. 펄펄펄펄 旗폭에서 별빛들이 흩는다. 펄펄펄펄 旗폭에서 꽃가루가 흩는다. 旗를 向해 우리들은 行進을 한다. 파다아하게 모여들어 새로 뽑는 合唱 ― 손뼉들을 흠뻑 친다. 하얀 새를 날린다. 눈빛같은 하얀 새떼 파닥파닥 날린다.

旗! 그것은—
우리들 젊은, 우리들 뛰는, 가슴마다 당신께서 주신 것이다.
旗! 그것은—
奇蹟처럼 찬란하게, 당신께서 우리 앞에 날리셔야 한다.

—「旗」

　먼저, 시「碑」에서 중심된 이미지는 '푸른 새의 비상'과 '학의 승천'
이 주는 상승과 초월의 역동적 이미지다. 그런데 비석은 졸음과 이끼
속에 망각되고 비바람과 눈보라와 뙤약볕으로 마멸되어 온 무생물에 지
나지 않는다. 그러면서도 몇 천년의 역사를 몸으로 증언할 수 있는 존
재이다. 따라서 시인이 비석에게 비상과 승천을 요구하는 것은 오랜 세
월의 역사적 경험이 높고 맑은 새로운 정신적 삶으로 승화될 수 있으
며, 또 그렇게 되어야 한다는 믿음을 나타낸 것이다. 곧 지상적 시련과
구속은 천상적 가치와 이상을 방해한다기보다 그 실현을 향한 의지와
신념을 더욱 강화시키는 요소가 되는 것이다. 그런 점에서 이슬로 씻긴
맑고 고운 '꽃잎'의 탄생이미지와 '월광'과 '별'의 정화된 밤의 이미지는
그 초월적 순간을 신비화시키는 극적 요소가 된다.
　「旗」 또한 생명의 표상이자 역사의식의 상징으로서, 희망과 구원을
향한 시인의 염원을 바라는 자유의지를 집약시키고 있다. 우선 이 시에
나타난 어조는 처음부터 끝까지 "기! 그것은—"의 선언적이며 투쟁적인,
그리고 선동적인 목소리가 반복되면서 당당하고 확신에 찬 신념과 의지
를 반영하고 있다. 특히 "—여야 한다"나 "— 것"과 같은 단정적 표현이
나 "온다", "않는다", "흩는다", "날린다" 등의 현재적 표현은 시인의 의
지와 신념의 당위성을 강조하는 데 크게 이바지하고 있다.
　이 시에서는 기는 세 가지 모습으로 노래된다. 1연에서는 바람과 물
결, 아우성으로 찢긴 수난의 기가 제시되고, 2연에서는 이제 가슴에 살
아남은 기가, 그리고 3연과 4연에서는 새로운 생명력과 영원한 펄럭임
을 얻은 기로 제시된다. 곧 과거의 수난과 고통을 이겨낸 뒤 더 큰 생

명력으로 전환되어서 마침내 구원에 이르는 기의 승리를 노래하는 것이
다. 그렇게 볼 때 '기'는 그 펄럭임이 상징하듯 이념과 자유의 실천을
위한 적극적이며 능동적인 인간의지의 표상이기도 하지만, 그에 따르는
투쟁과 희생, 고난과 시련을 체현하는 역사적 주체이기도 하다. 마지막
연의 "당신께서 주신 것 …… 당신께서 우리 앞에 날리셔야 한다"는 그
당위성의 확인이며, "기적처럼 찬란하게" 휘날리는 기의 모습은 승리를
쟁취한 기쁨과 자랑을 표현한 것이기 때문이다.

　　그러나 이 무렵 무엇보다도 뚜렷한 변화는 민족의 현실적 삶의 고통
을 통한 구체적인 경험이 직설적인 표현과 뜨거운 육성으로 외쳐진다는
점이다. 시대의 현실악과 부조리를 면면한 역사의식으로 꾸짖고 있으며,
민족의 미래에 대한 예언자적 호소가 신념과 의지로 노래된다.

　　　　　　우리는 아직도
　　　　　　우리들의 기빨을 내린 것이 아니다.
　　　　　　그 붉은 鮮血로 나부끼는
　　　　　　우리들의 기빨을 내릴 수가 없다.

　　　　　　우리는 아직도
　　　　　　우리들의 絶叫를 멈춘 것이 아니다.
　　　　　　그렇다. 그 피불로 외쳐 뿜는
　　　　　　우리들의 피외침을 멈출 수가 없다.

　　　　　　불길이여! 우리들의 隊列이여!
　　　　　　그 피에 젖은 주검을 밟고 넘는
　　　　　　불의 怒濤, 불의 颱風, 革命에의 前進이여!
　　　　　　우리들 아직도
　　　　　　스스로는 못막는
　　　　　　우리들의 피 隊列을 흩을 수가 없다.
　　　　　　革命에의 前進을 멈출 수가 없다.

民族. 내가 사는 祖國이여.
우리들의 젊음들.
불이여! 피여!
그 오오래 우리에게 썩어내린
惡으로 不純으로 罪惡으로 숨어 버린
그 綿綿한
우리들의 핏줄 속의 썩은 것을 씻쳐 내는,
그 綿綿한
우리들의 핏줄 속에 맑은 것을 솟쳐 내는,
아, 피를 피로 씻고,
불을 불로 살워,
젊음이여! 淨한 피여! 새 世代여!
　　　　　― 「우리들의 기빨을 내린 것이 아니다」

　4·19의 이념을 구체적 현장감각과 함께 형상화한 작품으로서, 정의
와 순수, 진리를 회복하기 위한 자유실현의 의지를 찬미하고 영구히 지
속되기를 호소하고 있다. 특히 "우리들의 기빨을 내릴 수가 없다"와 같
은 도도하고 당당한 외침의 이어짐은 앞으로 어떤 불의와 반인간적인
행위에 대해서도 절대 용서하지 않겠다는 준열한 역사의식과 예언자적
심판의식을 보여준 것이라고 하겠다. 이같은 역사의식과 민족의식은 이
밖에도 「아, 조국」이나 「三月―日의 하늘」, 「우리들의 8·15를 4·19에
살자」와 같은 작품들에도 나타나고 있으며, 그 중에서도 민족의 비극적
현실인 분단을 민족적 생명력과 저력으로 극복하고자 하는 염원을 서사
적 구성을 빌어 토로한 장시 「아, 민족」은 가장 대표적인 작품이라고 할
수 있을 것이다.

(3) 자연과의 교감과 '신'에의 귀의

　박두진의 신앙시, 특히 60년대 이후에 줄기차게 이어지는 기독 찬미와 신앙고백의 시들에 대해서 긍정적인 평가 이상으로 그 단점과 한계를 지적하는 견해가 적지 않다.[16] 이를 요약하면, 관념에 우위를 둠으로써 시의 긴장과 예술성이 성취되지 않는다는 점과 극히 개인적이며 단편적인 신앙고백이 일종의 넋두리 차원에 머물었다는 점, 그리고 그 원인으로서 구체적 경험의 부족과 언어구조의 단순성에 기인한 산만한 시형식이라는 점을 들 수 있다.

　그러나 결론부터 말하자면, 그의 신앙시는 정신적 높이로서 절대 초월적인 이상에 대한 끊임없는 갈구와 인류애와 희생의 정신을 바탕으로 한 영구적인 구원을 성취하기 위한 정신적 모색과 실천을 보인 것이었다. 많은 반복과 단조로운 구성, 관념적 어휘의 사용은 물론 시적 긴장을 저해하기도 하지만, 오히려 시정신의 투명성과 지속성을 강화하고 신앙적 의지를 주제로 응결시키는 효과를 자아낸다.

　『使徒行傳』(1-20)의 연작시들은 스스로도 말하듯이[17] 기독교 사도의 행적을 바탕으로 고난과 시련, 수난의 현대를 살아가는 주체로서의 스스로를 대상화한 작품이다. 예수 그리스도의 수난과 고통, 영광과 은총을 노래하면서 인간적 삶의 의미와 가치를 완성하고자 하는 구도시이다.

---

16) 김인환, 「박두진시론」, 『현대문학』, 1972. 6.
　　오탁번, 『현대문학산고』, 고려대출판부, 1976.
　　김종철, 「시와 역사적 상상력」, 『시와 역사적 상상력』, 문학과 지성사, 1978.
　　김춘수, 「두 개의 적막 사이—목월과 두진의 현주소」, 『시의 표정』, 문학과 지성사, 1979.
　　박청룡, 「'식물' 그 창작의 뿌리」, 『현대시평설』, 세명출판사, 1984.
　　김재홍, 「기독교적 세계관과 예술의식」, 『한국현대시인연구』, 일지사, 1986.
　　임종성, 「박두진 시와 신앙」, 『국어국문학』, 9집, 1989.
17) 박두진, 『使徒行傳』, 일지사, 1973의 서문.

먼저 시인이 절대자인 '당신'을 만나는 것은 자아의 자연 및 우주 삼라만상과의 교감으로 노래된다. 여기에는 풀, 나무, 꽃, 새를 비롯한 많은 자연생물과 물, 불, 흙, 빛, 바람과 같은 자연을 이루는 원소들이 등장하는데, 자연은 절대자의 초월적 현현의 모습이자 시인의 신앙심이 만나는 통로가 된다. 그리고 자연의 순수하고 신비로운 생명력을 통한 신성함의 발견과 그 경이로움이 주를 이룬다.

신과의 만남을 놀라운 경이와 황홀로 노래한 다음과 같은 시에서 시인은 바람과 흙, 물과 불, 별과 꽃, 새, 낙엽과 갈대와 같은 자연과 서로 하나가 되어 일체감을 이룬다.

> 커다랗게 허릴 굽힌 당신의 접근
> 손으로 처음 빚어질 땐 황홀했었네.
> 그때 나는 나혼자서 불이었었네.
> 조금씩 전신으로 불을 느끼며
> 땅에 처음 발 디딜 땐 황홀했었네.
>
> 바람이 넋이 되고
> 흙이 그 살이 되고
> 물이 그 피가 되고
> 바람이 그 혼이 되고
> 불이 그 사랑, 사랑이 불로 일어
> 당신의 그 불어넣음이 안에 달을 때,
>
> ―「使徒行傳 3」
>
> 별을 보면 별들 속에 내가 있었네
> 그 속에서 언제나
> 당신 만났네
>
> 꽃을 보면 꽃들 속에 내가 있었네
> 그 속에서 언제나

당신 만났네

바닷가 아침에 반짝이는 모래알
하나씩의 모래알에 내가 있었네
바람이 불고 가면 바람 소리 그 속
산새가 울고 가면
산새소리 그 속에

아, 불려 가는 낙엽 속에 내가 있었네.
거기서도 언제나
당신 만났네.

서걱이는 갈대 속에 내가 있었네.
거기서도 언제나
당신 만났네.

─「使徒行傳 9」

자연을 구성하는 모든 만물들이 창조주에 의한 생명받음, 탄생의 신비로움을 낳는 주체이자 함께 하는 동반자가 되고 있다. 뿐만 아니라 신과 인간을 엮어주는 매개물이며 창조의 현장이기도 하다.

그러나 절대자를 향한 신앙의 열렬한 사도로서의 길은 그렇게 순탄하지만은 않다. '바람에나 불리는 엉겅퀴나 가시찔레, 이름없는 새와 방황하는 작은 짐승과 같은 보잘 것 없는 존재이자 무서움에 가슴 떨며 기다리고 폭풍 속의 어둠을 헤매지만 당신을 만나지 못해 영혼울음우는 불쌍하고 초라한 존재'(「使徒行傳 6」)일 뿐이다. 또 '햇볕 내리쬐는 모래벌을 바람도 풀도 구름도 새도 없이 그림자와 함께 가면서 마주 오는 누군가를 기다려야'(「使徒行傳 17」) 한다. 그런 점에서 절대자가 현현하지 않는 상황에서 자연은 자연 질서로부터 소외되거나 생명력을 잃은 모습으로 그려진다. 시인이 만나는 자연 또한 수난의 현장이자 외로움과 무서움으로 방황하는 고뇌의 가시밭길일 뿐이다.

이러한 자연을 매개로 한 신앙고백은 『抱擁無限』에 이르러 그 절정을 맞는다. 자연물 또한 내면의 풍경을 나타내는 매개체나 선험적인 질서를 나타내는 본유적 관념이 된다. 『抱擁無限』은 "자신의 정신적 내면의 자전적 편력과 방황을 신과의 관계에서 고백적으로 써보려 한"[18] 것으로, 탄생과 어린 시절, 식민지하의 궁핍한 생활, 신에의 귀의에 이르기까지 시인의 삶을 일련의 신앙사로서 조망한 연작시이다.

『抱擁無限』의 시 또한 『使徒行傳』과 마찬가지로 많은 자연물과 자연현상이 제시된다. 그리고 자연은 시인과 신을 엮어주는 통로이자 만나는 현장이다. 그러나 그 만남은 수평적·동시적이라기보다는 수직적·무시간적으로, 태초의 오랜 역사 또는 그 이전부터 지상 또는 우주에 걸쳐서 입체적으로 이루어진다. 「그때」는 비록 천지창조 전이지만 우주 공간 속에서 신의 품에 이미 안겨있었음을 고백하고 있으며, 「어떻게 나를 빚으셨을까」는 많은 자연생물과 자연현상 속에서 한 인간존재로 태어나게 되었음을 감사하고 찬송하고 있다.

> 그때 아직은 아무도
> 사랑도 미움도 모르고 없을 때,
> 남도 죽음도 모르고 없을 때,
> 말씀은 곧 불이었고,
> 곧 물이었고,
> 바람이었고,
> 불과 물은 갈리기 이전의 서로 하나,
> 빛과 바람은 갈리기 이전의 핵, 精,
> 그 햇덩어리 활활하게
> 우주에 던져지고,
> 밤과 낮,

---

18) 박두진, 『抱擁無限』, 범조사, 1981의 서문.

낮과 밤,
꽁꽁한 바람 속에
비로소 내던져진 외로운 위성, 지구.

바다가 육지를 휩싸고 돌고,
육지가 바다를 휩싸고 돌고,
창창히 우러르는 궁륭
아으,
일제히 뿌려진
찬란한 성좌,
별밭,
윙윙대는 별밭,
내가 아직 나기 이전부터 나를 아시는
당신의 별밭에서 나는,
그 별들의 어느 별에 살면서 있었을까.
푸르른 빙원 속
혹은 뜨거운 열기 속에
가장 청청하고 싱싱한
어느 별 어느 품에 살면서 있었을까.

―「 그 때」

청청한 나무의 수액과
뜨거운 혈맥의 피흐름이 다르지 않거니
궁륭의 반짝이는 별들과
씻겨진 강변의 돌들이 다르지 않거니
흙으로 빚어진 살과
살로써 더해진 흙
뼈와 재
한방울 뜨거운 눈물과
왕양한 바다의 바닷물이 다르지 않거니

아으
높은 곳
하늘이신 하느님

그때 그 아득한 때
어떻게 당신은 처음 나를 있게 하셨을까
비로소 처음
내가 나 이도록
어떻게 당신은 처음 나를 빚으셨을까
　　　　　　　　　　　　　　　—「어떻게 나를 빚으셨을까」

　하느님은 창조주로서 이 세상의 모든 만물을 만들었으며, '나'의 탄생
또한 하느님의 뜻에 따른 생명받음의 결과라는 사실을 고백하고 있다.
물론 하고많은 자연생물 가운데 하필이면 인간으로 만드셨는가 하는 의
문도 보이지만, 자신 또한 이 세상을 이루는 모든 자연물의 집합이라는
사실을 감사하고 있다.

(4) 자연과 인간, 신

　박두진의 시에서 가장 중요한 소재이자 집요하게 노래된 대상은 수
석이다. 70년대 이후 『수석열전』(1973), 『속·수석열전』(1976), 『수석연
가』(1984)등으로 이어지는 10여 년 동안 수백 편의 수석시들은, 그 양에
있어서나 시적 밀도와 깊이에 있어서도 박두진시의 모든 것을 말해준다
고 해도 과언이 아니다. 그러면 무엇이 그토록 오랜 세월을 무생물에
불과한 수석에 매달리게 한 것일까?
　수석과 관련된 수상과 대표적인 수석시들을 가려뽑은 『돌과의 사랑』
의 「자서」에서 밝히고 있지만, 그것은 수석이 지닌 세 가지 특성 때문
이다. 곧 첫째로 인간의 존재에 대한 인간적인 자각과 확인을 압도하면
서 동시에 유구 영원한 실존성과 그 상징성을 인식시키는 불변성. 둘째
로 그 조직과 그 입자의 내밀한 비밀과 침묵이 우주적 역동에 직결되는
무한성. 셋째로 예술과 시의 예술성을 능가하는 본질미로서의 예술성이
그것이다.[19] 그러나 무엇보다도 수석은 '초월적인 대자연으로부터 표출

된 영원 완벽한 하나의 조형'20)으로서, '시간과 공간, 인간과 자연, 정신과 물질, 순간과 영원에 대한 인생론, 우주론적인 상징이며 그 숙명적인 진실' 21)을 내포하고 있기 때문이다.

따라서 수석시는 그 영원 완벽한 조형성에서 비롯된 상징성과 생명력을 내재한 수석의 신비를 찬양하는 데에서부터 출발한다.

> 그때 처음 열리던 하늘의 응결된
> 푸른 정기 처음 숲의 초록 바람
> 처음 바다 처음 강의 파도소리 여울소리
> 네게서 들린다.
>
> 그때 처음 태양의 금빛 촉감
> 처음 타오르던 지열
> 처음 만발한 꽃들의 향기.
> 처음 울음 울던 맹수들의 포효
> 처음 지저귀던 새소리 네게서 들린다.
>
> (……)
>
> 너는 지금 나의 창가 오월
> 바람이 뜰의 그 신록의 잎새 사이 먼
> 천산산맥의 청청한 햇살에 젖어
> 불어와 서성대는 책상에
> 그러나 의젓이 그러나 잠잠하게 볕살 속에 앉아 있다.
> ― 「精」

---

19) 박두진, 「자서」, 『돌과의 사랑』, 청아출판사, 1986.
20) 박두진, 「새로운 소리」, 『여전히 돌은 말이 없다 - 박두진 문학정신 2』, 신원문화사, 1996, 71쪽.
21) 「여전히 돌은 말이 없다」, 같은 책, 57쪽.

이미 이전의 『使徒行傳』이나 『抱擁無限』의 신앙시들에서도 보였지만, 시인은 수석을 통해 천지창조의 신화적 세계를 떠올린다. 수석은 오월 창가의 햇살 속에 조용히 앉아 있지만, 그 속에서 들려오는 신생의 자연이 열리는 소리, 뭇 생명들과 사람들이 첫 삶을 시작하는 그 신비로운 창조적 순간을 엿보고 있다. 곧 어떤 움직임도 보이지 않는 돌이지만 시인은 그 속에 창조적 생명력을 간직한 수석의 내밀한 떨림을 감지하는 것이다. 특히 다음과 같은 시는, 그 위에 놓였던 수석은 비록 사라졌지만 上臺만 남은 공간을 통해서 경험하는 눈부신 **환희**를 노래하는 놀라운 상상력을 보인다.

> 먼 항하사
> 영겁을 바람부는 별과 별의
> 흔들림
> 그 빛이 어려 산드랗게
> 화석하는 절벽
> 무너지는 꽃의 사태
> 눈부신,
> 아
> 하도 홀로 어느 날에 심심하시어
> 하늘 보좌 잠시 떠나
> 납시었던 자리.
> 한나절내 당신 홀로
> 노니시던 자리.
>
>   — 「天台山 上臺」

수석이 있었던 자리를 창조주이신 '당신'이 심심하여 놀러왔다가 가버린 자리라고 볼 수 있는 여유, 이런 상상력으로 떠올리는 세계는 가장 근원적인 절대순수의 세계이자 영구 불변의 초월적 세계이다. 영겁을 부는 바람과 별들의 반짝임은 꽃비로 내려 마침내 눈부심으로 '아'

라는 감탄사만으로도 황홀할 수 있는 그런 세계이다. 적어도 이 시에서
는 인간적인 것은 최대로 줄어들어[22] 절대존재의 권능과 숭고함만이 표
현되고 있을 뿐이다.

그러나 대부분의 수석시들은 수석의 **완벽한 조화**의 형상미를 노래하
는 데 그치지 않고, 수석으로 현현되어 나타난 영구불변의 근원적 세계
와 초월적 본체에 대한 일치를 꿈꾸는 내용으로 이어진다. 그리고 그
꿈은 수석이 지닌 신성성에 대한 발견과 수석의 생리인 인내와 기다림
의 극치인 견고한 의지[23]의 실천으로 나타난다. 그러나 어쩔 수 없는
것은 절대 완미, 초월적 본유의 실체인 수석 앞에서 느끼게 되는 인간
의 유한성과 실존적 한계의 고백이다.

> (……)
> 바람에도 파도에도 흔들리지 않고 있어
> 사랑에도 독주에도 취하지 않는다.
> 천의 만의 억의 부피
> 천의 만의 억의 깊이
> 천의 만의 사색의 억의 갈필 지닌
> 너 의연하고 자약한
> 안의 푸른 무게
> 너는 너의 가장 안에
> 열 개의 뜨거운 태양을
> 열 개의 출렁이는 바다를
> 열 개의 태풍을
> 열 개의 개벽 천지 천지 개벽을 지니고도
> 무한 무한 침묵 속에 억만 명의 함성을
> 무한 무한 침묵 속에
> 억만 명의 깃발을

---

22) 신대철, 「인간과 무한한계」, 『박두진』, 서강대학교 출판부, 1996, 180쪽.
23) 박철희, 앞의 글, 357쪽.

억만 명의 금나팔과
억만 명의 합창
그 황홀한 천지를 지니고도
지금은 다만 잠잠한
너, 나의 앞의 너의 너여
있으리로다.

                         —「完璧한 山莊」

(……)

언제나 모두요 하나로
착한 자나 악한 자
우리들의 어제도 오늘도 내일도 꿈도 자랑도 슬픔도
파도 덮쳐
너의 품에 용해하는
다만
끝없이 일렁이는
끝없이 정열하는 무한 넓이
무한 용량
푸르디 푸른
너 천 길 속의 의지
천 길 속의 고요로다.

                         —「젊음의 바다」

저,
절벽이 절벽에 매달려 있다.
절벽이 절벽 위에
절벽이 절벽 아래 매달려 있다.

절벽이 절벽 옆
절벽이 절벽 뒤
절벽이 절벽끼리 매달려 있다.

절벽이 절벽을 딛고 서고
절벽이 절벽을 이고 서고
절벽이 절벽에 등을 대고 있다.

절벽이 절벽에게서
절벽이 절벽을
나고 나고 또 나고 나고
낳고 낳고
또 낳고 낳고,

우주 공간 아득 층층 절벽이 절벽에
매달려 있다.
어디에나 까맣게
절벽에 절벽이 매달려 있다.

— 「가을 絶壁」

　　먼저 「完璧한 山莊」은 내부에 신비하고도 충만한 생명력을 가지고서
도 어떤 세속적 유혹에도 흔들리지 않는 견고한 성채(城砦)를 노래하고
있다. 견고하게 결정된 수석은 인간적 고뇌와 지상적 윤리를 떠난 의연
하고 고고한 천상적 세계를 안으로 다진 채 홀로 우뚝 서있을 뿐, 인간
은 그 앞에서 그 절대적 초월성에 다만 숨막히고 만다.
　　한편 수석은 또한 모든 자연과 인간사를 포용하여 응축한 존재이다.
「젊음의 바다」는 선과 악, 욕망과 갈등도 구분하지 않고 하나로 융해시
키는 아량을 지닌, 수석으로 현현된 초월적 사랑을 노래하고 있다. 내적
으로 끝없이 출렁이면서 화해와 조화의 세계를 만들어내는 돌의 의지와
그 의연한 힘을 형상화하고 있는 것이다.
　　그러나 수석을 통한 절대 초월적 힘과 신성성에 대한 일치의 꿈은
시인으로 하여금 오히려 그 절대절명의 높이에 절망하거나 스스로의 한
계를 고백하게 만든다. 「가을 絶壁」은 그 한계 앞에 선 인간의 비극적

인식을 드러내는데, 끝없이 중첩된 절벽은 구원과 초월을 향해 인간이 타고 올라가야 할 숙명의 길로 나타난다. 그런데 그 절벽에는 무수한 절망의 흔적들, 고통과 좌절, 죽음과 죄의 상처들이 매달려 있다. 그것은 끝없는 구원의 높이에 이르기까지 인간세계가 치루어야 할 고난과 속죄의 운명을 그려내고 있는 것이다. 그런 점에서 수석은 구원과 영원의 초월적 상징이자 본체이기도 하지만, 인간의 유한성과 한계성을 초월하는 삶과 존재방식에 대한 각성과 반성을 주는 존재이기도 하다.

이렇게 볼 때 수석시들은 수석이라는 자연물을 통해 그의 구원과 초월의 이상이 다만 종교적, 구도적 입장에서의 형이상학적인 것만이 아니라 인간적 실존과 한계에 그 뿌리를 내리고 있음을 밝힌 것이라고 할 수 있다. 특히 수석이 지니고 있는 근원적 생명력의 발견과 이에 대한 믿음은 자연과 인간, 신을 하나로 엮어주는 그의 시의 핵심적인 원동력으로 작용하게 된다.

다음의 시는 수석(자연)을 중심으로 모든 것이 하나가 되어 공존하는 세계를 그리면서, 닫힌 세계가 아닌 무한대로 열려 모든 것을 수용할 수 있는 초월적 의지와 그 실현을 구체화하고 있다.

(……)

　그 돌 속의 불, 돌 속의 물, 돌 속의 빛, 돌 속의 얼음, 돌 속의
시, 돌 속의 꿈, 돌 속의 고독, 돌 속의 눈물, 돌 속의 참음, 돌 속의
힘, 돌 속의 저항,

　돌 속의 의지, 돌 속의 평화, 돌 속의 사랑,
　돌 속의 자유,
　돌 속의 우주, 돌 속의 환희
　있는 것 일체 모두
　하나로 엉겨,

> 하늘 천지 땅 천지 둥둥 뜨는 함성
> 만세 만세 돌들의 외침 끝이 없었다.
>
> ―「水石 會議錄」

돌들이 모여 이루어내는 하나된 세계, 그것은 물질과 물질, 관념과 관념, 자연과 인간이 대립과 갈등을 이겨내고 마침내 실현한 화합의 이상세계이다. 그리고 이 때 들려오는 함성은 수석과 시인이 하나가 되어 이룬 또 하나의 화합된 세계를 알리는 증언이기도 하다.

(5) 공존과 통합의 세계

1982년 이후 1989년까지의 시들을 모아 엮은 시집 『氷壁을 깬다』(신원문화사, 1990)는 자연과 인간, 신이 하나로 통합된 이상세계가 구체적인 자연의 이미지들을 빌어 형상화된 것으로, 박두진 시의 궁극적인 도달점을 보여준다.

특히 이 시집에는 자연이 많이 등장하는데, 그 가운데 대표적인 것으로 '산'을 들 수 있다. 그런데 이 산은 초기시에서 보았던 초월적 이상향으로서의 산이 아니라 인간적으로 육화된 산이다.

> 눈이 펑펑 쏟아져도 그대로 맞고,
> 비가 펑펑, 천둥 번개
> 우지끈우지끈 벼락이 쳐도 개의치 않고,
>
> 미쳐 뛰는 바다,
> 해일 폭풍이 덮쳐와도 아무렇지도 않게,
> 억 년 안의 넋의 열기
> 홀로 다스린다.
>
> 다만, 너는,

강한 자와 약한 자,
강한 자의 횡포 포악,
무찔리는 약한 짐승 비명 소리 피흘림에,
안절부절 뒤척이며 가슴 졸인다.

양 한 마리, 노루, 토끼, 너구리와
다람쥐 한 마리,
작은 산새, 풀벌레,
나비 하나의 죽음에도 눈물 머금고
갈댓잎 하나의 꺾임에도 마음 아파한다.

산은,
낮의 해와 밤의 별,
햇덩어리 끌어안고 볼을 비비고,
억억 천만 별의 나라 별의 세계 **황홀**,
무궁 무진 끝이 없는 별의 옛날 들으며,

안에 끓는 열기, 안에 끓는 사랑,
안의 깊는 눈물의 강,
안의 영원 무지개숲 홀로 가꾼다.

오대주 그 육대양,
겨레, 나라, 세계, 인류 오고 오는 내일,
인간들의 인간 살음 끝없는 시련,

증오, 불신, 불안, 공포,
잔학, 보복, 불법, 배타의 끝없는 반복,
어쩔고, 어쩔고,
한밤중에 홀로 일어 별을 보고 운다.

—「산의 노래, 너」

초기시의 산이 밝음과 평화의 관념적인 세계였다고 한다면, 이 시에서의 산은 애정과 연민을 지니고 울기도 하는 인간적인 세계로 제시되고 있다. 그 산은 자연의 운행에는 아무렇지도 않게 순응하지만 약한 짐승의 피흘림과 비명소리, 죽음에도 가슴 졸이며 마음 아파하고 있다. 이는 산이 초월적 이상세계를 상징한다기 보다는 고통과 수난, 죽음이 함께 하는 현실적 세계라는 것을 뜻하며, 현실적 삶에 나타나는 갖은 죄악과 불행을 함께 이고 간다고 하는 것을 뜻한다. 곧 사랑의 열기만큼 애정과 연민의 고통도 겪으며, 세계의 부정적·긍정적 삶의 방식들을 보다 높은 곳에서 굽어볼 수 있게 되었다는 것을 뜻한다.

이는 그의 시를 일관하여 부정과 악에 대한 불같은 분노와 그 청산을 위한 적극적인 저항을 보여왔던 모습과는 크게 다르다. 오히려 울음 운다고 표현되어 있는데, 이는 인간세계를 자연세계의 통합과 조화의 관점에서, 그리고 자연세계를 인간세계의 인정과 화해의 관점에서 함께 보고자 한 데에서 비롯된 것으로 볼 수 있다. 곧 자연과 인간의 개념적 구분이 없어지고 생명들의 공존하는 공간으로서의 그 당위성과 현실성을 부여한 것으로 볼 수 있다.

다음과 같은 숲을 노래한 시에서도 이같은 공존과 화합에 대한 시인의 이상을 찾아볼 수 있다.

> 뿌리 뻗어라.
> 뿌리끼리 손 내밀어 어루만지며
> 온 땅 속 어디나가 그물처럼 총총히
> 대지(大地) 깊이 지심(地心) 깊이 뿌리 뻗어라.
>
> 가지 뻗어라.
> 가지 서로 손 흔들어 너풀거리며
> 하나씩의 잎새가 하나씩의 깃발이게
> 온 하늘 수런수런 가지 뻗어라.

햇살이 바람 속에
바람이 그 햇살 속에
바다 파도 밀고 오는 초록 아침 정기(精氣)
가슴 가득 금빛 바다 출렁거려라.

아, 하나씩의 너희 넋은 하나씩의 별
발돋움해 소리 높여 성좌(星座)의 별 불러 내려
땅의 어둠 칠흑 속에 등불 달아라.
죽어 잠든 영혼마다 불을 질러라.

— 「숲에게, 숲들에게」

이는 그 동안 그의 시에서 가장 중요한 시적 동력이 되어왔던 초월
과 상승의지보다는 하강적, 수평적 어울림을 바라는 욕구가 중심이 되
고 있다. 나무들이 뿌리와 가지를 뻗어 얽히는 깊이와 단단한 결합, 숲
은 그런 관계와 공동의 힘으로 이루어져야 한다는 것을 말하고 있다.
별 또한 밤하늘 높은 곳에서 천상을 꾸미는 장식이 아니라 어둠을 밝히
는 등불로, 넋을 살리는 불로 지상에 임하기를 노래한다.

이는 모든 생명들이 개별적으로 존재하는 것이 아니라 서로의 힘과
존재의미를 나눌 수 있을 때 바람직한 삶을 영위할 수 있다는 믿음의
표현이다. 절대순수와 초월적 이상이 구체적 삶의 현장인 지상에서 또
다른 구원과 해방으로 실현될 수 있다는 것, 후기시에 이르러 확인하게
되는 그의 시정신은 바로 이런 공존과 통합의 세계에 대한 실천적 믿음
이다.

3. 결론

이상으로 박두진의 초기시에서부터 후기시까지 자연을 중심으로 시적
변모양상을 살펴보았다. 초기시에서 자연은 그의 이상적 낙관주의를 실

현시킬 수 있는 초월적 절대공간이었다고 한다면, 중기시에서는 그 이상적 세계가 현실에서는 이루기 어렵다는 것을 인식하면서 부정적인 현실에 대한 비판과 저항으로 이어진다. 그것은 때로는 민족과 역사에 대한 예언자적 호소로, 때로는 인간의 원죄에 대한 속죄의식과 구원에의 갈망으로 나아간다. 따라서 자연의 생명력에 대한 낙관적 믿음 또한 '기'나 '비'와 같은 '인간'적이고 이념적인 형이상학적인 대상으로 전환된다. 곧 '자연'으로부터 '인간'으로 그 관심사가 바뀐 것이다. 그러나 인간에 대한 관심은 초월적 이상향에 대한 바람과 원죄의식에 바탕한 구원에 대한 갈망의 한 표현으로서 60년대 이후 신의 찬미와 신앙고백의 신앙시들로 자연스럽게 발전한다. 신앙체험의 고백과 신의 찬미는 주로 자연과 우주의 생명과 자연물을 매개로 하여 이루어진다. 그리하여 자연은 신과 내가 만나는 통로이자 현장이고, 또 신앙에 따르는 고통과 회의를 고백하는 매체가 되기도 한다. 그러나 자연은 '인간'과 '신'의 사이에서 그 교통을 이어주는 중간적 존재나 배경일 뿐, 초기시에서 노래한 이상세계의 초월적 질서나 존재의 원리가 되지는 못한다.

매개물이자 과정으로서의 자연이 하나의 통합되고 완결된 존재로서 초월성을 획득하게 되는 것은 후기에 쓰여진 일련의 수석시에 와서이다. 그것은 수석이 가장 근원적이고 영원한 생명력을 응축한 결정으로서 자연과 인간, 신을 대신하고 있기 때문이다. 하지만 순수와 영원의 표상인 수석은 그 깊고 높은 절대성으로 인해 오히려 인간의 실존적 한계와 유한성을 자각하게 한다.

그런 점에서 다음에 이어지는 『빙벽(氷壁)을 깬다』의 시들은 자연과 인간, 신이 하나로 통합된 이상세계를 보여주면서 박두진 시의 궁극적인 도달점이 어디에 있는가를 단적으로 보여준다. 곧 모든 생명들이 서로 나누는 존재의미와 공존의 삶의 방식을 통해 절대순수와 초월적 이상이 구체적 삶의 현장인 지상에서 또 다른 구원과 해방으로 실현될 수 있다는 것을 보여주는 것이다.

〈참고문헌〉

김용직, 『한국현대시사 2』, 한국문연, 1996.

김인환, 「박두진시론」, 『현대문학』, 1972. 6.

김재홍, 「기독교적 세계관과 예술의식」, 『한국현대시인연구』, 일지사, 1986.

김종철, 「시와 역사적 상상력」, 『시와 역사적 상상력』, 문학과 지성사, 1978.

김춘수, 「두 개의 적막 사이—목월과 두진의 현주소」, 『시의 표정』, 문학과
　　　　지성사, 1979.

김현자, 「박두진과 생명의 탐구」, 『한국현대시사연구』, 일지사, 1983.

박철희, 「박두진론」, 『현대시인론』, 형설출판사, 1979.

박철희 편, 『박두진』, 서강대학교 출판부, 1996.

박청륭, 「'식물' 그 창작의 뿌리」, 『현대시평설』, 세명출판사, 1984.

신대철, 「인간과 무한한계」, 『박두진』, 서강대학교 출판부, 1996.

오탁번, 『현대문학산고』, 고려대출판부, 1976.

이승훈, 『문학상징사전』, 고려원, 1995.

임종성, 「박두진 시와 신앙」, 『국어국문학』 9집, 1989.

조연현, 「星辰에의 신앙—박두진론」, 『해동공론』, 1949. 3(『박두진』, 서강대
　　　　출판부, 1996에 재수록).

조창환, 「박두진의 묘지송」, 『한국 현대시 작품론』, 문장, 1981.

이운용, 「자연의 의미와 기독교시」, 『월간 문학』, 225호, 1987. 11.

정현기, 「박두진론(1)」, 『연세어문학』, 9·10합집, 1977.

혜산 박두진 시에 나타난 '기독교 의식'

유 성 호*

1. 머리말

혜산(兮山) 박두진(朴斗鎭, 1916-1998)의 시는, 우리가 두루 알고 있듯이, 그 양적 경이로움과 질적 균질성으로 우리 앞에 우뚝 서 있다. 시력(詩歷) 갑년(甲年)을 꼭 채우고 마감된 그의 시의 지층은 풍요롭고 아득하여, 그의 작품 세계를 헤아리고 준별하려는 연구자들의 의욕을 오히려 왜소하게 하고 있다. 물론 이와 같이 풍부하고 웅숭깊은 그의 시적 권역은 후세대의 정치(精緻)한 해석과 온당한 의미 부여를 기다리는 미지의 영역으로 존재하지만, 그의 시편 하나하나는 스스로 자신들을 존재 증명하면서 문학사의 뚜렷한 페이지로 이미 각인되어 있기도 하다. 이제 박두진의 시는, 그를 '청록파'라는 유파적이고 저널리즘적인 용어로 착근시켜온 비평적 관행들을 뛰어넘는, 그야말로 새로운 시사적 명명을 기다리고 있는 것이다.

혜산의 시세계는 자연, 인간, 신이라는 세 가지 기본축을 토대로 전개되었다고 평가된다. 많은 이들은 이를 두고 '자연 → 인간 → 신'이라

---

* 서남대 교수

는 시기적, 단계적 변모로 설명하고 있지만, 어차피 그것들은 처음부터 일관되게 서로 넘나들며 그의 개별 시편 안에서 **통합적인 형상화를** 이루어왔다. 혜산 스스로 "일찍이 나는 내 일생의 詩作 段階로서 초기에는 <自然> 다음에 <人間> 다음에 <社會>와 <人類>, 그 다음으로 혹 노년기란 것이 내게 허락된다면 그때에 가서 <神>에 대한 것을 쓰리라고 대체로나마 작정한"[1] 바 있다고 말한 것이 강력한 알리바이가 되어 그동안 학계나 평단에서는 그의 시의 전개 과정을 분절적 단층으로 조감(鳥瞰)하는 시각이 우세했지만, 우리는 시의 변모상 못지 않게 그 저류(底流)에 흐르는 일관된 주제적 일관성과 방법적 모색에 대해 주목해야 할 것이다. 이는 물론 통시적 연구[2]를 기본항으로 하면서 그 안에서 지속적인 형상으로 나타나고 있는 이념이나 정신을 파악하는 절충적 방법을 요청할 것이다. 그러한 시각과 방법을 통해서 우리는 그의 시에 나타나는 지속과 변화의 양 측면을 동시에 탐구할 수 있을 것이다.

　이 글은 혜산의 시세계를 이끌고 있는 기본적이고 근원적인 정서적, 이념적 기반이 '기독교 의식'이라는 것을 전제로 하여 출발한다. 사실 그는 자신의 수많은 에세이들에서 자신의 삶이 시와 신앙을 날줄과 씨줄로 삼아 진행되어왔다고 누차 고백하고 있다. 그의 산문적 발언을 고스란히 인준하여 편의적인 비평적 잣대로 원용하는 일은 물론 경계되어

---

1) 박두진, 『시인의 고향』, 범조사, 1958, 209쪽.
2) 대개 박두진의 시세계를 3단계의 발전 과정으로 보는 시각이 우세하다. 그것의 경개(景槪)를 보이면 다음과 같다.
　제1기 : 『청록집』(1946), 『해』(1949)가 나온 시기로서 '자연'을 통한 긍정의 세계와 민족적 소망, 종교적 이상주의를 표현한 단계이다.
　제2기 : 『午禱』(1954), 『거미와 星座』(1961), 『人間密林』(1963), 『하얀 날개』(1967)가 나온 시기로서 그의 시선이 '현실'로 옮겨지고 역사적, 사회적 모순과 '인간'의 부조리에 저항하는 모습과 민족애, 인류애에 헌신하려는 휴머니즘의 성격을 드러낸 시기이다.
　제3기 : 『高山植物』(1973), 『使徒行傳』(1973), 『水石列傳』(1973), 『野生代』(1977), 『抱擁無限』(1981), 『수석영가』(1984)의 시집을 통해 '근원'적인 존재 문제에 주목하고, '신'의 창조 세계를 노래하는 이른바 신앙 체험의 시기이다.

야 하지만, 그의 시를 일별하고 차분히 귀납해본 경우에 한해서 보더라
도 혜산 시의 정신적, 방법적 자장은 '기독교 의식'이라고 부를 만한 어
떤 범주에 귀속된다고 보아 별로 틀리지 않다. 이러한 그의 시적 특색
이 그 동안 유신론적 실존주의나 관념 일변도의 추상미학에 비우호적이
었던 우리 근대문학사의 흐름에서 비평적 호의를 못 얻었던 것도, 우리
가 잘 아는 바이다. 그러나 시인의 정신과 방법이 하나의 종교적 이념
에 토대를 두었고 또 그것을 시적으로 변용하며 확대, 심화해왔다는 판
단이 설득력을 가진다면, 우리는 그의 시세계를 온당하게 해명하는 일
차적인 안목 역시 그 안에서 빌려와야 한다고 본다. 따라서 우리는 혜
산 시의 전체 과정에서 '기독교 의식'이라고 부를 만한 정신적, 방법적
형질을 통해 그의 시가 갖고 있는 특성에 대해 생각해 보려 하는 것이
다.

물론 '기독교 의식'이라는 것도 '리얼리즘'이나 '낭만주의'처럼 단일한
이념이나 방법으로 귀착시켜 범주화할 수만은 없는 풍요로운 내포를 거
느리는 개념일 것이다. 복음주의적 시각과 자유주의적 시각이 상이할
것은 자명한 이치이고, 사제적 전통과 예언자적 전통의 맥락이 차이가
크다. 또한 성서를 해석하고 적용하는 부분에서도 기독교는 공통된 합
의를 가진 역사가 없다. 어떻게 보면 통일된 '기독교 의식'은 허구 또는
이미지일 뿐이고, 모두의 마음 속에서 구현되는 각자의 해석과 신념만
이 '기독교 의식'의 외연을 이루고 있는지도 모른다. 혜산이라고 예외는
아닐 것이다. 그는 기독교적인 상상력과 어법, 소재들을 시 안에 분명히
거느리고 있지만, 그것은 자신만의 체험과 인식으로 숱하게 변용된 어
떤 것일 수밖에 없다. 따라서 우리가 그의 시에서 검출하려는 '기독교
의식'이라는 것은, 일반화되고 통념화된 어떤 일련의 강령이나 교조와는
비교적 무관한 것이다.

열아홉 되던 해(1934)에 누님의 권유로 신앙의 문에 들어선 혜산은,
민족적으로는 우리 것 모두를 빼앗긴 상태였고, 개인적으로는 가난의

고통이 극에 달했을 때 '바로 이것이구나!' 하면서 신앙 세계에 들어섰다고 한다. 그는 흰옷 입은 조선인들이 모여서 우리말로 기도하는 모습(모국어로 기도하는 그 축복!)에 말할 수 없는 감동과 충격을 받아, 피압박과 수탈로 특징지어지는 당대적, 개인적 상황을 초시대적 '구원'의 이미지로 극복하면서 신앙을 받아들이게 된다. 이러한 혜산 신앙의 출발 곧 민족사적 특수성과 보편적 구원 신앙의 통합은 그의 생애 내내 그의 시를 길어올릴 수 있었던 매우 중요한 자산이었던 것이다.

2. 혜산 시의 '자연관'에 반영된 기독교 의식

혜산은 자신의 아호가 암시하듯, 줄곧 '자연'이라는 상관물을 자신의 관념이나 정서를 드러내는 시적 근간으로 삼은 시인이다. 물론 이와 같은 현상은 대부분의 서정시들이 가지는 보편적 기율일 수도 있겠지만, 혜산에게는 각별하고 의미있는 창작 방법이자 인식론적 진경(進境)이 되고도 남는다. 혜산이 추구한 자연은 생태학적 관점에 의거한 환경으로서의 자연이나 문명비판적 대안으로서의 자연으로 현현하지 않는다. 오히려 그것은 그의 정신과 이상을 구현하는 관념의 매개체이자 그것에 형식과 육체를 부여하는 우의적(寓意的) 대상으로 줄곧 나타난다. 그가 그리는 신앙적 이데아의 세계, 그것이 모든 인간적 갈등을 해소한 이상향이라면, 자연은 그의 이러한 기독교 의식이 침윤된 대상물(代償物)이자 동시에 거기에 우리의 역사와 삶을 빗대고 상징하려는 시인 스스로의 시적 전략의 수원(水源)이기도 할 것이다.

그는 일상에서 겪는 일들, 자신의 육체 속에서 움트는 정서의 결들, 역사 속에서 체험하는 어마어마한 변이들에 형식을 부여하기 위해서 곧잘 '자연'으로 달려갔고, 그 '자연'을 관념 및 의지와 등가적인 관계 속에서 보편화시켰다. 따라서 그의 '신자연(新自然)'(정지용)은 인간 주체와 분리되는 객관적 실체나 심미적인 관조적 대상으로서의 자연이 아니고, 인간의 내면적 정서에 교융하는 주관적 변이의 대상만도 아니며, 바로 시인의 의식 속에서 선택, 재구성된 '관념화된 자연'임에 우리는 주목하여야 한다. 그 관념의 내질을 형성하는 것이 '기독교 의식'에 빚진 바 크다는 것이 이 글의 일차적인 관점이 되는 셈이다.

혜산이 태어나고 유년 시절을 보낸 경기도 안성의 '고장치기'라는 마을은 넓은 들판 한가운데 스물 남짓한 오막집이 엎드려 있는 쓸쓸하고 가난한 곳이었다. 그 마을에서 학교에 다니는 아이는 혜산의 집 형제 정도였다. 그의 집도 농가는 아니었지만 댓 마지기 남의 땅을 소작하며 가난한 생활을 했다. 주일이나 방학이 되면 지게를 얻어 지고 나무를 하러 산으로 가곤 했던 어린 혜산은, 새소리 물소리를 따라 혼자 산골짜기를 들어가면서, 소박한 자연에 대한 강렬한 애착과 신비한 교감을 얻었으며, 고독에 대한 강한 매혹과 영원한 나라에 대한 동경을 배웠다고 한다. 고향과 유년에 대한 아름다운 기억은 유고 시집(『당신의 사랑 앞에』, 홍성사, 1999)에 실려 있는 시 한 편(「뻐꾹새, 고향」)에 고스란히 담겨 있다.

> 어쩔꼬 나 되돌아가 어린 날의 그리움 / 숲 속으로 들어가며 / 뻑 뻑꾸욱, 또 뻑꾹 / 전설처럼 눈에 하나 핏빛 딸기 붙이고 / 불러도 대답 없는 그리운 이 그이 / 찾아 헤맨 뻑꾹처럼 / 울어 예었었다.

16세 때부터 습작을 시작하여 『芽』 등의 문학동인지에 민요조 서정시나 동시 등을 발표하곤 했던 그는, 시야말로 신이 인간에게 준 은총이며 시로써 인간을 행복하게 하고 신에게 영광을 돌려야 할 것이라는 생각을 이 시기부터 강하게 가졌다 한다. 혜산은 우리 현대시가 너무 감상적, 퇴폐적이고 경박한 외래 취향에 물들어 있다고 생각하며 보다 더 스케일 크고 싱싱한 야성의 시를 쓰리라 마음먹는다. 서울 근교의 산을 오르내리며 금식, 기도, 명상, 시 창작의 생활에 전념하던 그는 1939년 『문장(文章)』에 정지용(鄭芝溶)에 의해 추천을 받아 본격적으로 시단에 발을 들여놓는다. 이때의 추천자인 정지용은 "박두진군. 박군의 시적 체취는 무슨 삼림에서 풍기는 식물성의 것"이라며, 시단에 하나의 '신자연(新自然)'을 소개한다고 하였다. 혜산 스스로 가장 소중히 아꼈던 「墓地頌」(『문장』, 1939. 6)도 그 추천작3) 중의 하나이다.

北邙이래도 금잔디 기름진데 동그만 무덤들 외롭지 않어이 / 무덤 속 어둠에 하이얀 髑髏가 빛나리. 향기로운 주검읫 내도 풍기리 / 살아서 섫던 주검 죽었으매 이내 안 서럽고, 언제 무덤 속 화안히 비춰줄 그런 太陽만이 그리우리 / 금잔디 사이 할미꽃도 피었고, 삐이 삐이 배, 뱃종! 뱃종! 멧새들도 우는데, 봄볕 포근한 무덤에 주검들이 누웠네

이 시에는 '죽음'이라는 물리적이고 현실적인 한계를 초월하려는 기독교적 상상력이 짙게 나타나 있다. 이 작품은 식민지 시대 전체를 통해서 인간의 존엄성을 해치던 일제의 폭력성을 역설적으로 초극하려는 의지가 내포된 중의적(重義的)인 시편이기도 하다. 특히 어둡기 짝이 없는 '죽음'의 이미지를 밝고 생동하는 '생명'의 분위기로 환치시키는 역동적 상상력은 우리 시사에서 유례가 없을 정도로 독특한 것이다. 이러한 '죽음'에 대한 새로운 시적 해석은 그가 갖고 있는 기독교 의식의 핵심 중의 하나인 '부활사상'을 그 나름대로 시화한 결과로 얻어진 것

---

3) 그의 등단작을 시인은 스스로 이렇게 밝히고 있다. "내 처녀작은 위에 말한 것 같이 통틀어 활자화한 작품의 처음 것으로 치면 『아이생활』지의 동요 「무지개」가 되고, 시로서의 최초의 것이라면 『아(芽)』지의 「북으로 가는 열차」가 된다. 그러나 어느 정도의 작품 수준을 고려에 넣고 또 문단적인 성격을 띤 본격적인 발표 활동을 기준으로 친다면 이 「묘지송」과 「향현」이 되는 셈이다." 박두진, 「처녀작·대표작」, 『생각하는 갈대』, 을유문화사, 1985, 215-216쪽.

이다.

이 시는 주지하듯 '묘지(墓地)'라고 하는 가장 음습하고 소멸지향적인 상징을 오히려 가장 밝고 생성(또는 부활)지향적인 성격으로 바꾸어놓은 작품이다. 그에게 무덤은 삶과 죽음이 조화롭게 공존하는 가상적 공간이다. 서정적 주체는 '북망(北邙)'의 어두운 성격을 이질적인 밝은 공간으로 전복시키는데, 그 안에서는 삶과 죽음의 연속성이 쉽게 화해하며 무갈등의 세계를 드러내고 있다. 따라서 이 시에 나타나고 있는 '태양(太陽)'은 "죽음을 극복하고 미래의 새 삶을 위해 요청되는 힘의 원리"4)일 수 있는 것이다.

이를 두고 메시아니즘의 시적 육화라고 해석하는 것도 무리가 아닌데, 이러한 해석은 김동리(金東里)의 유명한 평론 「自然의 發見」으로부터 비롯되는 유구한 역사를 갖는다. 그가 "朴斗鎭의 特異性은 그의 究竟的 歸依가 다른 東洋 詩人들에서처럼 自然에의 同化法則에 依하지 않는 데 있다. 그도 勿論 恒常 自然의 품속에 들어가 살기는 한다. 그리고 '永遠의 어머니'라고 부르기까지 한다. 그러나 그는 거기서 다시 '다른 太陽'이 솟아오르기를 기다리는 것이다. '메시야'가 再臨하기를 기다리는 것"5)이라고 말한 이후, 혜산은 단 한 번도 기독교적 프리즘에서 일탈한 바 없는 수직 상승의 시세계를 이루어왔기 때문이다. 따라서 그에게 자연은 스스로[自] 그러한[然] 세계, 곧 자족적인 물활성을 띠는 자율적 세계가 아니고, 신의 계시의 현장이자 신의 섭리가 착색된 우의적 세계인 것이다. 그것이 또한 시인 내면에 자리잡은 관념과 등가임은 물

---

4) 신동욱, 「박두진의 시에 있어서 저항과 그 지속의 의미」, 『우리 詩의 歷史的 研究』, 새문사, 1984, 282쪽. 신동욱은 이 작품에 대하여 "죽음의 현실적인 한계를 종교적으로 초월하려는 의지를 보인 작품"이라고 평하여 '죽음'이라는 부정적 힘을 극복하려는 초극의지가 반영되었다고 본다. 위의 글, 281쪽.
5) 김동리, 「自然의 發見」, 『文學과 人間』, 백민문화사, 1948. 74쪽. 이 글에서 김동리는 이후의 혜산 시에서 점증(漸增)할 관념성을 경고함으로써 비평적 타당성을 얻고 있다. 같은 글, 79쪽.

320

론이다.

당연히 '만가(輓歌)'가 되어야 할 '죽음'이라는 사건을 두고 송가(頌歌)라는 형식으로 바라보고 있는 시인의 창조적 시선이나, 계절을 겨울이나 가을이 아닌 '봄'으로 설정하는 안목이나, 싸늘한 무덤을 '향기롭고 포근한 유택(幽宅)'으로 느끼는 것이나, 그 배음(背音)으로 꽃들과 뭇새들의 화창(和唱)을 불러오는 상상력이나, 이 모두는 '죽음'이라는 물리적 사건을 관념적 차원에서 극복하려는 시인의 의지적 표상이 아닐 수없다. 물론 그것은 현실적인 원리가 아니라, 신앙시 대부분이 그렇듯이, 낭만적 변증의 원리가 반영된 결과이다. 또 하나 그의 등단작인 「香峴」을 보자.

> 아랫 도리 다박솔 깔린山 넘어 큰 山 그 넘엇 山 안 보이어 내 마음 둥둥 구름을 타다 // 우뚝 솟은 山 묵중히 엎드린 山 골 골이 長松 들어섰고 머루 다랫 넝쿨 바위 엉서리에 얼켰고 샅샅이 떠깔나무 으새풀 우거진데 너구리 여우 사슴 山토끼 오소리 도마뱀 능구리 等 실로 무수한 짐승을 지니인 // 山, 山, 山들! 累巨萬年 너희들 沈默이 흠뻑 지리함즉 하매 // 山이여! 장차 너희 솟아난 봉우리에 엎드린 마루에 확 확 치밀어 오를 火焰을 내 기다려도 좋으랴? // 팟내를 잊은 여우 이리 등속이 사슴 토끼와 더불어 싸릿순 칡순을 찾아 함께 질거이 뛰는 날을 믿고 길이 기다려도 좋으랴?
>
> ― 「香峴」(『문장』 1939. 6)

이 시의 핵심적인 계발적 이미지 '화염(火焰)'은 그 자체로 미래지향적인 밝은 암시를 주는 소재이다. 그것은 또한 침묵으로 누워 있는 무덤 속의 촉루가 아니라, 치솟는 융기(隆起)의 이미지를 띠는 활력의 매체이다. "장차 너희 솟아난 봉우리에 엎드린 마루에 확 확 치밀어 오를 火焰"에 대한 강렬한 기다림과 "팟내를 잊은 여우 이리 등속이 사슴 토끼와 더불어 싸릿순 칡순을 찾아 함께 질거이 뛰는 날"에 대한 또 하나의 기다림은 사실 이질적인 요소의 동시적 공존을 의미한다. 전자가 모순을 혁파하는 파괴와 재생의 이미지를 띤다면, 후자는 모든 갈등이 해소되고 화해에 이른 어떤 상황을 암시하는 것이다. 이러한 '파괴 - 재생'/'무갈등 - 평화'의 양축은 혜산의 기다림의 내용이 매우 종교적이고 이상적인 것이지, 정치적이고 구체적인 대안적 이념을 염두에 둔 것이 아님을 명징하게 하고 있다. 다시 말해서 천상의 질서가 '화염(火焰)'으로 지상화(地上化)되는 과정, 그리고 침묵으로 누워 있는 상태에서 화염으로 치솟는 상태에 대한 갈망은 기독교의 양축이라고 할 수 있는 피조물로서의 한계와 목숨을 부여받은 이로서의 존엄성을 각기 환유하고 있는 것이다. 이럴 때 '기다림'이란 불가항력적 운명의 수세적 승인과는 다른 능동적인 삶의 형식으로 탈바꿈되고 있다. 이러한 넓은 의미의 메시아니즘이야말로 철저한 기독교적 정서이자 정신이다. 그 기다림의 형상은 이어서 「靑山道」의 '볼이 고운 사람'으로 나타나는 것 또한 췌언의 여지가 없다. 일제 말기를 '암흑기'라고 부르는 수사적 관행을 무색케 만들 정도로, 혜산의 이 시기 작품들은 일관되게 밝고 힘찬 기백을 보이고 있는 것이다.

사실 「香峴」과 「墓地頌」은 말 그대로 신앙적인 시는 아니다. 물론 「香峴」의 마지막 부분은 "그때에 이리가 어린 양과 함께 거하며 (…) 사자가 소처럼 풀을 먹일 것이며"(구약 「이사야」 11:6-9) 등으로 열거되는 평화와 궁극적 이상향으로 이루어져 있고, 「墓地頌」의 '태양'은 정지용의 "新約의 太陽"(「나무」)이나 "또 하나 다른 太陽"(「또 하나 다른 太陽」)처럼 메시아의 이미지로 쓰이고 있다. 그러나 「香峴」의 호소의 대상이 신이 아니라 '산'이라는 점과 「墓地頌」의 죽은 자가 죽었다는 사실 하나만으로 서럽지 않은 존재가 되어 있다는 점6)은 그것이 전통적 의미의 복음주의적 신앙을 표백한 것이 아니라는 것을 말해준다.

---

6) 신대철, 「시와 무한혁명」, 박두진, 『별들의 여울』, 정음사, 1986, 25쪽.

　이와 같이 혜산의 초기시는 자연을 소재로 했으면서도 현실에 대한 도피처로서의 자연이나 심미적인 체관적(諦觀的) 자연이 아니라 역동적인 생명력의 원천으로서의 자연을 노래했다는 점이 특징적이다. 그뿐만 아니라 '어둠/빛'의 대립을 주조로 하는 이미지는 그의 시가 비극적인 시대를 관통해오면서도 미래에 대한 강한 희망을 노래하고 있음을 말해준다. 여기에는 기독교의 메시아 사상의 영향이 큰데, 그의 초기시는 현실의 고통을 참고 메시아가 올 것을 믿고 기다리는 자의 환희를 힘있게 표현하고 있다고 말할 수 있다. 이른바 완전무결한 질서에 의해 통어되는 이상향을 그리는 유토피아주의(utopianism)야말로 그의 기독교 의식의 핵심적인 심리적 기제이고, 그것이 구상화된 대상이 바로 자연인 것이다.

　이러한 초기시적 특성은 그의 후기시로 가면서 '수석(水石)'을 통해 자연의 속성이 완전무결하게 응결 집약된 세계를 탐구하는 것으로 옮겨진다. 말하자면 초기시의 광활한 우주로 뻗어가는 원심력에 비해 후기시는 신의 속성이 응결된 수석으로 응집되는 구심력을 갖게 되는 것이다. 따라서 그의 자연은 신의 뜻(입김)을 매개, 체현하는 등가물로서의 일관성을 지니지만, 초기시의 다이나미즘(dynamism)과 후기시의 콰이어티즘(quietism)이 교체, 혼재하는 양상을 띠게 된다. 관념을 구상으로 드러내는 공통점에도 불구하고, 또 그것이 산이든 돌이든 모두 속기(俗氣)를 말끔히 벗어버린 격조(格調)를 지향하고 있다는 공통점에도 불구하고, 그의 시적 방법은 원심적 확장에서 구심적 응축으로 변이를 겪게 되는 것이다.

3. 혜산 시의 '현실인식'에 반영된 기독교 의식

이렇듯 그의 메시아니즘과 유토피아주의 그리고 자연의 구상성을 통한 이념의 육화는 초기부터 후기까지를 관통하는 일관된 그의 시의 기율이자 방법론이었다. 그러나 앞서도 말했듯이, 초기시가 그래도 자연 자체의 탐구에 공을 들였다면, 해방 이후의 시기부터 민족사적 현장에 내던지는 그의 목소리는 '현실'로 그 무게중심을 옮긴다. 그의 현실인식이라는 것이 과학적, 이념적, 정치적인 것이 아니라 다분히 윤리적, 지사적, 종교적인 것 또한 그의 기독교 의식의 한 첨예한 물증이 되고도 남는다. 그의 시에는 이렇듯 자연과 인간의 역사 그리고 신의 섭리가 중층적으로 내재해 있다. 그 대표작이 아마도 해방 후에 발표된 「해」일 것이다.

> 해야 솟아라. 해야 솟아라. 말갛게 씻은 얼굴 고운 해야 솟아라. 산 너머 산 너머서 어둠을 살라먹고, 산 너머서 밤새도록 어둠을 살라먹고, 이글이글 애띤 얼굴 고운 해야 솟아라. // 달밤이 싫어, 달밤이 싫어, 눈물 같은 골짜기에 달밤이 싫어, 아무도 없는 뜰에 달밤이 나는 싫어…… // 해야, 고운 해야. 늬가 오면 늬가사 오면, 나는 나는 청산이 좋아라. 훨훨훨 깃을 치는 청산이 좋아라. 청산이 있으면 홀로래도 좋아라. // 사슴을 따라, 사슴을 따라, 양지로 양지로 사슴을 따라 사슴을 만나면 사슴과 놀고, // 칡범을 따라 칡범을 따라 칡범을 만나면 칡범과 놀고…… // 해야, 고운 해야. 해야 솟아라. 꿈이 아니래도 너를 만나면, 꽃도 새도 짐승도 한자리 앉아, 워어이 워어이 모두 불러 한자리 앉아 애띠고 고운 날을 누려보리라.

역사 속에서 8·15가 왔을 때, 그가 희구하는 메시아의 형상은 '해'로 표상된다. 시집 『해』는 한국시사상 유례없이 밝고 희망적인 노래로 가득차 있는데, 특히 이 작품의 마지막 연 "해야, 고운 해야. 해야 솟아라. 꿈이 아니래도 너를 만나면, 꽃도 새도 짐승도 한자리 앉아, 워어이 워어이 모두 불러 한자리 앉아 애띠고 고운 날을 누려보리라."는 다짐과 희망의 목소리는 질곡의 역사를 이겨낸 지상의 유토피아를 열망하는 시인의 기독교 의식이 강하게 착색된 대목이다. 환희의 감정을 제어할 수 없어 그의 시에는 호격과 쉼표, 생략부호가 빈번히 등장하는데, 감정을 절제하지 않고 발산하는 그 특유의 유장한 산문시의 리듬은 풍요로운 자연의 이미지 및 독창적인 상징어들과 어울려 건강하고 활력에 넘치는 세계를 보여주는 데 기여한다. 그의 시가 아직도 다이나믹한 감각성을 강하게 지향하고 있음을 알려주는 예이다.

이러한 혜산의 향일성 충동은, 원래 '빛'이라는 것이 밝고 힘찬 생명력과 남성적 수직 상승의 상징으로 쓰이고 있음을 고려할 때, 앞 시기의 '산'과 마찬가지로 현실 극복의 구상적 표현이라고 해야 할 것이다. 마치 '물'이 부드럽고 여성적인 수직 하강의 이미지를 띠는 것에 비해 '빛'이나 '산'의 우뚝한 이미지는 혜산 시의 가장 이색적이고 강건하면서도 초월지향적인 이미지를 구축하고 있는 것이다. 물론 '빛'에 대해서는 시인의 언질이 이미 있었다. 이를 고분고분 그의 시에 적용하여 추인할 필요는 없다 하더라도, 그의 시가 빛과 어둠의 대위(對位)라는 가장 고전적인 기독교적 상징 체계에 의해 엮인 것만은 의심할 바 없다. 또한 '태양'이 남성적, 야성적이고 '별'이 여성적, 서정적이라는 점에서, 그의 시에서 '태양' 이미지가 우세한 것도 그의 남성적 톤과 의지를 방증하는 사례이다.

뿐만 아니라 내 시의 전 주제를 일관하는 사상이 빛의 사상인 것을 아는 사람은 훨씬 더 내 시세계의 중심을 파헤치기가 쉬울 것이다. 긍정, 낙관, 이상, 초월, 비판, 저항, 극복, 포용, 궁극적인 시 자체의 응결된 비유나 시적 실체의 상징이 이 햇볕으로 비유 상징되는 감각적이면서 동시에 형이상학적인 빛 그 자체인 것이다. 어느 시를 뜯어봐도 그 배면에 혹은 중심에 끓고 있는 강렬한 햇볕의 설정을 볼 수 있으며 이것은 나 자신도 얼마간 뒤에야 비로소 발견한 스스로의 한 놀람이었다.7)

그러나 자연에 대한 맹목의 예찬과 그 안에 인간의 관념을 담는 두 편향을 통합한 것이 그의 시라 하더라도, 그는 자연을 자연 그 자체로 노래하지는 못했다. 대개의 근대주의자가 그러했듯이, 그 역시 인간 중심적인 자연의 의인화 또는 알레고리화를 초지일관으로 거든 것이다. 그러나 인간 진보가 이룩한 '눈부신' 프로메테우스의 세계를 등지고 또 다른 '눈부신' 신성(神聖)의 세계에 골몰했던 그의 시가 비록 사실적 구체성이나 자연 그 자체의 역동성을 노래하는 것과 멀어지는 경로를 밟았다고 하더라도, 그의 시세계는 과학주의와 세속주의로부터 하나의 해방의 출구를 열 수 있는 가능성을 준 것은 부인되기 힘들 것이다.

이처럼 그는 시인과 자연이 하나라는 신앙적 인식을 통해 성서의 형식을 시적 코드로 채택하였다. 그것은 서정적 자아와 신앙적 자아의 역설적 상호작용이며 동시에 가난한 시대의 시인의 수난이며 견딤이며 인내며 기다림이다.8) 따라서 그의 현실인식에는 정치한 사회학적 상상력이 매개되지 않고 오히려 지사적 열정과 품격이 개입함으로써 한층 추상도를 높이고 있으며, 반영의 미학이 아니라 태도의 미학을 불러오고 있는 것이다. 그의 시가 알레고리적 편의주의에 부분적으로 침윤되어 있는 것도 그 때문일 것이다.

그러나 혜산 시의 현실지향적 성격의 잠재적 가치는 실로 큰 것이다. 그는 의연한 저항적 정열과 초월적 견인 의지를 결합하여 무수한 시편들을 쏟아내는데, 이때 그의 신앙과 지성은 하나로 결합되어 시의 율

---

7) 박두진, 「자유, 사랑, 영원」, 『별들의 여울』, 정음사, 1986, 14쪽.
8) 박철희, 「서정적 자아와 신앙적 자아」, 박철희 편, 『박두진』, 서강대학교출판부, 1996, 12쪽.

(律)과 결을 이룬다. 그리하여 그는 기독교 의식과 윤리, 나아가 인간의 실존적 의미를 묻는 작품들을 쓰게 되는데, 그러한 출발을 알리는 작품이 바로 「午禱」였다. 이때부터 혜산은 민족의식과 역사의식을 짙게 가진 시를 써나간다. 4·19를 전후하여 시인의 눈에 비친 현실은 시와 신앙에만 전념했던 시인의 목소리를 지상의 혼돈의 세계로 끌어내렸는데, 이러한 혜산의 인간 역사와 현실에의 참여가 그의 시관(詩觀), 다시 말해 신앙을 바탕으로 한 인간애와 평화의 이상이 반영된 자연스런 귀결임은 두 말할 나위 없다. 특히 「우리들의 깃발을 내린 것이 아니다」, 「갈보리의 노래1·2·3」, 「예레미야의 노래」 같은 작품들은 그의 기독교 의식과 현실 감각이 잘 어우러진 절편(絶篇)이라고 할 수 있다.

이러한 그의 시관은 1960년대에 발간된 『거미와 星座』, 『人間密林』, 『하얀 날개』 등에서 지속적으로 나타난다. 그러나 앞에서도 말했듯이, 그 반응은 정치적, 이념적인 것이 아니라 윤리적, 종교적인 것이다. 마치 구약의 선지자들이 민족적인 죄악상을 폭로, 경고하듯이, 그 또한 예언자적 풍모를 강하게 띠며 세상을 질타하고 오롯한 정결성을 축조하는 데 시적 정열을 쏟는다. 이때 '거미'나 '별' 등이 알레고리적 외피가 되어 기독교 의식을 담는 그릇 역할을 하는 것, 이를테면 '거미'가 타락한 인간 군상이 되고 '성좌'가 신의 뜻을 매개하는 상관물이 되고 있는 점은 자연스러운 귀결이다.

그가 현실의 위기와 폐허됨을 증거하기 위해 자주 차용하는 '골짜기'나 '벼랑', '무덤' 같은 소재 역시 단연 구약적인 기원을 갖는 기독교적 이미지이다. 그것은 보편적인 인생론의 시각에서 볼 때 위기, 절망, 추락 등을 암시하지만, 현실에 그것을 대입할 때는 신성을 몰각한 타락한 사회라는 상징적 유추가 가능한 소재들이다. 또한 혜산 시에서 이것들은 성서적 인유(引喩)로 포섭되면서, 초월적 열망을 상징하는 언어로 화육(化肉, incarnation)하고 있다. 그는 이러한 물상 이미지들의 불멸성과 초시간성을 통하여 '시간으로부터의 탈출(escape from time)'을 시도9)하는데 이는 그의 현실 대응 방식이 '역사 안에서, 민중과 더불어'가 아니라 '역사 너머서, 신성의 회복을 통해'라는 도식을 띠고 있음을 증명하고 있다. 아무튼 그의 시는 서정적 주체의 공분(公憤)이 얼마나 중요한 서정시의 윤리적 몫인가를 예증해주면서, 자기에게 주어진 지상(至上)의 과제가 굴절되고 왜곡되었을 때 단호한 질정(叱正)과 고일(高逸)한 삶을 지속하는 것이 더없이 소중한 것임을 역설해주고 있다.

이러한 우의적인 방법이 현실인식과 감각적으로 결합된 수작이 1970년대에 발표된 「野生代」일 것이다.

> 왕성한 혈기의 표범들이 밀림을 뛰고 있다. / 쫓기는 사슴을 덮쳐서 골짜기에 뉘어 놓고 / 뜨거운 선혈의 살점을 뜯고 있다. / 영원을 무료히 내려 쬐는 한낮의 땡볕 / 한자락 바람도 숲에는 일지 않고 / 뻑뻑구욱 뻑뻑구욱 / 핏덩어리 토해내며 뻐꾹새만 울고 있다.

'처참한 살육 - 땡볕의 지속적 내리쬠 - 국외자로서의 관찰자의 울음'이라는 3중의 과정과 시각이 담겨 있는 이 작품은, 약육강식의 현장 곧 바람조차 일지 않는 살육의 현장을 감각적으로 형상화하고 있다. 그러나 이 또한 현실 재현의 원리에 의한 제시가 아니라 다분히 묵시록적인 상징적, 우의적 성격을 띠는 세계이다. 이 때문에 그의 시의 특징은 관념 일변도의 추상의 미학10)이라는 지적과 함께, 이데올로기적 성격이 아니라 실존적 본유 관념 같은 것에 시의 무게중심을 둔다는 평가가 가능하게 된다. 그의 현실 지향의 상상력도 이러한 본유 관념을 왜곡시키고 저해시키는 어떤 힘에 대한 거부의 한 표현이지, 핍진한 실재(實在)의 투사가 아니다. 그의 시에서 리얼리티보다는 현실과 맞서는 '자세'나 '태도'가 중요하게 나타나는 까닭도 바로 여기에 있다.

---

9) 임영주, 「박두진의 생애와 시적 편력」, 『문학과 의식』, 1998. 겨울호, 85쪽.
10) 유시욱, 「복잡성과 일관성에 얽힌 불사조의 이야기」, 박두진, 『가을 절벽』, 미래사, 1991, 163쪽.

4. 혜산 시의 '신성' 탐구에 나타난 기독교 의식

혜산 시는, 그가 노경(老境)에 접어들면서부터, 좀 더 근원적인 질서에 대한 집착과 통찰로 그 초점을 이월한다. 관념을 넘어서면서도 관념 자체를 배제하지 않고, 구체성을 획득하면서도 쇄사(鎖事)에 집착하지 않고, 영혼과 육체를 동시에 굴착하려는 시적 의욕을 보였던 그로서는 추상과 보편으로의 침잠이 불러올 구체성의 사상(捨象), 질감의 이완 그리고 초시간적 탈역사성의 시비로부터 자유롭기 어려운 영역을 지향하게 되는 것이다. 그가 후기의 신앙시집으로 기획한 『使徒行傳』과 『水石列傳』, 『抱擁無限』은 그러한 변화와 지속적인 기독교 의식의 심화를 일러주는 소산인데, 『使徒行傳』은 인간의 구원과 부활과 영생을, 『水石列傳』은 절대자의 섭리를, 『抱擁無限』은 무한한 종교적 법열을 테마로 삼고 있는 일련의 신앙시집들이다.

이 시기에 그가 지향한 태초부터 영원까지, 꽃 한 송이(지상)에서 광활한 우주(천상)까지의 시공간의 성층(成層)은 그야말로 헤아리기 어려운 깊이와 너비를 지닌다. 어쩌면 그는 시를 통해 언어 자체가 갖는 물리적, 외연적 한계를 넘어서서 언어가 사라져버리는 신성의 세계로 잠입하고 싶은 욕망을 가졌는지도 모른다. 이러한 그의 근원과 신성에 대한 탐구를 구상적으로 가능케 한 이미지이자 매개체는 다름아닌 '수석(水石)'이다. 혜산은 이른바 '수석 연작시'를 쓰면서부터 자신의 시 안에 어떤 완강한 체계를 만들어간다. 그것은 시 자체에 관한 메타적 성찰로부터 자연관, 신관, 역사관 심지어는 우주관까지 포섭하여 보편화하려는 욕구의 반영이다. 이때 그의 시 안에 사실성보다는 상징성이, 구체적인 정황보다는 극히 일반화된 인간과 그 내면이 빈번한 소재로 채택되는 것도 무리가 아니다. 마치 성서가 장엄한 창조 사역에서부터 구체적인 이스라엘 민족사를 다루고 마지막 「계시록」에서 알레고리와 상징으로 가득찬 계시의 세계를 그리고 있듯이, 혜산 시 역시 성서의 궤적과 서사적 상동성(相同性)을 나타내고 있다. 그만큼 혜산의 기독교 의식은 소재적 차원에 머무는 것이 아니라 구조적인 차원에까지 걸쳐 있는 것이다. 시에서 성서적 인물보다는 성서의 서사를 차용하는 사례가 많은 것 또한 그러한 의지의 표현일 것이다.

혜산은 시를 '언어로 씌어진 시'와 '언어없이 씌어진 시(수석)'로 나누어 '언어로 씌어진 시'는 그의 현실적 삶의 가장 값진 것이기는 하나 인간이라는 한계를 가지고 쓴 시이기 때문에 신의 조화 능력을 최대로 실현한 '언어없이 씌어진 시(수석)'에는 미칠 수 없다는 결론에 이른다. 이는 시와 현실적인 행동을 분리하여 행동에서 얻어진 정신의 절대 경지를 노래한 만해(萬海)나 육사(陸史)와 달리 혜산이 시와 행동을 분리하지 않고 시가 곧 행동이라고 생각[11]하였음을 말해준다.

따라서 그의 시는 이를테면 수많은 실존적 조건의 상이함에도 불구하고 모든 인간을 하나의 테두리 안에 감싸안는 보편성의 결핍, 그리고 형이상학적 전율의 빈곤을 호소하는 우리 문학에 하나의 유력한 대안적 시사를 줄 수 있을 것이다. 구체적이고도 포괄적인 형상을 동시에 목표로 하는 그의 시적 의욕이 필연적으로 부를 결과가 관념의 과부하와 알레고리의 과도한 사용임을 십분 고려하더라도, 그의 시가 우리 앞에 일갈(一喝)하는 구원과 정화와 승화의 이미지는 그대로 값진 인생론적 가치이기 때문이다.

> 나무와 꽃은 그 아름다움이 순간적이지. 그러나 돌은 그 수억 년의 시련과 침묵으로 응결된 자연 중의 자연이지. 수석에 관심을 가지면서 나는 시에 대해 새로운 눈을 얻었어. 또 삶에 대해서도. 돌이 꼭 시나 인생과 닮아 있거든. 수석은 수석, 시는 시의 경지에서 그 무구한 본성으로 서로 높고 순수한 일치와 구합(具合)이 가능해. 결

---

11) 신대철, 앞의 글, 26쪽.

국 시석일여(詩石一如)랄까 하는 경지, 지고지순한 경지에서 두 세계
가 하나의 세계로 융합, 일체화되는 것이며 그것을 실현하는 하나의
표현자인 나는 전혀 거기에 개입할 여지가 없고 오직 그것을 매개하
고 거기에 봉사할 뿐이지. 그만큼 수석은 내게 종교와 나, 시와 자연
의 관계를 어떤 새로운 생명의 유대로 재결연시켰고 결국은 그 주재
자인 창조주의 무궁영원한 사랑의 섭리에 새삼스러운 감동으로 손
모으게 한 거지.12)

자신의 회억(回憶)처럼 혜산은 '산'과 '새', '해'와 '돌'을 통하여 생명
과 정열을 줄곧 노래하였고, 그것들을 통하여 보다 더 밝은 앞날을 예
견한 예언자적 시인이었다. 그것은 한마디로 자유 의지의 실현이자 유
토피아에 대한 강한 충동의 시적 형상화였다. 그가 타계하고 난 후 여
기저기 산재되어 있던 말년의 작품들은 유족과 친지들에 의해 『당신의
사랑 앞에』라는 시집으로 단아하게 꾸며졌는데, 거기에는 우리를 영원
과 믿음에 대한 사유로 이끄는 높은 정신의 언어가 하나의 완결된 화폭
으로 담겨 있다.

비틀대는 탕자 하나 / 흔들리는 믿음, // 당신께서 견디시며 / 기다
리시는 // 스스로가 되돌아와 / 일어설 때까지, // 겟세마네 피와 땀 /
다시 사신 사랑, // 탕자 하나 다시 혼자 / 눈물 흘리네
— 「탕자(蕩子) 탄(嘆)」 중에서

자신을 성서의 탕자에 비유하고 있는 이 고백의 시편에서 우리는 그
의 성찰적인 신앙의 자세를 보게 된다. 그것은 마치 이전에 자신이 노
래했던 "다만 그 외로움, 외롬 속의 외로움에서 / 스스로 완전히 벗어날
때 / 그때사 나의 곁에 당신은 다가오네 / 눈물로 뜨겁게 나를 와서 끌

12) 유성호, 「'당신의 사랑 앞에' 선 영원한 청록시인의 노래」, 『소금과 빛』,
1999. 11.

어안네"(「蕩子孤獨」)라는 고백의 시편을 연상케 하며, 그의 시세계에 이같은 자기 성찰이 줄곧 뼈대로 자리하고 있음을 알려준다. 이처럼 그의 유고시집은 우리에게 영원에 대한 황홀한 체험을 주며 신과 인간의 올바른 관계에 대해 생각하게 해주고 있다.

그 스스로 "자연을 노래하는 것은 신에게 영광과 찬미를 돌리기 위해서요, 인간과 사회를 주제로 쓰는 것도 다 궁극적으로는 신의 긍휼과 자비와 그 빛을 증거하고 갈망하는 태세에서라야 한다."고 했듯이, 자연사와 인간사 그리고 신성사가 하나로 합치되는 시를 희구했던 혜산은 후기의 『水石列傳』에서 '돌'의 상상력을 바탕으로 그것을 종합하였다고 할 수 있다. 그래서 그의 시는 우리 시사에서 밝고 힘찬 남성적 기상과 종교적 신앙의 깊이를 불어넣어 주었다는 독자적인 의의를 가지게 되는 것이다. 그렇기 때문에 형이상학적 전통이 척박하기 그지없는 우리 문학사에서 그의 자취는 결코 가볍지 않을 것이다. 시를 일종의 예언이라고 주장한 20세기의 철학자 자끄 마리땡은 "시는 시구를 쓰는 특수한 기술이 아니고, 좀 더 일반적이며 근원적인 하나의 과정, 즉 사물들의 내면적 존재와 인간적 자기(Human Self)의 내면적 존재 사이의 상호통교를 말하는 것"[13]이라고 하였는데 혜산의 시가 이에 해당되는 것은 전혀 무리가 아니다.

형이상학적 중심(전율)이 부재한 우리 시사에, 신비라는 것이 지성의 포기가 아니라 인식론적 한계를 넘어서는 한 방법임을 암시하고 있는 혜산의 시편들은 이성을 중요시하는 관념론적 차원과 감각과 육체를 중요시하는 경험론적 차원을 넘어, 그 스스로의 표현을 빌면, 이른바 '당시대적 대결'과 '영시대적 탐구'의 모순적 양립을 결합하여 추구한 시적 역정이었던 것이다.

---

13) 자끄 마리땡, 김태관 역, 『시와 미와 창조적 직관』, 성바오로출판사, 1982, 11쪽.

5. 맺음말

우리가 잘 알 듯이, 혜산의 시는 풍요로운 재해석의 여지와 해석의 난맥상을 불러일으키는 난해한 어떤 것이 아니다. 그의 시는 그 동안 한국 사회를 긴박했던 첨예한 이념적 고투와 대상을 향한 선명한 적의 (敵意)의 산물이 또한 아니다. 그의 시는 일관된 반속주의(反俗主義)에 바탕을 둔 채, 미메시스적 핍진성이나 적확한 현실 반영과는 무관한, 윤리적이고 종교적인 '태도'와 '자세'를 강조하고 있을 뿐이다. 그가 민족사의 현장에 뛰어드는 것도, 불의와 부패를 난타(亂打)하는 것도, 과학적인 리얼리스트여서가 아니라 예의 예언자 의식과 깊이 관련되는 것이다.

그런데 그의 시에 나타나고 있는 심미적 격조 또한 그리 간단한 것이 아니다. 그의 시는 비유컨대, 감각적인 언어적 재치와 육화된 언어 능력이 얼마나 다른 것인가를 실증하는 사례일 것이다. 이러한 격조가 권문(權門)에 기웃거리는 것을 한사코 부정한 그의 삶과 관련되면서, 더욱 높은 평가를 받을 수 있었다. 결국 혜산 박두진의 시는 그의 철저한 우리말에 대한 자의식과 신에 대한 변함없는 사랑, 그리고 '돌'로 상징되는 영원성에 대한 집요한 추구의식이 낳은 '고산식물(高山植物)'의 그 것이었다. 속기(俗氣)로부터의 단호한 절연을 추구하면서도, 윤리적 치외법권을 만들어 칩거하지 않고, 끊임없는 신성 지향의 영역을 굴착한 그는 그런 면에서 끝까지 젊은 시인이었다.

결국 그에게 '기독교 시'란 "기독교 신앙생활의 절실한 체험을 그만큼 절실하게 시적 체험으로 승화시킨 것"[14]이었는데, 이 범박하고 포괄적인 정의야말로 그의 시를 전략적인 '종교시(poem of religionism)'가 되

---

14) 박두진, 「自序」, 『나 여기에 있나이다 주여』, 홍성사, 1982.

지 않고 오히려 내포가 넓은 '신앙적 시(religious poem)'로 만들고 있는
그의 무의식의 반영이기도 하다. 치솟은 '산', 흐르는 '강'과 '꽃' 피는
'마을'은 그의 이러한 종교 의식이 추구한 무궁한 피안성(彼岸性)의 감
각적 가상이고, '해'와 '별'은 그의 시에 있어서 종교적 진리를 상징하는
일반 계시의 위치에 서고 있는 것이다. 그의 시에 원형적 이미지가 압
도적인 것도, 알레고리라는 문학적 양식이 많이 채택되는 것도 이와 같
은 종교 의식과 긴밀히 연관된다.

또한, 우리가 많이 주목하지는 못했지만, 인간의 정신 과정에서 언어
의 형성적 기능이 주목되고 특히 세계상 형성력이라는 개념이 강조15)될
때, 민족어의 보존과 회복과 풍요와 세련에 바친 생애는 가장 치열한
저항적 실천의 하나16)일 수 있다는 점에서, 혜산 시의 모국어에 대한
열정과 기여는 높이 평가되어야 한다. 특히 감각적 구체성을 견지하면
서도 모국어의 기층언어적 자질을 십분 활용한 그의 시는 관념의 극치
인 '기독교 의식'을 시적으로 일관되게 구현하면서도 개념어를 최소화
하는 장인 정신을 지속하였다.

물론 그러한 그의 시를 일러 "정신과 육체, 현재와 과거, 유와 무, 영
원과 순간, 질서와 무질서 같은 본질적으로 영원히 갈등을 일으키는 이
원 세계의 그 복잡 미묘한 실재상을 지나치게 단순화"17)했다는 지적은
부분적으로 온당한 것이지만, 그 특유의 시적 어조 그리고 의성어와 의

15) 유종호, 「시인과 모국어」, 『사회역사적 상상력』, 민음사, 1995, 172쪽. 유종호
는 이 글에서 기층적 심상에 바탕한 생활적 구체를 보여주는 언어를 통해
시작품이 얼마나 효과를 거둘 수 있는가에 주목하여, 박두진의 초기시 중
「香峴」이나 「雪岳賦」가 관념에서 출발하여 구체 없는 추상으로 끝나고 있다
는 미흡함을 느끼게 한다고 한다. 그는 이어서 「어서 너는 오너라」 같은 해
방 후의 작품에서 일상적인 경험을 환기할 수 있는 구체성을 찾고 있다. 같
은 글, 192-186쪽.
16) 유종호, 같은 글, 193쪽.
17) 김현자, 「박두진의 순수 감각과 생명 인식」, 『한국시의 감각과 미적 거리』,
문학과지성사, 1997, 69쪽.

태어의 풍부한 재현은 혜산 시에 풍요롭게 사용되고 있는 원형적 이미지들과 함께 그의 시의 우수한 형상적 자질을 암시하는 강력한 물증이 된다. 지루할 정도의 반복과 감탄부호의 빈발도 단시적 완결성을 시학적 미덕으로 생각하는 우리 풍토에는 안 맞는다는 면에서 새롭게 가치평가 받아야 할 대목이다.

따라서 혜산 시를 말할 때 이제 '인간적 절조' 같은 성정이나 품성은 극소화되어 강조되어야 한다. 새삼스럽지만, 작품들 사이의 내적 형식이 중요한 위상을 부여받아야 하기 때문이다. 앞으로도 혜산의 시는 이미지, 운율, 어조, 상상력, 상징 체계, 정신사적 위상 등 숱한 연구 과제를 요청할 것이다.

결국 문학은 인간의 상상적 결과물일 뿐만 아니라 상징적 언어 체계에 의해 구축되는 형상이다. 기독교에서 낙원의 창조와 상실 그리고 그리스도를 통한 그의 복원은 하나의 일직선상의 사관을 낳는다. 그것은 「창세기」로부터 「계시록」에 이르는 성경의 편집 사관과도 일치한다. 창조의 질서는 카오스에서 코스모스로 변환, 이행하는 신의 주권을 의미하는데, 이러한 역사관에서 배태되는 인간관, 우주관, 가치 중심, 이념 등이 '기독교 문학'이라는 수사(修辭)에 응집되어 있다고 할 수 있다. 그리고 그것은 실존적인 자기 각성이라는 메커니즘과 윤리적 완성이라는 또 하나의 목적을 가지게 되는데, 따라서 '기독교 문학'에서는 심미성(審美性)이 부차화되고 종교가 지향하는 관념의 형상이 우세하게 나타난다. 사랑, 소명의식, 희생정신, 부끄러움, 죄의식, 구원, 소망, 종말론, 실존의식 등이 이른바 종교적 상상력에서 배태될 수 있는 정서적 세목(細目)들이라고 할 수 있는데, 예의 '기독교 문학'이란 그러한 여러 성격이 담겨 있는 문학을 통칭하는 것이다.[18] 혜산 시가 이러한 범위에 가장 대표적이고 격이 높은 위상을 차지하고 있음은 두 말할 나위 없다.

---

18) 유성호, 「한국 현대시에 나타난 종교적 상상력의 의미」, 『문학과 종교』 2집, 한국문학과 종교학회, 1997, 6-7쪽 참조.

〈 참고문헌 〉

김동리, 「自然의 發見」, 『文學과 人間』, 백민문화사, 1948.

김현자, 「박두진의 순수 감각과 생명 인식」, 『한국시의 감각과 미적 거리』, 문
　　　학과지성사, 1997.

박두진, 『시인의 고향』, 범조사, 1958.

--------, 「自序」, 『나 여기에 있나이다 주여』, 홍성사, 1982.

--------, 「처녀작·대표작」, 『생각하는 갈대』, 을유문화사, 1985.

--------, 「자유, 사랑, 영원」, 『별들의 여울』, 정음사, 1986.

--------, 『당신의 사랑 앞에』, 홍성사, 1999.

박철희, 「서정적 자아와 신앙적 자아」, 박철희 편, 『박두진』, 서강대학교출판부,
　　　1996.

신대철, 「시와 무한혁명」, 박두진, 『별들의 여울』, 정음사, 1986.

신동욱, 「박두진의 시에 있어서 저항과 그 지속의 의미」, 『우리 詩의 歷史的
　　　研究』, 새문사, 1984.

유성호, 「한국 현대시에 나타난 종교적 상상력의 의미」, 『문학과 종교』 2집, 한
　　　국문학과종교학회, 1997.

--------, 「'당신의 사랑 앞에' 선 영원한 청록시인의 노래」, 『소금과 빛』, 1999.
　　　11.

유시욱, 「복잡성과 일관성에 얽힌 불사조의 이야기」, 박두진, 『가을 절벽』, 미
　　　래사, 1991.

유종호, 「시인과 모국어」, 『사회역사적 상상력』, 민음사, 1995.

임영주, 「박두진의 생애와 시적 편력」, 『문학과 의식』, 1998. 겨울호.

자끄 마리땡, 김태관 역, 『시와 미와 창조적 직관』, 성바오로출판사, 1982.

이상과 정인택 2

이 경 훈*

1. 재론(再論)을 위한 간단한 지적

이 글은 졸고 「이상과 정인택 1」(『작가연구』 4호, 1997. 10.)에서 설정한 이상과 정인택의 문학사적 관계, 즉 개인적으로도 대단히 친했던 이두 사람 사이에 펼쳐진 우리 근대 문학사의 감춰진 한 장면을 보다 명확히 하기 위해 씌어지는 것이다. 즉 필자는 위의 글에서 정인택의 「업고」와 「우울증」 등을 예로, 이상이 죽은 후 이상의 유고가 정인택의 이름으로 발표되었을지도 모른다는 사실, 그리고 그런 추정이 가능하도록 하는 몇몇 정황에 대해 논의한 바 있는데, 이는 이 글에서 주로 다루어질 「준동(蠢動)」(『문장』, 1939. 4.), 「미로」(『문장』, 1939. 7.), 「범가족(凡家族)」(『조광』, 1940. 1.) 등을 통해 그 신빙성의 폭을 좀더 확대할 수 있을 듯하다.

요컨대 필자가 보기에, 「범가족」은 「우울증」과 마찬가지로 이상의 누이 옥희가 그 애인과 함께 가출하여 만주로 간 사건을 중심으로 이상의 가정 생활 모습을 그리고 있으며, 더 나아가 「준동」과 「미로」는 1936년 가을 이후 시작된 이상의 동경 생활과 깊이 관련되는 것이다. 이 중 특

---

* 연세대 강사

히 후자는 족히 우리의 주목을 끄는데, 왜냐하면 이 작품을 통해 우리
는 이제까지 「동경」이나 「실화」 또는 김기림이나 안회남에게 보낸 편지
등을 통해 막연히 추측할 수밖에 없었던 이상의 동경 생활 모습을 약간
이나마 보충할 수 있기 때문이다.

따라서 이 글로써 필자는 이상의 작품 편수가 증가됨을 말하고자 하
는 것이 아니다. 대신 필자가 강조하고자 하는 것은, 이런 일이 있게 된
이상과 정인택의 개인적·문학사적 관계, 그리고 당연히 이상의 원문에
어느 정도 가필을 해 문체상으로나 내용상으로 변형·완성되었을 정인
택의 작품들이 제시하는 내용의 어떤 부분이 이상의 전기 및 작가론을
위한 새로운 과제를 제기할 수 있으리라는 사실이다.

2. 「범가족」과 김옥희

논의의 편의를 위해 「준동」보다 후에 발표된 「범가족」에 대해 먼저
고찰해 보겠다. 일단 이 작품은 형 봉수와 동생 봉재, 그리고 여동생 옥
히 및 어머니로 구성된 가정의 이야기이다. 이 작품은 "三十이 불원"인
형 봉수에게 장가를 들라며 중매할멈을 들이는 어머니에 대해, "공부두
덜했을 뿐 아니라, 가세는 점점 쇠해 가서 인제 남어 있는 것이라군 지
금 들어 있는 집뿐"이라는 이유로 결혼을 거절하는 봉수의 모습을 그리
며 시작된다. 우리의 관점상 이는 "두번씩이나 咯血을 한 내가 冷情을
極하고 있는 家族을 爲하여 빨리 안해를 맞아야겠다고 焦燥하는 마음이
었다"[1]고 피력하는 「肉親의 章」을 상기하게 한다. 즉 이상의 이 시는
"얼른 장가 들어 아들 딸 낳구 해서 늙은 애미 맘 놓구 좀 죽게 하려무
나" 라는 「범가족」 어머니의 말을 배경으로 하는 듯 생각되기도 하는

---

1) 이승훈 편, 『이상문학전집 1』, 문학사상사, 223쪽.

것이다.

하지만 더욱 중요한 것은, "봉수는 맞아들인 덕으로 전문을 마쳤으나, 들어 있는 집까지 저당에 넣게 되자 봉재는 드디어 중학에서 더 위를 바라보지 못했고, 옥히는 그나마 삼학년에서 물러나고 마랐다. 어머니의 말맛다나 어쩌면 그 천재(天災)는 무엇의 악과(惡果)이요, 흉조(凶兆)이었는지도 몰은다"2)는 구절을 통해 알 수 있는 소설 속 가정의 구성이, 김해경, 김운경, 김옥희, 그리고 어머니 등으로 된 이상의 실제 가족 구성과 대체적으로 대응한다는 점이다. 이를테면 우리는 이 구절에서 「슬픈 이야기」의 다음 구절을 떠올리게 된다.

> 젖 떨어져 나갔다가 二十三年만에 돌아와 보았더니 如前히 가난하게들 사십대다. 어머니는 내 다님과 허리띠를 접어 주셨읍니다. 아버지는 내 모자와 洋服저고리를 걸기 爲한 못을 박으섰읍니다. 동생도 다 자랐고 막내누이도 새악씨꼴이 단단이 백였읍니다. 그렇건만 나는 돈을 벌 줄 모릅니다. 어떻게 하면 돈을 버나요 못 법니다. 못 법니다.
> 동무도 없어졌읍니다. 내게는 어른도 없읍니다. 버릇도 없읍니다.3)

즉 "이러다간 결국 암만 애 써두 내 평생에 소설다운 소설 하나 못 써보구 죽겠구— 집안은 집안 꼴대루 사나워지겠구" 라고 말하는 전문학교 졸업자 봉수, "문학 천년이 회신(灰燼)에 돌아갈 지상 최대의 걸작 「종생기」를 쓰는 중"이라고 김기림에게 편지하거나, 위의 인용에서 보이는 바 "어떻게 하면 돈을 버나요"라고 하는 경성고공 출신 김해경과 대응한다. 또 아들의 말에 대해 "울상을 하면서 대꾸 한 마디 못" 할 정도로 "큰아들 앞에선 지지리도 못난 어머니"4)는, 「12월 12일」에서

---

2) 『조광』, 1940. 1, 179쪽.
3) 김윤식 편, 『이상문학전집 3』, 문학사상사, 63-64쪽.
4) 『조광』, 1940. 1, 175쪽.

×가 다달이 내놓는 돈을 업에게 주어 업으로 하여금 "경조부박한 도락에 탐하"게 하는 T의 아내[5], 즉 "내게는 어른도 없습니다. 버릇도 없읍니다"고 스스로 평가하는 이상을 "한 번도 사살하신 일이 없"이, 오히려 "다님과 허리띠를 접어 주"는 이상의 어머니와 대응한다. 그리고 "주제넘은 중학 교육은 막벌이 일을 못 하게" 한 동시에 또 "보잘 것 없는 중학 교육은 온전한 일터에서 돌보아주지 않"[6]으므로 결국 어중간한 상태에서 취업하지 못한 채 집에서 놀고 있는 남동생 봉재의 상황은, 1937년 2월 8일 김운경에게 보낸 다음과 같은 편지와 관련되는 듯하다.

> 어제 東琳이 편지로 비로소 네가 就職되었다는 消息 듣고 어찌 반가왔는지 모르겠다. 이곳에 와서 나는 하루도 마음이 편한 날이 없이 집안 걱정을 하여 왔다. 울화가 치미는 때는 너에게 不快한 편지도 썼다. 그러나 이제는 마음을 놓겠다. 不憫한 兄이다. 人子의 道理를 못 밟는 이 兄이다. 그러나 나에게는 家庭보다도 하여야 할 일이 있다. 아무쪼록 늙으신 어머님 아버님을 너의 정성으로 慰勞하여 드려라. 내 자세한 글, 너에게만은 부디 들려주고 싶은 자세한 말은 二三日內로 다시 쓰겠다.[7]

물론 「범가족」 속의 아버지는 상해에서 객사한 것으로 되어 있으므로, 이상이 죽기 전날 죽었다고 하는[8] 실제 이상의 아버지와는 다르다. 하지만 시 「一九三一年(作品第一番)」의 "一九三二年五月七日(父親의 死日)"[9]과 같은 구절에서도 발견되듯이, 어릴 적부터 백부의 양자가 되었던 이상은 백부의 죽음을 부친의 죽음과 동일시하기도 했던 것이다. 더욱이 「범가족」의 아버지가 상해에서 죽듯이, 이상의 백부 역시 자주 중

---

5) 김윤식 편, 『이상문학전집 2』, 문학사상사, 127쪽 참조.
6) 『조광』, 1940. 1, 177쪽.
7) 『이상문학전집 3』, 243쪽.
8) 고은, 『이상평전』, 민음사, 1975(2판), 385쪽.
9) 『이상문학전집 1』, 236쪽.

국을 오가며, 그곳에서 큰어머니를 새로 맞아왔던 것이다.

한편 「범가족」의 집안이 몰락하게 된 것이, 부친이 죽던 해(또는 그 이듬해)에 장마로 인해 뒷담이 장독대를 덮어, "대독, 중들이, 아니 항아리 하나 남기지 아니 하고 유달리 높은 담은 고대로 팍삭 쓰러져서 송두리째 흙 속에 파묻고 만" 일 이후부터라는 기술 역시 눈여겨볼 필요가 있을지 모른다. 즉 이 일에 대한 어머니의 반응은 다음과 같이 묘사된다.

> 그때부터 어머니는 거이 몸저 누어서 식사도 전폐하고 사람들의 눈을 타서는 엉금엉금 기어나가 문허진 담밑을 손으로 파헤치고, 파헤치고, 하며 장독 깨진 것을 찾어내 열 때마다 아이고, 아이고—목이 메이게 슬게 울었다.
> 그 장독 속에는 봉수, 봉재 형제 낳든 해에 담근 十몇년 묵은 진간장이 있다고, 그 진간장 맛이 어떻니 빛이 어떻니—하며 사람 대할 때마다 어머니는 넋두리였다. 그리고나서는 반드시, 이것이 필경 <u>무슨 업원이요, 덧난 데가 있기 때문이다</u>, 장독도 장독이지만 인제부터의 앞 일을 생각하면, 아휴우, 몸서리난다, 차라리 죽어서 그 화를 면허지, 이것들 거지 되는 꼴을 내 눈으로 어찌 보랴—고 그 다음은 또 눈물이었다.10)

일단 정인택의 어머니가 일본인이었음을 생각할 때, 장독을 둘러싼 한국의 토속적 샤마니즘 신앙과 깊이 관련된 위의 묘사는 분명 정인택의 어머니를 모델로 한 것일 수는 없다는 생각이 든다. 물론 소설이 꼭 사소설적인 모델을 두고 씌어지는 것은 아니다. 어디까지나 소설은 일단 허구일 터이다. 하지만 그렇게 보기에 앞서 위의 인용은 적어도 다음과 같은 문장들을 상기시킨다. 적어 보자.

---

10) 『조광』, 1940. 1, 179쪽.

어머니 박세창은 전래해 오는 명인 탄생설에 꼭 있어야 하는 태몽을 꾸었다.

—통인동 큰집의 잔치가 있었다. 그녀는 거기에 가서 큰집 관을 정리했다. 광에 둘 떡, 음식 따위를 위해서 더러워진 것들을 소제했다. 괭이로 광 바닥의 요철을 고르는데 괭이 끝에 무엇인가 걸렸다. 그곳을 파 보았더니 거기에서 뜻밖에도 눈부신 흰 빛이 비치고 있었다. 자세히 보았다. 그것에 은항아리, 은대접, 은주발, 은수저들이 무진장 묻혀 있었다. 그녀는 그것들을 미친 듯이 파내어서 끌어안고 탄성을 질렀다.[11]

잘못 빚은 蒸편 같은 詩 몇 줄 소설 서너 편을 꾀어차고 조촐하게 登場하는 것을 아 무엇인 줄 알고 깜박 속고 섣불리 손뼉을 한두 번 쳤다는 罪로 제 계집을 간음당한 것보다도 더 큰 망신을 一身에 질머지고 그리고는 앙탈 비슷이 시치미를 떼지 않으면 안되는 어디까지든지 치사스러운 <u>禮儀節次—魔鬼(터주가)의 所行(덧났다)</u>이라고 돌려 버리자?[12]   (밑줄은 인용자)

그렇다고 우리는, 「범가족」의 어머니가 항아리 또는 장독이 흙 속에 파묻히는 것을 파멸의 징조로 해석하는 것과, 은항아리 등을 땅 속에서 파내는 이상 어머니의 태몽이 상징상의 대립관계를 이룰 수 있다는 사실, 또 "덧난 데가 있기 때문"이라는 「범가족」의 구절이 "魔鬼(터주가)의 所行(덧났다)" 라는 「종생기」의 구절과 어법상 일치한다는 사실을 너무 크게 강조할 수는 없다. 또 이상의 누이동생 김옥희가 다음과 같이 말하는 것에 대해서도 너무 큰 의미를 부여할 수 없을지도 모른다.

옥희 여사는 2년 전 건강이 좋지 않아 대수술을 받았다. 그 무렵이었는데 큰오빠를 꿈에 보았다.

---

11) 고은, 앞의 책, 32쪽.
12) 이상, 「종생기」, 『이상문학전집 2』, 390쪽.

"몸이 아픈데 큰 신작로를 걸어 허허벌판을 가고 있었어요. 난 불교신자는 아니지만 아무튼 절에 다니는데……누군가 앞길을 터억 가로막고 나를 붙잡아가려 하였어요. 그분들을 보니까 머리 깎은 오백나한님들 그분들 같은데 누군가 자동차, 아니 트럭이었어요, 트럭에서 내려 이 사람은 내가 맡을 테니 당신들은 가라고 해요. 내 동생이니까 내가 알아서 하겠다고……그래서 보니까 큰오빠예요. 웃으면서, 신수가 옛날과 똑같아요, 젊은 모습이고, 마구 좋아서 웃으며 달려갔는데 만져보진 못 했어요. 역시 길이 달라서 그랬을까……아마 큰오빠가 내 몸의 병을 고쳤나 보다고, 그래서 내가 살아났나 보다고 생각하고 있어요. 그런데 우스운 것은 큰오빠가 글쎄, 요즈음 젊은애들 입는 청잠바에 청바지 차림을 하고 있지 않겠어요……"13)

그러나 그럼에도 불구하고 우리가 말할 수 있는 것은, 오랜 세월이 흐른 뒤에도 이상의 태몽을 인상깊게 증언한 어머니, 이상을 꿈꾸고 나서 오빠의 힘으로 병을 고쳤다고 생각하면서 "'망령을 있다 치고' 어디 메쯤 오빠 시비 하나라도 세웠으면 하는 나의 의욕"14)이라는 말 등에서 보이는 김옥희의 태도가, "魔鬼(터주가)의 所行(덧났다)"라는 말과 더불어15) 이상 가족의 그 어떤 경향을 지시한다는 것, 그리고 이는 폭우라는 자연현상과 그 방비 부족때문에 장독이 깨어진 것에 대해 보이는 「범가족」 어머니의 태도 및 "그 천재(天災)는 무엇의 악과(惡果)이요, 흉조(凶兆)이었는지도 몰은다"고 하는 화자의 말과 거의 일치하고 있다는 사실이다. 「범가족」의 옥히 역시 이상의 실제 누이 김옥희 또는 「우울증」의 순히와 마찬가지로 애인과 함께 만주로 도망가듯이 말이다. 「범

---

13) 김승희, 「오빠 김해경은 천재 이상과 너무 다르다」, 『문학사상』, 1987. 4, 95쪽.

14) 김옥희, 「오빠 이상」, 『신동아』, 1964. 12, 319쪽.

15) 필자는 문학사상사판 전집에 수록된 시 「무제」가 이와 연관된다고 생각한 바 있으나, 이 작품이 처음 발표된 『三四文學』을 확인하고, 또 「토포스의 힘과 창조성 고찰」(『한국학보』 1999)의 필자인 박현수씨의 조언을 참고한 결과 이상의 시가 아닐지도 모른다는 생각이 들어 여기서 언급하지 않았다.

가족」이 원래 이상의 작품이었음을 암시하는 핵심적 요소인 옥히 가출
사건의 묘사를 좀 길게 인용해 보면 다음과 같다.

밤낮 무능하고 기백이 없다고 봉재만 보면 욕지거리하는 옥히이
나, 내심으론 핀둥핀둥 놀고 있고 술만 먹을 줄 아는 어리석은 오빠
를 옥히는 무척 존경하고 뙜다.

봉재에게 있어도 또한 옥히는 역시 어리석은 누이임에 지나지 않
았으나 이상하게도 나 어린 누이의 욕지거리가 하나의 격려로 변하
야, 이러단 옥히의 우슴꺼리가 되겠다고, 반성할 때마다, 매질할 때
마다 옥히의 커다란 눈과 납작한 턱을 생각하는 것이다.

휘죽휘죽 앞서 걸어가는 봉재의 뒤를 옥히는 종종걸음으로 따라
오며,

"오빠, 날더러 취직허지 말랬지?"

"그래. 왜?"

"취직해서 맘 더럽히지 말구……" (중략)

"……시집갈 생각이나 허랬지?"

"그래. 왜?"

"나—저—정말 시집가까?" (중략)

"그렇지만 말야. 그 이가 작구 오빠 만나구 싶대. 오빨 그 전부터
자긴 안대……"

"누구냐, 대체?"

"오빤 몰라요—그러니까 말야. 내 오늘 특별히 소개해 줄테니 한
턱 내요, 응, 오빠"

"미친 기집애. 한턱은 늬가 내이지 왜 내가 내니"

옥히는 또 방울 같이 웃는다.

한 세상 사람 살어가는 괴로움 같은 건 꿈에도 모른다는 듯이—
옥히는 집에 있을 적의 그 우울을 거리에 나오면 어떻게 이렇게 말
갛게 잊어버릴 수 있을까 (중략) 옥히 하나만이라도 꿋꿋하게 바르
게 살어나가 준다면—너 헐대로 하려무나 (중략)

많이 본 청년이다. 찻집에서 술집에서 거이 매일 같이 얼굴을 대

하는 봉재가 가장 싫여하는 <타잎>의 청년이다. (중략) 그런 결과로 우울을 핑계삼아 짝 지여가지고 술타령으로 일삼고, 아모 비판도 담기지 않은 도회적 무지—단순한 시굴사람의 무지와는 단연코 구별될 그런 무지를 내혼드러 욕설이나 짖거리고……(중략)

"오빠에게만 말슴허는 거지만……"

낮으나 그러나 전에 없든 침착한 태도와 목소리로

"저이들—오빠, 저이들 만주루 가게 해 주세요" (중략)

"만주루 취직이나 되셨단 말입니까"

"아니—저—부모가 너머 이해가 없구 해서 지가 집을 나오기루 했에요. 그랬드니 옥히씨가……" (중략)

"하여간 댁에서 옥히와의 결혼을 허락허지 않는다는 말이죠?"

"네" (중략)

"용서만 허신다면—내일 아침 차루 떠나겠습니다. 준비는—벌써 다 해 놧스나 말슴듸릴 수가 없어서……" (중략)

—옥히야, 나까지가 너를 결박해 두려고는 생각지 않는다. 결론을 생각하지 말고 먼저 행동할 것을 배워라. 나도 오랫동안 주야로 그것을 생각해 왔지만, 지금도 요 꼴이요, 인제부터도 요 꼴일 께다. 너만이라도 꾿꾿하게 살어라. 후회 안 할 각오만 있다면 내가 구태어 너를 말릴 리 없다. (중략)

그러나 내일 만주로 떠나겠다던 옥히는 이틀이 지나도, 사흘이 지나도 보통 때와 똑같이 움직이지를 않는다. 하도 이상하야 봉재가 하로는 가만이 물었더니,

"준비가 들 됐대"

할 뿐, 태연하다. (중략)

날은 활작 개었으나 몹씨 치운 날, 옥히는 겨우 준비가 다 됐는지, 아침에 집을 나간 채 이틀, 사흘, 나흘, 닷새가 열흘이 되어도 이렇다 저렇다 엽서 한 장 없다.

그옇고 만주로 간 모양이라고, 그것을 알고 섭섭한 일편 반가워하는 것은 이 가족 중에서 봉재 한 사람뿐. 어머니는 집안 망신이라고 속으론 울면서도 소문 날라, 쉬이 쉬이—하며 그것으로 자기자신까지를 억제하려 하는 것이나 그 후부터는 더욱 말이 없고, 표정이

없고 늘어가는 것이라곤 주름살과 백발뿐이다.16) (밑줄은 인용자)

　이상의 위치에 있는 큰오빠 봉수 대신 작은오빠 봉재에게 만주행을
상의하는 식으로 변형되어 있음에도 불구하고, 위의 인용은 김옥희가 K
와 함께 만주로 간 사건 및 그에 대해 이상이 쓴 「동생 옥희 보아라」라
는 편지와 깊이 연관된다. 즉 사랑하는 누이의 만주행을 논하는 편지의
핵심적 내용은 말할 것도 없거니와, 그 외에도 인용의 "오빠, 날더러 취
직허지 말랬지?"나 "취직해서 맘 더럽히지 말구……"와 같은 구절은 「
동생 옥희 보아라」의, "'돈 버는 것도 좋지만 기집애 몸 망치기 쉬우니
라'는 것은 부모님들의 말씀이다. 너 혼자 힘으로 암만해도 여기서 취
직이 안 되니까 京都 가서 女工 노릇을 하면서 사는 네 동무에게 편지
를 하여 그리 가서 같이 女工이 되려고까지 한 일이 있지"17)와 연관되
며, 또 "전과는 반대로 기괴하게도 봉재가 집에 드러백"혔으며 "밤출입
이 멈추어졌"18)다는 말은 「동생 옥희 보아라」에 보이는 "작은 오빠는
어디로 또 갔는지 들어오지 않는다"는 구절과 관련되는 것이다.

　한편 위의 인용은, 김옥희의 만주행을 그린 이상의 작품이라고 이미
추정된 바 있는 「우울증」과도 연결된다. 예를 들어 인용 중 밑줄친 부
분에 보이는 "우울"이나 "꿋꿋하게" 등의 말은, "나는 순히의 이번 행동
에 대하야 적지 않은 불만을 느낀다. 그러나 한편 꿋꿋한 일이라고 칭
찬도 하고 싶고"라는 「우울증」의 구절 및 「우울증」이라는 작품 제목 자
체를 상기시킨다. 그리고 더 나아가 우리는, 순히를 사랑하기 때문에 순
히의 만주행 소식을 듣고 "뜨끔한 듯이 얼굴빛까지 변하더니 다음 순간
억제로 냉정을 가장하"지만, 결국 "마음에 커다란 격동이 이러난"19) 것

---

16) 『조광』, 1940. 1, 182-191쪽 여기저기.
17) 『이상문학전집 3』, 219쪽.
18) 『조광』, 1940. 1, 191쪽.
19) 정인택, 「우울증」, 『조광』, 1940. 9, 262쪽.

을 숨기지 못 하는 「우울증」의 박군과 「범가족」의 박군을 비교하게도
된다. 다음은 자기가 사귀고 있는 남자를 소개하겠다는 옥희의 말을 듣
자마자 봉재의 머리 속에 떠오른 생각이다.

> 아무 맥락 없이 박군의 얼굴이 머리에 떠오른다. 박군에게면 시집
> 보내도 좋겠다고 봉재는 끄덕어린다. 요새 와서 부쩍 박군과의 사이
> 가 가까워졌다는 소문이요 또 옥희의 생활을 전혀 몰으는, 알려고도
> 않은 봉재로서는 박군 이외에 옥희의 상대자로서 다른 남자를 상상
> 할 수 없었다. (중략)
> 봉재는 번뜩, 풀이 죽어 묵묵히 앉어 있을 박군의 모양을 머리 속
> 에 그려 보았다.
> 입밖에 내여 말은 안 했어도 첫사랑을 그릇친 박군은, 어딘지 그
> 사람과 닮은 데가 있다고 옥희를 오래 전부터 은근히 사랑하여 왔
> 다. 봉재는 그것을 벌써 전부터 알고 있는 것이다.[20]

우리는 "첫사랑을 그르친" 경험이 있으며, 현재는 친구의 누이인 옥
희를 사랑하고 있는 위 인용의 박군이 「우울증」의 박군[21]과 동일 인물
일 것이라고 추정할 수 있다. 즉 작품에 등장하는 박군은 「범가족」 역
시 「우울증」과 마찬가지로 김옥희의 실제 일을 소설화한 이상의 작품이
라는 사실을 더욱 확실히 하는 또 한 가지 요소이다. 하지만 우리는 두
작품에서 일관되게 나타나는 이 박군이 「순정을 짓밟은 춘자」(『조광』,
1937. 10.)를 통해, 19세 적에 만난 카페 여급과의 사랑의 실패를 기술하
거나, "구보는 벗의 누이에게 짝사랑을 느낀 일이 있었다"고 쓴 바 있
는 박태원일지도 모른다고 논의하지는 않으려 한다. 왜냐하면 카페 여
급이나, 소설가 구보씨가 말하는 '벗의 누이'의 상황과 김옥희의 그것은
무척 다르며, 따라서 박군이 박태원일 수도 있다는 추정은 현재로서 근

---

20) 『조광』, 1940. 1, 184쪽.
21) 이에 대해서는 「이상과 정인택 1」을 참고할 것.

거가 크게 부족하기 때문이다. 그 대신 우리가 강조할 수 있는 것은 「
업고」, 「우울증」, 「범가족」이 내용상의 일관성을 보이면서 이상의 실제
삶과 깊이 관련된다는 사실, 더 나아가 이 세 작품의 작자가 결국 이상
일 것이라는 사실이다.

3. 「준동」과 이상의 동경 생활

다음으로 논의하려는 것은 「준동」이다. 이 작품의 주인공 '나'는 동경
에서 하숙생활을 하고 있다. 작품이 시작되는 때는 늦은 가을에서 겨울
이 되는 시점이고, 가난한 '나'는 중병을 앓고 있는 동시에, 게으르게
잠자며 꿈에 시달리거나 별 목적 없이 동경 거리를 나다니고 있다. 물
론 우리가 보기에 이같은 소설의 기본적 상황은 1936년 가을에 도일한
이상의 일과 깊은 연관성이 있다. 일단 다음의 인용을 보자.

> 하루 한 끼씩이나마 언제까지 배불리 먹을 수 있을지 그것도 궁
> 금하고 인제부터는 무엇을 입고 나다니나 — 그것도 걱정이다. 모든
> 사람의 모멸과 증오는 조금도 두렵지 않으나—내 주위엔 나 하나밖
> 에 없다. 맞나는 사람마다 모다가 절대로 나와는 사괴이지 않는달
> 제— 그때부터 내 주위에서 허무를 찾으려 애썼고, 끝까지 혼자서
> 게을러 보리라 결심한 나이다.
> 나는 나대로 혼자서 매일같이 늦잠을 잤고, 그리고 가만히 모든
> 사람을 비웃고— 아침이 끝나면 정처없이 하숙을 나선다.
> 아모 데도 갈 곳이 없다, 가고 싶지도 않다. 흥—나는 코웃음을
> 치고 길거리에 서서 한참 생각한 후 아모 이유 없이 조도전대학교가
> 의 첫구절을 입안에서 뇌이고—그리고 서북(西北)을 향해서 발을 떼
> 인다.
> 위를 보아도 한이 없고 아래를 보아도 한이 없고—꼭 그렇게만

생각되었는데 역시 밑바닥은 있었던 모양이다—죽지 못해 살지. (중략)

그날 아침 무심코 나는 혼자서 이런 말을 중얼거리고 문득 그 말에 내 스스로 감동되어, 그렇지, 막버리라두 해여지……그렇게 생각되었고, 또 그렇게 생각한 내 자신이 무한히 반가워서 나는 조간(朝刊)의 안내란(案內欄)을 펴들고 하숙을 나섰다.22)

별안간, 몹시 가슴이 울렁거렸다.

가많이 손을 품속에 넣고,

—그만 가서 자는 게 편할텐데……

그리고 길가에 놓인 <뻰치> 위에 몸을 던졌다.

그렇게 잠시라도 몸을 의지하고 보니 숨었던 피로가 샘솟듯 피여 올라 아모 데서라도 눕고만 싶었다.

불덩이 같이 이마가 탔다.

그대로 나는 고개를 가슴 속에 묻고, 복잡한 체취(體臭)가 무섭게 코를 찌르는 것을 후끈하는 신열의 운기와 함께 구슬프게 드려마시며, 감기가 들었나 보다……그러나 나는 속지 않고, 그래도 심장이 살어 있는 한에는……그것으로 위로하려 하며 억제로 미듬직스럽게 가슴의 고동을, 평화치 아니한 가슴의 고동을 엿듣고 만다.

발작적으로 전신이 바들바들 떨리고 그때마다 눈앞이 아찔하는 듯하나 나는 이를 악물어 참고,

—이까진 열쯤이야…… (중략)

그날부터 나는 병석에 누어 원인 몰을 열과 싸우며 더욱 외로히 날을 보냈다. (중략)

깊이 잠들지 못하는 나는 잠만 자면 꿈을 꾸었다. 가위에 눌리여 꿈을 깨어면 온몸이 땀에 젖고 오슬오슬 춥다. 나는 길게 한숨을 토하고 얼굴 위까지 이불을 쓴 후 아모 것도 생각 않는다. 생각 않으려 노력한다.23)

---

22) 정인택, 「준동」, 『문장』, 1939. 4, 58-60쪽.
23) 『문장』, 1939. 4, 60-61쪽.

위의 인용에서 알 수 있는 사실은 (1)「봉가족」과 마찬가지로 이 작품에서는 '─'나 '……'이 빈번히 사용되는데, 이는 이상 소설의 일반적 특징과 관련된다는 것, (2) "모든 사람의 모멸과 증오"라는 말은, 정인택이 이상을 회고해 "그때 진심으로 이상이 동경 가기를 바란 사람은 아마 이상이 주위선 이상 부인과 나밖에 없었을 것이다. 왜냐하면 그때 이상이 처지가 사람의 탈을 쓰고서는 경성을 버릴 수 없게 되어 있었기 때문이다. 자세한 설명은 삼가거니와 하여간 그때의 이상 처지란 완전한 이상의 탈피를 요구하고 있었다.……그때 나는 이상이더러 악인이 되라 하였다.……악인이 되어 너 하나만이라도 살아서 대성하여라, 네가 대성하는 것만이 네 죄를 씻는 길이다"[24]고 지적했음을 상기시킨다는 것, (3) 따라서 "끝까지 혼자서 게을러 보리라"는 말 또는 후에 등장하는 "그날밤에도 나는 게을르게 잘 잤다"[25]는 말은, "사람 노릇을 하는 체 대체 어디 얼마나 기껏 게으를 수 있나 좀 보자─게으르자─그저 한없이 게으르자─시끄러워도 그저 모른 체하고 게으르기만 하면 다 된다. 살고 게으르고 죽고─가로대 사는 것이라면 떡먹기다"[26]고 했던 「지주회시」의 구절과 연관된다는 것, (4) 갈 곳도 없으면서 동경 거리를 배회하는 주인공의 주된 행동은 「동경」이나 「실화」 등에서 이상이 동경을 배회하는 것과 일치한다는 것, (5) 한편 "복잡한 체취"는 "아내의 체취는 요기 늘어섰는 가지각색의 합계일 것이니까"(「날개」)를 상기시키며, 또 (6) 잠만 자면 꿈을 꾸고 가위에 눌린다는 말은, 이상이 "타고난 성격 탓인지 持病 탓인지는 모르겠으나 '어젯밤에도 가위에 눌렸어' 이렇게 말하는 아침이 예사였고 낮잠에서도 깨어서 이마를 찌푸리며 '또 가위에 눌렸어' 하던 것이었다"[27]고 증언한 문종혁의 말, 더 나아가 "탈

---

24) 정인택, 「불상한 이상」, 『조광』, 1939. 12, 308쪽.
25) 『문장』, 1939. 4, 72쪽.
26) 『이상문학전집 2』, 297쪽.

지면에다 알콜을 묻혀서 온갖 근심을 문지르리라, 이런 생각을 먹습니다. 너무도 꿈자리가 뒤숭숭하여서 그리는 것입니다"(「산촌여정」)[28]와 같은 구절을 떠올리게 한다는 것, 즉 이는 위에서 논의한 바 "魔鬼(터주가)의 所行(덧났다)"라는 표현이 보이는 태도와 상통한다는 것, 마지막으로 (7) "불덩이 같이 이마가 탔다"나 "원인 몰을 열"이란 "목은 그대로 타들어 온다. 밤이 깊어갈수록 身熱이 점점 더 높아가고"(「병상 이후」)라는 이상의 수필 구절 및 "혁! 이것 좀 봐. 체온계가 꽉 찼어. 42도가 꽉 찼어. 그런데 나는 왜 안 죽지?"[29]라고 하소연한, 문종혁에게 쓴 편지 내용, 더 나아가 "12월 23일 아침 나는 神保町 陋屋 속에서 空腹으로하여 發熱하였다. 發熱로하여 기침하면서 두 벌 편지는 받았다"(「실화」)의 상황과 일치한다는 것 등이다.

그런데 「준동」의 상황과 이상의 실제 상황이 일치하는 것은 이것만이 아니다. 이를테면 우리는, "밝음을 피하야 골목 속으로 뛰여들어 남몰으게 한숨 짓고" 등의 구절에서, 이상이 즐겨 사용하는 "골목"(이를테면 「오감도 1호」의 "길은 막다른 골목이 適當하오")을 발견할 수 있거니와, 따라서 그러한 장면을 몇 부분 더 인용해 보면 다음과 같다.

(1) 자리옷까지 겸한 <유카타> 한 벌과 여름 양복밖에 안 가진 나는 병이 나은 후에라도 무엇을 입고 나대니나?[30]

(2) 굶주리기만 하고 있고, 굶주리기만 해야 할 고향에 있기가 죽기보다 싫여서, 공부를 핑계삼아 막연히 동경에 건너온 나였으나, 그래도 활개를 펴고 먹고 살 수만은 있으리라는 일루의 히망을 저바리지는 않앴었다. 그러나 동경까지가 나에게 동물이 되라고 요구할 때에 나는 죽을 힘으로 발악을 하며 그 마수(魔手)와 싸우고―그러는 동안

27) 문종혁, 「몇 가지 이의」, 『문학사상』, 1974. 4, 349쪽.
28) 『이상문학전집 3』, 105쪽.
29) 문종혁, 「심심산천에 묻어주오」, 『여원』, 1969. 4, 234쪽.
30) 『문장』, 1939. 4, 62쪽.

에 어느듯 나는 거세(去勢)가 된 모양이었다. 이성(異性)을 생각할 수 있기 전에 나는 먼저 동요하려는 내 마음을 걷잡아야 했고—허약한 몸이 기진력진하야, 오직 주위에서 <니힐>만이 발견될 때—그때는 발서 나의 심신(心身)이 극도로 위축(萎縮)되고 말았을 때이다.[31]

(3) 억제로 내 손으로 죽을 수도 없었으나 죽을 필요도 없었다. 그렇지 않드라도 머지 않어 죽엄은 올 것이다. 동경이 나를 살려둘 리는 없다. 그때까지 버틔고 사는 것도 또한 흥미없는 일은 아니다. (중략) 살어야 하겠다는 생각은 조금도 없었다. 나는 다만 죽지 않고 있을 뿐이다. 뼈만 남은 손. 핏기 없는 얼굴. 석달 동안이나 이발을 못한 머리. 문득 나는 머리 위에 후광이 빛인 것 같이 느끼고 당황하게 천정을 쳐다보고, 뒤를 돌아보고, 그리고 거울 안쪽을 살피고, 수염만 있으면 어쩌면 기독(基督)의 얼굴과 흡사하다 생각하며, <하이네>인지 <니—체>인지가 역시 죽엄을 당했을 때 얼굴이 기독과 흡사하게 변모되었다는 말을 머리 속으로 되푸리해 본다.[32]

(4) —부자 될 꿈이나 꿔야겠다.

일어날 시간은 아직도 멀었다. 아모 것도 생각 않고 나는 다시 잠들려 한다. 병든 노인이면 앞길은 짧으나마 질거웠던 과거의 회상은 있으리라. 그러나—나에게는 그런 것도 필요치 않다.[33]

(5) ……그저 굶어죽지 않을 정도로 나 역 군과 다름없는 무위(無爲)의 생활을 계속하고 있으나 그것이 좋든 나뿌든 내 고향이니 또한 그러한 생활을 감수(甘受)할 수밖에 없을 것이요. 하로에도 몇번석 미치고 시픈 사람이 어찌 군 하나뿐이리까. 객지에 있는 때문도 아니요, 외로움에서 온 것도 아니요, 가난에 인한 것도 아니요, 이유는 다만 저 할 일을 눈 앞에 뻔히 바라보고 또 손을 대이지 못 한다는 그 한 가지에 있을 것이요. 그럴 바엔 차라리 돌아오시오. 고향엔 늙으신 아버님이 게시고 그리고 군을 낳어준 산하(山河)가 기다리고 있지 않소? 완고한 아버님이시라 손소 편지는 안 쓰신다 하드라도 그 심중에야 왜 헤아리지 못 한단 말이요. 여기 동봉한 五十원도 내 이름

---

31) 같은 책, 66쪽.
32) 같은 책, 72쪽.
33) 같은 책, 73쪽.

으로 부치기는 하나 사실은 아버님이 몇일동안 주선하야 주신 것이
요……(중략)

아버지가 주선하셨다는 五十원이 사실은 아버지가 주선하신 것이
아니라는 것을 나는 잘 안다. 나같은 홋몸과 달러 처자를 거느리고
가난에 쪼들리는 윤군이 하기 싫은 일에 매일 시달리며 이 五十원을
변통하느라고 얼마나 애를 썼을고.34)

한편 위에 제시된 각각의 인용문을 이상의 작품과 관련시켜 보면, 먼
저 (1)은 "입고 있는 콜텐 양복 한 벌이 내 자리옷이었고 통상복과 나
들이옷을 겸한 것"이라는 「날개」의 상황과 관련되고, (2) (4) (5)는 1937
년 2월 10일에 안회남에게 보낸 다음과 같은 편지와 관련된다.

저에게 주신 兄의 忠告의 가지가지가 저의 骨髓에 맺혀 고마왔읍
니다. 돌아와서 人間으로서, 아니, 사람으로서의 옳은 道理를 가지라
고 善處하라 하신 말씀은 참 등에서 땀이 날 만치 제 가슴을 찔렀읍
니다.

저는 지금 사람 노릇을 못하고 있읍니다. 계집은 街頭에 放賣하고
父母로 하여금 飢渴케 하고 있으니 어찌 足히 사람이라 일컬으리까.
그러나 저는 知識의 乞人(乞人의 오식?)은 아닙니다. 七個 國語 云云
도 元來가 허풍이었읍니다.

살아야겠어서, 다시 살아야겠어서 저는 여기를 왔읍니다. 當分間
은 모든 罪와 惡을 意識的으로 黙殺하는 道理 外에는 길이 없읍니
다. 친구, 家庭, 燒酒, 그리고 치사스러운 義理 때문에 서울로 돌아가
지 못하겠읍니다. 여러 가지를 생각하고 있읍니다. 어떻게 했으면 좋
을지를 全然 모르겠읍니다. 저는 當分間 어떤 苦難과라도 싸우면서
생각하는 生活을 하는 수밖에 없읍니다. 한 篇의 作品을 못 쓰는 限
이 있더라도, 아니, 말라비틀어져서 餓死하는 限이 있더라도 저는 지
금의 姿勢를 抛棄하지 않겠읍니다.35)

---

34) 같은 책, 74-75쪽.
35) 『이상문학전집 3』, 242-242쪽.

즉 우리가 알 수 있는 것은 "돌아와서 人間으로서, 아니, 사람으로서
의 옳은 道理를 가지라고 善處하라" 한 안회남의 편지 내용과, "이유는
다만 저 할 일을 눈 앞에 뻔히 바라보고 또 손을 대이지 못 한다는 그
한 가지에 있을 것이요. 그럴 바엔 차라리 돌아오시오" 라는 윤군의 편
지 내용이 일치한다는 것, 또 "살아야겠어서, 다시 살아야겠어서 저는
여기를 왔습니다"는 이상의 말과, "굶주리기만 하고 있고, 굶주리기만
해야 할 고향에 있기가 죽기보다 싫여서, 공부를 핑계삼아 막연히 동경
에 건너온 나였으나, 그래도 활개를 펴고 먹고 살 수만은 있으리라는
일루의 히망을 저바리지는 않았었다"는 「준동」 주인공의 말에서 보이듯
이, 이상과 「준동」 주인공의 동경행 동기가 일치한다는 것 등이다. 이때
우리는 동경의 이상에게 돌아오라는 편지와 함께 50원을 부쳐 준 윤군
이라는 친구가 있었으며, 또 그 윤군이 안회남 또는 윤태영36)일 수도
있다는 새로운 전기적 과제를 획득하게 되거니와, 어쨌든 이같이 「준동
」을 이상의 동경 생활과 관련시켜 보고자 하는 우리의 생각은, 자살을
생각하는 주인공이 자신의 얼굴을 예수의 그것과 恰似하다고 생각하는
(3)의 장면을 통해 더욱 확신에 가깝게 된다. 왜냐하면 1937년 3월 20일
"九段 아래 꼬부라진 뒤꼴목 二層 골방"에 있던 이상의 숙소를 찾아간
일에 대해 김기림은 다음과 같이 말한 바 있기 때문이다.

> 箱은 <날개>가 아주 부러저서 起居도 바로 못 하고 이불을 둘러
> 쓰고 앉어 있었다. 電燈불에 가로 비친 그의 얼골은 象牙보다도 더
> 蒼白하고 검은 수염이 코 밑과 턱에 참혹하게 茂盛하다. 그를 바라
> 보는 내 얼골의 어두운 表情이 가뜩이나 病 들어 弱해진 벗의 마음

---

36) 실로 윤태영은, 안회남에게 보낸 것(1937.2.10.)임을 말해주는 「명상」에 대한
언급이 나오는 앞부분을 생략한 채 이상의 편지를 인용하며, "이상은 이 편
지를 보내오고는 별 소식이 없었다"고 말한다. 윤태영, 『절망은 기교를 낳
고』, 교학사, 1968, 87-89쪽을 볼 것.

을 傷해올가 보아서 나는 애써 明朗을 꾸미면서

　"여보 당신 얼골이 아주 피디아쓰의 제우스 神像 같구려"

　하고 웃었드니 箱도 例의 情熱 빠진 우슴을 껄걸 우섯다. 事實은
나는 <듀비에>의 <골고다>의 예수의 얼골을 聯想했든 것이다. 오늘
와서 생각하면 箱은 實로 現代라는 커—다란 謨詔(모도)에 빠저서
十字架를 걸머지고 간 <골고다>의 詩人이었다.37)

　　이상이 자기 얼굴이 "기독(基督)의 얼굴과 恰似하다 생각"하듯이, 김
기림 역시 이상의 얼굴을 보고 "<듀비에>의 <골고다>의 예수의 얼골을
聯想"하고 있다. 또 "억제로 내 손으로 죽을 수도 없었으나 죽을 필요
도 없었다. 그렇지 않드라도 머지 않어 죽엄은 올 것이다. 동경이 나를
살려둘 리는 없다"는 말은, 여러 작품에서 자살에 대해 언급하지만 결
국 자살하지 못 하고 동경으로 떠난 이상의 일과 관련되는 듯하다. 특
히 "동경이 나를 살려둘 리는 없다"는 말은, 이상이 안회남에게 보낸
편지 구절, 즉 "살아야겠어서, 다시 살아야겠어서 저는 여기를 왔습니
다"를 떠올리게 한다.

　　한편 (4)에서 특히 눈여겨 볼 것은 "병든 노인이면 앞길은 짧으나마
질거웠던 과거의 회상은 있으리라"는 구절이다. 왜냐하면 이는 "어머니
아버지의 충고에 의하면 나는 추호의 틀림도 없는 만이십오세와 십일개
월의 <홍안미소년>이라는 것이다. 그렇건만 나는 확실히 노옹이다. 그
날 하루하루가 '인생을 짧고 예술은 기다랗다'하는 엄청난 평생이다" 라
든지, "만이십육세와 삼십개월을 맞이하는 이상 선생님이여! 허수아비
여! 자네는 노옹일세. 무릎이 귀를 넘는 해골일세"와 같은 「종생기」의
구절을 떠올리게 하기 때문이다.

　　그렇다면 이 모든 것을 종합할 때 「준동」이 이상의 동경 생활을 쓴
이상 자신의 소설일 것이라는 우리의 추정은 신빙성을 더하게 된다. 즉

---

37) 김기림, 「고 이상의 추억」, 『조광』, 1937. 6, 313쪽.

이 작품은 이상이 동경에서 맞은 처음이자 마지막 겨울, 즉 동경에 체류한 지 4개월째로 접어든 어느 시점에 씌어진 듯하다. 물론 정인택은 "고향을 버리고 동경에 온 지 삼년"이라든지, "동경 온 지 삼년, 처음 당하는 큰 지진이었다" 등과 같이 쓰고 있다. 하지만 이는 작품의 내용을 볼 때 정인택의 가필임이 금방 밝혀진다. 예컨대 주인공이 아무 직업도 하는 일도 없이 삼년 동안 동경에서 살 수 있었다는 점은 전혀 설득력이 없다. 실로 주인공은 "6조 방에서 밥값 한달치 밀렸다고 4조 반 방으로, 그 다음 달엔 3조 방으로, 그뿐 아니라 나중에는 밥도 할 수 없이 아침 한끼만 먹이던 주인할멈이 내가 병들어 누었다는 다만 그 한 가지 이유로 나를 다시 전과 같이 손님 대접했을 리는 만무"하다고 생각하고 있는 터이니 말이다. 더욱이 "동경이 나를 살려둘 리는 없다"는 파악은 이상의 상황 및 동경 체재 기간과 더욱 어울리는 것이다. 또 그보다 결정적인 것은 "자리옷까지 겸한 <유카타> 한 벌과 여름 양복밖에 안 가진 나"라는 구절이다. 즉 동경에서 3년을 살았다면, 아무리 전당포에 잡혀서 돈을 썼다고 할지라도 적어도 겨울 옷 한두 벌쯤은 남아 있었어야 할 것이므로, 이같이 옷 한 벌 없는 상황은 오히려 1936년 가을에 경성역에서 다음과 같이 떠난 이상의 1936-37년 겨울의 모습과 더욱 친근할 듯하다.

전날과 조금도 다르지 않은 <홈스펀> 양복에 검은 구레나룻을 보이면서 빈손으로 이상이 나타났다.
"여보 짐은 어떻게 했소?"
내가 물으니, 이상은 예사로 대답하기를,
"부칠 짐이 무엇이 있소? 원고 쓰던 것만 넣은 손가방 하나면 족해."
하면서, 임이 들고 있는 대나무로 엮은 조그만 가방인 <빠스케스>를 가리킬 뿐이었다.[38]

따라서 「준동」에서 기술되는 이 3년이야말로 오히려 이 작품이 이상의 작품임을 결정적으로 증명하는 것이다. 왜냐하면 작품의 상황상 터무니없는 3년이 무리하게 설정되었다는 것 자체가 이미 이상의 원작품을 거의 살려나가는 식으로 진행된 정인택의 간단한 가필 및 수정을 암시하는 것이기 때문이다. 만일 단지 이상을 모델로 하여 정인택이 창작한 것이라면 훨씬 더 그럴듯한 설정이 가능했을 것이다. 요컨대 이는 "석달 동안이나 이발을 못한 머리"나 6조 방에서 3조 방으로 쫓겨가는 기간에서 암시되듯이, 이상의 체류 4개월째, 즉 일경에 피검되기 직전을 배경으로 한 이상 자신의 작품임을 오히려 확실히 한다.

4. 이상의 또다른 여인, 유미에

한편 하숙의 "죠츄(女中 - 식모)"인 유미에의 입을 통해 우리는 주인공 '나'가 "긴상", 즉 김씨임을 알게 된다. 즉 "당년 17세의 귀여운 죠츄"인 유미에는 "긴상, 긴상, 진지 잡수세요, 네, 어서, 일어나세요, 긴상, 긴상……" 이라고 말하거니와, 이 "긴상"을 우리는 김해경을 호칭하는 것이라고 읽을 수 있다. 이상의 「동경」에서 하숙의 "죠쮸양"이, "시골사람으로 이렇게 먼 데를 혼자 차저 온 것을 보니 당신은 亦是 재조가 많은 사람"이라며 이상을 위로한 바 있듯이 말이다.

그런데 이제까지 한 번도 논의되지 않았던 이 "죠쮸양" 유미에는 대단히 중요한 인물인 듯하다. 「준동」에서 유미에는 윤군이 부친 50원을 받기 전에, 돈이 없어 굶고 있는 "긴상" 모르게 밀린 밥값을 석달 치나 미리 내줄 뿐만 아니라, 또 "긴상"과 다음과 같은 관계를 맺기도 한다.

---

38) 윤태영 · 송민호, 『절망은 기교를 낳고』, 교학사, 1968, 85쪽.

"입때 주무세요?"

불으는 소리에 잠이 깨었다. 눈을 떠 보니 <유미에>가 빗자루를 들고 머리맡에 서 있다.

(중략)

저도 몰으고 빗자루를 내던지며 나를 부축하려는 <유미에>의 갸름한 얼굴을 소리없이 웃으며 내려다보고―나는 마음에 있는 말을 입밖에 못내이고 울고 싶은 것을 억제로 참는다.

―나를 왜 이리 소중히 역여주나. (중략)

그러나 나는 나를 부축하려고 두 손을 내밀은 <유미에>의 눈에서, 그리고 얼굴에서 꿈에도 생각않던 한 개의 정열(情熱)을 발견하고,

―혹시나 <유미에>는……어쩌면 <유미에>는 나를 사랑하고 있는지도 몰은다. (중략)

그러나 <유미에>가 나를 사랑하고 있다는 것을―벌서부터 나를 사랑하고 있었다는 것을 내가 확실히 알었을 때 나는 문득 불일 듯하는 정욕만을 느끼고,

―주는 건 받어야지. (중략)

그리고나서 문득 나는 아직도 내 몸 속에 사람을 사랑할 수 있는 힘―그렇게까지는 말할 수 없다 하드라도 이성(異性)을 구하려는 본능이 사라지지 않은 것을 스스로 발견하고 저윽이 놀래이며,

―아주 죽지는 않은 모양이다.

마음 한 구석으로 몰래 생각하고―그것은 참 새롭고 훌륭한 발견이었다. 나는 그때 비로소 이상한 충동을 느끼고 자리에서 벌떡 일어나며,

―어느 정도까지 살어 있는지 시험해 보리라.

그렇게 생각하고 자기 방으로 돌아가려는 <유미에>의 손을 덥석 쥐었다.

나는 급히 왼손으로 반쯤 열린 미다지를 닫고 <유미에>의 갸름한 얼굴을 가슴 속으로 끌어들이며,

"…………"

무엇이라 두어 마디 의미없는 말을 입속으로 중얼대이고 미친 듯이 얼굴을 비벼대었다. <유미에>는 피하지를 않었다. 피할 줄을 몰

랐다. 숨 한 번 내쉬이지 못하고 <유미에>는 떠다미는 내 무게를 이
기지 못하야 그대로 자리 위에 납작하게 쓰러지고——39)

즉 만일 「준동」이 이상의 동경 생활과 직접적으로 관련된 작품이라
는 우리의 추정이 옳다면, 위와 같이 묘사되는 유미에는 동경과 관계된
이상의 전기에서 대단히 중요한 인물이 될 것이다. 실로 인용에 등장하
는 "아주 죽지는 않은 모양이다"나 "어느 정도까지 살아 있는지 시험해
보리라"는 구절은 자신의 성기를 "산호편"에 비유한 이상의 성적 무기
력40)을 환기하거니와, 주인공으로 하여금 위와 같이 "이성(異性)을 구하
려는 본능이 사라지지 않은 것"을 발견하게 한 이 유미에는 "어느 연대
의 기록"이라는 부제가 붙은 정인택의 또 다른 작품 「미로」(『문장』
1939.7.)에도 등장하고 있기 때문이다.

그런데 이때 주의해야 할 첫 번째 것은 유미에가 나오는 또 다른 작
품인 이 「미로」가 "꿈은 나를 逮捕하라 한다. 現實은 나를 逐放하라 한
다. 李箱"이라는 경구의 인용으로 시작되고 있다는 사실이다. 그런데 이
구절은 기존의 이상 작품에서 잘 발견되지 않는 듯하다. 만일 끝내 이
말이 발견되지 않는다면, 이는 정인택 자신의 말을 이상의 이름을 빌어
쓴 것이거나, 아니면 정인택이 기존에 발표되지 않은 이상의 글을 가지
고 있었다는 추정을 가능하게 한다. 또 이상의 기존 작품에 그런 구절
이 발견된다고 하더라도 마찬가지이다. 즉 이렇게 이상의 경구를 표나
게 내세움으로써 정인택은 이 작품과 관련된 그 어떤 상황을 암시하려
했던 것일 수도 있을 터이니 말이다. 「여수」에서 그러했듯이 말이다.41)

따라서 그렇게 생각했을 때 우리는 "정인택 형이 입사한 것은, 나는
몸 하나를 더 얻은 것 같다"는 편집 후기가 있는 『문장』 1939년 5월호

---

39) 『문장』, 1939. 4, 66-70쪽.
40) 이에 대해서는 졸고, 「낙타와 산호편」, 『민족문학사연구』 13호를 참고할 것.
41) 이에 대한 논의는 「이상과 정인택 1」을 참고할 것.

에 이상의 유고 수필 「동경」이 실리는 것(「준동」, 「미로」 역시 각각 『문
장』 4월호와 7월호에 실리고 있음은 주지의 사실이다)에 대해서도 약간
색다른 의미로 받아들이게 된다.

　하지만 보다 중요한 것은 「미로(迷路)」의 내용이다. 왜냐하면 이 작품
은 유미에가, 감옥에 수감되었다가 출소한 주인공을 맞아 그와 동거하
는 내용으로 되어 있기 때문이다. 다음은 그 일부분이다.

　　기둥에 의지해서나마 겨우 기동하게 된 나를 바라보고 <유미에>
　는 마치 죽었던 사람이나 소생한 듯이 회한하다고 손벽을 치고 두
　손을 잡아 이끌어 일으킨 후, 거름마 거름마—그리며 혼자서 손을
　꼽아보고, 두달, 석달, 넉달, 어쩌면 꼭 넉달 동안야, 어지럽지 않우,
　저것 봐, 저것 봐, 넘어져요, 글세 넘어진대니깐……(중략)
　　十二관도 못되는 허약한 내 몸이 얼마되지는 않는다 하드라도, 二
　년 동안의 고역(苦役)을 용하게 치르고 나왔을 때, 나는 그것만으로
　다행하다 생각하고, <유미에>가 맞어주는 이 누추한 <아파아트> 구
　석으로 돌아와 몸을 쉬려 하였으나, 역시 그것만이 다행하지는 못
　해서 출소(出所)한 지 달포가 못 되어 몸이 시름시름 고단하더니, 나
　날이 열이 오르고, 선땀이 흐르고, 드디어 몹시 추운 하룻날 새벽에
　나는 자리 위에 시뻘건 핏덩이를 토하고야 말았다.
　　—그예 왔구나. (중략)
　　그렇게 애를 써서 동경에 왔댔자, 이런 세상이니 누가 당신을 돌
　보아 주었겠소……그리며 혼자서 끄덕이고, 보잘 것 없는 나를 그래
　도 남편이라고 二 년 동안이나 싸우고 싸우며 기다려 주었는데, 겨
　우 요 꼴이 되어 돌아왔으니……그리며 또 한 번 혼자서 끄덕이고,
　그리다가는 지금에 있어서는 한 개의 전설(傳說)로 화해 버린 지난
　날의 나와 벗들의 행동을 후회하려고도 생각해 보고, 어느 틈에 이
　렇게 나 하나만이 커다란 죄인으로 변하고 말았는지 그것도 섭섭했
　고, 믿을 수 있는 몇 사람의 선배와 벗에게 엽서를 띄워 현재의 궁
　상을 호소하였으나, 나를 아끼고 위로해 준 사람은 역시 <유미에>
　한 사람밖에 없었으니, 외로운 내가 그 <유미에>의 정성에 의지해서

그것이나마 믿음을 삼고 살아나가려는 것도 결코 무리는 아니라 할
것이요, 그것이 하루 이틀 거듭되자 때때로 내 자신 혐오(嫌惡)를 느
끼면서, 공연히 나를 차게 본다고 세태(世態)만을 비웃고 점점 <니힐
>만을 느끼어 왔으며, <유미에>와 둘이서만 살 수 있는 낙원(樂園)
까지 꿈꾸고, <u>갖다주는 모이를 넙죽넙죽 받아 먹고</u>—이리하여 넉 달
이 지난 것이다.42) (밑줄은 인용자)

　필자가 보기에 위의 장면은 1937년 2월 12일에 일본 경찰에 체포되
어 3월 16일까지 34일간 니시간다(西神田) 경찰서에 구금되었던 이상의
실제 일과도 깊이 관계되는 듯하다. 물론 34일 간의 수감 기간이 2년간
의 고역 생활이라는 식으로 변형되었음에도 불구하고 말이다. 요컨대 「
미로」는 「준동」의 후편인 셈이고 이 둘은 모두 이상의 동경 생활 기록
에 근거한 작품인 듯하다. 다시 말해 「준동」은 구금되기 이전의 동경생
활을, 「미로」는 구금되었다가 석방된 후의 생활을 기술한다.
　예를 들어 감옥에서 나와 몸을 좀 추스린 「미로」의 "긴상"은 유미에
에 이끌려 "진재 후에 지은 집"으로 이사가 "새로운 출발"을 기도하게
되거니와, 이때 이 새로 이사간 집에 대해 "창이 많아서 <사나토리움>
과도 같이 밝다. 나는 무엇보다도 제일 방 밝은 것이 좋았다"고 하는
주인공의 말은, 1937년 3월 21일 낮에 김기림이 이상의 동경 숙소를 두
번째 찾아가 깨달은 "나는 그 방이 완전히 햇볕이 들지 않는 방인 것을
알았다"는 사실 및 "그때까지는 꼭 맥주를 마실 정도로라도 건강을 회
복하겠노라고 그러고 햇볕이 드는 옆방으로 이사하겠노라고 하는 箱"43)
의 말과 관련된다. 이상의 방이 어두움은 "진보쬬오 뒷골목, 햇살이
들지 않는 좁은 이층방에 이상이 풀려 나왔다는 말을 듣고 찾아갔더
니……상이 이불을 둘러 쓰고 앓고 있었다"44)와 같은 김소운의 말로도

---

42) 정인택, 「미로」, 『문장』, 1939. 7, 97-100쪽.
43) 김기림, 「고 이상의 추억」, 『조광』, 1937. 6, 314쪽.
44) 김소운, 『하늘 끝에 살아도』, 동이출판공사, 299쪽.

확인이 되거니와, 요컨대 「미로」와 이상의 동경 생활이 관련된다면, 김기림과 헤어진 1937년 3월 21일 이후의 어느 날, 이상은 기림에게 약속했듯이 전에 있던 어두운 방을 피해 볕이 잘 드는 방으로 이사했을 것이라는 추정이 가능하게 된다.

더욱이 이러한 상관성은 인용에 등장하는 다른 구절들을 통해서도 암시된다. 이를테면 "한 개의 전설로 화해 버린 지난날의 나와 벗들의 행동을 후회하려고도" 했다는 것은, "피고는 일조에 인생을 낭비하였느니라"(「동해」)는 소설의 구절 또는 "과거를 돌아보니 회한뿐입니다. 저는 제 자신을 속여 왔나 봅니다"(안회남에게 보낸 것), "조곰 어른이 되었다고 자신하오"(김기림에게 보낸 것)와 같은 이상의 편지 구절을 상기시키며, "믿을 수 있는 몇 사람의 선배와 벗에게 엽서를 띄워 현재의 궁상을 호소"했다는 것은, 이상이 김기림에게 편지해, "나는 이곳에서 외롭고 심히 가난하오" 라든지, "소생 동경 와서 신경쇠약이 극도에 이르렀소"라고 말한 것을 생각하게 한다. 또 밑줄 친 "갖다주는 모이를 넙죽넙죽 받아 먹고"는 "나는 닭이나 강아지처럼 말없이 주는 모이를 넙죽넙죽 받아먹기는 했으나 내심 야속하게 생각한 적도 더러 없지 않다"는 「날개」의 구절과 깊은 친연성을 가지며, 더 나아가 "12관도 못 되는 허약한 내 몸"은 "내가 이래 뵈도 체중이 십사관이나 있다고 일러드리면 귀하는 알아차리시겠소?"와 같은 「동해」의 구절과 관련된다.

이때 우리는 몸무게를 말하는 이 두 구절을 다음과 같이 연관시킬 수 있다. 즉 "동해도 작년 6, 7월 경에 쓴 것이오. 그것을 가지고 나를 촌탁하지 말기 바라오"라고 김기림에게 편지한 것에서 알 수 있듯이, 「동해」를 쓰던 1936년 6, 7월에 52.5킬로그램 이상 나가던 이상의 체중이 니시간다 경찰서에서 병보석으로 나올 때는 45킬로그램 이하로 줄었다는 전기적 사실을 추정하는 식으로 말이다. 하지만 물론 우리는 유미에의 임신 장면이 나오는 「미로」에 대해 여기서 본격적으로 다룰 수는 없다[45]. 유미에뿐만 아니라, "동경 시대의 일기"나 "서소문정 시대의 일기" 등이 등장함으로써 우리의 상상력과 호기심을 크게 자극시키는 「여수」에 대해서 아직 본격적으로 논의하지 못 하듯이 말이다.

그러나 우리는 그 대신, "졸작 「미로」 「준동」 「조락」 등 등의 여주인공 <유미에>를 논하여 그 실재 여부와 및 세인의 곡해 여하에 급함—하는 것이 이 단문의 원래의 제목이다"라는 말로 시작되는 정인택의 「유미에론」(『박문』, 1939. 12.)에 대해서 간단히 살펴볼 수는 있을 듯하다. 다음을 보자.

> <유미에>란 女性은 確實히 存在하고 있었다. 지금도 있는지 모르지만 中野驛 앞에 Ca et la 라는 喫茶店의 <마담>의 本이름이 <유미에>였다. 지금은 어찌 되었는지 몰라도 그 當時 <u><유미에> 女史는 내 가장 親한 친구의 夫人 乃至 戀人</u>이었다. 나와 實在하는 <유미에> 女史와의 關係는, 臨時로 耶蘇教徒가 되어 하느님에게 盟誓하거니와, 絶對로 이 以上의 아무 것도 아니었다.
>
> 이미 時效도 지났을 것이요, 또한 <u>그 친구가 이 글을 읽을 理 萬無한 故로</u> 率直히 告白하거니와 내가 그 친구의 夫人 <유미에> 女史에게 對하여 심상치 않은 感情을 품었든 듯도—아니 품었든 것 같기도 하다. 三年 동안의 東京生活을 <퓨리탄>과 같이 지내온 내가 內地 女性을 생각할 때에 이런 엷은 因緣이나마 있었던 <유미에> 女史를 맨 먼점 생각해 내인 것은 決코 無理가 아니라 할 것이다. 그래서 그 後 나는 내 小說 속에 나오는 內地 女性의 女主人公이면 그냥 무턱대고 <유미에>라고 써 왔다. 또 今後로도 쓸 豫定이다.[46]
> (밑줄은 인용자)

인용에서 중요한 것은 밑줄 친 부분이다. 그 이유는 첫째, "유미에"라

---

45) 이에 대해서는 끝내 그럴지도 모릅니다. 왜냐하면 이는 이상의 후손이 있을 수도 있다는 가정을 성립시키지만, 현재로서 이에 대한 논의는 전혀 불가능하기 때문입니다.
46) 정인택, 「유미에론」, 『박문』, 1939. 12, 6쪽.

는 이름이 원래 누구의 것이었든간에, 정인택은 자신을 변호하며 은연
중에 이 유미에가 친구의 부인 내지 애인이었음을 말하고 있기 때문이
다. 그렇다면 우리의 입장에서 보았을 때, 이는 정인택의 절친한 친구였
던 이상이 동경에서 새로 만난 그 어떤 일본 여인을 지칭하는 것일 수
있다. 그리고 이는 「준동」이나 「미로」의 상황과 일치한다. 둘째, 그런데
이 추정은 그 친구가 절대로 이 글을 읽을 리 없다는 말로 인해 더욱
설득력을 얻는다. 왜냐하면 이 글을 읽을 리 만무한 정인택의 친구란
이미 사망한 이상밖에 없을 것이기 때문이다.

또 변명에 가까운 정인택의 이런 글이 씌어지게 된 사실 자체도 흥
미롭다. 요컨대 소설가가 자기 작품 속의 주인공에 대해 "나는 내 小說
속에 나오는 內地 女性의 女主人公이면 그냥 무턱대고 <유미에>라고
써 왔다. 또 今後로도 쓸 豫定이다" 라는 식으로까지 말했어야 할 이유
는 과연 무엇이었을까. 그것은 당시 정인택의 작품을 읽은 사람들로부
터 이러쿵저러쿵 논의되었을 듯한 이 유미에라는 인물이 결국 이상과
관련된 실재한 여성(또는 여성들)이었지만 그 사실을 말할 수는 없다는
것, 하지만 그와 동시에 그 여인이 자신과 관련된 사람이라는 오해도
해소해야 했던 정인택의 곤혹감을 보이는 것은 아닐까. 이같은 난처함
은 결국 이상의 작품을 정인택의 이름으로 발표한 데에서 발생한 것일
터이다. 그리고 바로 이때 우리는 정인택의 「준동」과 이상의 「동경」에
묘사되는 다음과 같은 지진 장면에 주목하게 된다.

형세가 맹렬한 지진이었다. 금방 끊어질 듯이 전등이 앞뒤로 내혼
들리고, 부엌에선 그릇 쏟아지는 소리가 요란스러웠고 一분, 二분.
五분이 지나도 물결치듯 하는 대지는 조용해지려 하지를 않았다. 기
둥에 의지해 섰는 내 발 밑으로 그 대지의 진동이 배암 지나듯 구비
치고 지났다.

차차로 주위가 소란하여 가고, 하나식, 둘식, 사람들은 집을 버리
고 거리로 뛰어나왔다. 때때로 사람들의 입에서 외마디 절규가 터져

나오고, 머지 않어 그것이 의미 몰을 아우성 소리로 변할 것 같었으며, 형용 못할 불안과 공포가 흔들리어 마지 않는 대지를 휩싸고 돌았다.

동경에 온 지 三년, 처음 당하는 큰 지진이었다. 책장 위의 화병이 소리 높이 <타타미(疊)> 위로 굴러떠러지자 나는 더 참지 못 하고, 벽에 걸렸던 양복만 집어든 채 밖으로 뛰어나가려 하였다. 그 순간 혼자 이층에서 쩔쩔매일 <유미에>의 모양이 머리 위에 떠올랐다.

"유미챵!"

나는 거의 미친 듯이 발을 도리켜 이층으로 뛰어올랐다. 칭계에서 머뭇거리는 <유미에>를 나는 무슨 힘으로인지 번적 처들어 가슴 속에 안고, 쏜살같이 마당으로 뛰어내려가며 힘있게 흔들리는 대지를 딱 버틔어밟고, <유미에>를 사랑해야 할 것을, 그리고 내게도 <유미에>를 사랑할 힘이 있다는 것을 혼자 마음 속으로 반갑게 여겼다.[47]

'아파—트' H君의 房이 겨울에는 十六圓 여름에는 十四圓 春秋로 十五圓 이렇게 山비둘기처럼 變하는 會計에 對하여 그는 懷疑와 嘲笑가 깊고 크다. 나는 健忘症이 좀 甚함으로 그렇게 季節을 따라 재조를 부리지 않는 房을 願하였드니 시골사람으로 이렇게 먼 데를 혼자 차저 온 것을 보니 당신은 亦是 재조가 많은 사람이리라고 죠쮸孃이 나를 慰勞한다. 나는 그의 코 왼편 언덕에 달린 사마귀가 亦是 당신의 幸福을 象徵하는 것이라고 慰勞 해주고 나서 富士山을 한 번 똑똑이 보았으면 願이 없겠다고 附言해 두었다.

이튿날 아침 일곱時에 地震이 있었다. 나는 들窓을 열고 흔들리는 大東京을 내어다 보니까 빛이 노—랗다. 그 저편 잘 개인 하늘 소꿉작란 菓子 같이 可憐한 富士山이 半白의 머리를 내어 놓은 것을 보라고 <죠쮸>孃이 나를 激勵했다.[48]

---

47) 『문장』, 1939. 4, 77쪽.
48) 『문장』, 1939. 5, 141-142쪽.

위의 두 인용에서 주목해야 하는 것은 지진과 더불어 공통적으로 "죠
쮸"가 등장한다는 사실이다. 즉 「준동」의 "긴상"이 유미에와 더불어 지
진을 경험하듯이, 이상 역시 지진이 났을 때 코 왼편 언덕에 사마귀가
난 죠쮸양과 함께 있다. 따라서 우리의 관점상, 정인택이 변명한 유미에
는 이상이 동경에서 지진을 경험할 때 함께 있었던 하숙방의 "죠쮸양"
이었을 가능성이 있다. 물론 「준동」의 지진이 꽤 강력한 것으로 묘사되
는 반면, 「동경」의 지진은 다음의 논의에서 알게 되듯이 대단히 미미한
것이었던 듯하다.

'흔들리는 대동경을 내어다보니까 빛이 노오랗다'고 '나=이상'이
적었거니와 그렇다면 이 지진은 과연 언제였을까. 이 물음에 앞서
한가지 실마리가 주어져 있음에 주목해야 한다. <동경>을 쓸 때 긴
자(銀座)에선 '구세군 냄비'가 등장했다는 점이 그것이다. (중략)
12월 중이었음이 이로써 판명된다. 그렇다면 12월중 지진이 일어
난 날짜를 추적해 보면 어떠할까. 일본 기상청에 조회(1997. 11. 12.
오전 10시 8분)한 결과 아래와 같은 수치가 나왔다.
   (1) 1936. 12. 10—22시 36분: 진도 2 (진원지, 지바현 앞바다)
   (2) 1936. 12. 24—7시 55분: 진도 1 (진원지, 후쿠지마현 앞바다)
   (3) 1936. 12. 27—9시 14분: 진도 1 (진원지, 이즈반도 앞바다)
   이 중 (2)의 가능성이 제일 높다고 할 것이다. 도쿄에서 감지된 진
도 1이 과연 '흔들리는 대동경'이라 할 수 있을 것인가에 의문이 없
지는 않으나, 목조 건물로 되어 있는 경우를 염두에 둔다면, 그리고
낯선 충격이었음을 감안한다면 '나=이상'의 그러한 과장된 반응도
이해될 수 있을 것이다.
   이로써 산문 <동경>이 안고 있는 문제점 중 그 씌어진 시기가 대
략 1937(1936의 오식임—인용자 주)년 12월 24일 전후로 추정해 볼
수 있다.[49)]

---

49) 김윤식, 『이상문학텍스드연구』, 서울대출판부, 1998, 205-206쪽.

따라서 당연히 「준동」의 지진과 「동경」의 지진이 발생한 시점도 다를 수 있다. 요컨대 인용에도 보이듯이 「동경」의 지진이 구세군 냄비가 걸린 "走師50)—섣달 대목"인 1936년 12월 24일에 일어난 것으로 추정될 수 있다면, 「준동」의 지진은 1937년 2월쯤에 발생한 것이 아닐까 추측할 수 있기 때문이다. 이를테면 「준동」이 이상의 동경 생활을 쓴 것임을 인정한다면, 따라서 이 작품에 나오는 윤군의 편지가 안회남의 그것이라는 추정을 받아들이는 동시에, 이상이 안회남에게 쓴 답장이 1937년 2월 10일자였음을 감안한다면, 「준동」에서 묘사되는 지진은 1937년 2월쯤에 좀더 강력하게 발생한 것일 가능성이 있다. 왜냐하면 「준동」에서 지진은 "긴상"이 윤군의 편지 및 50원을 받는 것과 거의 같은 시점에 일어났으며, 보통의 경우, 아니 이상과 같이 외롭고 절박한 처지에 있는 경우, 충고와 함께 돈까지 부쳐준 친구에게 뜸들이지 않고 곧 답장을 쓰게 될 것이니, 답장을 쓴 병자년 음력 제야인 1937년 2월 10일은 한국에서 편지가 도착한 날, 즉 지진이 있던 날과 아주 가까운 날일 수밖에 없을 터이기 때문이다.

하지만 이 논의는 반박될 수도 있을 터이다. 왜냐하면 윤군과 안회남이 동일인물이 아닐 가능성은 여전히 있기 때문이다. 즉 안회남이 아닌 그 어떤 다른 친구 역시 이상에게 돈을 부치며 돌아오라고 편지를 쓸 수 있을 것이니 말이다. 또는 「준동」의 지진 묘사가 완전히 허구이거나 과장일 수도 있다. 요컨대 지진으로써 유미에와 "긴상"의 관계를 극적으로 발전시키면서 작품을 마치게 하는 소설적 장치를 완전히 꾸며낸 것이거나, 아니면 그렇게 하기 위해 실제로 발생한 지진의 강도를 변형시킨 것일 수 있다. 지진의 강도를 변형시킨 것이라면, 다시 처음으로 되돌아가 「준동」의 지진과 「동경」의 지진이 동일한 것으로 관련될 수 있을지도 모른다. 물론 우리는 몇몇 가능한 경우 중 어느 것이 사실이

---

50) "走師"란, 시와스(しわす), 즉 음력 12월이나 양력 12월을 말하는 "師走"의 오식임.

라고 규정할 수는 없다.

그러므로 이보다 더 중요한 것은 「준동」의 죠쮸 유미에에게 보이는 "긴상"의 감정과 「동경」의 죠쮸를 기술하는 이상의 태도를 비교하는 일이다. 먼저 전자의 경우, "긴상"은 유미에에 대해 "나를 왜 이리 소중히 여겨주나"라고 생각하거나, 아니면 "유미에! 별안간 눈물이 핑 돌았다"와 같은 감정을 느낀다. 그리고 이는 또, "나를 아끼고 위로해 준 사람은 역시 <유미에> 한 사람밖에 없었으니, 외로운 내가 그 <유미에>의 정성에 의지해서 그것이나마 믿음을 삼고 살아나가려는 것도 결코 무리는 아니라 할 것"이라는 「미로」의 상황으로 이어진다.

한편 「동경」의 경우 주의할 것은, "시골사람으로 이렇게 먼 데를 혼자 차저 온 것을 보니 당신은 亦是 재조가 많은 사람이리라고 죠쮸孃이 나를 慰勞한다"나 "그 저편 잘 개인 하늘 소꿉작란 菓子 같이 可憐한 富士山이 半白의 머리를 내어 놓은 것을 보라고 <죠쮸>孃이 나를 激勵했다"에서 보이는 "위로"와 "격려"라는 단어이다. 즉 이상 역시 하숙의 죠쮸양으로부터 위로와 격려를 받고 있다. 계절에 따른 하숙비의 변동을 잘 기억하지 못 하는 건망증(어쩌면 이는 돈이 없어 하숙비를 제 때에 못 내는 또 다른 건망증을 은유하는 것인지도 모른다)과 관련해서건, 후지산과 관련해서건 간에 어쨌든 죠쮸양은 이상에게 깊이 호의를 보이고 있다. 그리고 이는 결국 「준동」과 「미로」의 "긴상"에게 표현하는 유미에의 친절과 상통한다. 이렇게 공통점이 추적될 수 있는 작품들을 정인택은 『문장』에 연달아 게재한 것이다. 1939년 4월에는 「준동」, 5월에는 이상의 「동경」(이때 정인택은 이미 『문장』사 직원이다), 그리고 7월에는 「미로」를 말이다. 그리고 1939년 12월에는 다른 잡지에 「유미에론」을 쓴다. 그렇다면 이 일련의 양상은 우리의 논의와 관련해 어떤 의미가 있지 않을까.

요컨대 이 모든 상황을 통해 우리는, 어쩌면 이 "유미에"가 동경에서 만난 이상의 새로운 여성일지도 모른다고 추측하는 것이다. 그리고 만일 그렇다면 이는 이상의 전기 연구에, 이제까지 논의된 바 없었던 전혀 새로운 요소를 추가하는 것일 터이다. 또 이는 "아주 죽지는 않은 모양이다"나 "동경까지가 나에게 동물이 되라고 요구할 때에 나는 죽을 힘으로 발악을 하며 그 마수(魔手)와 싸우고—그러는 동안에 어느듯 나는 거세(去勢)가 된 모양이었다" 등으로 표현되는 「준동」 및 「미로」 주인공의 고통과 함께, 이상이 김기림이나 안회남에게 보낸 편지의 절박함을 동경에서의 생활상으로써 생생하게 추측하게 한다. 그것은, "나를 아끼고 위로해 준 사람은 역시 <유미에> 한 사람밖에 없었으니, 외로운 내가 그 <유미에>의 정성에 의지해서 그것이나마 믿음을 삼고 살아나가려는 것도 결코 무리는 아니"라는 말과 더불어 이상의 동경 생활에 대한 온갖 전기적 상상력을 촉발한다. 하지만 아쉬운 것은, 이에 대한 믿을만한 증언이나 객관적 자료가 전혀 없는 상태에서 그 누구도 이같은 추정을 명백히 실증할 수 없다는 사실이다.

5. 간단한 요약

결론적으로 말해, 「범가족」은 「업고」나 「우울증」 등과 더불어 이상의 누이나 어머니와 관련된 이상의 가정 생활을 그린 작품이며, 「준동」은 「미로」 등과 함께 이상의 동경 체제시의 사실을 추정하게 하는 작품이다. 이 중 특히 후자는 이상의 동경행 동기 및 그 내면적 고통을 깊이 이해하게 할 뿐만 아니라 새로운 여성관계까지도 추정하게 한다는 점에서 이상 전기 연구의 새로운 과제를 제시하게 된다. 따라서 이 글의 의의는, 「이상과 정인택 1」에서 제시된 여러 정황을 배경으로 정인택의 작품이 가진 비밀을 보다 폭넓게 드러냄과 더불어, 이상의 전기를 좀더 다양하고 심층적으로 구성하기 위한 한 시도라는 점에 있다.

한국문학과 민족주의

인쇄일 초판 1쇄 2000년 1월 30일
        2쇄 2015년 2월 10일
발행일 초판 1쇄 2000년 2월 10일
        2쇄 2015년 2월 23일

지은이 한국문학연구회
발행인 정 찬 용
발행처 **국학자료원**
등록일 1987.12.21, 제17-270호

서울시 강동구 성내동 47-11 현영빌딩 2층
Tel : 442-4623~4 Fax : 442-4625
www.kookhak.co.kr
E- mail : kookhak2001@hanmail.net
ISBN 978-89-8206-464-7 (03810)
가 격 17,000원